# IN THE DARKNESS

# 殺人現場直播

麥克・歐默——著　李雅玲——譯

MIKE OMER

# 第一章

## 德州聖安吉洛，二〇一六年九月二日，星期五

他抬起頭來，一小撮沙子流進墓穴，細小的沙粒發出嘶嘶聲，撒在上蓋，弄髒了箱子，他一時感到惱怒，他從上面觀察時希望箱子是乾淨的。他意識到自己的荒謬，對自己笑了笑。他是要把箱子埋在好幾噸的土下，現在就算有一點點沙土亂灑在箱上又怎麼樣？

他花了片刻想想這個實驗的另一名參與者，她可能已經聽見沙子撒在她上方的聲音，她甚至有可能也了解到這意味著什麼。他的一顆心如同想像中那樣興奮地跳動：心跳聲在狹小的空間裡放大，伴隨著內部的絕對黑暗。

他拿起鏟子，鏟入土堆中，然後停了下來。愚蠢，太愚蠢了。他對真槍實彈上演太過興奮，以至於忘記了這麼重要的一環。他將鏟子放到一邊，轉向他的筆電，他將筆電連上外接充電器，確保充電器運作正常，不希望實驗過程中電量耗盡。

身後的卡車引擎發出巨響，使他緊張起來，他咬咬牙，他非常謹慎選擇了這個地點，確保能藏身在仙人掌、樹叢和灌木的樹牆內不被看見。路上很少有人通過，但偶爾仍會有車輛行經，這些干擾使他惱怒。這是個絕佳的時間點，值得他全神貫注。

他啟動錄影轉播並仔細檢查了螢幕，角度似乎太高了，他走向攝影機，調整三腳架的高度，然後再次檢查。完美。他猶豫一下，關鍵時刻幾乎讓他屏住呼吸。然後他點擊，開始直

播。

他再次將鏟子撿起，將第一鏟沙土和石礫倒在箱子上，攝影機鏡頭對著他，他強迫自己忽略鏡頭。對著鏡頭微笑，他聽見母親的聲音這麼說，當他還是個小男孩的時候，她一直不放棄，試圖要他在拍全家福時擺好姿勢。

他舉起第四鏟，低沉的砰砰重擊聲再度傳來，卡車的咆哮聲可能喚醒了這名年輕女子，現在她正在敲打上蓋，試圖把上蓋推開，並且發出尖叫聲。身體的渴望制約了他，一陣熱流閃過他的身體，他差點把鏟子弄掉。

專心，拍完之後多的是時間。

五分鐘後，上蓋已被淹沒。但如果仔細聽，還是聽得見敲擊聲和尖叫聲。有人在看直播了嗎？可能有，畢竟這才是重點。他們在想什麼？他們在盯著螢幕看，等待真相大白的那一刻嗎？他們在假設這是一起惡作劇？還是，他們現在甚至在打電話報警，試圖解釋他們所看到的畫面？

他的身心充滿原始的興奮感，渴望能夠宣洩，他無法專心，記不起計畫的細節，他不得不停手片刻，好好解放一下。

他將鏟子往地上一插，帶著筆電，匆匆走向他的廂型車。一旦完事，他就清理乾淨，重新戴上手套，從車上下來回頭繼續挖。希望他的觀眾們不要太想念他。

他曾在哪裡聽說過，線上影片的平均觀看時間為三十七秒，他在與貓喝醉的影片、電影預告片和色情影片競爭流量，他必須加緊動作，這就是為什麼要準備好幾個大箱子。

他走到最右邊的大箱子，把大箱子翻倒灌進墓穴裡，迷戀地看著泥土成堆流入坑中。他把大箱子清空，用鏟子將底部結塊的土刮乾淨，然後，他輪流走到各個箱子，重複上述動作，著迷於坑洞被塞滿然後掩沒不見的畫面。完成後，他鏟了一些土，將墓穴完全覆蓋。叫喊聲和重擊聲已經消失，大地的被毯讓聲音永遠靜默下來，然而在家中的觀眾仍然可以輕易聽見。他已經確保了這一點。

他花了一點時間來欣賞他的傑作，地面幾乎平坦均勻，他們不會輕易找到這個地點。

他伸展一下肢體，讓他發疼的腰間放鬆一下，然後看了一眼鏡頭。

對著鏡頭微笑。

儘管他知道鏡頭拍不到他的臉，他還是笑了。

# 第二章

**維吉尼亞州匡提科鎮，二〇一六年九月五日，星期一**

柔伊・班特利坐在她的辦公室裡，拇指和食指間掐著一張照片，一名男子和一個年輕的女性對著鏡頭微笑，他們的頭靠得很近，幾乎碰在一起。偶然看見照片的人不會特別留意——只是張自拍照罷了——但柔伊可以看見當中的微小細節暗示了別的意義。男人空洞的眼神，不懷好意的淺淺微笑，而女孩的表情——天真、單純而無知。

這個女孩是柔伊的妹妹，安德芮亞，而該名男子是羅德・格洛弗，他曾強姦並勒殺數名女性。

羅德・格洛弗現蹤在戴爾市距今已經一個月了，他出現在一張令人毛骨悚然的照片上，然後像一縷惡意的幻影般消失無蹤。

柔伊把照片放在她辦公桌的抽屜裡，用力一甩關上，她知道自己稍後就會再將照片取出來，因為她忍不住，自她從技術實驗室拿回照片以來，她每天都要重複這個動作好幾次。

她年紀還小的時候，格洛弗曾是她的鄰居，柔伊發現了他的罪行，並且通報警察，不幸的是，當年警察完全忽視她，因此讓格洛弗逃之夭夭。從此以後，他就一直與柔伊保持聯繫，寄給她裝有灰色領帶的信封，灰色領帶是他用來勒死受害者的凶器。

去年夏天，他對柔伊的執念逐步升高，在她調查芝加哥的連環殺手期間，格洛弗開始跟蹤她，後來出手攻擊、並差點殺害她，不久之後，他便將這張照片寄給柔伊。他在大街上接近安德芮亞，她答應合照，但並不知道他的真實身分，從那時起，他便徹底消失了。

柔伊站起身，在聯邦調查局行為分析小組的小辦公室裡來回走動，腦袋嗡嗡作響，她很難集中注意力，部分原因是睡不好，噩夢和焦慮感在她腦中盤旋不去。

她坐在辦公桌前登入ViCAP系統，亦即暴力罪犯緝捕計劃，是聯邦調查局記錄暴力犯罪事件的資料庫，用以協助尋找連環犯罪者。她搜尋過去二十四小時內涉及強姦和絞殺的任何一件犯罪行為，找到一個案子。她閱讀報告時脈搏不禁加快，有一名四十五歲的女性在紐約市自家中遭到強姦並被勒斃，但沒有符合側寫的條件，一點也不符合，受害人年紀太大，且遭到徒手勒斃，犯罪地點不在戶外。這案子不是他幹的。

*你在哪裡，格洛弗？*

如果她做得到，她會將安德芮亞納入保護性拘留，最好留置在安全上鎖的收容所裡，直到格洛弗落網為止。但是她做不到，柔伊花了好幾週時間，經歷無數次激烈的爭論，才讓她妹妹搬過來暫時與她同住。

負責此案的聯邦調查局探員在這件事上與柔伊並沒有取得共識，警方也沒有，他們認為格洛弗早已遠走高飛，永遠不會冒險靠近班特利姐妹中的任何一人。柔伊*深知*他們錯了。上次見面時，她見過他看著她的方式，聽過他的聲音，知道那份執念並沒有消失。

她茫然地凝視前方，陷入了恐懼，她的辦公桌上沒有任何照片或擺飾，她有兩次嘗試帶盆栽來放，但第一盆卻在兩天內死亡，第二盆是仙人掌，在枯死前存活了將近一個月。她很確定問題出在缺乏澆水和陽光不足，儘管她的同事兼朋友塔圖姆推測植物是被她瞪到嚇死的，現在她不再帶植物來擺，而是用一堆雜物來個性化自己的辦公桌，且雜物很多。

熟悉的輕快腳步聲從她門外傳來，柔伊從她的位置衝過去，急忙走到走廊，追上了部門負責人克麗絲汀・曼庫索。

「組長，能跟妳說句話嗎？」

曼庫索勉強看了她一眼，她的步伐迅速果斷。「有話快說，柔伊，這個星期才剛開始，已經有六個不同的地方等著我去了。」她的黑髮向後梳整，一身套裝俐落又乾淨，她整個人從頭到腳，甚至她唇旁的美人痣，都訴說了權威與效率。

「我想開始與考德威爾探員合作處理格洛弗案。」丹・考德威爾與柔伊一樣也在行為分析小組工作，負責對連續犯罪份子進行側寫。他被指派負責此案，讓柔伊一直很不爽，但曼庫索拒絕重新考慮。

「我們已經討論過了，不行。」

「我認為我的第一手認知可以成為建立此犯罪者側寫的寶貴資產，我們應該善用我們掌握的所有資訊，特別是因為有跡象表明，他再次出擊只是時間早晚問題。」

曼庫索在一台正在湧出文件的大型印表機旁停步，並看了一眼最上面的頁面，然後挫折地哼了一聲，她轉身看著柔伊。「這就是為什麼考德威爾探員要耗費兩天時間與妳進行訪談，回顧妳對格洛弗所了解和記得的一切。」

「我不認為……我相信我可以做到客觀——」

「妳無法。」曼庫索的語氣不容違逆。

「那我需要休假。」

「所以妳要像什麼賞金獵人一樣去追捕這個男人嗎？我不這麼認為，我需要妳在這裡坐鎮。」

「為什麼？」柔伊的聲音幾乎是喊出來的。「我正在研究十到十五年前的案件，這有什麼好緊急的？」

曼庫索噘起嘴。「妳忘記自己的身分了，班特利。」她轉回印表機，翻閱那些列印紙張，抓了幾頁，然後開始往回走，完全沒理會柔伊是否尾隨在她身後。

柔伊緊追著她，為了要跟上步伐幾乎跑了起來。「克麗絲汀……那個人威脅到我妹妹，我沒辦法專心，我沒辦法工作，請給我幾天時間，我只需要幾天時間，還有一位分析師。」

曼庫索的腳步慢了下來，柔伊使用了自她開始在匡提科工作以來就保留著的一項武器，她從未用直呼過曼庫索的名字，從來沒有提及她們過去的熟識，還有她們曾在波士頓調查處一起工作。她近期內無法再用這招了。

「跟妳說吧，」曼庫索說。「我還有另一起案件需要妳調查，調查結束後，只要妳直接與考德威爾探員合作，我就給妳五天時間。」

「好。」柔伊迅速點點頭，不敢相信自己會這麼走運。「是什麼案子？」

曼庫索在辦公室的一扇門前停步。「我會轉寄給妳，還沒有案件檔案，今天早上才接到這個案子。」

「沒有警方檔案？」柔伊驚訝地問。「那我們有什麼？」

「一段影片的連結，有人活埋了一名女性。」

「我不懂，如果這是一名連環殺手，我們應該會有其他案件——」

「這是第一起案件。」

柔伊眨眨眼。「但是我們處理的是連環殺手。」

「我相信還會有更多案件。」

「為什麼？」

曼庫索握住門把。「因為影片的標題是『一號實驗』。」

# 第三章

克麗絲汀．曼庫索打開塔圖姆．葛雷辦公室的門，偷偷溜進去，在柔伊趁隙跟來之前，將門強行在她身後關上。儘管克麗絲汀很惜才，但那個女人漸漸在逼瘋她，過去一個月，克麗絲汀承受了柔伊用電子郵件、電話沒完沒了地轟炸，還不斷來當面找她，這一切都和一個該死的連環殺手有關。她需要過幾天沒有班特利的日子。

塔圖姆抬起頭，驚訝地看到她在他辦公室。「早安，組長，週末過得怎麼樣？」

「很短暫。」克麗絲汀坐在他面前。

他的桌面上有一份打開的案件檔案，她進來打斷他時，他正在閱讀檔案。葛雷最近才加入行為分析小組，但仍然缺乏克麗絲汀對她手下側寫專家期望的大部分知識和經驗，但是她不得不勉強承認，他至少以敏銳的直覺彌補了一部分，甚至更好的一點是，他具有一種幾乎前所未見的能力，可以真正去傾聽對方的說法。

塔圖姆已經在一個月前證明了自己，他與柔伊一起處理芝加哥謀殺案，儘管克麗絲汀對調查的方式有所保留，但不可忽視的事實是，他們阻止了一家人遇害。

她很高興看到他平時的笑容不見了，儘管她確信有人會覺得他的笑容很迷人，但她個人認為這使他看起來自鳴得意又很幼稚。現在他表情饒富興味地看著她。

「關於格倫．威爾斯這個人，你知道些什麼？告訴我。」她問。

塔圖姆困惑地眨眨眼，向後一靠，他寬闊的肩膀緊繃起來，過了一會兒，他說，「威爾斯是我在洛杉磯調查過的戀童癖，他在年輕女生上學途中鎖定她們，他會抓住她們、強姦她們，並威脅她們不准聲張，他還強拍裸照。我們在他的筆電中找到三十多個年輕女生的照片，其中一個女生還試圖自殺。」

她看著她的探員說話，他流露出平靜的舉止，但嘴唇扭曲，右拳緊握。

「很難取得可靠的證據，都是間接證據，我們跟蹤他很長一段時間，直到他在街上抓住一個十三歲的女孩時終於逮捕他，他把她拖走，我們封鎖現場來逮捕他。」

「發生了什麼事？」

「他狂奔，我追逐威爾斯進入一條小巷，他在巷裡停住轉身，我把槍瞄準他，叫他把手高舉過頭，他沒有照做，反而快速伸手進他的肩背包，我開槍了，開了三槍。」

「那他的肩背包裡有什麼？」

「只是一台相機，我們認為他想在我們逮住他之前刪除裡面的照片。」

「所以他死了。」

「他們進行了一場調查，把我清算了。」

「可能會重啟調查，」克麗絲汀輕聲說。

塔圖姆睜大眼睛。「為什麼？」

「顯然出現了一個新的目擊證人，有人看見槍擊事件，決定挺身而出。」

「他為什麼等到現在？」

克麗絲汀聳聳肩。「哪有什麼為什麼？今天早上我接到ＩＩＳ特別探員打來的電話，是個叫拉森的傢伙，你認識他嗎？」ＩＩＳ是聯邦調查局內部調查處，克麗絲汀本來可以不用接到那通該死的電話。

「是的，我認識他。」塔圖姆緊咬下巴。

「我認為他不喜歡你，我真的不知道你怎麼能得罪那麼多人。」

「只要有心就辦得到，」塔圖姆指出。

「好吧，他告訴我這件事時很高興，他是想通知我，你會被傳喚接受面談。」

「他有告訴妳是什麼時候嗎？」

「我們沒有聊那麼遠，我告訴他你正在調查一起有時效性的案件，需要幾天時間。」

「我現在沒有在進行任何調查啊。」

她嘆了口氣。「你當然有，否則我為什麼要這麼告訴拉森呢？」

塔圖姆看起來很茫然。「妳到底要我做什麼？」

「我想進一步了解這起內部案件，」她說。「而我正在處理，但是我需要時間，你得低調個幾天，直到我理出頭緒來。」

塔圖姆點點頭，但克麗絲汀注意到眼下他的雙拳都緊握住了，如果要她猜，不到二十四小時內，塔圖姆就會開始打電話，試圖親自解決這件麻煩事，而這會使情況變得更糟。

# 第四章

重啟內部調查的消息讓塔圖姆心中一陣苦澀，他原本以為此事已經了結，但現在整件事都從黑暗的過去捲土重來。

他花了一小時左右嘗試埋首於自己的工作，最後放棄，試圖去辦公室茶水間裡尋找慰藉，但希望在茶水間振作起來的努力是徒勞無功的，他嘎吱咀嚼著乾燥難吃的餅乾，然後走回去，經過柔伊的辦公室時停步，一邊想著看見一張友善的臉孔可能會有幫助。

他敲敲門，他可以聽見門後面傳來令人不安的低沉聲音，好像有人在哭。

「請進，」柔伊回答，他於是打開門。她坐在辦公桌後面，看著筆電一臉驚呆。

其實，她的身高比塔圖姆或大多數女性要矮上許多，眼睛是她臉上最醒目的五官，她有著一雙迷人的綠色眼睛。塔圖姆曾聽過一名探員在背後叫柔伊「禿鷹」，他明白這其來有自，看著她的目光會感覺到掠奪性，幾乎像是能夠看透人心，讀懂人們內心的想法。她的鼻子又長又有點鷹鉤鼻，就像鳥喙的形狀。

他聽見的哭聲是從柔伊的電腦傳出，她看了他一眼，然後按了一下鍵盤暫停播放。哭聲停止時，塔圖姆放鬆了肩膀。

「抱歉，我可以等一下再來找妳。」他說。

「好的。」她轉回螢幕。

塔圖姆揚起眉毛，自週五以來她就沒有跟他見過面；如果她能至少對他過得如何展現出一點興趣，就算只有一瞬間也能夠安慰到他。他轉身要走，決定如果自己想尋求一張友善的面孔，也許柔伊的辦公室不是最佳去處。

「塔圖姆，等一下。」

「怎樣？」

「多一個人幫忙看看可能會有用，你介意看一下嗎？」

「當然。」他驚訝地眨眨眼。柔伊通常單打獨鬥。他繞著她辦公桌走一圈，凝視著她的螢幕，螢幕上顯示了一段影片，暫停在四十三分三十二秒，總長度不到一小時，暫停的畫面是一個年輕女子躺在狹窄的黑暗空間內，表情因恐懼而扭曲，這是一段黑白影片，塔圖姆猜測是使用紅外線攝影機拍攝的。柔伊重新播放影片。

影片開始時是分割畫面，下半部畫面顯示同一名女性的黑白畫面，她躺在黑暗的空間中，現在在尖叫。上半部畫面顯示一處沙質地形，可能是沙漠。地面上有個長方形的坑，看起來像個墓穴，有個男人的身影在該畫面下方繞著坑洞移動，似乎在向坑洞鏟沙。

女人的尖叫聲令人難以忍受，塔圖姆看了一眼辦公室的門，他沒關門，他趕忙走到門邊，將門關上。

「可以請妳降低音量嗎？」他說。

柔伊點點頭，點擊滑鼠，尖叫的音量略有下降。塔圖姆回頭看著螢幕，那個填平墓穴的男人走向一個大箱子，用腳把箱子踢倒，土壤從大箱子裡成堆成堆落進大坑洞裡。那人用鏟子刮大箱子，而女人用雙手捶擊覆蓋在她上方的不明物體。

男人在畫面上半部冷靜而鎮定地動作，而女人則在畫面下半部歇斯底里，上下的不和諧感使塔圖姆一陣戰慄，他俯身靠向柔伊，將影片暫停，尖叫聲停止，他鬆了一口氣。「這是什麼？」

「這是一個女人被活埋的影片，或者至少看起來是。」

「妳在哪裡找到這個影片的？」

「曼庫索轉寄給我的，是德州聖安吉洛警局寄給聯邦調查局的，她要我看看，然後告訴她我的想法。」柔伊的手要移去繼續播放影片。

「等等，」塔圖姆急忙說。

她的手一時懸在滑鼠上，她縮手。

「我們現在掌握了什麼？」塔圖姆問，盯著螢幕，影片下方的標題為「一號實驗」，上傳者的用戶名稱在影片標題旁邊以灰色字體顯示為「薛丁格」，上傳時間標記為「09/02/16 08:32」，這些是螢幕上除了影片本身之外唯一的細節，網頁的其餘部分為空白。塔圖看了一眼最上方的URL位址，似乎是由字母和數字組成的隨機序列。

柔伊切換到她的電子郵件帳戶，並迅速瀏覽顯示出的電子郵件。「影片中被活埋的這個人，經聖安吉洛警方識別為妮可·麥迪納，今年十九歲，與母親一起住在聖安吉洛，她的母親三天前通報她失蹤。然後，失蹤通報後的幾個小時，該連結從一個臨時電子郵件信箱寄送給八名部落客和兩名記者。」

塔圖姆從她的肩膀後閱讀電子郵件。「他們還沒找到她。」

「沒有，他們還沒找到。」柔伊指著塔圖姆正在閱讀的下方幾行。「她母親說她從沒有那樣人間蒸發過。」

「可能是宣傳噱頭，假影片，她母親甚至可能參與其中。」

「可能是。」

「但是妳不這麼認為。」

「我還不知道。」

「讓我們看看剩下的影片。」

柔伊重新播放影片，妮可的尖叫再次充滿整間辦公室，塔圖姆咬牙聽著尖叫聲，他強迫自己將視線從那張飽受折磨的臉上挪開，專注於那個填土的男人。影片的上半部很重要，任何一點線索都可以幫助他們確定錄製影片的位置。攝影機被擺在適當位置，所以唯一可見的是地面、男人的腳和手、大箱子，以及緩慢填滿的墓穴。他穿著牛仔褲和長袖襯衫，雙手戴著厚手套，沒有暴露出半寸皮膚，訊號的聲音完全來自影片中的女性，女人此時停止尖叫，開始恐懼地抽泣。

墓穴裡有個東西引起了他的注意。「妳看。」他指著墓穴的一個角落，有些東西蜿蜒向上。「是一條電纜。」

「你是對的，也許是為了播放？」

塔圖姆仔細檢視。「我不這麼認為，」他最後說。「看起來像電纜，這可以解釋被活埋女性的影音訊號是如何傳送的，如果她真的在那個地方。」

「為什麼要使用電纜？為什麼不要透過藍牙或其他方式傳送呢？」

「如果她被埋在大量土壤下，收訊會受到干擾。」

「是。」柔伊點點頭，專注在螢幕上。

那名男子耗費七分鐘清空大箱子，他一度離開畫面，畫面上半部保持靜止不動了幾分鐘，而畫面下半部的妮可則再次尖叫。他將垃圾桶裡的泥土完全傾倒進墓穴，然後用鏟子整理了一下地面，他們幾乎看不出地底下有人被活埋，然後他停下來轉向攝影機。

「他在做什麼？」塔圖姆問。

「我認為他只是在休息，但等等——你看。」

那名男子走近攝影機，從口袋裡拿出一個東西，是一支手機，他把手機翻面露出螢幕，塔圖姆皺眉，那是總統在講台後說話的畫面，影片中唯一的聲音是妮可．麥迪納奄奄一息的啜泣聲。

「這是……某種政治聲明嗎？」

柔伊搖搖頭。「這支影片是在週五早上發布的。」她指著「一號實驗」影片標記的時間。「這個新聞畫面是現場連線播放的，他是在向我們證明自己的影片是直播影片。」

塔圖姆又看了日期一眼，他的脈搏狂跳，如果警方能在他直播影片的時候鎖定他的位置，那麼整起事件便能無疾而終。

螢幕上的男人放下手機並將手機放入口袋，然後傾身靠向攝影機，畫面上半部變成一片漆黑，妮可再次捶擊自己上方的木頭，哭聲變得愈來愈響亮，愈加歇斯底里。

「在一兩分鐘內，影片會自動調整以全螢幕顯示她的畫面。」柔伊說。

「妳看過整部影片了？」

「對。」

塔圖姆清清嗓子。「最後發生什麼事？」這個問題在上下文中聽起來很愚蠢，他恨自己這麼問了。

柔伊移動影片時間軸的游標並向右拖動，拖曳至五十七分零七秒，影片忽隱忽現地閃爍，當她鬆開按鈕，妮可大致上安靜下來了，偶爾會抽抽鼻子，十秒鐘後，影片暗下。

「訊號就這樣停止了，」柔伊說。

塔圖姆皺眉。「我本來預料他會繼續直播，向我們展示她是如何悶死的。」

「也許她沒有悶死。」

「對。」

「也許妮可並沒有真的在那個墓穴裡，就算妮可不是演的，這可能仍是一場非常病態的惡作劇，她可能被關在其他地方。」

「也許妮可被困的影片不是現場畫面，」塔圖姆猜測。「這個人只在影片上半部展示現場連線的新聞畫面，沒必要將畫面與影片下半部顯示妮可的畫面聯繫起來。」

「這也許跟薛丁格的貓有關。」柔伊指出上傳者的名字是薛丁格。「我不知道確切的細節，但是薛丁格的貓是一種將貓困在盒子裡的實驗。」

「而且你不知道牠是活的還是死的，所以既是活的也是死的。」

「然後這裡有個女人被困在一個箱子裡，我們滿頭問號，懷疑她是活著還是死了。」柔伊向後靠在椅子上。「所以你怎麼看？」

「妳什麼意思？」

「這真的是一個被活埋的女人嗎？這個影片名稱叫『一號實驗』，可能還會有更多起案件。」

「我們姑且假設影片是真的……」塔圖姆的心頭突然一震。「她現在可能還活著。」

柔伊搖搖頭。「活不了，如果她真的被丟在那裡。我首先就確認了這件事，我打電話給萊諾，叫他看過影片了。」

塔圖姆點點頭，萊諾是與行為分析小組合作的其中一位分析師。

「他透過與男人的腿長和妮可的頭部大小進行比較，大致估計出墓穴和箱子的尺寸，如果箱子的尺寸大到能填滿整座墓穴，那麼箱子至多長約九十英寸，寬三十英寸，高二十五英寸，可能只比棺材大一些。根據萊諾的說法，即使我們將他計算的最大可能錯誤納入，妮可至多也會在三十六小時內窒息而死，且考慮到她一開始非常歇斯底里，可能大量消耗了超過她所需的空氣，萊諾認為她可能在十二小時後就死了。」

塔圖姆坐在柔伊辦公桌的邊緣，壓在幾張紙上。「所以……曼庫索希望妳分辨這是某種瘋狂惡作劇還是一名殺手，對嗎？」

「也有其他可能性，也許有人真的抓走妮可，卻沒有殺害她，影片標題為『一號實驗』，可能只是表示這是以妮可為主角的影片中的第一支。」

那是目前為止最糟糕的想法，塔圖姆畏縮了。「那妳要如何得知呢？」

柔伊正要回答，門卻打開，曼庫索走了進來。

「噢，很好。」她看了一眼塔圖姆。「你在這裡，我正要去叫你加入我們，你看過影片了嗎？」

「看過部分內容，」塔圖姆回答。

曼庫索點點頭表示滿意，然後轉向柔伊。「有什麼初步想法嗎？」

「我需要與負責此案的警探談談，進一步了解案件的細節，這將有助於更了解妮可．麥迪納，而且影片中肯定有技術資料，據此我們可以——」

「所以妳認為我們應該對此案進行更徹底的調查？」

「就算這是一起惡作劇，妮可看起來也不想參加，」柔伊說。「這起碼是一起綁架案。」

「好吧，我希望你們兩個都去，」曼庫索說。「愈快愈好，以防妮可．麥迪納還活著，我想盡其所能協助聖安吉洛警方。」

塔圖姆皺眉。「組長，我懷疑我們沒必要飛一趟德州，我確定幾通電話訪談就夠了。」

「我比較希望那邊有我們的人，」曼庫索四平八穩地說。「感覺這起案件有潛力逐步升級，我想為這種情況做好準備。」

「但是組長。」柔伊的臉既驚訝又擔憂。「我妹妹——」

「妳妹妹沒事，班特利，去訂機票，盡量訂今晚的班機。」曼庫索的聲音很嚴厲，不容異議。「我希望這個部門能參與妮可·麥迪納案。」

柔伊和曼庫索對看了幾秒鐘，塔圖姆內心在交戰，努力不要迴避她倆的目光。

他一時恍然大悟，意識到組長的決定除了基於妮可·麥迪納的安全之外，還有其他理由，曼庫索不希望柔伊再干擾格洛弗的調查，部門裡的人都知道，柔伊與奉派偵辦此案的探員一直在爭辯格洛弗的側寫——以至於探員抱怨柔伊讓他無法進行工作。

而且當然了，組長還希望塔圖姆暫時離開，遠離拉森和內部調查的掌控。

最後柔伊別開眼，噘著嘴。「還有別的事要交代嗎，組長？」

「跟聖安吉洛警方聯繫，告知他們你們會過去，我要你們持續向我更新案情進展。」

# 第五章

塔圖姆還沒打開公寓門，就聽得見他爺爺馬文在大吼大叫，老人家聽起來很生氣，塔圖姆懷疑還會有誰在他的穀片裡撒尿，通常是塔圖姆養的貓斑斑。事實上，如果塔圖姆發現這隻貓真的在馬文的穀片裡撒尿，他也不會太驚訝。他小心地往公寓裡窺視，最近斑斑決定將牠的新床鋪放在門前，太快開門會導致喵星人發怒，而以斑斑的狀況來說，一隻發怒的貓意味著所有涉事人類的小腿都會流血。然而今天這隻小老虎在其他地方徘徊，門口無貓。

廚房傳來吼叫聲，塔圖姆單方面認為是馬文正在講電話，而以當前的狀況而言，或許可說他是在對著電話咆哮。

「聽著，小姐，讓我跟妳的上司，或者你們那裡任何有超過兩個腦細胞的人談，我想要……好吧，我當然想要健康保險，不然我幹嘛要打電話來？不，我不是在說老人健康保險，該死！我明確要求……哈囉？哈囉！」

塔圖姆翻了個白眼，走進廚房。馬文坐在桌旁，面前擺著半杯茶，他銳利的目光立刻對上塔圖姆。

「該死的保險仲介！吸血的水蛭！他們想要賺你的錢，但偏偏不努力賺，可不可以就這一次不要那麼死腦筋啊！」

「很高興你終於要去處理這件事了。」塔圖姆幫自己泡了杯茶，他已經嘮叨著要馬文搞定他的健康保險好幾個星期了。

「對，嗯，看起來好像啥也沒改善啊！」

塔圖姆點點頭。他爺爺很老派，所有事情他都想當面處理，並且拒絕填寫線上表格，任何超過五分鐘以上的通話都會令他感到暴躁不安，塔圖姆可以體諒，這個年代變遷太快了。他倒了熱水，也幫爺爺的杯子添些水，然後坐在他面前。

「想讓我幫你處理嗎？」他問。「我知道這些人的想法。」

馬文猶豫了。「是嗎？」他終於勉強地說。「你會幫我處理嗎？」

「當然，你要辦什麼？」

「我想幫我的跳傘課程辦保險。」

馬文雙臂交握盯著他看，塔圖姆邊咳嗽邊把茶噴出，被茶嗆到最不舒服了，尤其是當茶還很熱的時候。

「跳傘課程？」塔圖姆終於一邊打著噴嚏一邊說。

「我三天內就要去上高空跳傘課程，已經付清所有費用，結果他們對我的年齡不滿意，他們的保險沒有涵蓋這個年齡，所以他們說如果我想參加課程，我必須要有外部保險，你能相信他們有多神經嗎？」

「其實可以。」塔圖姆用廚房毛巾擦擦嘴。「你不能去上跳傘課程。」

「去死，為什麼不行？」

「因為你八十七歲了。」

「所以呢？我就只需要從飛機上掉下來，地心引力一樣會作用在老人身上，塔圖姆。」

「誰在乎地心引力？你從飛機上跳下來五秒鐘之後就會心臟病發作。」

「我的心臟像牛一樣強壯，你胡扯。」

「你已經心臟病發作過一次了！」

「那是在十幾年前，塔圖姆，殺不死你的會使你更強大，我時間不多了，最多就三十或四十年吧，我想在死之前跳下飛機，這個要求算過分嗎？」

「你不能像個正常的爺爺去玩橋牌或去釣魚嗎？」

「聽著，你說了會幫我申請的，你到底要不要幫我打電話？」

「絕對不要。」

馬文憤怒地站起身踱步離開，塔圖姆仰天長嘆，他想知道奶奶是否在天上看著他們，笑得樂不可支。

他站起身，端著茶，跟著他爺爺到客廳。那隻死神化身的橘貓斑斑坐在那裡瞪著魚缸，揮動著尾巴，魚缸裡有一條魚平靜地來回游動，繞著啤酒瓶徘徊，這是牠唯一的魚缸裝飾。那條魚的名字叫提摩西，那隻貓和牠持續著爾虞我詐的心理戰。

塔圖姆不確定這是怎麼發生的，但是幾週前的深夜，他被一次劇烈的撞擊聲驚醒，他慌忙持槍走到客廳，發現斑斑暈頭轉向，完全濕透，有一盆盆栽上下翻倒，提摩西在牠的魚缸裡平靜地游泳，魚缸半滿。自此以後，斑斑經常在魚缸周圍徘徊，眼神充滿仇恨，而魚……則在做魚通常會做的事。

馬文坐在沙發上，憤怒地皺著眉，塔圖姆知道，如果他現在不解決這個問題，他爺爺會找到一種比跳傘更危險的方式來打發時間。他就快要飛往德州，不希望回來時是要參加葬禮，他得找個方式讓這個人有事可忙。

「聽著。」他坐在爺爺旁邊的沙發上，他的茶在杯子裡發出危險的流動聲，但奇蹟似地大部分都沒有灑出來。「今晚我要飛德州，我需要你幫我一個忙。」

「噢，你現在需要幫忙了喔？嗯，塔圖姆，我現在不太想幫。」

「你知道柔伊．班特利嗎？我的那個女同事？」

馬文瞄了他一眼，這顯然引起他的興趣。「知道。」

「他們還沒抓到攻擊她的那個傢伙，你知道，那個連環殺手——」

「羅德．格洛弗，我知道，塔圖姆，我不老。」

「他在威脅她妹妹，也許在跟蹤她，柔伊擔心她把妹妹一個人丟在這裡，你覺得你可以……過去，看看她嗎？」

「嗯，警察為什麼沒有任何作為？」

「嗯，格洛弗已經消失一個多月了，但是柔伊認為他可能還在附近跟蹤，你只要偶爾順道過去看看，這會讓她和她妹感覺比較安全。」

「當然好，我有槍。」

塔圖姆臉一陣白。「呃……對，沒必要帶槍去，你可以把槍留在家裡。」

「然後怎麼著，塔圖姆？如果他出現，我要用拐杖敲那個連環殺手的頭嗎？」

「你沒有拐杖。」

「該死的，我是沒有拐杖！你知道我有什麼嗎，塔圖姆？一把槍。你可以告訴柔伊，我會照顧她妹妹，我不像你，我很高興在有人需要我時提供幫助。」

# 第六章

柔伊躺在床上，用筆電又看了活埋影片一次，無視妮可・麥迪納邊捶擊上蓋、邊大聲呼救的畫面下半部。安德芮亞稍早進來房間，問起那令人不安的尖叫聲之後，柔伊就將聲音調成靜音了。

她目不轉睛盯著那個男人，投入於他隨意的動作之中——不慌不忙，鎮定自若。他大約就快要出現了，仔細觀察的話，她可以看見他填滿墓穴時，動作加速了，多了一種激動的快節奏。他笨拙地行走，是男人為了抵抗勃起時的不適感而做的姿勢，他受到了性刺激。

這使她進一步確定這不是惡作劇，這個人正在搬演他的幻想，是什麼讓他更加興奮？因為他把過程拍下公諸於眾嗎？因為底下傳來的尖叫聲和重擊聲嗎？還是因為填埋墓穴這項舉動？要判斷還言之過早。

安德芮亞敲門。「柔伊？妳不餓嗎？」

她餓壞了。她暫停播放影片，對著螢幕又皺皺眉，畫面上方的人在剷平墓穴上方的沙土時暫停住，而畫面下方妮可的臉在一聲可怕的尖叫中停格，嘴巴張得大大的。

她闔上筆電，下床打開房門，油炸食物的香味令她飢腸轆轆。安德芮亞正要再過去敲一次門，她的面色蒼白，雙眼失去慣有的神采，這在柔伊身上激起一陣悲傷，她很久沒見過她妹妹這副模樣了。安德芮亞像是朵野花，有著鮮豔的色彩，開朗而充滿生命力，但面對長期的恐懼，她枯萎了，活力也消耗殆盡。

「我們要吃什麼？」柔伊佯裝開心地問。

「我做了炸肉排和馬鈴薯泥。」

「炸肉排？聽起來很歐式。」

她妹妹轉身，拖著步伐走去廚房。「我想是奧地利菜。」

柔伊跟著安德芮亞走到廚房，紅白格紋桌布上放著兩只熱氣騰騰的餐盤，盤子上各盛了一大塊柔伊猜想是雞肉的食物，上面包覆著褐色的酥脆麵包粉，旁邊是一大份奶油馬鈴薯泥，上面裝飾著綠色的葉子，兩個餐盤邊緣都放了一片檸檬，看起來色香味俱全。

柔伊坐下，安德芮亞從冰箱裡抽出兩瓶啤酒，她垂涎欲滴。

「在上面擠點檸檬，」安德芮亞說。

她照做了，將檸檬擠在炸肉排上，她切下一塊放進嘴裡，麵包粉那層是胡椒加麵粉調製的，吃起來很療癒。肉絕對是雞肉，切得很薄且料理得很好，柔伊的牙齒很容易就能咬下。檸檬完美融入整道菜，柔伊從鼻子呼吸一口氣，慢慢咀嚼著。

「好吃，對吧？」安德芮亞微笑。在那一刻柔伊得以窺見她素日熱情快樂的妹妹。

「太厲害了，」柔伊說著吞下一口。

「我不會這樣過譽，這是用麵包粉包雞胸肉，配不上一顆米其林星。」

「好吧，這道菜贏得一顆柔伊星。」

「妳只是餓了。」安德芮亞切下自己那份炸肉排時，微微臉紅了。

柔伊啜飲一口啤酒。「妳在家裡做什麼？妳今晚不是該去上班嗎？」

安德芮亞聳聳肩，目光注視著她的餐盤。「我被炒了。」

「什麼？」

「法蘭克稍早打電話給我，他說他找到替代我的人了。」安德芮亞漫不經心地說，但她的聲音沙沙的，話中帶淚。

法蘭克是安德芮亞上班的餐廳的老闆。柔伊消化著這個消息，意識到當下的直覺是鬆了一口氣。在餐廳上夜班是安德芮亞和她之間持續緊張的根源，致使安德芮亞面臨不必要的風險。當安德芮亞走出來要倒餐廳後面的垃圾時，格洛弗可能正在伺機而動，她回家途中他也可以跟蹤她，在她下計程車時抓住她。

「他為什麼開除妳？」她終於問。

「妳為什麼不自己想想？」安德芮亞苦澀地問。「他說他沒辦法付薪水給每週不輪三天夜班的女服務生。」

「對不起，親愛的，我——」

安德芮亞丟下叉子，叉子鏗噹一聲掉在桌上。「我再也無法忍受了，柔伊，已經超過一個月了，沒人看見他，連一次都沒有！考德威爾探員說——」

「考德威爾探員錯了，他完全看錯他了，」柔伊生氣地說。「他不知道格洛弗是如何——」

「他說格洛弗是一個太小心的人，他絕對不會冒險直接接觸。」

「他錯了，格洛弗的幻想是——」

「我不在乎他的幻想是什麼，柔伊！如果他真的離開了怎麼辦？如果他打算再躲一年怎麼辦？或者兩年？或者五年？我沒辦法繼續這樣生活。」她努力隱藏許久的淚水湧現，一滴淚水落在她的炸肉排上，被麵包粉吸收。

「安德芮亞。」柔伊伸手要去抓她妹妹的手，但安德芮亞將手抽走。

「算了，」她說。「反正這工作很鳥。」

柔伊不確定如何讓安德芮亞覺得好過些，所以沉默地用餐。安德芮亞用手擦去眼淚，開始用餐。

幾分鐘後柔伊說，「塔圖姆稍早打給我，如果他爺爺在我們去德州時偶爾過來看看妳，妳介意嗎？他是一個老人，塔圖姆說他愈來愈孤單了。」

安德芮亞用銳利的眼神盯著她看，雖然她不像柔伊，沒有遺傳到母親的鷹鉤鼻，但她妹妹卻擁有父親逼人的綠色眼眸。柔伊對上她的眼，她們坐著沉默了片刻，她沒辦法判定她妹妹是否相信她無辜的解釋。

「當然，」安德芮亞說。「他是個好人，對嗎？」

「對，他在這裡沒認識什麼人。」這是公然扯謊。塔圖姆和馬文移居戴爾市的六週內，馬文就已經認識了好多人，其中有些人還很年輕。他在塔圖姆的公寓辦過兩次派對，每次派對都導致財產損失和附近居民向警察投訴。

「現在我無事可做，我失業了，也沒有自己的公寓。」

「妳會找到另一份工作的。」

「我累了，柔伊，我不想再提心吊膽了。」

柔伊點點頭，嘴裡美味的馬鈴薯泥突然變得食之無味。安德芮亞不該過這種生活，她與柔伊不同，她是個盡可能遠離暴力的人，就算在電視上，安德芮亞也無法忍受看見任何人受傷，如今，這個人格扭曲的傢伙因為她與柔伊的姐妹關係，而入侵了她的生活。

「我回來之後，會解決這個問題。」柔伊希望自己能信守諾言。「曼庫索答應讓我處理，我會找到那個混蛋格洛弗，把他關進牢裡。」

「如果妳沒有呢？」

「我們會找到辦法的。」

# 第七章

## 德州聖安吉洛，二〇一六年九月六日，星期二

離開機場時，一陣炙熱乾燥的空氣襲上柔伊，讓她一時喘不過氣來，他們受航廈裡的冷氣嚴重誤導，她皮膚上每一分水份都消散了，留下乾燥又皺巴巴、像羊皮紙般的皮膚。她環視周遭，用她空著的那隻手遮住眼睛，明亮的陽光使她目眩，她迅速脫下黑色外套，將外套摺起來掛在臂彎處，太陽眼鏡留在家裡沒帶，她在深夜收拾行李時，陽光的概念還很遙遠，她必須買一副新的，否則她在聖安吉洛整段期間都要瞇著眼看東西了。

「我們的車應該在那裡。」塔圖姆示意方向。他的打扮看起來很老派，就像一名聯邦調查局探員應有的完美形象——深色西裝、黑色大墨鏡、擦得閃亮的皮鞋。如果酷暑讓他心煩，他也沒有表現出來。「是一輛銀色的現代Accent，他們說停在停車場北側。」

柔伊看一眼停車場，有幾十碼遠，她不確定自己能走那麼遠。

「你有水嗎？」她聲音嘶啞地問，她依稀記得自己看見他在航廈裡買了一瓶水。

塔圖姆點點頭，在他的包包裡翻找，找到水瓶。他握著水瓶拿給她，凝結的水珠從塑膠容器上滴落下來，柔伊拿起水瓶，擰開瓶蓋，將水瓶傾斜倒入她的嘴裡，頭向後仰。

「想喝就——」塔圖姆看著柔伊灌完整罐水——「喝光吧。」

「謝謝。」她舔舔嘴唇，感到如釋重負。

他們在車輛間行走，陽光使柔伊的大腦沸騰起來，矖成一灘爛泥，所有關於連環殺手的想法都消失了，取而代之的是為了抵禦高溫所需的混亂購物清單：一頂帽子；一大瓶水；短袖的薄上衣；還有一座攜帶式冰桶，她要躲在冰桶裡面。

「好了。」塔圖姆解鎖車輛，柔伊急忙踏進車內，車裡的熱度令人窒息，遠遠不是她希望的解脫感。

塔圖姆啟動引擎，車裡的冷氣吹著熱風向他們襲來，然後迅速冷卻成冰涼的舒服狀態，柔伊直接將通風口對準自己的臉，感到她的大腦又慢慢開始運轉起來，如果她想思考，就得一直待在有冷氣的房間裡。

塔圖姆在電話中，正在確認如何前往聖安吉洛警局，柔伊打開廣播，開始轉台，直到聽見泰勒絲唱著〈重頭開始〉。她愉悅地向後一靠，等著塔圖姆開車。

「呃……我們該不會要聽這個吧？」塔圖姆從電話中抬起眼睛。

「對啊，我們是要聽這個。」

「我真的聽不下去，柔伊。」

「你當然可以，來吧──開車。」

「這樣吧。」塔圖姆靈機一動。「我們輪流好嗎？這趟我開車，我來選歌，下一趟換妳。」

「好吧。」

塔圖姆將他的手機插入音源輸入孔，擺弄了一番。「好了，我們正在聽創世紀樂團。」

「我喜歡創世紀樂團，」柔伊說。塔圖姆對她的音樂品味表現出傲慢的態度，如今被挫敗讓柔伊感到沾沾自喜。「我小時候有〈無形的手〉（Invisible Touch）的卡帶。」

「我想妳一定有，但我說的是彼得．加百列（Peter Gabriel）離團前的創世紀樂團，後來團就爛了，這張是《論鎊出售英格蘭》（Selling England by the Pound），這是傑作。」

他按下播放鍵，開始開車，汽車引擎發出的嗡嗡聲與一名孤獨歌手憂傷的音調交織在一起。

柔伊凝視著窗外，音樂席捲了她，她那側的土地是一片平坦無盡的田野，期間偶爾點綴著樹木，道路另一側則被類似樹木和仙人掌的狂亂生長植物所掩蓋。

她的心思想到安德芮亞，她妹妹現在在做什麼？可能還在睡覺吧，她說過她會從今天開始找新工作，柔伊想到安德芮亞自己一個人在戴爾市開車到處亂晃，只能盡力忽視心中湧起的一陣憂慮。柔伊留下她的汽車鑰匙，因此安德芮亞無需搭計程車或大眾交通工具，柔伊希望這樣可以使她妹妹更安全，更難被跟蹤。

「你好像並不介意天氣很熱，」她說著看了一眼塔圖姆，試圖分散自己的注意力。

「我在亞利桑那州長大。」

柔伊點點頭。「你喜歡你長大的……」她猶豫了一下，突然不確定他到底在哪裡長大。

「維肯堡？是，我想我喜歡，那是一個非常小的小鎮，所以每個人都互相認識，從幼兒園一路到高中，我的朋友一直是同樣三個人，而且步調與大城市不同，我們會在外面閒晃好幾個小時，玩球或者只是聊天，直到我爸媽或馬文對我們大吼，要我們去做一些有用的事。」

「你跟馬文住得很近嗎？」柔伊問。

塔圖姆笑了。「我奶奶去世後，他搬到我們家隔壁，我爸和馬文常常透過窗戶對著對方大叫，房屋之間仍然有些點距離，所以他們必須喊得非常大聲，我們讓鄰居都抓狂了。」塔圖姆壓低音調模仿。「嘿，馬文，要過來看球賽嗎？當然，托利，晚餐吃什麼？馬文，我們一小時前已經吃過晚餐了。什麼？所以你沒打電話來找我？」塔圖姆哼了一聲。「他們會一直大喊，直到我媽砰一聲關上窗。」

「你爸叫托利？」柔伊問。

「叫托利弗，但每個人都叫我爸托利。你聽，這首歌的這一段超厲害。」

柔伊沒有分享到「這首歌的這一段」所帶來的興奮感，風格不斷變化，聽了有點煩。

「我爸媽幾乎沒有大喊大叫過，他們總是擔心鄰居的看法，」她說。「他們吵架時，我媽會在房子裡走來走去，確定所有窗戶都關上，然後一邊對著我爸大吼。」

「哈！我爸媽有時也會互相大吼，因為電視沒什麼好看的，這就像是家庭消遣。」

塔圖姆在方向盤上打鼓，他在聽專輯時，臉上仍掛著微笑。「妳小時候都在做什麼？」幾分鐘後塔圖姆問。「我是指，在妳開始追捕連環殺手之前。」

「大多在看書，任何拿得到手的書都看，梅納德鎮有一座很不錯的圖書館，我每週都會騎著單車去那裡借幾次書。」

「妳顯然是個書呆子。」

「我不是像隱居一樣躲在藏書的閣樓裡好嗎，」柔伊氣惱地說。「我會和朋友出去……好吧，跟一個朋友。」

「妳的閨密嗎？」

「我不知道那是什麼意思。」

塔圖姆驚訝地看了她一眼。「閨中密友啊，每個人都知道。」

柔伊聳聳肩。「嗯，顯然沒有那麼密——我已經超過五年沒有跟她說話了，但是我們是非常好的朋友，我們會一直騎單車去彼此家。現在我想到了，我去所有地方都騎單車，但自從離開梅納德鎮以來，我想我就沒再騎過了。」

「我以前去哪也都騎單車，」塔圖姆說。「每當我回想起我的童年，我都會記得我用力踩著車，想要騎得愈快愈好，我每天都會騎車往返學校，幫自己計時，總是試圖打破自己的記錄。我也常和我朋友一起騎車，在街上尬車，互相碰撞，有時我們會騎去龜背山……我認為那根本不算一座真的山，但面積很大，我們會騎到山頂，然後盡可能快速騎到山腳下。」

「聽起來你小時候沒弄丟小命算是奇蹟。」

塔圖姆笑了。「我一搬去跟馬文住，管教就變鬆懈了。」

少年塔圖姆的形像在柔伊的腦海中成形，她發現自己很著迷，她想知道年紀小小的塔圖姆是如何長成一個她逐漸認識的男人。

「你爸媽怎麼了？」她問。他們以前從未談過這件事，她只知道是馬文撫養他長大。

「他們在我十二歲時死於一場車禍，酒駕的司機撞到他們。」

「抱歉，我很遺憾。」

「謝謝，撞死他們的司機也死了，我認為他很幸運，因為否則馬文可能會追殺他，但他沒有，他領養我，而且好好把我養大。」

「我得說他養得不只是好而已。」

「好吧，妳只是不知道我十一年級時有名的宵禁大戰而已。」塔圖姆對她閃現一抹笑容。

他們駛入聖安吉洛警局停車場，他放慢車速，這是一棟扁平的咖啡色建築。

「所以？」他熄火。「妳怎麼看這張專輯？」

「沒有副歌，沒有節奏，主唱大吼時的歌聲有點煩人，但是我喜歡第一首歌的樂器部分，如果整張專輯都是那樣，那就很好聽了。」

塔圖姆的嘴巴抽動一下。「妳要多聽幾次才能真的——」

「塔圖姆，我不會再聽到這張專輯了，因為下次該我選了。」她走下車，關上身後的車門。

# 第八章

聖安吉洛警局的刑事調查處位於一樓大廳出口長走廊的盡頭，開放空間被分成各個小小的辦公隔間，隔屏是米色的，高度夠低，所以塔圖姆可以從頂部窺視每個封閉的隔間。陪同他們進去的彼得．詹森警督稍稍停步環顧四周，彷彿是第一次注意到這些隔間。

「這是我們警探工作的地方。」他隆重示意自己的王國。他是個矮個子，不比柔伊高多少。「我們這裡有個調查白板，」他繼續說，向他們展示一塊大白板。「我們會在上面寫上一些急迫的案件。」

白板上是空的，除了一個角落被拿來玩井字遊戲，還有頂部似乎有人不小心要開始寫字時，用了擦不掉的麥克筆來寫，然後意識到自己拿錯筆便停下，三個字母Gib永恆地蝕刻在白板上。詹森沮喪地瞪著白板，顯然對於沒有急迫案件可以展示給他們看感到很不悅。

「很有趣。」塔圖姆希望能中斷這場導覽。「你想在哪裡談麥迪納案？」

「去我辦公室，就在那裡。」

他帶領他們穿過隔間邊緣的一扇小門，來到一間狹窄的角落辦公室，裡頭有一張大桌子，桌面一塵不染。門對面的牆上，有幾封裝框的信紙，信上致謝警方辛勤工作，還有詹森跟一個人的合照，那個人一副官員外型，塔圖姆猜是警局局長。

詹森坐在桌子後面，交握著手指。「請坐。」

在擔任聯邦調查局探員的這幾年來，塔圖姆學會察覺到自己何時不受歡迎，詹森顯然對他們的存在感到不悅，他散發出一種氛圍，像是一個人準備長篇大論，但也可以簡化為兩個字：「走開」。

「我真的很高興聯邦調查局如此認真看待此一案件，」詹森說。「其實我老實說，我們會通報這支影片，是因為想向你們更新情報，這邊狀況的嚴重程度可能會升級。」

塔圖姆在腦海中翻譯詹森這句話：有人打電話給聯邦調查局，而沒有先問過我。

「這就是為什麼我們會來這裡，」他明快地說道。「來防止情況升級。」

「當然！我們非常樂見，在聖安吉洛警局，我們非常重視跨部門的合作。」

我們自己會處理自己的鳥事，所有其他執法部門都應該管好自己家該死的事就好。

「但是，派遣聯邦調查局團隊來，是為時過早了。」

你們想把我們的案子搶走，等我死了再說吧。

「為時過早？」柔伊打斷他。「一名年輕女子似乎遭到活埋，你們真的具有專門技術來自行處理此類案件嗎？」

「嗯……顯然，我們正在從各面向來偵辦這起案件，影片非常令人毛骨悚然，但是我們懷疑影片不一定代表整體的事實。」

影片是假的，就像你們這兩個冒牌貨。

「什麼樣的事實？你在說什麼？」柔伊用緊繃的語氣問。塔圖姆在兩難中掙扎，不確定他是否該介入。一方面的顧慮是如果柔伊爆炸，他們可能會被踢出這起案件、趕出警局，另一方面他也很想看好戲。難以決定，難以決定啊。

「妮可．麥迪納的父親奧斯卡．麥迪納因意圖販賣及持有毒品被羈押，他與墨西哥黑手黨有明確聯繫，我們有一名線人聲稱當地黑幫正試圖在大型供應鏈上發揮影響力，影片很可能是針對奧斯卡·麥迪納的威脅。」

「你認為當地黑幫在拍攝同時還活埋妮可……是為了要威脅她父親？」柔伊瞇起眼睛。

「然後呢？再把她挖出來嗎？」

「我們需要研究所有可能性，當然，我們真的很想聽聽聯邦調查局的意見。」

塔圖姆的胡扯解碼器超載墜毀了。柔伊深吸一口氣，準備發動攻擊，塔圖姆認為看她以言詞擊潰這位警督很有趣，他們至少可以證明這次來德州出差的合理性。「哪位警探負責偵辦此案？」他急忙問。

「他是我們經驗最豐富的調查人員，所以我向妳保證我們很認真看待此一案件。」

此案並沒有出現在「急迫案件」的白板上，塔圖姆忍住指出這一點的衝動。「當然，你能指出他坐在哪個隔間嗎？我們只是要去跟他談談，看看彼此是不是有共識，然後就要離開了。」

詹森的表情如釋重負，淺淺笑容讓他的厚唇扭曲，顯然「離開」是他一直想聽到的詞彙。

# 第九章

山繆．福斯特警探一身濃黑膚色，臉上長滿了簇密的黑鬍鬚，上頭零星間有少許灰白，柔伊估計他的年齡大約四十歲，也許再稍長一些，他的前額開始顯現年齡的痕跡。曾有人告訴過她，警察老得比較快，儘管這是一個荒謬的推斷，但她經常見到確有此事的實例。他啃著一支鉛筆，當詹森警督帶領他們出現在他的隔間裡，他正斜看著他的電腦螢幕，螢幕上顯示妮可．麥迪納活埋直播的影片頁面，播放到一半，影格凍結。

「警探，這是聯邦調查局的葛雷和班特利探員。」詹森的語氣聽起來公事公辦，但柔伊卻能感覺到其中隱約有種暴躁，好像整件事以某種隱晦的方式冒犯到他，她沒有費心去糾正他稱呼她的頭銜。

福斯特轉了轉椅子看向他們，臉色無動於衷，好像在盤算著什麼，他從嘴裡拿下鉛筆，整枝鉛筆都是坑坑疤疤的齒痕。

「聯邦調查局探員？」福斯特說。「他們為什麼會在這裡？」

「他們是在我們通報了妮可．麥迪納案之後才來的。」

「我們有通報嗎？」福斯特的眼睛睜大。「我很高興你改變了主意，警督。」

「他們只是來這裡提供一些建議。」詹森緊咬下巴，他咬得這麼緊還能發出音節，簡直蔚為奇觀。「如果你能為他們提供我們目前掌握的案情概要，我將不勝感激。」

「絕對沒問題，警督。」

詹森草率地點點頭，沒再說一句話就離開了。警探臉上露出一個大大溫暖的微笑，前一秒他還是個厭世又憤怒的警察，現在變成一個愉快友善又熱情的人。「謝謝你們跑一趟，坦白說，聯邦調查局對我們的案件表現出如此濃厚的興趣，讓我放心不少。」

「你就是通報聯邦調查局的人嗎？」塔圖姆問。

「我？」福斯特戲劇性地將手放在胸口。「這不是我的決定，我建議我們打電話給聯邦調查局，但最終只有警督才能決定案件是否需要外部干預。」

「好吧，有人通報我們是件好事。」柔伊不耐煩地說道。「我希望我們能夠協助縮小嫌犯的範圍。」

福斯特示意他旁邊多出來的另一張椅子。「請坐，你可以到那邊那個隔間拿第三把椅子過來，奧蘇利文正在休假，他不會介意的。」

柔伊坐下，塔圖姆去鄰近的隔間拿那張椅子，隔間裡很擁擠，幾乎沒有足夠空間容納兩個人，更別提三個人了。

「我想妳看過影片了？」福斯特將他咬過的鉛筆放在一個小杯子裡，裡頭已經放了六支損壞的鉛筆。

「是的。」柔伊說。「詹森警督告訴我們，你認為妮可．麥迪納某種程度上，是被利用來威脅她父親——」

「我想警督一定有一些荒唐的理論，但我跟妳保證這些理論不是出自我這裡。」福斯特說。

柔伊與塔圖姆交換一個表情。「警督說是有一個線人告訴他的。」

「是『小黑』，魯夫斯．安德森，小黑總是會向我們提供線報，尤其自從每條線報我們都付給他四十美元以來。他有一些線報很有用，有些當成睡前故事聽聽就好。」福斯特搖搖頭。「我才不相信這與毒品或幫派有關，這整件事情的背後有一個變態的混蛋。」

「你能告訴我們關於妮可・麥迪納失蹤的情況嗎？」塔圖姆問。

「她母親在九月二日一早通報她失蹤，」福斯特回答。「妮可前一天晚上參加了一場派對，跟她母親說會在午夜前到家，到了早上，她母親看她沒有回家，就報警了。我們跟她的朋友談過，他們聲稱她跟他們一起搭車離開，並有把她送回家，他們的供詞一致，我們有車裡載四個人的闖紅燈自動照相畫面，在後排座位可以看見妮可的臉。」

「她在鏡頭上看起來怎麼樣？」柔伊問。「有喝醉嗎？還是想睡？」

「妳來告訴我吧。」福斯特俯身向前，抓住滑鼠，雙擊打開文件夾中的圖片檔，圖片在螢幕上打開，顯示一輛豐田在路上行駛的圖片，圖像的解析度很差，但是柔伊可以看見一個女孩朦朧的面孔從乘客窗向外望，容貌無法清楚辨別。

「她有意識——我們只看得出這個，」福斯特說。「除此之外看不出什麼了，稍後我可以給你們看紅燈自動照相的實際畫面。」

「之後呢？」塔圖姆問。

「根據她朋友的供詞，他們把她送回家後就開車離開了，我和開車的人一起去了她家，他指給我看他停車的確切地點，我們在附近挨家挨戶問，沒有人目擊他們放她下車，但就像我說的，他們的供詞相符，而且他們看起來都像是好孩子，街道很暗，門口有一條碎石路。」

柔伊皺眉。「你認為有人從那裡把她抓走嗎？」

「這條路上有一些磨擦的痕跡，這可能表示發生過扭打掙扎。」福斯特聳聳肩。「無法判定，現場沒有發現血跡。事實上，母親也無法肯定告訴我們妮可真的沒有回家，妮可有可能有回家，有去睡覺，並在早上母親醒來前離開家，但這不太可能，我們找不到任何能證明妮可在派對後有回家的證據。」

柔伊想像一下。妮可在距離家門只有幾步之遙的時候被擄走，這聽起來很冒險，但她可以了解這麼做的好處，這個女孩會覺得到家前已經安全，所以降低警戒心。柔伊下定決心親自去看看那棟房子。

福斯特嘆了口氣。「警督是有一些荒唐的理論，但值得讚許的是他很認真看待此案，警長也是。我們跟所有人談過，在附近進行了廣泛搜索，然後到傍晚的時候，那附近有一個叫羅尼．克羅寧的孩子寄了影片的連接給我們。」他示意他的電腦螢幕，表情厭世。「我看了影片好幾遍，看得我徹夜難眠。」

柔伊能夠感同身受，即便畫面停格，鏡頭模糊，動作到一半暫停，影片看起來也令人不適：那杏眼圓睜的驚恐目光；張大的嘴，暫停的尖叫；還有這名年輕女子身處的空間，令人幽閉恐懼症發作。「這個住附近的孩子，」她說。「他是怎麼找到影片連結的？」

「電子郵件收到的，他有一個YouTube頻道在談論……」福斯特翻了個白眼。「老實說，我不知道那個頻道在幹嘛，我看了他幾部影片，但我聽不懂他在說什麼，總之，他說有人把影片寄給他和其他一群人。他轉寄電子郵件給我，該郵件發自一個臨時郵件地址，內容只包含影片連結，影片發送到十個不同的電子郵件地址，其中包括克羅寧在內的八個人是來自聖安吉洛和附近城鎮受歡迎的YouTuber，另外兩個人是地方記者，我和其中一些人談過，他們的說法大致相同——他們看了一下，認為影片是令人不舒服的惡作劇，然後就停止觀看了。」

「你查過克羅寧了嗎？」柔伊問。

「他整個晚上都在直播自己跟一群朋友一起玩電玩的實況，我們查了一下，不在場證明牢不可破。」

「還有其他線索嗎？」塔圖姆問。

「她母親給了我們一些人的聯繫方式，大部分是麥迪納的朋友，然後我去監獄跟她父親談過，他似乎很擔心，並告訴我這不可能與幫派有關，層面涉及很廣，然而我們分秒必爭。」

福斯特一臉呆滯，就像一個回首過往、後悔自己決定的男人臉上會出現的表情。「我當時應該為對的事堅持，讓你們的人參與偵辦這起案件，但是我認為我們很快會揭露一些線索，然後又有人去跟小黑談過，從那時候……好吧，我們還在找人，但案件在朝錯誤的方向偵辦，到現在，如果這個女孩被丟在那邊活埋，很可能已經死了。」

「你希望我們找到她，」柔伊說，意識到這一點。「這就是為什麼你一開始就希望調查局介入。」

「當然，你們有辦法追蹤這支影片對嗎？找出誰發佈了影片，我們的網路部門無能為力，但聯邦調查局人員應該能夠輕鬆做到這一點。」

柔伊沮喪地咬牙，她對他們的網路調查能力不像福斯特那樣有信心，但更糟糕的是，福斯特的求救電話打到錯誤的單位。警探需要的是聯邦調查局聖安東尼奧調查處的人員來看看這起案件，但事與願違，他的要求不知為何被發送到行為分析小組，浪費了寶貴的時間，結果來的卻是錯的人。調查局裡有人曾經認真嘗試定位過影片的來源嗎？

福斯特的視線在他們之間游移。「那麼你們能和你們的分析師談談嗎？變一下聯邦調查局的神奇戲法？」

柔伊搖搖頭。「那不是我們——」

「我們會竭盡所能。」塔圖姆說。

# 第十章

就塔圖姆看來，整個調查局只有一人算得上是技術分析師——那就是來自洛杉磯調查處的莎拉・李。他依稀意識到其他人需要頂著「分析師」這個頭銜招搖過市有其道理存在，畢竟莎拉沒有三頭六臂，因此必須僱用其他人來分擔她的任務。但是如果他需要任何協助，他會打電話給莎拉；如果他對爆裂物有疑問，他會打電話給莎拉；如果犯罪現場留下難以判斷的射擊殘跡——莎拉是他打的第一通電話；馬文把家裡的網路路由器摔壞後不知該如何在家修理？趕快打電話給莎拉。

他坐在福斯特對面空下來的小隔間裡，撥打她的私人手機，不必先打她的辦公室電話了。

「塔圖姆？」她接起電話，聽起來半喜半驚。

「莎拉！」她的聲音使他笑了。「妳好嗎？」

「我很好，很高興你打給我，行為分析小組怎麼樣？」

「還在學習這裡的做事方法，」塔圖姆盡其本分加入這段小型談話儀式。「葛蕾絲還好嗎？」葛蕾絲是莎拉養的狗，塔圖姆被牠的事蹟逗樂過無數次。

「牠很好，牠昨天吃到貓屎。」

「好欸，聽著，莎拉，我需要妳幫我一個忙。」

「塔圖姆，你不能一直打電話叫我幫忙。」

「這真的是緊急情況。」

「匡提科沒有人可以幫你嗎？」

「他們都是白痴，每次我請人家來協助我，他們都要我填寫一堆文書表單。」

「你不要激動，」她冷冰冰地說。「文書表單？調查局在想什麼？」

「一下表格212B，一下表格42A——」

「那些不是真的表格編號吧，你有填過任何一張實驗室表格嗎？」

「我不需要填啊，因為妳凌駕了一切。」

「我沒有凌駕一切——看來你只是不想填。」

「就像我是詹姆士·龐德，妳是Q，渾身上下散發了技術分析的奇蹟。」

「我敢打賭就算是詹姆士·龐德，時不時也要填寫一些需求表單。」

「妳就像是能解答所有問題的先知。」

「好了好了，可以了，你需要我幫你什麼？」

他提供案件詳情給她，同步透過筆電發送電子郵件，寄了影片連結給她。他聽見她在鍵盤上敲擊，過了一會兒，他聽見妮可·麥迪納微弱模糊的尖叫聲從電話彼端傳來。莎拉屏住呼吸。

「你需要我協助什麼？」她問。她將影片關成靜音或者按下暫停，尖叫聲停止了。

「我需要妳追蹤這支影片。」

「我可以查一下，但是這需要時間，而且我也不太樂觀。」傳來一陣憤怒的打字聲。「我也會嘗試找出網域名稱——也許我可以透過這個方式找到位置。」

塔圖姆敲著桌面。「還有其他方法可以獲取影片的位置嗎？也許利用空拍照片來搜尋？」

莎拉哼了一聲。「搜尋什麼？德州某處的仙人掌、鵝卵石和沙子嗎？我懷疑這麼做能縮小範圍。」

「那麼也許妳可以——」

「也許你可以讓我好好做我的工作，你就像還在這裡工作時一樣煩人，你的建議不停在我的肩膀上盤旋。」

他在電話中等待，背景傳來幾次滑鼠的點擊聲。

「我剛剛往前快轉了一段，」莎拉說。「他跟總統有什麼關係？」

「這跟總統無關，他只是利用CNN的現場連線報導來——」

「CNN的畫面是現場直播嗎？」

「是的。」

「有發現什麼我會打給你，好嗎？」她聽起來突然間興奮了起來。

「謝謝，莎拉，我真的很感激，妳是我的——」

「我是你的先知，你的Q，你的技術高手——我知道，我會回電給你。」她掛斷電話。

他覺得好笑，轉向福斯特和柔伊，他們正坐在福斯特的小隔間裡，再次檢視案件的時間表。

「我想和妮可．麥迪納的母親談談，」柔伊對他說。「而且我想去看看據稱的失蹤地點。」

# 第十一章

塔圖姆尾隨福斯特的車輛——一輛破舊的銀色雪佛蘭——到達妮可・麥迪納的家。福斯特曾提議要讓他們搭便車，但塔圖姆更想開車，好在路途中掌握聖安吉洛這個地方的氛圍。

如果不是柔伊來選音樂，這段路程也許會很愜意，她硬要他聽泰勒絲的《紅色》（Red），而且還特別強調她跳過某幾首歌，因為希望他能聽到最好聽的那首。對他而言，這並沒有改善他的聽覺體驗。

終於，福斯特的車靠邊停下，塔圖姆減速停在他後面，道路邊緣是草地和泥土，四周不見人行道，右手邊有一大叢野生灌木和樹葉，再過去是一條碎石路。

他關閉引擎，走出車外。

福斯特雙手叉腰等著他們，雙眼被一副深色墨鏡遮住，他指向碎石路。「這就是她家。」

塔圖姆看向那條路，房屋雖小，但維護得宜，前院的草坪割過草，周圍長滿簇簇鮮花，灑水器正在運轉，為空氣抹上霧氣朦朧的色調。他想到妮可的母親蘇菲亞・麥迪納一定茶飯不思在擔憂著女兒。

「沒有路燈，」柔伊在他身旁說。

「房子距離道路只有十五碼，」塔圖姆指出。「沒有近鄰。」

「很容易就能躲在這裡。」柔伊指著樹葉，然後示意他們的來時路。「他可以把車停在那邊，離道路只有幾碼遠，那個位置沒有人會注意到。」

她的雙頰和額頭都泛起粉紅色，但她似乎根本沒有留意到陽光，她有注意到太陽已經升起嗎？還是她看見的這條街是四天前深夜妮可・麥迪納被擄走時的樣貌？她向那堆厚落葉走近幾步，蹲在低矮的樹木和灌木叢之間，塔圖姆注視著她的位置。她是對的：如果綁架者躲在那裡，在黑暗中幾乎無法看到他。

妮可・麥迪納的家門突然打開，一個女人向他們半走半跑過來，整個身軀都因緊張而僵硬。

「警探，」她說。「有妮可的任何消息嗎？」

「沒有，麥迪納女士，對不起。」福斯特輕聲回答。

該名女子的身體一垂，轉頭看向塔圖姆。

「這位是葛雷探員。」福斯特示意。「來自聯邦調查局，他來這裡是為了協助我們調查妳女兒的案件。」

當民眾得知聯邦調查局人員走進他們的生活，臉上會出現各種塔圖姆習於看見的情緒，然而他從蘇菲亞・麥迪納身上看到的唯一反應是稍稍鬆了一口氣。

「謝謝，」她說。「她已經失蹤四天了。」

「我知道，」塔圖姆說。「警探——」

「她和朋友一起去參加派對，他們把她送回家。」她瘋狂又著急地脫口而出。「他們都是好孩子；全部人我都認識，吉娜幾乎是在我們家裡長大，她是妮可最好的朋友。然後他們把妮可送回家，她有回到這裡，但我不認為她有進到屋內，她沒有用到牙刷，衣服也沒放在洗衣間裡，她平常都會換衣服，都會在睡前刷牙，我可以給你她所有朋友的電話號碼，還有她的老師，她的老師都愛她——他們可以告訴你——」

塔圖姆以一種令人放心的姿勢舉起手掌，她的話語戛然而止，這女人用懇切的神情凝視著他。

灌木叢中傳來沙沙作響的聲音，柔伊從樹叢中走了出來，蘇菲亞的目光轉向她。

「這是我的搭檔柔伊．班特利。」他故意忽略不提柔伊的頭銜，他實在不想向蘇菲亞解釋為什麼一名法醫心理學家會來調查妮可的案件。

「介意我們進去屋內嗎？」福斯特問。

蘇菲亞點點頭，領著他們走進屋內，行經灑水噴頭噴出的涼涼薄霧。屋子裡很暗，大部分的窗簾都拉上了，燈也關上，只有一扇窗戶是敞開的，面向街道，旁邊放著一把椅子，菸灰缸和幾個咖啡空杯散落在椅子旁邊的地板上。這是蘇菲亞的崗哨，她可能坐在那裡等待警察出現，也許希望看見妮可沿著碎石路緩步走回家裡。

「可以帶我們去你女兒的房間嗎？」柔伊壓低聲音。這幢寂靜無聲的漆黑房子就像一個哀悼之地，說話不適合太大聲。

「她的房間在這裡。」女人帶領他們到一個小房間，裡頭牆壁漆成柔和的黃色調，床單上有討喜的花卉圖案，光滑的木桌立在一扇小窗戶旁邊，上面擺著幾本筆記本、一盞小檯燈和香薰蠟燭。

「妳女兒失蹤後，妳有整理過房間嗎？」柔伊問。

「沒有，」蘇菲亞說。「妮可喜歡房間井井有條。」

塔圖姆走向遠處的牆壁，牆上掛著一個小架子，上面擺滿烏龜的小雕像，有不同的大小和形狀，由木頭、玻璃、塑膠、布料製成，他拾起一隻手工製作的泥龜。

「這是妮可的收藏，」蘇菲亞解釋道。「她十二歲就開始收集了。」

「妮可有男朋友嗎？」柔伊問。

「沒有，她六個月前跟男友分手了，」蘇菲亞回答。

「他是誰？」

「一個學校裡的男生。」

「我們和他談過，」福斯特說。「他有一段時間沒見過妮可了。」

柔伊瞥了一眼福斯特，狐疑地抬起眉毛。「還有其他男生嗎？她沒有跟人約會嗎？一次都沒有？」

「沒有，有的話她會告訴我的，」母親回答。

「她有認識新朋友嗎？」

「她一直都有很多朋友，但我認為沒有任何新朋友，她整天都在手機上跟他們互傳訊息，手機一直發出震動聲，我都快抓狂了，我……」她說不下去。塔圖姆敢打賭，她方才一定是想到現在已經聽不見手機的震動聲了。

「她受歡迎嗎？」柔伊問。

「受歡迎，她人很好又可愛，很有交朋友的本事。」

柔伊嚴厲盤問她關於妮可的生活習慣——她白天做什麼事，誰與她互動，她是否經常在深夜返家。塔圖姆四處晃蕩，檢查房間，一邊聆聽那個女人的回答。失蹤女孩的身影無處不在：妮可在梳妝台上的照片，一把梳子的握柄上綁著一束髮圈被丟在架子上，一雙粉紅色的夾腳拖放在一個角落裡。不久之後柔伊停止提問，只是聽著蘇菲亞說著關於妮可的故事：妮可有多熱愛游泳，一直害怕床底下的怪物到六歲，妮可花光所有零用錢幫她買了生日禮物。

最後她似乎精疲力盡了，淚水順著她的臉頰流下，她的話語中充滿了恐懼和擔憂。

福斯特向她致謝，他們走到戶外，關上身後的門。

「你在哪裡發現磨擦痕跡的？」柔伊問。

福斯特走到小路的邊緣。「在這裡。」他蹲下。「現在看不太到了，但是我們有拍下幾張照片。」

塔圖姆的手機響了，他查看螢幕，是莎拉．李，他走到一旁，讓福斯特與柔伊談話，然後接聽電話。

「妳有發現了嗎？」

「那個CNN影片是現場直播的對嗎？這樣我們就知道影片是何時拍攝的。」

「沒錯。」塔圖姆看著福斯特和柔伊站直身體，福斯特指著街道說了些什麼。

「我聯繫了覆蓋該地區的系統業者，」莎拉告訴他。「並詢問那段時間瀏覽CNN現場直播頁面的用戶CDR。」

塔圖姆消化一下這項資訊，他花了幾秒想起CDR是什麼意思——通聯紀錄。當這個人瀏覽CNN頁面時，系統業者會保留這個活動的記錄，其中必須包括網域名稱以及為該請求提供服務的基地台，並且可以將其轉譯為大致的位置。對他們來說幸運的是，此資訊不受憲法第四修正案的保護，莎拉可以在沒有搜查令的情況下存取。

「那份名單一定很龐大。」

「是很龐大。」莎拉的聲音聽起來很得意。「所以我縮小範圍到聖安吉洛周圍，在CNN網站上取得該特定影片的確切時間，並限縮在該時間點開始觀看現場直播五分鐘之內的用戶通聯紀錄，名單就變得很短了。」

「多短？」他問，聲音緊張了起來。

「聖安吉洛或附近地區有十八個電話號碼，在那十八個號碼中，有十七人在聖安吉洛市區內，所以他們顯然不是我們要找的人對嗎吧？我們要找的人在茫茫荒野中。」

「莎拉……」塔圖姆感覺自己的心臟跳動。「妳有掌握到位置可以提供給我嗎？」

「我正在向你發送GPS坐標，而且我已經檢查過衛星影像了，塔圖姆，這個位置的準確度不高，但是周遭環境非常符合這個影片。」

# 第十二章

柔伊看著碎石路和周圍的環境，試圖描繪那個夜晚，沒有路燈的情況下幾乎是一片漆黑，妮可朋友開的車把她送到家，她揮手告別，他們的車開走，將她留在黑暗之中。她可能很快就走到門口，將她擄走的男人就躲在院子裡的灌木叢中——她幾乎百分之百確定這一點，那是最有可能的藏身之處，他不可能臨時埋伏在那裡，這早就計劃好了。

「我取得位置了！」塔圖姆激動的聲音使她從幻想中驚跳起來，他指著手機強調這句話。福斯特一下子就站到他旁邊，柔伊急忙加入他們的行列。

「在哪？」福斯特問，上氣不接下氣。

「溢洪道，」塔圖姆說，在手機螢幕上指著地圖。「這是大概位置，前後五百英尺以內。」他切換到衛星影像，他們等待了幾秒鐘，因為手機的網速很慢，需要等待影像下載，那裡大部分區域都覆蓋著仙人掌、灌木和樹木。

福斯特看著手機螢幕。「照這樣看來，也可能是沙利瑪路。」

「不太可能，」柔伊插話。「這裡離農場太近了。」她指出農場的位置。

「從這裡沿著溢洪道五百英尺嗎？」福斯特用手指沿著衛星影像指示。「不可能是道路北邊——林葉太茂密了，他把她埋在一塊空曠的土地，想必在這附近。」他指著地圖上的一小片區域，直徑約五十英尺。

「我認為你的判斷是對的，」塔圖姆表示同意。

「我現在就派巡邏隊過去，如果她在那裡，我們會找到她。」

「不要，等等！」柔伊脫口而出。「你必須找犯罪現場鑑識技術員跟你過去，才能處理這塊區域。」

「妳在開玩笑吧。」福斯特難以置信地看了她一眼。「那個女孩現在可能正在那個箱子裡悶死，沒有時間——」

「如果她在那裡，她已經死掉三天了，」柔伊果斷地說。「匆忙把屍體移出，只會破壞我們之後追捕這個人的努力，無論這是誰幹的。」

福斯特看了一眼房子，彷彿擔心妮可的母親正在聽他們討論。「妳又不知道。」他壓低聲線嘶聲說。

「我知道，我們的分析師最多給麥迪納三十六小時。」

「這只是猜測。」

「這事實上叫做運算。」

福斯特吐了一口氣，搖搖頭。「我要盡快把這女孩挖出來。」他大步離開。

「我們打電話給警督，」柔伊急急對塔圖姆說。「我們需要他們保存犯罪現場。」

塔圖姆看了她一眼，皺著眉頭。「這不是我們的案子，」他提醒她。「我們只是來這裡提供建議，而且我們絕對不想得罪警探。」

「但是他們可能會開著巡邏車或重型機具強襲那座墓穴的所在地，並且踐踏每一絲我們日後可能用得上的證據。」

「這不是我們能做的決定。」

# 第十三章

由於塔圖姆在某處轉錯彎，到溢洪道的車程花了三十分鐘，他們一到達，輕易就可以看見警察已經找到確切位置——那裡已經停妥兩輛巡邏車。他們一看見他們，柔伊便從他身旁發出哀吟，有四名警官正在賣力挖掘，其中三人用鏟子挖；另一人正在徒手挖掘，從坑裡剷出一把把泥土。

塔圖姆從道路轉向，車胎在礫石上刮擦，他打開車門，半跑著朝向四名警官前去，他接近時，其中一名警官轉身面對他，可能正要告訴他別靠近。

「聯邦調查局葛雷探員，」塔圖姆說著，亮出他的徽章。「我只是來這裡幫忙的。」

警官似乎困惑了一下，然後聳聳肩，回頭處理那愈來愈大的坑洞。這些人近乎瘋狂地快速挖掘，塔圖姆感受到他們的激動，他提醒自己柔伊的判斷可能是正確的，如果那個女孩就在這片沙地下，她早就死了，他唯一的希望是她根本不在那裡，而影片是偽造的，或者將她活埋並暫停拍攝影片後，那個男人又再次將她挖了出來，還有，為什麼要暫停拍攝影片？他所能想到的唯一原因是那個男人想要掩飾些什麼。

在他想通之前，塔圖姆位在一個坑洞裡，站在其中一名警官身旁，用手鏟著泥土。這裡很容易挖掘；土壤並不結實，從影片中那個人將泥土撒入墓穴以來，這幾天還不夠時間硬化。

他將幾把土從坑洞裡扔出，試圖回想這座墓穴有多深，他們需要挖多深？大約三或四英尺，不會再更深，以他們的挖掘步調來看，十分鐘以內就可以挖到。

其中一個男人痛得哭了出來，他們都停止挖掘，那人舀出泥土時，一把鏟子擊中他的手。

「小心一點，拉米雷斯！」這個男人怒氣沖沖地對他旁邊的警官說。

「不好意思！」拉米雷斯道歉，往側面移開一步。

「差點把我的手指砍斷了，」受傷的警官抱怨道，但他又開始鏟沙，不理會手掌上鮮紅的血跡。

幾分鐘後另一輛車出現，塔圖姆抬起雙眼，看到福斯特警探拿著好幾把鏟子下車，他匆忙走到墓穴前，稍稍停頓，看見塔圖姆在墓穴中，然後他簡略點頭示意一下，便把鏟子遞給他。

沒多久，一把鏟子擊中木頭，發出一聲巨響。

「我敲到了！」拉米雷斯大喊。「就在這裡。」

塔圖姆挖得更快，感覺到一陣騷動，身旁的人也一樣開始瘋狂挖掘，很快地，他可以看見木頭浮現——是未拋光的木板，泛白而骯髒。他發現鏟子成為沉重的負擔，因為鏟子不斷敲在木板上，他將鏟子從坑洞中扔出去，然後又開始徒手挖開泥土，其他所有警官也如法炮製。

用手鏟起、站直、扔出去、蹲下、用手鏟起、站直、扔出去……塔圖姆揣想他的背等等會痛得要命。

「好了！」福斯特大喊。「可以了，大家都從坑裡出來吧。」

現在幾乎可以看見箱子的上蓋，只有幾處還覆蓋著小堆沙土，阻止他們掀開上蓋的唯一理由是目前上面站著四個人。塔圖姆爬出坑洞，其餘人跟著爬出。其中一名高大禿頭又寬肩的警官，屈身進入坑洞中，抓住箱子上蓋的邊緣，用力一下，上蓋依然文風不動，沙子的重量壓得箱蓋依舊緊閉，但那人發出一陣咕噥，突然間咯吱一聲，上蓋掀開了。

一股氣味襲擊而來，對塔圖姆而言這昭然若揭。他周圍的人發出呻吟，其中一人跑進灌木叢嘔吐，塔圖姆往棺材裡瞄了一眼，看著變色腫脹的屍體。

妮可・麥迪納終究還是躺在裡面，而且早已死亡。

# 第十四章

柔伊這輩子一直被人家說她神經大條、不懂圓融行事，不過，當塔圖姆自到達墓穴地點以來首度轉頭看著她時，她知道這時候最好是別多說話。他的西裝通常平整無瑕，現在布滿灰塵，汗跡斑斑，布料皺起，白襯衫的一顆鈕扣開了，他的頭髮亂蓬蓬的，臉上的表情既疲累又悲傷。在那一刻，她有種想擁抱他的衝動。

他走向她。「她至少已經死了兩天。」

柔伊簡短地對著他點點頭。幾碼遠處，福斯特警探控制現場，叫這些人離開墓穴，去犯罪現場周圍設立邊界，因為當然了：如今這裡已成為謀殺案的現場。

她走近墓穴凝視著內部，仔細查看屍體，麥迪納的衣著完整，想必還穿著她在派對上的衣服。柔伊在心裡記下，要與她的朋友們確認這確實是她當時穿的衣服。她的襯衫凌亂但完好無缺，雙眼緊閉，也許幸好她在完全耗盡空氣之前早已失去知覺，她的靜脈和動脈都變色且暗沉，在蒼白的皮膚上縱橫交錯。一隻蒼蠅降落在她臉上，但這是第一隻，沒有昆蟲在屍體周圍爬行，也許是因為埋得太深，或者土壤太乾，沒有昆蟲得以生存。

有一個小型裝置嵌在箱內，位置就在屍體的頭部旁邊，是一台攝影機。柔伊蹲下好更仔細查看，有一小束電線從箱上的一個洞中鑽出，她檢查那個鑽出來的洞，側面不平整，兩個剖面的電線部分都裸露出來，她想知道電線的尾端從哪裡穿出地面。

她皺眉，重新審視箱子和屍體，這個箱子比屍體高一些，且顯然寬了很多，也許這是標準尺寸——她必須確認一下，但是她有種直覺，那就是箱子的空間比他所需的還要大。

凶手在建造箱子時是否已經設想到妮可的身材，還是他打造了可以容納任何隨機受害者的箱子？

「探員，妳介意在這裡簽個名嗎？」福斯特站在她身邊，遞給她一塊書寫板和一支筆。她看了一眼，是犯罪現場紀錄簿。「當然。」她從他手中拔出筆，並在塔圖姆的名字下方潦草簽下自己的名字。「我不是探員，福斯特警探，我是民間顧問。」

福斯特不專心地點點頭，這兩者的區別離他的思緒很遠，他凝視著墓穴，「什麼樣的怪物會做出這種事？」

「他不是怪物，」柔伊不假思索地說道。福斯特瞇起雙眼，她補充，「跟你交手的是一個人，不是怪物，他可以被研究和理解，可以抓得到。」

「妳認為還會有更多案件嗎？這是連環殺手嗎？」

她思索一下。「我認為最好是等我們掌握犯罪現場的詳盡報告之後再談。」

福斯特抬頭看著天空，落日正在西下。「明天就會拿到，我們會挑燈夜戰，但我想我們會在早上再對現場進行一次肅清。」他的手機響了，他走開去接聽電話。

一名警官因為參與挖掘，制服上滿是塵土，纏在一起的犯罪現場封鎖線圍繞著墓穴周遭的矮灌木叢。柔伊走開，掃視她周圍的區域，一堵樹牆遮擋了馬路上看往墓穴的視線，樹枝扭曲而布滿棘刺，覆蓋著蕁麻類的植物，樹木間生長的仙人掌提供了額外的掩蔽，仙人掌厚實的綠臂營造出一堵幾乎無法穿透的牆。馬路本身是一條漫長而狹窄的路段，幾乎沒有往來車輛，舉目所見的一切都是由米色、灰色或覆蓋塵土的綠色所構成，感覺就像一條沒有盡頭的死路。

這是掩埋屍體的理想地點，或者以這個案件來說，是活埋受害者的的理想場地。

她轉身回望，仙人掌和樹木的樹牆上有一道約六英尺寬的開口，兩輛巡邏車停在其中，一台接著一台。柔伊嘆了口氣，顯然這是凶手曾駕駛自己的車輛通過的道路，他們可能已經把留下的輪胎痕跡抹得一乾二淨了。她走到這條狹窄的小路，皺著眉頭蹲下。

「這是什麼？」塔圖姆在她身後問。

「這裡本來也有生長植物。」她指著從地面伸出的樹枝。「有人修剪過樹木了。」

「妳認為是凶手幹的？」

她站起身。「有可能，看看這小徑，是直接通往墓穴地點的吧？他已經準備好車道了。」

「他事先已經計畫好墓穴的地點。」塔圖姆說，一秒鐘後他補充道，「他甚至可能在綁架受害者之前就挖好墓穴了。」

「但為什麼是在這裡？」柔伊問。「我們現在身處沙漠之中，大概有一百萬個地方可以活埋人，為什麼要選擇一個他得大費周章才能準備周全的地點？」

塔圖姆沒有回答，仔細檢查修剪過的樹枝，最後他站起身轉向她。「我剛剛跟曼庫索匯報過最新案情，她想知道我們是否認為會有更多受害者。」

「現在判斷還為時過早。」

「但是妳有預感對嗎？我知道我有。」

「我們不能憑預感行動。」

塔圖姆嘆了口氣。「妳的直覺告訴妳什麼，柔伊？」

她咬咬嘴唇。「還會有更多件，重點不是要殺害妮可．麥迪納，重點是要把人活埋，這是個幻想。」

「我也是這麼想，」塔圖姆說。「如果凶手稱這個為一號實驗——」

「他很有可能已經在計劃二號實驗了。」

# 第十五章

他對網路感到失望，儘管他並不認為自己的影片會立刻爆紅，但他以為觀看一名女性被活埋所誘發的數字，會比目前影片寥寥可數的一千九百零三次觀看數還要多。

他起初發送影片的十位部落客和記者中，沒有一人針對影片發佈過任何訊息。他大部分的觀看數字都來自同一個網站，該網站專門收集傷患和垂死者的影片，即便在那個網站，他的影片受歡迎程度也很低。有一名用戶說：影片真鳥，他們沒有看到這名女子窒息而死，另一名用戶留言說這影片顯然是演的，而且兩個演出者都演得很爛。

無所謂，下一支影片會引起他們注意。

他切換到Instagram，並開始滑動他的目標來源，他幾乎沒有再親自追蹤她們了，當女人費盡心思自己送上門，為什麼要冒著被逮到的風險呢？他觀賞著那些新的自拍、姿勢和挑逗的照片描述。他記下那些交了新男友的人，還有那些因為「終於有空」而去參加派對的人。

這些人是他最好的目標，男友會使事情變得更加複雜。

他在一位葛蘿莉亞·金恩的個人檔案上停留一下，葛蘿莉亞剛在一張晚上與朋友出去玩的照片上標記了自己，自拍照中，他們三人拿著啤酒瓶對著鏡頭微笑。葛蘿莉亞穿著一件無袖的粉色襯衫，露出古銅金的膚色。這張照片剛發佈不久，僅在二十分鐘前上傳。

晚上出去玩，出去買醉，她會喝得醉醺醺回家，時間遠超過午夜，父母早已入睡。他當然知道她住在哪，他們養了一條狗，但被綁在前門附近。通往她家的小路漫長又漆黑，附近的房屋相鄰甚遠，不會有妨礙。

機不可失，他考慮了一下，葛蘿莉亞命懸一線。

還為時過早，他並不急於行事，多的是時間。

他最小化瀏覽器視窗，並雙擊桌面上的影片縮圖，年輕女子的臉孔出現在螢幕上，她慢慢甦醒，發出第一聲尖叫，他已經可以感覺到體內的興奮感逐漸累積。他試著不要看這支影片太多次，任何事情一旦重複就會變得令人乏味，即便是這支影片。但就目前而言，影片幾乎仍像第一次觀看時令人興奮莫名。

他只從頭到尾看過整部影片一次，總長達到十四個小時，甚至不算加長版，只是原始素材，某些片段不太好看，7:08:00到11:32:00之間她都只是緊閉雙眼，一動也不動地躺在那裡，12:35:23之後，那個女人完全停止動作了。

但總的說來，這絕對是可供使用的好素材，他估計他的個人剪輯版本片長大約會是三小時。

現在，經歷漫長的一天後，應該來解放一下，他知道有幾個不錯的片段可以觀賞，他可以從3:42:00開始看。

妮可．麥迪納重擊上蓋，又開始尖叫，他抓起桌上那盒衛生紙，重重喘著氣。

# 第十六章

哈利．巴里坐在他的辦公桌旁發呆出神，《芝加哥每日公報》辦公室內持續不斷的噪音成為他思緒的背景音樂，他幾乎注意不到噪音：印表機不斷吐出紙張的聲音，同事不斷敲擊鍵盤的聲音，蓉達和她丈夫每日大聲的電話交談。過去六年間沒有改變過，六年來的千篇一律，六年來撰寫著編輯喜歡稱其為人性化故事、而哈利則稱之為成癮性的垃圾——名人新聞和性醜聞，有時他會將一些名人醜聞和性愛新聞寫在一起。

他曾經喜歡撰寫這類報導，他很擅長。

但是他嚐到甜頭了，這使他現在的日常生活變得平淡無奇，就像每天喜歡吃肉餅的人，後來有次吃到多汁欲滴的牛排一樣。

他左思右想著這件事，回想起僅僅一小時前電話裡進行的簡短交談。他接收到暗示了，這則暗示撩撥著他，告訴他這是一篇好報導，一篇他已醞釀超過一個月的好報導，這篇報導的下一章不在他上班的芝加哥。

在聖安吉洛。

問題在於他要如何去到那裡。

休假並自掏腰包出差的想法讓他覺得不太舒服，不，讓他老闆來付差旅費和食宿開支會更好，如果他可以不耗費寶貴的休假，這段期間還能支薪，那絕對是好上加好。要如何說服他的編輯：這正是他腦中思考的問題，他看不出有什麼辦法可以解決這個難題，這讓他非常心煩。

他瀏覽他最新的線上文章，其中他揭露一位當地著名的大學橄欖球隊中衛和一名啦啦隊成員的戀情，文章的標題是——「拋來一點感覺」，這標題使他感到非常自豪。這是一篇短文，以一種令人困惑的方式寫成，就像他寫的所有「人性化故事」一樣。他在文章上署名，一如往常署名為H. Barry，因為哈利．巴里並不是一個恰當的記者名字，事實上這名字對任何職業來說都不恰當，這表明了父母親的怠惰，彷彿他母親曾這麼說過：「我們不必幫他取全名，只要找一個字母換掉就好了[1]。」

現在，當他需要找點樂子來分心時，他經常向下滑到留言處，他很愛看酸人的網路白目、生氣的讀者、和普遍伴隨著留言的孤獨感，但他最喜歡暴怒的讀者，這種讀者會欲罷不能地把文章從頭看到尾，然後急於去發表批評表示現在人人都對性或暴力執迷，再抱怨美國價值的低落。沒有一種留言能讓他看了如此滿足。

在公民參與十三論壇上發佈的一條留言特別引起他的注意。垃圾文章，該文的「作者」該對自己引以為恥。

這條留言一開始引起他的注意，首要是因為這是唯一沒有拼錯字、又確實使用標點符號的留言，但更重要的是由於留言中的情緒。

他該對自己引以為恥。

他盯著看了良久，臉上露出笑容。引以為恥，現在有件事可以引以為恥了。

他查看一下時間，他本該在十分鐘前將下一篇文章的草稿寄給編輯，這意味著他會出現——

「哈利，草稿在哪？」丹尼爾．麥格拉思走進他的隔間。

---

1 Harry Barry，姓和名只差一個字母。

哈利沒有回答，凝視著螢幕，目光飄散向遠方。

「哈利，嘿！」

哈利眨眨眼，回頭看與他共事多年的編輯。「噢，丹尼爾，我沒聽到你過來。」

「該死的文章在哪？你跟我說你今天有好的企劃，那個姓羅素的女人的狗仔隊裸照。」

「狗仔隊，對。」哈利嘆了長長一口氣。

「嗯？文章在哪？」

「丹尼爾，你有沒有停下來思考一下我們在做什麼？」

編輯驚訝地眨眨眼。「你是說不要再僱用我們自己的狗仔攝影師嗎？我跟你說過了，這麼做比較便宜——」

「不是，我是指……」哈利可悲地示意電腦螢幕。「這一切。」

「報紙？」

「我寫的那些文章，那些人，我剛坐在這裡寫那篇文章，突然間我想到，凱西．羅素也是人生父母養的。」

「她……好吧，那有什麼差——」

「她有一個母親，也有一個父親。」

「對，大家通常都有一對父母。」

「你能想像週日早上打開報紙，你女兒裸露的胸部就刊在頭版上嗎？」

「不要自抬身價了，文章會刊在第八版，哈利。」

「那感覺如何，那是曾在你膝蓋上跳來跳去的同一個小女孩……」

「我們會幫胸部馬賽克，你知道的。」

「那個聽你講睡前故事的小女孩……」

「你在說什麼啊？」

「這會讓他的心很痛，他的女兒被這樣剝削。」

「被剝削？我……你一開始不是告訴我，就是她自己去找狗仔攝影師的嗎？」

「你年輕的時候沒有犯過錯嗎？我們就像鬣狗，等著她自投羅網，她自己去叫狗仔的又怎麼樣？她還那麼年輕。」

「她二十六歲了。」

「她二十六歲。」哈利搖搖頭，閉上眼睛。「才二十六。」

丹尼爾靠近了一些，壓低聲音。「哈利，這是怎麼回事？」

「我們沒有使世界更美好。」

「更美好？你在說什麼？我們提供娛樂，我們讓人們開心。」

「我們需要堅持更高的標準。」哈利開始自得其樂起來。「這是我的錯，我沉溺於他人的關注，但是現在我們有了一個強大的平台，我們可以利用它，我寫的是人性化故事對吧？我們要把握機會。」

「把握機會？」

「你還記得那封電子郵件嗎？那個照顧罹癌街友的護士？我們來寫一篇關於她的報導。」

「你是不是在逃避寫這篇文章啊？我可以把文章給別人寫，我有好多新人記者想拿那個姓羅素的女人的胸部做文章，想寫得要命。」

「凱西．羅素，她有名字，她是活生生的人，丹尼爾，一個有血有肉的人。」這句話真實引用自他某篇文章的一條留言。

「她是一個活生生的人，她丈夫侵佔了數百萬美元，她現在露奶要搏版面。」

「我想寫教非法移民英語的老師的故事。」

「沒有人想看那個！」

「他們該看！我不想以自己的工作為恥。」他考慮重擊他的胸膛，但決定這樣演過頭了。

「我要寫一些優質的人性化故事，不再剝削。」

丹尼爾的眼睛骨碌轉動，焦慮感在他們之間來回。目前哈利是該報最受歡迎的記者，不僅因為他的題材，還因為他知道如何利用題材，糟的是他突然感到羞恥了。

「聽著，我看到你在經歷一個過程，哈利，跟你說吧——你需要休假。」

「不要，我想寫報導。」他移動桌上的文件。「我這裡有題材，收養三腳狗的獸醫，你一定會非常喜歡這則報導。」

「跟你說吧，」丹尼爾脫口而出。「要不你去追蹤那個側寫專家的後續吧？班特利？你已經跟我盧了好一段時間了。」

「班特利？」哈利揚起眉毛。「上個月那個聯邦調查局側寫專家？」

「你那時候很有興趣寫關於她的文章啊。」

「寫犯罪嗎？和連環殺手？我不知道耶，丹尼爾。」

「試試看，你可以把它寫成正面的文章，一位年輕側寫員，想要有所作為，這是一則很好的報導對吧？」

「我不認為她有空接受採訪，她剛去了聖安吉洛追一起案件。」

「好啊……太好了！」丹尼爾眼睛一亮。「飛去那裡，看她在辦什麼案子，然後寫篇文章，那不算剝削了對吧？也許換個風景會對你有所幫助，看事情的眼光會更正面。」

哈利再次沉重地嘆了一口氣，肩膀垂落，然而在他腦海中，他正在繞場一周慶祝勝利，而群眾瘋狂地歡呼。

# 第十七章

柔伊躺在汽車旅館床上，淋浴後頭髮仍濕答答的，她穿著一條內褲，套上一件寬鬆的上衣，上面印有柔伊不認識的獨立樂團標誌。這件T恤是安德芮亞的，柔伊確定她其實是從波士頓交往的一個男友那裡拿來的。

但襯衫穿起來很舒適，舒適正是柔伊現在所需要的。

他們在犯罪現場鑑識技師現身後不久離開現場，柔伊主動提出要開車，塔圖姆似乎很累，精神不集中。他堅持要開車，她沒有爭論。他載著他們兩人到離警察局很近的一家汽車旅館，車程途中兩人都保持沉默，她一在身後關上汽車旅館的房間門，畫面和感受就開始長驅直入，那些感受倚靠在她用來保護自己的那堵公正客觀的心牆上，一旦她一人獨處，那堵牆就變得薄如蟬翼。

她可以走出房門找事情來分心，但是她從經驗中了解，這只會導致可怕的噩夢，她的思想無論如何都需要出口，她做好心理準備了，最好現在就面對。

屍體觸發了她的感受，在她看到現場之前，關於當時發生的事情可能有無數種理論，但一旦他們找到屍體，當她對屍體狀況心裡有數，這些現實便融合為一體：妮可．麥迪納被綁架後放入箱內，遭到活埋。

柔伊有種本領，她可以潛入凶手的腦海中，像他一樣思考，有時甚至能猜出他的下一步，但這種天賦是需要付出代價的，她也經常發現自己陷入受害者的內心，目睹他們的最後時刻，幾乎對他們的遭遇感同身受。

以妮可為例，她甚至不需耗費多大的想像力，這是第一次，她能親眼看見受害者遭受的痛苦，在那夢魘般的時刻，滑入妮可．麥迪納的思緒，就像呼吸一樣自然。

那個箱子一直漆黑一片，她正面朝上躺著，只要一動，就會感覺到她周圍的那堵牆，空氣呼吸起來汗濁不堪又塵土飛揚，隨著時間的流逝，她感到呼吸困難，這會引發恐慌。

那道逼近她的圍牆圍繞著她，她滿懷恐懼地發現自己被困在裡面無處可逃。

柔伊小時候曾與家人一起去勞雷爾洞穴（Laurel Caverns）旅行，一大群人一起去，柔伊很興奮，四處揮舞著她的手電筒。然後在旅途中，她爬過一條狹窄的隧道，前面的女人卡住了，她身後的一大群人持續逼近，沒有意識到前進的通道被擋住，柔伊可以感覺到他們身體的重量正在逼近，她周圍的牆壁，前後都堵滿擋住她去路的人——她突然感到呼吸困難。緊隨其後的安德芮亞推推她要她移動，柔伊使盡全身的自制力才沒有踢她一腳。

那天之後，她總是避開洞穴和隧道，而狹窄的電梯也會使她感到不適。

她躺在床上，想像被困在那狹小空間中的感覺，周圍壓著堆積如山的泥土，她的心跳在耳裡震動，呼吸短促，驚慌感就要爆發。

# 第十八章

塔圖姆站在淋浴間，背部發疼，手掌因無數擦傷和刮傷而灼熱地刺痛，一根指甲斷了，底下流出細細一道鮮血。他讓熱水洗淨全身，想到妮可·麥迪納躺在箱子裡，想起那個女孩在影片中的尖叫聲。

他發覺水在腳邊淤積，水呈灰色，挾帶了泥土，他嘆了口氣，打開汽車旅館慣有的肥皂盒包裝開始擦洗。

他一洗乾淨便離開浴室，用毛巾擦乾身體，在身後的拼花地板上留下濕濕的腳印。考量到衣櫥空間非常有限，他關上窗簾，然後扔下毛巾。

夜色即將降臨，但謀殺案現場通常不利於健康的食慾，他也沒打算吃晚餐，本想看一下電視，但是被關在一個小房間裡的想法也缺乏吸引力。

這家汽車旅館設有一座小泳池，塔圖姆認為小游一下泳對他的背部和胃口都非常理想。他沒有打包泳褲，所以他穿了內褲，白色的寬鬆四角褲顯然是大忌，黑色的則有點太緊了，雖然只要他待在游泳池裡就不成問題，一旦他離開游泳池，布料就會像塑膠三明治包裝一樣緊貼在他的私密部位。藍色的那條可能還行，他穿上後把毛巾扔到肩上，然後離開房間，鎖上背後的房門。他忽視腦海裡那陣恐慌的聲音，那聲音說他竟然只穿了內褲就要跑去外面——才怪，他算是有穿泳褲。

游泳池以任何標準來說都不算大，落日的餘暉照得水面粼粼閃耀，水面靜止，彷彿在祈求著誰跳下水。塔圖姆頭朝下縱身一躍，由於池底比他最初預估的要近許多，差點害他腦震盪。他在水底下游到泳池另一側，重新浮出水面，深深吸了一口氣。

他來回游了幾圈，距離短得可笑，有點像在浴缸裡來回游，但一時半刻內他心無旁鶩，只專注於身體在水中的動作和呼吸，還有每次到達泳池邊緣時都要將自己推離。

短短游了幾圈後，他感覺有人在看他，他停下抬起頭來。是柔伊，正用她銳利的眼神盯著他看，就像一隻掠食的猛禽正在考慮吃掉一條魚當晚餐。

他愉悅地向她揮手。「來游泳嗎？」

她皺皺鼻子。「我不喜歡游泳。」

「水真的很舒服又很涼。」儘管事實上天空已轉為深藍色，但空氣仍然很悶熱。「妳可以泡泡腳。」

令他驚訝的是，她真的坐在泳池邊，脫下鞋子。她將一隻腳浸入水中，然後是另一隻，然後長長嘆了一口氣。

他游到她身邊，她的表情顯得飄忽又心神不寧。那當下他差點拿水潑她，回想起大學時代，這肯定是能引起女孩尖叫和笑聲的方法，女孩會嬉笑著說「不要潑了！」但這下子看著她的表情，他改變主意了。柔伊看起來不像是那種會邊叫邊笑的人，她可能只會投來一個毀滅性的冷眼，或者可能會殺了他。

「妳還好嗎？」

「還好。」她發出一陣小寒戰。「我只是需要出來走一走，我一直在想妮可．麥迪納。」

塔圖姆點點頭，幾秒鐘後他問，「妳為什麼不喜歡游泳？」

她饒富興味地看著他。「你沒看過《綠野仙蹤》嗎？水會害我融化。[2]」

塔圖姆對著她笑，她也笑了。

「我就是不喜歡游泳，」她說。「我不喜歡冷水，游完泳之後我的頭髮會糾結在一起，游泳池裡的氯也會使我的皮膚發癢。」

「懂，游泳是下下之策。」

「安德芮亞高中的時候是游泳隊，」柔伊補充道。「如果你不管她，她會每天泡在游泳池裡。」她摸索著口袋拿起手機，噘著嘴點了一下螢幕；然後她把手機放到一旁，凝視著池水。

「安德芮亞最近怎麼樣？」塔圖姆問，猜想這正是柔伊剛剛在確認的事。

「我不知道。」她的語氣不耐。「她沒有回我訊息。」

「她已讀了嗎？」

「嗯……沒有，但我看過她一直故意無視訊息的時候，她不會點開自己想要忽略的訊息，她會那樣狡猾地逃避看訊息。」

「我想她一定沒事。」塔圖姆非常清楚，這項聲明很空洞。討論羅德．格洛弗寄給柔伊的最後一封信，還有他和安德芮亞的合照時，他一直在場，但是從那天開始，沒有人再看到格洛弗的蹤影，或聽說他的任何消息。如果柔伊有接到過他的消息，她也沒有透露。她再次檢查螢幕。

「安德芮亞是一個聰明的女孩，」塔圖姆說。「她不會——」

「安德芮亞不知道像格洛弗這樣的人有能耐做出什麼事，如果她知道，她就永遠不會離開公寓了，但是我知道，你也知道。他們構築精心的幻想，為之癡迷，讓幻想更複雜、更栩栩如生，直到他無法抵抗衝動，然後他們就會採取行動。」

「對，但是羅德．格洛弗從來沒有針對過特定的女孩，這是妳告訴我的。他總是見機行事，鎖定落單的女孩，他不會跟蹤任何人。」

「他就跟蹤過我，」柔伊指出。

一個月前，在調查發生在芝加哥的勒喉禮儀師案件期間，格洛弗一直尾隨柔伊，等到她落單，他突然間出手襲擊，幸運的是她設法擊退了他。塔圖姆知道，如果他是柔伊，他是無法冷靜下來的，知道其中一名他們例行側寫的對象可能鎖定你的家人……這感覺令人作嘔。就像腫瘤科醫師在自己的孩子身上發現腦瘤症狀一樣——他會知道這些症狀可能意味著什麼。有時無知真的是一種幸福。

他抬頭看著柔伊，注意到她一直迅速眨眼，嘴唇顫抖。坐在游泳池邊，雙腳浸在水中，她突然看起來像個在尋找父母的走失孩童。

「我的其中一個案件在進行內部調查，」他脫口而出，想找話題讓她分心，任何分心都好。這方法有效，柔伊集中注意力盯著他看，睜大雙眼。「什麼案件？」

「對戀童癖嫌犯不當開槍。」

「噢。」她點頭。「我記得——你跟我說過，那個人伸手去拿他的相機，你就對他開槍了，對嗎？」

「他伸手去拿他的包包，所以我對他開槍，後來我們才發現他伸手是要去拿相機，他的包包裡沒有槍械。」

柔伊似乎仔細思考了一下。塔圖姆覺得有點冷，游到游泳池另一端，然後再游回來。

---

2《綠野仙蹤》裡的女巫怕水，桃樂絲拿水桶朝女巫潑去，女巫逐漸融化消失，桃樂絲因此打敗了女巫。

「為什麼他們要重啟調查？」她問。

「據說有一個新的目擊證人。」

「證人有看到任何對你不利的證據嗎？」

「沒有，」塔圖姆斷然說。「他們已經看見發生了什麼事，我無法預知他不是伸手要去拿槍。」

「你在開槍前有說什麼話嗎？」

「只有叫那個人高舉雙手。」

「你有叫他名字嗎？」

「什麼？」

「你有叫那個人的名字，還是只是叫他高舉雙手？」

「這有什麼差別？」

「觀感不同，是哪一種？」

塔圖姆將自己從游池拉上來，池水在白色的石頭上流淌。他從附近的塑膠椅上抓起毛巾，把身體擦乾，同時確認自己的內褲是否還在原位，他拉了一下內褲，然後坐在柔伊身邊，毛巾掛在肩膀上。「我想我叫了他的姓，他姓威爾斯，所以我大概是說了，『威爾斯，把雙手舉高。』」

「只叫了他的姓？你還說了別的話嗎？你有說清楚嗎？」

「沒什麼大不了的，柔伊，只是有人在興風作浪，不用擔心。」

「如果他們重新審理此案，一定事出有因，這很大不了。」

「不要有壓力，」塔圖姆煩躁地說，他希望自己沒有提起這個話題。

「你在追他，對嗎？」

「對，我們跟監他的時候，他在街上抓了一個年輕女生。」

「你追了他多久？」

「我不知道，幾個街區吧，那傢伙不太能跑。」

柔伊的手機發亮，她從地上一把抓起手機，螢幕照亮她的臉。她垂著肩膀，歪著嘴露出淺淺的微笑。

「安德芮亞？」

「對，她很好，你爺爺有過去看她。」

「是嗎？」塔圖姆揚起眉毛。「她有倖存下來嗎？」

「她說他是一個很好的老人家。」

「那麼我認為不是同一個人，可能是別人的爺爺。」

柔伊笑了，令人驚訝的是她幸福感爆發，塔圖姆意識到這並不是因為他犀利機智的答話，這笑聲純粹是因為她終於寬心下來。他溫暖地對她微笑。

「想去找點東西來吃嗎？」他問。「我餓死了。」這話不假，他的肚子突然飢腸轆轆，腸胃因為他提起食物而歡呼雀躍。

「當然。」柔伊站起來，水滴從腿上流淌而下，她從地上拾起涼鞋。「你完全不擔心嗎？關於內部調查的事？」

「不擔心，這件事會平息，只是一點小風波。」他也站起身，轉向樓梯。

「你當時真的認為包包裡面是槍嗎？」

這個問題使他停下動作，大吃一驚，他回頭看著柔伊。她的表情很平靜，但雙眼直直盯著他看。

「當然，」他回答。「我對他開槍了。」

「他是個戀童癖，你偵辦那案子已經有很長時間，那是一起很難偵辦的案件，他是個戀童強暴犯。」

「是。」這個字在他的嘴裡拖長，塔圖姆緊張起來，感覺到他的憤怒在表相下滾滾冒泡，他努力抑制怒火，她只是問了一個簡單的問題。「我真的很想抓到那個傢伙，我希望他被逮捕。」

「戀童癖經常是屢犯，如果他入獄，幾年後他就會被放出來，再次隨意猥褻孩童，這點你是知道的，然後當時你把他逼到絕境，他想銷毀身上的證據。」

「我沒看見——」

「甚至在那一刻，在你追逐他之後，腎上腺素在你的血管裡抽動，你喊了他的名字。他不僅僅是個威脅，他是個非常特定的威脅。」

「柔伊，夠了。」

「你有信念，」柔伊說。「你想要有所作為，當你不得不倉促判斷時，你可能會做出魯莽的行動，也許你甚至說服自己——」

「妳現在是……在側寫我嗎？」塔圖姆難以置信地問。直到那一刻，他都還以為她在談論這個案件能被如何理解，但不是，她是在分析他。

「這完全可理解，如果你相信他必須被阻止——」

「他伸手要去拿槍。」

「那是一台相機。」

「我以為是槍啊！」當他聽見他的回話從四周的汽車旅館建築物迴盪回他耳裡，才意識到自己正在大吼。

柔伊驚訝地瞪了他一眼。「你幹嘛生氣？我又沒有說——」

塔圖姆舉起手要她安靜，怒不可遏。「絕對不要側寫我，妳懂了嗎？我不是妳的個案。」

「我只希望你做好準備，如果他們問你一些很難回答的問題——」

「沒有什麼很難回答的問題，班特利，因為我會為自己辯護，我面對的是一個我認為持有武裝槍械的歹徒，我絕不會開槍射殺一個手無寸鐵的人，而且妳應該了解這一點。」

「我不是說你做錯了什麼，我只是說他們可能會指出你的反應過激了。」

「這跟他們無關，這就是妳的想法。」

「我當時不在現場。」

「沒錯，妳是不在，妳可以試著相信我對當時發生事件的說法。」他咬牙與她擦身而過。

儘管剛才游了泳，他仍完全沒胃口，但他的身體卻因一陣燥熱而搏動。

# 第十九章

## 德州聖安吉洛，一九八六年五月九日，星期五

這個男孩躲在他房間裡。這裡不是最好的藏身之處，但是當你害怕的時候，你就會躲在你的安全基地。此處是他的龜殼、他的碉堡、他的避風港，他可以蜷曲身子抓著他的E.T.娃娃，它由超人守護，超人在男孩床鋪上方的一張海報上站崗。

他們會知道嗎？

他父親的雙筒望遠鏡總是讓他著迷，一個簡單的物件，卻沉重得驚人。當他拿著望遠鏡靠向眼睛時，奇蹟發生了，男孩可以讀出在路上行駛的汽車車牌，可以看見街道盡頭走進髮廊的人群面孔。他用父親的雙筒望遠鏡發展出超能力——超人的視力。

玩望遠鏡當然有規矩，一定要和爸爸一起看，不能自己看，但什麼樣的超級英雄會去到哪裡都有爸爸跟著？

而且，爸爸從不讓他看鄰居，那是他擁有超人視力時最喜歡的消遣，帕爾默太太住在對街，他可以用雙筒望遠鏡看見她臥房的一角，無論她在不在臥房，這都會讓他感到興奮。

他違反了規定，而且他看愈多次，就愈想再看一遍。一定要很小心，千萬不要趁父母在附近的時候偷看，週末是最好的時機，因為他們會睡很晚，帕爾默太太也是，他可以不間斷地一直看著她。

但那天早上，當她起床要穿衣服的時候，她突然轉向窗戶皺著眉頭，片刻之間，她就只是站在那裡，直直看著他。他很想動，但卻動也動不了。

然後她衝向窗戶上的窗簾，把窗簾拉上。他知道他被抓到了。

他的反應是驚慌失措，無法控制地逃回房間，他喃喃自語地祈禱，向上帝保證如果帕爾默太太沒打電話給他爸媽，他就永遠不會再偷看她，他再也不會碰雙筒望遠鏡了。

雙筒望遠鏡。望遠鏡還在他手中，他得把它放回原處，在爸媽發現之前——

電話響了，客廳傳來刺耳的巨響。他可以衝去客廳，趕在父母之前接起，告訴對方撥錯電話了，也許他可以說服帕爾默太太他只是在看鳥。

但他沒有，他在角落蜷曲著身體，他的床靠近綠色的書桌，如果他坐在對的位置，把腳緊貼他的胸口，那麼他就可以躲避門口的視線，如果他的父母走進房間，就看不見他了。

他還有另一種超能力：隱形。

他的母親接起電話。她應答時，他可以聽見她昏昏欲睡的聲音，隨著談話進行，她的語氣變得尖銳又警覺。

他不得不想出一個計畫，但是他母親的腳步和憤怒的聲音闡明了為時已晚。

她叫他的名字，聲音刺耳又惱火，是暴風雨前夕的聲音。恐懼的淚水哽住他的喉嚨。

門剎然一開。一時他母親只是站在門口，喃喃自語著，「人呢。」隱形，這是有史以來最棒的超能力。

但隨後她便走進房間。咒語瓦解了，她的臉色漲紅又暴怒，她再次大吼他的名字，尖叫大喊著鄰居的事，關於雙筒望遠鏡的事。

他採取唯一的行動：否認。什麼鄰居？他是在看鳥。

「你現在是在對我撒謊嗎?」他的母親難以置信地大吼。

她抓住他的手臂,開始將他拖過房間,拖出門外。有一刻他試圖掙扎,想拖住自己的腳。但是超人的力量並不是他的超能力,他嚎啕大哭乞求著說對不起。對不起應該是有魔力的一句話,對吧?對不起?他很對不起,他真的非常、非常對不起。

她把他帶到樓下的地下室,他需要受到懲罰,他需要時間反省自己做錯了什麼,就好像他剛剛沒有花費二十分鐘不停反省自己做錯了什麼事一樣。

他知道,其他父母在孩子不乖時會打小孩。班上的羅比曾經告訴他,他父親打了他屁股一百下。

但是他的父母不打小孩,打小孩是錯的,他父母認為懲罰必須具有教育意義。

他媽媽總是說他需要時間反省自己的行為。

地下室藏了一具清潔工具櫃,在黑暗地下室的黑暗深處。

求求妳,媽咪——他知道錯了,他很抱歉,再也不敢了,他學到教訓了。他會跟帕爾默太太道歉,對不起。

她把他推進清潔工具櫃裡,關上門鎖上。他聽見她的腳步聲大步離開,爬上樓梯,在身後關上地下室的門。他上方的狹窄空間散發出清潔用品、灰塵、黴菌和噩夢的氣味。

他抽泣著撞門,尖叫著說對不起。

清潔工具櫃裡漆黑一片,如此黑暗,感覺自己像是瞎了。

這不是他第一次被關在那裡,他經常需要時間反省,這裡的氣味聞起來總是一樣。當黑暗籠罩他,他總有恐懼哽住喉嚨的感覺。

為什麼帕爾默太太非得打電話給媽媽?他沒有傷害任何人,她本來只要拉上窗簾就好,或者，如果她希望他不要再偷看，可以跟他說，他會聽話的。他被關在這裡是她的錯，是她害他的。

在黑暗中，他唯一能做的就是聆聽，聽著母親在他上方某處的腳步聲，聽著電話鈴響。很遠的某處有一台收音機，傳來一陣靜電干擾聲和音樂。

第三種超能力：超級聽力，他需要超能力，愈多愈好。

因為在黑暗中，怪物來了。

# 第二十章

## 德州聖安吉洛，二〇一六年九月七日，星期三

柔伊覺得身心俱疲。塔圖姆前一晚突然暴怒後，她一個人吃飯，然後試圖上床睡覺，但睡意卻遲遲不來。她仔細思考過談話內容，試圖找出引爆塔圖姆怒火的原因，她最後斷定他是個笨蛋，所有男性聯邦探員都是笨蛋，事實上男人都很蠢。她試圖入睡時，做了一個關於安德芮亞的噩夢，在天亮前就醒了。幸運的是，他們的汽車旅館對面就有一間星巴克，當塔圖姆過來簡短告訴她如果想搭便車，他正要去警局，她已經喝下一杯大杯美式。

到警局的車程很短，氣氛也很緊繃，塔圖姆整趟路上都面無表情又冷若冰霜。柔伊有好幾次試圖跟他討論他們跟聖安吉洛警方的合作策略，但他的反應很暴躁又不悅，以至於她最終停止嘗試跟他說話，並下定決心在餘下的行程搭乘Uber。如果曼庫索組長抱怨這筆額外開支，柔伊會告訴她，她很歡迎她自己去坐塔圖姆的車看看。

詹森警督在他們進入該部門時將他們倆攔下，他似乎穿著一身簇新的西裝，頭髮也仔細梳理過，鞋子擦得發亮。「探員，很高興看到你們都在，我們正要開專案小組會議。」

「什麼專案小組？」塔圖姆咆哮著說。

「警長指示我們組一個專案小組，調查麥迪納的謀殺案。」詹森解釋道。「我們希望你們能夠與會並提供意見，看看要如何進行調查。」

「是喔。」塔圖姆冷淡地說。「我們會提供意見。」

「從這邊走，探員。」詹森走到大廳。

「我不是探員。」柔伊跟著他。「我是聯邦調查局顧問。」

「哦？」詹森事不關己地說。他大步邁著輕快的步伐，但他的腿很短，她很輕易就能和他並駕齊驅。塔圖姆頓足走在他們身後，像是一道不滿的黑色漩渦。

「我是民間顧——」

「在裡面。」詹森穿過一扇門走進一個大房間。這裡大部分空間都由一張大型灰白色長方形桌面和兩排椅子所佔據，有人在一張大白板上寫了妮可．麥迪納，九月二日，三個人坐在桌旁，福斯特警探坐在一個紅髮女人的右手邊，她的頭髮紮成馬尾。另一側坐著一名禿頭男性，他濃密的左右眉毛貫穿額頭連成一線，看起來就像一隻飛翔的鳥。當柔伊看著他時，那人抬高一段眉毛，使那隻鳥拍打起毛茸茸的翅膀，這景象很讓人分心。

詹森關上門，拍拍手。「好了，」他宣布。「現在人都到齊，我們可以開始了。首先，讓我們向大家介紹，你們已經見過福斯特警探，那位是卡蘿．里昂斯警探……」

那個女人對著柔伊和塔圖姆點點頭。

「你們可能認識謝爾頓探員。」詹森示意那名眉毛像鳥翅膀的男人，顯然他是假設所有聯邦探員都彼此認識。

「不，我們不認識。」那個男人說。「我是聖安東尼奧調查處的布萊恩．謝爾頓。」

「哦？」詹森說。柔伊懷疑只要事情沒照劇本走，這就是他的反應。「好吧，這兩位是葛雷和班特利探員，我是說，葛雷探員和……嗯。」他似乎突然不知怎麼接下去。

「班特利博士，」柔伊冷淡地說。

「現在我們彼此認識了。」詹森再次拍拍手。

柔伊在謝爾頓探員身旁坐下，塔圖姆坐在里昂斯警探旁邊。柔伊對上塔圖姆的目光，他緊咬下巴移開目光。

「我們來順一下案件的細節吧，」詹森說。「福斯特警探？」

福斯特清清嗓子，開始對該案進行簡報，以前一天發現了妮可．麥迪納的屍體作結，他參照面前的文件，開始詳細說明最初的發現。

「法醫研判死亡原因為環境窒息，」福斯特說。「他估計死亡時間在九月三日凌晨兩點至八點之間，等他完成驗屍，我們就會掌握更多線索。受害者被埋在一個手工打造的木箱裡，箱內裝有一台小型紅外線攝影機和一只麥克風，用來拍攝影片，這些裝置連接到一條從墓穴穿出的電纜上，電纜另一端被剪斷，覆蓋在泥土下，可能是凶手錄製完影片後藏起來的。我們在箱內發現很多指紋，正將指紋與受害者指紋的進行比對。攝影機、箱子外部或電纜上沒有發現指紋，我們還從棺材內部採集到一些DNA樣本，主要是頭髮、斷裂的指甲和一些血跡……」他朝謝爾頓探員看了一眼。

「我們的實驗室會迅速處理這些樣本，與受害者的DNA進行比對，同時上DNA整合索引系統（CODIS）進行確認，」謝爾頓說。

「我們在現場有看到一些輪胎痕跡，但是……」他的眼神短暫投射向柔伊。「在我們企圖營救受害者的過程中，大部分都被遮蓋並抹除了。」

柔伊面無表情，她沒有費心指出她在前一天才跟他們說過，她從來不懂人們為何老是想說：「我早跟你說過了。」這彷彿是在對自己的缺乏說服力感到自豪。

「今天早上犯罪現場鑑識技師再度肅清現場，去地面上收集鞋印，但最上面的土壤是薄薄一層塵土，兩天前風很大，再加上開挖墓穴的人經過，這部分我並不樂觀。」

詹森清清嗓子。「當然，當初如果來得及，我們的首要任務應該是挽救麥迪納的性命。」說這句話顯然是為了迴避警方專業度不足的指控。

柔伊試圖捕捉塔圖姆的目光，因為她知道換作是別的時候，他會翻一個滑稽的白眼，但是他專注於福斯特，無視柔伊。

「驗屍表定於下午開始，」福斯特說。「我們的犯罪現場鑑識技師目前正在研究那個箱子，試圖獲取更多資訊。」

他看了一下文件。「凶手使用的手機處於離線狀態，因此我們追蹤不到，似乎在墓穴地點附近曾首度開機，所以我們目前也無法在使用手機訊號來分析他活埋她之前的行動。」他輕敲桌面上的文件，把頁面排成整齊的一疊。「這就是我們目前掌握的資訊。」

「很好，請將你的摘要以電子郵件寄給所有與會者。」詹森說。

「好，我會的。」

「我認為議程上最重要的問題顯然是——這是連環殺手嗎？」詹森瞄一眼塔圖姆，然後期待地看了柔伊。

「連環殺手被定義為在不同場合殺害至少兩人的凶手。」塔圖姆回答。「到目前為止，我們尚無證據證實。」

「連環殺手的定義不是至少需要三名受害者嗎？」詹森問。

「不是。」在塔圖姆和謝爾頓探員說出相同的回答之前，柔伊搶先了一步，她向前傾身。「我們在二〇〇五年更改定義，改成在不同場合殺害兩人或更多受害者的罪犯。」

「他發佈的影片標題為『一號實驗』，」詹森指出。「我們應該預期之後會再有受害者嗎？」

「目前當然還沒有跡象能夠判斷，」柔伊說。「我們需要進一步調查，顯然他有可能真的是連環殺手。」

「有一場記者會在——」他查看他的手錶——「三十二分鐘後舉行，我們要告訴媒體什麼？」

「無可奉告，把記者會取消。」

「不可能，他們已經知道我們發現了一具屍體，有人會聯想到那支影片，我們需要控制局面。」

「我完全同意。」柔伊在桌面下握緊拳頭，她現在懂為什麼詹森穿得如此得體了。「這就是為什麼你必須盡可能避免與新聞媒體接觸，至少要等到我們掌握更多線索為止。」

「我說過了，這是不可能的。」詹森轉向塔圖姆，就像一個尋求第二位醫師意見的病人。「我們的目標是減少謠言和恐慌。」

「如果這真的是一名連環殺手，他可能會因為媒體對他的興趣而產生反應，這可能刺激他再次殺人，我同意班特利博士的觀點。」塔圖姆嚴肅地說。

「哦？」

柔伊料想記者會無論如何都會舉行。「給他們最單純的細節，沒有解釋空間的細節，如果你想減少恐慌，你應該避免使用連環殺手一詞。」

「好吧。」詹森再次拍了拍手。「解決了，現在下一步，我認為我們已經掌握一些有希望的線索，墨西哥黑手黨就是其中一項，我們應該和麥迪納的父親談談——」

「如果可以的話，警督，」里昂斯警探插話。「我有想到另一個訪查方針。」

「哦？」詹森驚訝地眨眨眼。

「我們目前的假設是，麥迪納在進屋之前、被她的朋友送回家之後遭到綁架，我們應該要確定這個假設可以成立，再去訪談她的所有朋友，盡可能詳細釐清我們的作案時間表。還有，如果她真的是在那裡被帶走，凶手要不在她家等她，要不就是從派對上就跟著他們。我們應該檢查紅外線攝影機的鏡頭，看看是否有任何車輛靠近，駛過她朋友的車。」

福斯特繼續注視著里昂斯，嘴角抽動著微笑。他們在耍警督——柔伊很確定這一點。這段話之所以由里昂斯來說，是因為他們知道，這樣會讓詹森更容易被洗腦。

「還有，一旦我們得到鑑識結果，」里昂斯繼續說道，「箱子的製造商那部分或許能夠找到線索，如果凶手不是自己製造箱子，我們就可以追蹤這條線索，當然我們也可以嘗試監聽凶手的電話號碼。」

詹森眨眨眼，清清嗓子。「當然，這聽起來是合理的做法。」

「我們正在試圖判定凶手留下的數位足跡，」謝爾頓探員說。「我們會通知你們是否出現任何線索，還有上傳來源的問題。」

「是。」詹森一副茫然的表情。「上傳來源。」

「影片是在現場上傳的。」謝爾頓皺著額頭，那對像鳥的眉毛揩起雙翼，好像要向下俯衝。「凶手一定使用了蜂巢式數據機。」

「他本可以用手機熱點的。」福斯特指出。

「我們已經檢查過所有的手機活動歷程，」謝爾頓說。「唯一使用到網路的是CNN畫面，我們會提取附近行動通訊基地台的所有數據。由於犯罪現場位於偏遠地區，因此清單不會很長，如果他是從網站上傳的，我們會找到紀錄，然後就可以用來追蹤凶手。」

詹森在整段解釋中一直點頭，他滿意地看了塔圖姆一眼。「探員，你有要補充的嗎？」

「班特利博士和我會開始進行初步側寫，」塔圖姆說。「如果我們能自由取用從犯罪現場收集來的所有證據，包括照片，那就感激不盡了。」

「當然。」詹森做了一個刻意的手勢，如果他是一位國王在允諾臣民的陳情，這動作就是合理的，但在這情況下極度荒謬。「開始著手進行吧。」

# 第二十一章

塔圖姆快走到門口時，柔伊抓住他的手臂。

「你可以等一下嗎？」她問。

她碰觸到他讓他身體一僵。「當然。」

其他與會者走出門口，他倆站在門口。謝爾頓探員是最後離開的人，他給了他們一個疑惑的表情，塔圖姆向他點點頭，報以禮貌的微笑。探員聳了聳肩也離開了。

「我們得決定如何著手進行調查，」柔伊說。「有很多工作要做。」

塔圖姆猜她不想談她前一天晚上說的話，更別提道歉了，他仍然感到一陣憤怒和失望。他需要發洩。如果她告訴他不要再像小孩子一樣，至少他會有很好的機會回嘴。他花了半個夜晚才想好，當柔伊任意指稱他為凶手時，他應該用什麼台詞來回嘴，但現在說這些話已經毫無意義，反駁的效期非常有限。

「當然，」他說。「我們需要查看這個地區過去的犯罪報告，假設凶手的幻想具有幽閉恐懼症的成分，我們可以查閱所有與將人關在狹小空間的案件。」

「也許也可以查看是否有妓女舉報過類似的情事，有沒有客人要她們長時間躺在密閉的箱內或汽車後車廂裡。」

「好，我會查看這個地區過去的案件。」

「我會查查看 ViCAP 系統。」柔伊嘆了口氣。

塔圖姆懂她為何有這樣的語氣，以這種型態的調查而言，ViCAP應該是完美的方案，聯邦調查局的暴力犯罪緝捕計劃原本應該是全國所有暴力犯罪的資料庫，如果凶手過去曾在其他州犯下暴力罪行，應該會有通報和登錄。按理說，柔伊需要做的僅是搜尋其他活埋的案件，然後她就會「登愣」一聲找到類似案件的清單。

只是這當中存在一些困難。主要的問題是只有不到百分之一的暴力犯罪被記錄在ViCAP資料庫，第二個問題是，當然ViCAP的項目表單不會有「活埋」這項核取方塊。然而塔圖姆此刻沒有太多同情心，他沒有想要幫她減輕工作量。

「上傳者的暱稱是薛丁格，這可能不是巧合，我們也應該研究一下薛丁格，」柔伊說。「如果他真的是指薛丁格貓的實驗，我們應該更加理解這項實驗。」

「這實驗很簡單，你把貓放在一個盒子裡，然後關上盒子……出於某種原因，貓可能會在某個時間點死亡，所以貓還活著……但也死了。」

「為什麼貓還活著也死了？貓要不活著要不就是死了啊。」

「我的意思是……因為沒辦法真正得知貓的生死，這是物理學問題，我猜的。」

一時間沉默了。

「我們兩個都該研究一下薛丁格，」柔伊再次說道。

# 第二十二章

柔伊獨自一人坐在會議室裡，筆電放在面前，文件和列印出的照片全散置在桌上。她稍早問過詹森能否使用這個空間工作，經過一番支吾和嗯哼，他同意了。塔圖姆則坐在警探部門，坐在那名休假警探的隔間裡。對柔伊而言這項安排很妥當，在塔圖姆當前的精神狀態下，她發現他令人難以忍受。

筆電已經開啟，螢幕上是ViCAP系統的搜尋畫面，當天早上她進行了八次不同的搜尋，最終搜尋到超過兩百多件可能與麥迪納案相關的案件，篩選這些案件既困難又無濟於事。

她有許多尚待釐清的問題：受害者是如何被擄走？毒物學報告如何解釋？箱子從何得來？這些問題適時就會解開，但是當案件陷入僵局又停滯不前，且所有緊迫的問題都已解決時，柔伊習慣了會受到諮詢。她在行為分析小組經常聽到的一句話是「如果他們能早點通知我們就好了」，彷彿發生一次暴力行為之後側寫專家就會翩然出現，像現實生活中的名探白羅一樣指出有罪的一方，並防止隨後發生的所有犯罪事件。而如今她的處境就是這樣，幾乎是即刻竭盡所能地做出反應，而事實證明她和其他人一樣無能為力。

她按摩自己的額頭，知道自己不在狀態內。塔圖姆很憤怒，安德芮亞又離她太遠，這些事都使她分心。一想到她妹妹，她馬上就想像出安德芮亞漫不經心地走去停車場，沒有注意到在她車旁等待她的暗影，那人影手中緊握一條灰色領帶。

她緊咬著下巴，一把抓過手機，快速傳了一條訊息給安德芮亞。**嘿，妳今天早上還好嗎？**

令她驚訝的是，聊天視窗顯示安德芮亞幾乎是秒讀——這是很大的進步。

**很好，案子辦得怎麼樣了？**

柔伊嘆了口氣回傳，**有點混亂，而且塔圖姆在生我的氣。**

**妳做了什麼事惹他生氣？**

**沒有，他只是在耍幼稚。**

安德芮亞傳了揚起眉毛的表情符號，柔伊覺得那可疑的表情很煩人。**我得回去工作了**，她傳送。**待會再聊？**

**當然。**

柔伊鬆了一口氣，站起身來走過房間。現在應該改變方針，重新開始了。她尚無法得出任何定論，但可以進行推理，妮可極有可能是被一個陌生人殺害，如果她是被認識她的某個人出於常見動機——例如貪婪或嫉妒——而殺害，那麼凶手不會大費周章將她活埋、拍攝影片，還發佈到網路上。不，驅策這名凶手的是不同的衝動。

白板旁放了幾支白板筆，她拿起一支筆，開始著手列出項目。

活埋。偏遠地帶。線上影片。

她在活埋這個詞上面畫圈，然後從當中拉出一條線，在尾端寫下幽閉恐懼症一詞。然後，她猶豫了一下，上網查詢確認一個形容害怕被活埋的詞彙，然後寫下活埋恐懼症一詞。她之前看見過跡象顯示凶手受到了性刺激，現在她坐在筆電前，點擊影片檔案，注視著凶手的動作。

影片中凶手有兩次停止填墓，從畫面中消失。第二次消失後，他耗費了三分鐘才返回。看完這支影片第三次，她確定了一件事。他離開時姿勢僵硬又匆忙，一返回就看起來輕鬆又平靜。

他離開畫面是去手淫。

她的信心增強，在圖上又拉出兩個詞。支配與控制。這兩種衝動在性慾型連環殺手中很常見，且肯定適用於此案。

她換到偏遠地帶這個詞，從中又拉出一條線，並寫下計畫性與廂型車。是時候輪到第三個項目了——線上影片。

這是她最在意的一項，也是她希望警方能盡量瞞著媒體界愈久愈好的主要原因。他發佈影片的理由她只能想到一個，她寫下並畫了三次底線。成名。

驅動一些連環殺手的原因不僅是幻想，他們受名聲所驅使，山姆之子[3]和ＢＴＫ殺手[4]就

---

3 David Richard Berkowitz，人稱山姆之子，於一九七六年開始連續殺害六人，犯案時必定留下記號，並切持續寫信給報社和各類專欄作家。

4 Dennis Lynn Rader，美國連環殺手，在一九七四年至一九九一年間最少虐殺十人，ＢＴＫ意即「綁、虐、殺」（Bind, Torture and Kill），他犯案後會寫信給當地警方和報社，署名ＢＴＫ，並在信中講述案件詳情。

是經典案例，他們寫信給媒體，吹噓他們的犯行。如今隨著網際網路的無遠弗屆，凶手甚至不需要聯繫媒體了。

但在這個易於分心、文章太長就沒人看的年代，他不能像山姆之子一樣發表流水帳般的信件，沒有人會看，他必須與時俱進，於是他發佈了一支影片。

這可能會對他的謀殺頻率產生嚴重影響，當一個連環殺手依據幻想採取行動時，兩次謀殺之間通常會間隔很長一段時間，他們腦中對謀殺的記憶及重演，足以抑制迫使殺人的行為，至少可以抑止一段時間。

但如果凶手是為謀得關注而謀殺，只要他覺得自己失去群眾的關注，就有可能再次殺人，過了這些天，新聞漸漸煙消雲散，這意味著他很快就會開始產生挫敗感。

會議室的門打開，使她從專注中驚跳起來，福斯特和里昂斯走進房間。

「班特利，妳在這裡啊，」福斯特說。「驗屍是……」他話說到一半沒說下去，檢視著白板。「這是側寫嗎？」

柔伊搖搖頭。「不是，只是想法，在明天之前我不會有任何定論。」

「這個詞是什麼意思？」他問。

「害怕被活埋的恐懼。」柔伊回答。

「很具體。」里昂斯起眉毛。

「妳認為凶手有活埋恐懼症？」福斯特問。

「我不知道，但是活埋女人的行為會激起他的性慾，通常恐懼和性刺激是有關聯的，我幾乎可以確定他在影片的某個時間點去進行手淫……當然是在鏡頭之外。」

「真的假的？」里昂斯厭惡地歪歪嘴。

「你們應該使用紫外線攝影機詳細檢查犯罪現場，尋找精液痕跡，我們可能會很走運。」

「走運，」福斯特冷淡地說，他與里昂斯交換了一個表情。

柔伊無視於他們的反應，她沒有耐性關心他們怎麼想。「這是一次又一次的性殺戮。」她皺著眉頭看著白板，專注於計畫性這個詞彙。「除了……這裡有點不符合。」

「什麼？」里昂斯問。

「連環殺手通常會在某個醞釀階段掩藏自己的性幻想，直到某件產生壓力的事件發生，我們稱之為壓力源，可能是終止一段關係或是被開除……某種對他們造成重大壓力的事件，讓壓力開始變得不堪負荷，他們會應聲崩潰並且開始殺人，實現他們原初的幻想。一旦他們跨過這道障礙，殺害了第一個人，下一個就容易了，他們會進行更徹底的計劃，考量自己的能耐來提升技巧，但第一次謀殺幾乎都是衝動犯案。」

「缺乏計劃性。」福斯特瞥了一眼白板。

「沒錯，這起謀殺案是精心策劃的，他必須打造或訂製一個箱子，找到地點，架好網站，他很謹慎地使用他的一次性手機，也自己進行善後，這不是衝動犯案，我相信他花了一或兩個月時間進行過一些研究，然後擬定計畫。」

「也許這個凶手不一樣。」里昂斯提議。

「是可能不一樣。」柔伊聳聳肩。「但是有一個更簡單的解釋，有什麼事給了他壓力，他可能在同一週崩潰然後殺人，然後過了一陣子，他才計劃了下一次的謀殺案。」

「所以……妳是說——」

「至少還有一名我們還沒有發現的受害者。」柔伊說。

「但是……他把這稱之為一號實驗。」里昂斯弱弱地指出。

「我不會對此表示過多贊同，他這樣命名影片的理由有太多可能性，我認為他很可能在過去某個時間點活埋了另一個女孩，在不久之前，幾個月前之類的。」

里昂斯看起來面色蒼白。「抱歉，」她黯然說完便離開了。

柔伊考慮過要問福斯特里昂斯怎麼了，但後來決定這不干她的事，如果這個女人一碰謀殺案就要暈厥，也許是她找錯了工作。

「事實上我是來告訴妳驗屍完成了，」福斯特說。「我們正要去跟法醫會談，妳要一起來嗎？」

「我一會兒就去。」柔伊凝視著白板，她想趁想法剛成形時打鐵趁熱，徹底想個清楚。

# 第二十三章

塔圖姆跟著福斯特警探進入解剖室，自他們抵達德州以來，這是他第一次感到寒冷。他穿著一件單薄的白色鈕扣襯衫，立刻後悔沒有穿夾克來。

但接著當氣味襲來，他對溫度的不適感便退居第二位，福馬林、消毒劑、生肉和血液的氣味混合在一起，形成一種難以忍受的惡臭，讓他改由嘴巴淺淺呼吸，他永遠沒辦法習慣這種氣味。一盒口罩放在門旁一落閃閃發亮的鋼製櫃子上，福斯特抓了兩只口罩，遞給塔圖姆。

妮可·麥迪納的屍體赤裸躺在房間中央的一張鋼質床上，她的軀幹上有一道屍體解剖過程造成的Y字形疤痕，在冷色光的照射下，屍體皮膚呈現灰色，但即使屍體目前狀態如此，塔圖姆也可以輕易看出這是影片中的那個女孩。

法醫弓著身俯在顯微鏡上方，他身著白色工作服，有好幾處棕色汙跡，口鼻上也覆蓋著口罩。他的頭禿了，白色日光燈使他的頭皮看起來比原來更加蒼白。他們走向他時他直起身，透過一副厚重的眼鏡盯著他們看。

「這裡冷死了，捲毛。」福斯特搓搓手。「你怎麼有辦法這樣工作？」

「我有穿溫暖的襪子。」這男人說。他的眼睛彎彎的，塔圖姆猜他在口罩下露出了微笑。

解剖室的門開啟，柔伊快步走了進來，她走進門兩步時停下，大約是因為氣味襲來，使她的面色看起來有些不適。塔圖姆想知道柔伊那比多數人還長一些的鼻子，是否會令她更容易受到周遭氣味的影響。

在他還來不及想起自己在生她氣之前，他示意她門旁的盒子。「那邊有口罩。」她轉身迅速取出一個口罩。

福斯特對著塔圖姆點頭示意。「捲毛，這兩位是葛雷探員和班特利博士，他們來擔任麥迪納案的顧問，這位是——」他指著法醫——「我們的法醫，捲毛。」

法醫翻了個白眼，轉向塔圖姆。「捲毛是我在學校的綽號，我是克萊德・普雷斯科特醫生，很高興認識你。」

福斯特轉向柔伊。「捲毛正要帶我們完成驗屍報告。」

捲毛從櫃檯拿起一塊書寫板，掃視了一眼。「妮可・麥迪納，十九歲，死因幾乎可確定是窒息，由於環境窒息導致悶死——」

「幾乎可確定？」福斯特問。

「沒有證據顯示屍體有嚴重外傷，考慮到發現屍體的地點，環境窒息是合理的結論，不過你還是得等毒物學報告才能確定。」

他指著屍體臀部，該處呈現黑青色狀，塔圖姆快速看了一眼便移開視線。「從骼窩開始出現初期腐敗，基於這一點，加上玻璃狀液中的鉀濃度，我推論受害者約略在被發現前八小時死亡。」

「有多約略？」福斯特問。

「受害者年輕又健康，屍體保持在相對清潔的環境中，免受昆蟲和高溫的影響，因此，精確來說是四小時以內。」

實際上這個估計值比塔圖姆原本設想的要精確得多，他快速計算一下。「在九月三日早上六點到下午兩點間。」

「沒錯，屍體背部呈現黑青色，表示死者死亡時呈仰躺的姿勢，死後屍體沒有被移動。」

他沿著驗屍台周圍走來走去，一邊低頭審視麥迪納的屍體。「她的膝蓋、手掌、手肘和腳上都有多處刮傷和瘀傷，似乎都與反覆敲打踢踏堅硬的木頭上蓋動作相吻合。有三處骨折舊傷，可能是幼年早期留下的，左腿有兩處，一處穿過右手腕，這三處的骨折均癒合良好。胃部是空的，這點不足為奇，因為她一生的最後十二個小時很可能沒有進食。」

「是否有強迫或合意性交的跡象？」柔伊問。

「我擦拭過口腔、陰道和肛門，並檢查是否有異物，但沒有發現。受害者的褲子上有一塊很大的汙漬，但那是尿液，不是精液。」

他指著屍體的脖子，塔圖姆探頭看，是一道造成皮膚損傷的細長刮傷。

「這道刮傷完全是最近造成的，」捲毛說。「經過詳細檢查，看起來像被鋒利光滑的物件割傷皮膚，沒有割得很深。」

「有人用刀割傷她嗎？」塔圖姆問。

「是的，但我不認為對方打算殺害她，我猜測是有人抵住她的喉嚨，割傷了她，看到角度了嗎？這可能表示有人站在她身後。如果你看一下她的左臂，會看到瘀傷，那就是他抓住她的部位。」

塔圖姆腦中描繪這幅景象：妮可在自家車道上下車，這條街很暗，她開始朝家門口走去，有人用力掐住她左手臂，拿刀子抵住她的喉嚨。

「這麼做的人是右撇子。」福斯特贊同塔圖姆的結論。這點沒有什麼好驚訝的，因為影片裡那個人也是右撇子。「有掙扎的跡象嗎？」

「沒有可見跡象，我剪下她的指甲送驗了。」

「她也沒有被綑綁的跡象嗎？」

「沒有。」

塔圖姆思考這一點。「要確定毒物學檢驗有包括強姦藥物，這可以解釋為什麼受害者即使被放入箱中也沒有掙扎。」為了節省預算，標準毒物學檢驗沒有包含強姦藥物檢測，最好先確認。

捲毛記下筆記。「我會確保他們針對這一塊進行檢驗，頭髮樣本一定能夠檢驗出氯胺酮和氟硝西泮[5]的微量成分。」

塔圖姆迫不及待想離開驗屍室，但他強迫自己看了受害者最後一眼，妮可．麥迪納死前可能已經失去知覺，她的雙眼緊閉，面容安詳。

但是毫無疑問，她在黑暗狹窄的空間裡感到非常恐懼，當時她一定覺得，沒人聽得見她的尖叫聲。諷刺的是，其實有許多人聽過她的尖叫，但是沒人能及時拯救她。

---

5　指K他命和FM2約會強暴丸。

# 第二十四章

「我不確定妳喜歡哪種咖啡。」

柔伊從筆電上抬起眼，看著對她說話的人。是里昂斯警探，她一手端著兩杯咖啡，另一手還拿著一個粉紅色的甜點盒，看起來平衡感很好，彷彿不費吹灰之力。柔伊知道如果她嘗試這項雜技表演，最後她的胯下會留下大塊咖啡汙漬，地上還會掉落一堆甜點。

里昂斯走進房間，將杯子和盒子放在桌上，然後拿走一杯咖啡喝下。「我沒有加糖。」

「沒關係，謝謝。」柔伊拿了另一杯。她啜飲一口，小心維持面部表情不變，咖啡太淡了，幾乎像在喝溫水一樣。

里昂斯打開盒子，裡面有四個甜甜圈，兩個是巧克力糖霜，兩個是香草糖霜。她拿了一顆巧克力口味，然後示意柔伊拿一個。

「謝謝。」柔伊再道謝一次，拿了一個香草甜甜圈。

「六週前，有一名年輕女子在聖安吉洛失蹤了，」里昂斯說。「名字叫——」

「瑪莉貝兒．豪伊，二十二歲。」

「妳怎麼——」

柔伊轉動一下她的筆電，讓里昂斯可以看見螢幕，上面顯示了失蹤人口資料庫 NamUs。

「我瀏覽了一些資料庫，搜尋德州的失蹤人口，」柔伊解釋道。「過去六個月聖安吉洛所有的失蹤人口中，只有瑪莉貝兒．豪伊還未尋獲。」

「是我負責調查豪伊的失蹤案，」里昂斯說。「雖然調查早就碰壁。她在週六晚上和一些朋友出去看電影……妳不想吃這塊巧克力甜甜圈嗎？」

「不用了，沒關係。」

「我對巧克力甜甜圈上癮了，我真的應該停止，但是癮頭一來，我的胃就控制了我的身體，警察就是要配甜甜圈，對吧？」

「對。」柔伊不記得曾經和任何一位要定期吃甜甜圈的警察一起工作過，但是可能有人不得不延續這個神話。

「總之，」里昂斯繼續說，拿起第二枚甜甜圈，「她以類似方式失蹤了，她和朋友一起去看電影，他們一起搭Uber回家——他們住在同一條街上，相隔幾棟房屋。司機放他們在朋友家附近下車，離豪伊家約三十碼，豪伊跟她的朋友說再見，然後走回自己家。早上她沒有去上班，她老闆打了好幾通電話給她，他很擔心，所以派她的一位同事去看看她，沒人在家。重複打電話給她好幾小時後，他們報警了。」

「妳認為她像妮可．麥迪納一樣，在她家附近被擄走？」

里昂斯聳聳肩。「瑪莉貝兒．豪伊和妮可．麥迪納不一樣，她二十二歲了，一個人獨居。她的朋友告訴我們，她討厭這座城市，討厭她的工作，總是在說要離開這裡。她與父母不睦；十八歲時離家，而且她的失蹤時間是在我們部門兩名警探退休不久後，所以我們的人手嚴重不足。我的意思不是我已經停止搜索了，不過我有六個案子要辦，但當人力情況迫不得已時，很容易認為她只是決定逃離這座城市罷了。」

里昂斯將她吃了一半的巧克力甜甜圈放回盒子裡。「我偶爾會去看她的Instagram頁面，」幾秒鐘後她說，聲音很混濁。「她過去無時無刻都在更新，差不多每天都會更新幾張照片，但是在她失蹤之後，一張照片都沒更新。」她拿出她的手機輕觸了幾下，然後遞給柔伊。

那是瑪莉貝兒的Instagram頁面，最後一張照片在七月二十九日發佈，瑪莉貝兒和另一個女孩對著鏡頭微笑，她們的頭略向彼此傾靠，照片說明寫著，「亞歷山大．史科斯嘉，我們來了。」

柔伊看了里昂斯一眼。「誰是亞歷山大——」

「很紅的電影演員。」

瑪莉貝兒很美，她是那種懂化妝的女孩，妝容自然完美，嘴唇閃耀著紅色，濃密的睫毛看起來幾乎非常自然，剪短的黑髮有種調皮的氣質。她穿著無肩帶的綠色上衣，掛著淘氣的笑容，彷彿在暗示亞歷山大最終遇見她時會忘記好萊塢，搬到聖安吉洛生活。

「她母親仍然會每週打電話給我，」里昂斯說。「她想知道案件的最新進展，但我完全沒進展，但是妳知道我現在怎麼想嗎？」

柔伊沒有回答。

里昂斯的眼神朦朧。「我認為她被埋在這附近的某個地方。」

# 第二十五章

黛莉亞．豪伊正在洗碗，猛烈地擦洗，每天一樣的例行公事，法蘭克和他該死的培根蛋。她一直告訴他吃完之後要順手洗碗，這又不是什麼高深技術，把盤子放在水龍頭下半秒就好了，就這樣。但是她偏偏就是這麼走運，他吃完甚至不願意先將盤子放到水槽，等她要洗的時候，殘留的雞蛋硬掉了，成了變色的黃色汙點，她不得不拚命擦洗才能把汙點從盤子洗掉。明天她會讓法蘭克用髒盤子吃飯；也許這樣他就會聽話了。

他甚至可能不會注意到，她搖搖頭，嘴唇抿成細細一條線。

自從瑪莉貝兒失蹤以來，法蘭克幾乎沒和她說話，他表現的好像全是她的錯，讓瑪莉貝兒出門是她的錯，瑪莉貝兒沒有顧好自己是她的錯，全是她的錯——

黛莉亞用盡全力憤怒地刷洗盤子，她正在洗的盤子狠狠撞到水槽邊緣，裂成三片，黛莉亞抓住其中一片，一片派形狀的三角形碎片。片刻間她傻傻呆了一下。

然她發現掌中流淌著鮮血，混合了與肥皂泡沫和水，一滴粉紅色的血滴在水槽上。

她放開盤子，用身邊的毛巾包住手，毛巾很快變成紅色。她的手掌刺痛，但她不介意，最近幾週疼痛已成為她的好友，痛楚驅散了空虛。

有人敲門。她步履艱難地走去開門，里昂斯警探站在迎賓門墊上，表情嚴肅，一名陌生女子站在她身旁。是另一名警探嗎？黛莉亞發現女兒的失蹤案是由一名女性負責調查時，感到很沮喪，當然，女人很好，她們理應得到平等權利，諸如此類，但這是基本的演化理論，不是嗎？男人是獵人；女人是採集者，她想要一個獵人來找到她女兒。

現在這裡又來了另一個女人，真是太好了。

「里昂斯警探，」她冷淡地說。「沒想到妳會來。」

她講話可以話中帶刺。在這種情況下說：沒想到妳會來，表示她知道警方並沒有認真看待她女兒的失蹤案。他們問她的其中一個問題是，瑪莉貝兒是否有理由在沒告知她的情況下離開城裡，說得好像瑪莉貝兒會憑空消失一樣。

「有瑪莉貝兒的消息嗎？」一秒鐘後她問，因為她沒辦法不問。因為即使過了這幾個星期之後，在所有錯誤的希望和深刻的失望之後，她仍然敢於抱持信念。

她堂哥兩週前打電話給她，說他在紐約看見瑪莉貝兒，她在附近一家超市當店員。黛莉亞甚至沒要她堂哥確認，也沒有要求他傳照片給她，她就買了機票。正要飛過去時她堂哥又打電話給她道歉，說他本來確定是瑪莉貝兒，但在燈光下沒看清楚。

機票不能退款，法蘭克可能對機票價格感到不滿，但他什麼也沒說。

「沒有，」里昂斯說。「還沒有，對不起，豪伊太太，這位是聯邦調查局的柔伊・班特利。」

黛莉亞眨眨眼注視著班特利。聯邦調查局？這個女人看起來不像來自聯邦調查局，她又矮又瘦，臉頰曬得粉紅，她的脖子太瘦了，可能一扭就斷。

但是，她的雙眼——一時之間，黛莉亞發現自己盯著那個女人的雙眼，然後她移開視線，心臟狂跳。聯邦調查局的人來這裡做什麼？是為了瑪莉貝兒的事嗎？

「豪伊太太，我們可以進去嗎——妳還好嗎？妳在流血！」

這下黛莉亞又向下看了一眼她的襯衫，彷彿胸中沉悶空虛的痛楚終於變成流血的傷口，但不是，警探說的是她的手。「我沒事，」她說著後退一步，示意他們進來。「我打破盤子割傷自己了。」

「讓我看看，」調查局那個人說，在黛莉亞來得及反應之前，她就抓住她的手，拿掉毛巾。那是一道很長的傷口，黛莉亞空洞地盯著傷口看，然後才意識到傷口在燙傷的痕跡附近，她抽回手。

「沒什麼。」那個女人看見燙傷的痕跡了嗎？

「妳應該在上面擦點消毒的藥，」班特利說。

「妳來這裡是為了瑪莉貝兒嗎？」黛莉亞抵抗著將手藏在背後的衝動。

「是的，」班特利回答。「我想問妳幾個關於她的問題。」

里昂斯關上她身後的門，經過黛莉亞身旁來到客廳。黛莉亞跟著她，在自己家中卻感覺格格不入，她決定故意不請他們喝東西。里昂斯坐在扶手椅上，班特利坐在沙發的一側，將另一側留給黛莉亞坐。這是剩下唯一能坐的地方，黛莉亞坐下，坐得離調查局人員很近，讓她感到不太自在。

「妳想知道什麼？」她問。

「妳女兒經常出門嗎？」

「她有時會出門，」黛莉亞戒慎地回答。「如果妳有要暗示什麼的話，她不是個蕩婦。」

「我沒有在暗示什麼，豪伊太太，她會和朋友一起出門嗎？在晚上？」

「大概吧，她沒有再住在這裡了，她有自己的家。」

「為什麼？」

「因為她很固執，我跟她講過無數次要她回家，我不希望她搬出去。」

「她一開始為什麼會離家？」

「我們很常吵架，她說我們……我把她逼瘋了，我只是想照顧她。」那些吵架的過程在黛莉亞腦海中浮現，最近經常這樣，她和瑪莉貝兒似乎對任何事都無法達成共識：瑪莉貝兒穿衣服的方式，她認識的人，還有她一直徹夜不歸的行徑。她們也經常為食物吵架，她告訴瑪莉貝兒吃慢一點，不要吃太多，注意自己的身材，然後瑪莉貝兒就會突然發飆。或者她好好在說潔姬的女兒，還說她有多苗條，瑪莉貝兒就會發火，好像她是刻意針對她這麼說。如果瑪莉貝兒可以聽話，如果她不要對所有事都那麼龜毛……

「她最近在路上有遇到或者認識任何男性嗎？」班特利說。

「什麼意思？」

「我是問瑪莉貝兒是否有提到她在路上遇到任何陌生人，或者認識任何男性。」

「沒有，為什麼這麼問？」

「妳女兒有常去什麼地方嗎？」

「她會去上班，她在她家附近的超市上班。」

那女人一直在問問題，無止無盡的問題，卻沒有答案。班特利在整段談話過程中似乎都在評判她，責備她，黛莉亞終於控制不住脾氣了。

「妳想從我這裡問出什麼？我對瑪莉貝兒一無所知，她一滿十八歲就離家了，所以謝謝妳，不必問了，我什麼都不知道！我們一說話就會吵架，那是妳想聽到的事嗎？對，我們會吵架，我說的話她永遠不會聽，我是她媽媽，她卻不聽我的話，我只是想幫助她長大——就是如此而已！如果妳們找到她，妳們能跟她說嗎？妳們能告訴她我只是想幫她嗎？」

她說話的聲音很詭異，視線被淚水模糊。她不懂她們為什麼會坐在那裡，也不懂她們想從她身上得知什麼。她想到瓦斯爐，她的眼睛轉向廚房門口，然後回到班特利身上。從這個女人看著她的方式……她知道了。黛莉亞不知道她是如何知道的，但她知道了。她抓緊被毛巾包裹住的手。

「謝謝妳，豪伊太太。」班特利說，她的聲音變得柔和下來，她抽出一張名片交給她。「如果妳有想到妳女兒的其他事，請打電話給我。」

她們終於離開，黛莉亞在她們身後鎖上門，然後直接去廚房打開瓦斯爐，藍色的火焰在閃爍。她用手腕去碰觸爐火，只有兩秒鐘，也許更短，劇烈的痛楚竄過她身體，她呻吟著向後踉蹌一下，空虛和內疚感安全地掩藏在表層的劇痛之後。

# 第二十六章

柔伊坐在汽車旅館床上，背靠在巨大的枕頭，筆電放在膝蓋上。

她花了好幾小時嘗試理解薛丁格理論，閱讀了一些論文，甚至還看了線上課程，儘管她理解基本知識，但細節很快就變得令人一頭霧水。她被不理性的憤怒所吞噬，憎恨起所有的物理學和物理學家。

然後她感覺到飢腸轆轆，她的憤怒極有可能是飢餓引起的，就像安德芮亞總愛說的那樣，她餓了。

她可以去吃點東西，但是一想到前晚吃的油膩中餐外賣就令她沮喪，她想出去吃，她想找人一起去。

明顯有一個人就在隔壁，但他還在生悶氣。

如果她誠實面對自己，這件事確實讓她很困擾，塔圖姆通常舉止大方又討人喜歡，當然，他們處處都存在分歧，他可能是一個難搞的人，但是她想不起半次他曾真的對她生過氣。

是時候先跟他說話了，儘管她不確定使他發脾氣的理由是什麼，但前一天晚上她還是對他無聲地道歉，她幫他買晚餐賠罪，其實她很少道歉，這一點能讓他更容易理解她是真心覺得抱歉。她起身在行李裡翻找，找到一件短袖的白色T恤和一條牛仔短褲，穿上對著鏡子看了一眼。她鬆開頭髮，讓頭髮散落在肩上。如果要說乾燥炎熱的天氣有什麼好處，那就是她的髮型看起來好多了。她經常很難搞定她的自然捲和糾結髮絲，那看起來怪里怪氣的髮束，和整頭的毛躁。但在這裡，她的頭髮像洗髮精廣告模特兒一樣又直又順。她對著鏡影微笑，看起來滿正的。

她抓了錢包和鑰匙離開房間，走向塔圖姆的房門，她敲門，肚子嘰嘰咕咕響，她又敲了一次門。

他打開門，看起來又累又暴躁。他穿著一件藍色T恤和一條短褲，一看見柔伊的外表和穿著，眼睛睜大了，但是他緊咬下巴，皺了眉頭。

「嘿。」柔伊試圖讓語氣自然一點。

「我正要打電話給妳，」塔圖姆說。

「是嗎？」她問，感到勇氣百倍。

「我發現八個月前有一起謀殺案尚未結案，可能與我們的調查有關，有一名二十二歲的妓女拉維恩．惠特菲爾德的屍體被發現埋葬在聖安吉洛以北的幾英里處，她的手臂被電線綁住，還被刺了好幾刀。」

「他們是怎麼發現屍體的？」

「野生動物挖出來的。」

「有掌握嫌犯嗎？」

「有一名，有一個曾經當過她皮條客的男人，名叫阿方斯……之類的。」塔圖姆皺眉。「我會把案件檔案寄給妳，妳可以查看確切的案件細節，看來這是一個罪證確鑿的案子，但是提起訴訟時，辯方設法指出調查中的一些爭議：他們錯過重要的證人、死亡時間後來證實推測有誤、沒有對主要嫌犯正確宣讀權利，許多證據被判為不可採用，於是嫌犯被釋放了。」

「你認為這個案子有相關性嗎？」柔伊問。

塔圖姆聳聳肩。「她被埋起來，但是這麼做顯然是為了掩藏屍體，而眼前這名凶手卻不是這種情況，刺傷也不符合當前的犯罪手法。」

「而且她是被野生動物發現的，這意味她被埋得不夠深。」

「對，我認為不是同一人犯案，但我也不會排除。」

柔伊點點頭，同意他的評估。「我想和你談談其他事，關於昨晚。」

塔圖姆的表情仍然冷漠。

「非常抱歉讓你覺得我說的話很傷人，我只是試圖想幫忙，但我懂你為什麼會覺得我在批評你，我有時候說話可能太直了。」她期待他的臉色稍微軟化，但他的表情仍然緊繃，滿臉生硬的輪廓和生氣的角度。「在洛杉磯發生的事已經過去好幾年了，不想談論這件事是完全正當的，我保證在你準備好之前不會再提起。」

他的下巴彷彿咬得更緊了，他是否沒聽到最前面那段她向他道歉的部分？

「所以無論如何，對不起，我正要去吃點東西，你想跟我一起去嗎？我請客。」

「妳很抱歉讓我有那種感覺，」他冷漠地說。

噢，他終於搞懂她的重點了。「是。」

「妳現在懂自己可能說話太直了。」

整起道歉行動並沒有按計畫進行，柔伊開始有點不爽。「我真的很抱歉。」她道第三次歉了。「所以你想跟我一起去嗎？我想有間餐廳——」

「我不餓，晚安。」門關上了。

她不可置信地盯著那扇關上的門，幾乎遏止不了踹門的衝動，她轉身，自己衝去吃晚餐。

# 第二十七章

哈利坐在汽車旅館的會客廳，正要放棄跟監，就發現柔伊正要外出，快步朝街上走去。有一刻他幾乎認不出她來，T恤和牛仔褲的穿著與他在芝加哥看到她穿著的正式褲裝有很大差異，但後來她轉頭，他沒有認錯那張臉。

他從沙發上衝出去，奔向室外。「班特利博士！」

她停下步伐轉身，心不在焉地看著他。

「真高興在這裡遇到妳。」哈利的語氣混合著無辜和驚訝，隨性地走向她。

她的目光聚焦。他停在原地，心中有些不安。小時候他經常擔心有人會讀出他的想法，知道他靈魂中所有黑暗的角落，柔伊的眼神幾乎使他重溫這種感覺。

「是你，」她嘶聲說。「你在這裡做什麼？」

「噢，只是來出差，」他說。「我住這家汽車旅館，妳呢？」

她眨眨眼，當她意識到他們下榻在同一處時，臉上露出沮喪的表情。此時最初面對她帶來的緊繃對峙已經減輕，他無疑發現到她身上散發出的迷人的氣質。她細膩的頸項和濃密的黑髮使她幾乎擁有白雪公主的氣質，但那纖弱的感覺被她異樣的眼神和鷹鉤鼻粉碎，使她的路線從「可愛」變成「魅惑」。他在心中記下要記得在他的訪談中提到這一點，他想到其他可能的形容詞：有魅力、引人注目、讓人著魔……不，讓人著魔聽起來太扯了。

「我住這裡……」她猶豫一下，最後，她脫口而出，「來這裡處理個人事務。」

「來聖安吉洛處理個人事務是嗎？我猜塔圖姆．葛雷探員也是來這裡處理個人事務吧？」

她瞪視著他良久。「我對你無可奉告。」她轉身走開。

哈利緊追她。「沒問題。」他吃力地喘氣，該死的，這女人動作可真快。「不然就評論一下我明天要發表的文章吧？我正在考慮標題，『年輕女子可疑死亡後，聖安吉洛當地警方諮詢連環殺手專家。』」突然走快讓他的心肺負荷大增，氣喘吁吁，他這幾年來沒走那麼快過。

「我會從營造氛圍開始。」他提高音量蓋過熙來攘往的交通噪音，她拉開距離，他加快腳步，在字詞之間大口吸氣。「班特利博士因緝捕芝加哥的勒喉禮儀師聲名大噪，也因逮捕臭名昭著的約萬．史托克而聞名，最近與搭檔塔圖姆．葛雷特別探員飛往聖安吉洛。儘管他們對於出現在此處的理由沒有任何評論，但這可能與十九歲的妮可．麥迪納之死有關……」

柔伊放慢腳步，然後停下，呼吸困難的哈利也跟著停，他覺得自己的心臟病快發作了。

「此人……在城市外被發現……身亡。」該死的他抽太多菸了，香菸會害死他。「在……遭到通報失蹤之後……」

「夠了。」她轉過身，大步向他走來，好像想掐死他。「你不能刊出任何訊息，那些全是挑釁和誤傳。」

「誤傳？」他用受傷的表情看著她。「妳不是和塔圖姆．葛雷探員一起在聖安吉洛嗎？妮可．麥迪納不是被發現死亡嗎？他們說今天的新聞中有報導她被發現死亡，噢！我知道了，妳不喜歡連環殺手專家這個頭銜，有道理，知名側寫專家如何？」

「巴里先生，如果你發表文章，後果可能是……你不能……」她無助地揮揮手，手勢狂亂不知所以。

「班特利博士，如果用妳的話說，就是我不懂手語。」他的心跳慢下來了，但渾身是汗，也許他該戒菸了。「會有什麼後果？」

「請多等一天再發表內容。」她不擅於懇求，她的語氣聽起來更像是命令。

「所以要讓所有當地報紙都在我之前拿到這則報導嗎？我不打算這麼做，博士，妳要不要喊個價？」

她盯著他看，他從容迎視她的目光，但這就像跟梅杜莎比賽互看，最後他先移開了視線。

「這裡有個故事給你，」她終於說。「但是，如果你現在就公開發表文章，披露我的名字和所有所謂我的成就，我發誓我再也不會告訴你任何事。」

他聳聳肩。「看來好像無論如何妳都沒有告訴我任何事吧。」

「我會在其他人知道之前，先告訴你完整的故事，我保證。」

「如果其他媒體先掌握了消息該怎麼辦？」

「你不會想寫一個死在聖安吉洛的女孩，你芝加哥的讀者才不在乎她，你想要的是我針對此案的角度和看法。」

「我被妳看透了。」他對她笑了。

「你等我這篇文章，我會在一兩天內打電話給你。」

他點點頭。「我會等妳電話，只是別讓我等太久。」

她呼出長長一口氣。「晚安。」

「妳吃過晚餐了嗎？我們可以一起去吃點東西。」

「我寧願跟響尾蛇一起吃飯，哈利．巴里。」

他看著她走開，臉上掛著困惑的微笑，然後他翻翻口袋，掏出一盒皺巴巴的香菸。他輕敲出一根菸，放在唇間後點燃，他吸下菸，愉悅地閉上了雙眼。鬼才想戒菸。在挖到一個好題材之後，沒有比抽根菸更棒的事了。

# 第二十八章

他瀏覽地方新聞網站時，放了女孩的尖叫聲當背景音樂，她在懇求著某人、任何人能救她出去。他聆聽她的尖叫聲幾秒鐘，把她的尖叫聲和妮可・麥迪納比較，不確定哪一個比較吸引人。

他搖搖頭，又開始詳細瀏覽網站。

他一直希望這時早已有人聯繫上他，希望有人意識到那個死去的女孩與他發佈影片中的女孩是同一個人，但是，所有文章都只提到平凡的事實，只提到死者的姓名和年齡，受害者兩週前在自己Instagram帳戶上發佈的夜店自拍照，還有警方表示他們正在調查，沒有提及連環殺手，沒有提及線上影片，沒有提及薛丁格。全是一篇又一篇枯燥乏味、無聊的花邊新聞。

他突然一陣暴怒摔桌，他們怎麼會瞎了眼呢？他幫他們留下這麼顯眼的線索，難道還需要他強行提供他們每處微小的細節嗎？

他點擊聖安吉洛現場網站上「聯絡我們」的連結。他憤怒地打字，指出受害者死亡和影片之間的關聯性，他複製網址，指出影片的名稱，並表示還會有更多人死亡。警察對他無能為力，聯邦調查局也是，會有更多受害者，沒有人是安全的，他們全都在他的雷達上，會有更多受害者，多到你怕。

游標徘徊在「送出」鈕上方，他停下。

他又看了整段話一遍，必須滾動滑鼠才能看完，寫太長了。大寫字母幾乎佔據一半，他看起來精神錯亂。他發現不少於十三處的拼寫錯誤，驚嘆號的數量驚人，有個地方他寫了多到你怕！！！！！！

有六個驚嘆號，都是大寫字母，活像個空口說白話的瘋子。

無論他多麼生氣，這都不是他希望留給人們的印象。

他從椅子站起來，在地下室踱步深呼吸。這個空間顯得比以前更加狹窄，箱子在遠側堆到天花板上，大小一致，每個箱子上都鑽了一個孔，每個箱子都為了同一理由打造，為了一個實驗。單是看著箱子就能讓他冷靜下來，讓他微笑。

在箱子旁邊立著幾個裝滿泥土的大箱，足夠讓他進行五次實驗，這些泥土符合不同地點的土壤。他這個人就是這樣，做好萬全準備，有條不紊，絕不錯放任何環節。

他會堅持原來的計畫。所以就算新聞有點慢又有什麼關係，很快每個人都會認識他，每個人都想知道下一個受害者是誰。

因為這個女孩不僅會讓他無可忽視，也可以證明他不會殺害一兩個人就罷休。

她的尖叫聲又在地下室迴盪，她尖叫著喊媽媽。

這讓他產生一個想法。

他早該考慮到這一點，這年頭，沒有人關心現下發生的事。

人們談論的是即將發生的事，無止盡地討論即將上映電影的預告片、短片，還有演員和電影製作團隊的動態，而電影上映後，大家除了同意電影內容乏善可陳之外，還會有任何討論嗎？

短片和預告片、引起討論、製造話題比實際產品更重要，如此便能使他成為群眾關注的焦點。

誰想得到，這年頭哪怕是連環殺手都需要一個厲害的行銷部門？

他離開地下室時笑了，這個想法在他腦海中開始有了眉目。

# 第二十九章

柔伊坐在吧台旁，拳頭在膝上緊握，她不知道今晚怎會過得如此糟糕。首先是塔圖姆討人厭的舉止，然後是芝加哥一個不要臉的記者，不知何以莫名其妙在這裡找到她，告訴她有人洩露消息給媒體。

他倒底是怎麼找到她的？他飛到聖安吉洛，這表示他有可靠的消息來源，是行為分析小組的人，她晚點得跟曼庫索談談，得告訴她有人正在向媒體洩露消息。

「請用，小姐。」酒保在柔伊前面放了三個餐盤。第一盤是一塊又大又厚的牛排，在鍋上煎熟，看起來肯定是肉汁橫溢，一小塊綠花椰擺在一旁，看來是後續擺上去的，其他幾盤都是配菜——沙拉，內含新鮮脆綠的紅綠各色蔬菜，以及烤馬鈴薯，上面有一堆酸奶油和蔥末。

今晚至少有一件事不令人失望，就算這道菜吃起來只有看起來的一半美味，都稱得上是令人非常滿意的一餐了。

她切下一塊牛排——內部如她希望地呈現粉紅色，她將牛排吃進嘴裡，閉上雙眼。

也許終究值得活這一遭。

她小心翼翼地咀嚼，享受著多汁柔嫩的肉質，然後叉了一塊馬鈴薯，確定有沾到一些酸奶油和蔥末，她一口咬下，這一步有點失算了——馬鈴薯燙到她的舌頭，但風味很完美。

「餐點可以嗎？」酒保禮貌地問，她正在餐盤旁倒出一杯水，杯子表面因冰水而起霧。

「嗯好，太凹吃了，」柔伊用鼻子呼吸著說。

酒保被她逗笑了，然後走開。柔伊又咬下一口牛排，今晚發生的事在她腦中產生了變化。哈利．巴里可能是很不要臉，但他也是迫不得已，她欣賞盡忠職守的人。而塔圖姆……好吧，塔圖姆還是很討人厭，但她知道他的心思放在正確的事情上，她很遺憾他沒有和她一起來，餐點這麼好吃，有人陪伴再好不過了。

一陣內疚和恐懼突然刺穿她的思緒，她意識到自己一直忙於處理案件，從早上到現在都忘記對安德芮亞查勤，幾乎整天沒跟她聯絡了。

她拿出手機。**妳沒事吧？**她輕觸螢幕。

幾秒鐘後收到回覆。**對，不要再煩我了，我在吃晚餐**。

她鬆了一口氣，幫餐點拍照，打了**我也是**一起回傳給安德芮亞，過一下她妹妹回傳一條訊息——**妳認為妳的晚餐很厲害嗎？看看妳錯過了什麼吧**——然後傳來一張有哭哭臉的拉麵照。柔伊哼了一聲，回傳一個含淚笑臉的表情符號，有些時刻就是適合單純發發含淚笑臉的表情符號。

牛排吃了一半後，酒保將一瓶紅酒和酒杯放在吧台上。

「那邊那位老兄請的，」她告訴柔伊，然後對著酒吧邊點點頭，她在柔伊面前倒了一杯酒。

「嗯……」柔伊說。「我不——」

「這真的是好酒。」酒保揚起眉毛。

有好一陣子沒有遇過有人試圖在酒吧搭訕她了，她不得不微笑著說。「好吧，謝謝。」

她嗅聞一下紅酒，然後品嚐，風味真的不錯。她瞄了請他喝酒的男人一眼，他長了一頭捲髮和濃密的棕色鬍鬚，穿著一件格紋藍色襯衫，大多數的男人都駕馭不了這件衣服，但他可以。他有種伐木工的氣質，脖子上紋了一個小小的刺青，似乎是首字母縮寫，但柔伊無法從這個距離辨認出來。他舉著一杯啤酒致意，她也舉起自己的酒杯。

他似乎決意認為她回敬代表了邀請，而她也不確定這算不算邀請，他站起來，輕鬆地鶴立在大部分酒吧顧客上方，然後從容走過來，坐在她身邊的空凳子上。

「我喜歡看女孩子對著晚餐大快朵頤的樣子。」他笑了。

「不算女孩，我三十三歲了。」她放下玻璃酒杯。「謝謝你請的紅酒。」

「我叫喬瑟夫。」

柔伊伸出手。「柔伊。」

當他握住她的手時，有瞬間她緊繃了一下，以為他可能要吻她的手，但是他只是堅定地握握手。

「妳不住這附近。」他說。「妳來自波士頓嗎？」

她驚訝地眨眨眼。「我的口音有那麼明顯嗎？」

他笑了。「我在波士頓住了好幾年，所以我的耳朵很靈，妳的口音沒有很明顯，但還是有，妳說妳三十三歲了，還有整句話都有。」他模仿可笑的波士頓口音說話，笑容很調皮。

柔伊報以笑容。「嗯，我也不住在那裡了。」她突然產生一陣想家的奇怪感覺，她又啜飲一口酒。

「所以妳來聖安吉洛做什麼？妳搬到這裡來嗎？」

「沒有，我來這工作的。」

「什麼樣的工作？」

這下問題來了，法醫心理學家這個詞彙對人們有某種詛咒，會使人們感到不適或強烈好奇，有時兩者兼而有之，因此，說出她的職業可能會終止對話，或者使對話轉而圍繞著殺人和強姦。

她咬下一口牛排，思索了一下，兩種可能性聽起來都不大好，享用美味晚餐和截至目前的愉快交談都讓她很滿足，她不想讓連環殺手闖入這次對話。「我是一名顧問。」

「哪種顧問？」他喝了一大口啤酒。

「噢……大部分是人類行為。」她聳聳肩。「我昨天才飛來這裡，會再待個幾天，你呢？」

「我住在這裡。」他笑了。「在生番薯路出生和長大。」

她花了一點時間才弄懂這是這座城市名稱的愚蠢雙關語，她對他笑了笑，吃了一口沾了奶油的馬鈴薯。

「我是個電路空調技師，這是一門受歡迎的職業。」他靠得更近。「我不知道妳有沒有意識到，但這裡的天氣有時候會有點溫暖。」

她忽然爆笑出聲，然後開始不受控制地咳嗽，馬鈴薯吸入了氣管。喬瑟夫一臉恐懼，目瞪口呆地看著她，然後迅速把水杯遞給她。她接過水杯，仍在咳嗽，眼睛流出眼淚，她喝下一點水，終於使呼吸平緩。還真是順利呢，柔伊。

「妳沒事吧？」

「沒事。」她喘著氣，喝了半杯水。「只是你說的話讓我措手不及。」

「對不起，妳吃飯的時候我會嚴肅一點。」

「所以，如果這裡的空調技師需求這麼高，你跑到波士頓做什麼？」

「跟一個女生去的——還會有什麼原因？當年我在那邊，試圖開一間照明設備公司，其實有好幾年生意很不錯，然後就沒了。」他拿起一只啤酒杯墊開始剝，把碎紙屑撒在吧台上。

「跟那個女生分手了，所以我就回家，回首過去，我不知道為什麼要離開。」

柔伊切了一塊牛排送進口中咀嚼，她已經不餓了，只是吃著玩而已。她指著他頸後的首字母縮寫刺青。「誰是H. R.？」

他碰觸紋身所在之處。「海莉耶塔・羅斯，那個波士頓的女孩，有點蠢對吧？戀愛的時候都會幹出最蠢的事，現在我無法擺脫她的名字了，每個人都問我那是誰。」他邊剝著啤酒墊，邊皺眉。

柔伊覺得如果安德芮亞在這，她會設法說些有趣的話並轉移話題，她努力想話題，她想著：你可以告訴他們這是人力資源（Human Resources）的縮寫。但這肯定的是個蹩腳的笑話。嘿，至少她的姓名縮寫不是……但她想不出笑點。

她總會想出什麼有趣的話來說——從現在開始算起的第三天，當她試圖入睡時就會想到了。「我不認為這很蠢，」她最後這麼說，覺得自己很遜。「我認為你愛過一個人，而且做了很好的表達。」

他眨眨眼。「謝謝，柔伊，這麼說很體貼。」

也許人們高估了幽默的力量。

沉默在他們之間沉澱下來，彼此都明白那並非舒坦的沉默，而是緊繃，強烈又尖銳，幾乎像是真實存在。彷彿對話是一顆他們互相丟擲的球，其中一人漏接了，球就這樣掉落在地。

他清清嗓子。「那麼，妳一生中最重要的人是誰？」

這是一個格格不入的問題，與他們之前的談話並無相關，但是柔伊可以看出這句話的用意——恢復談話，讓對話回到正軌，因此她覺得無所謂。「我有一個妹妹，她和我住一起。」

「真的嗎？不會很難相處嗎？和妳妹住一起？」

「也許她才會覺得我難相處，」她一派輕鬆說。「我喜歡和她住一起。」

「那妳父母呢？」

「我爸幾年前過世了，我媽有點難走出來。」她母親一直是一個強勢又控制狂的女人，過去幾年變得令人難以忍受。「你呢？」

「我沒有兄弟姐妹，我父親幾年前離開德州了，所以只剩我和我媽，但是我們很親。」

「我敢打賭你回來時她一定很高興。」

「她很激動，」他說。「她一開始就不希望我離開。」

他們聊了一下波士頓，然後話題左右轉向，由喬瑟夫操縱話題，柔伊樂於坐在副駕駛座配合。他告訴她他有修復舊家具的嗜好，向她描述他修復古董梳妝台的事，柔伊費盡最大努力表現得很感興趣，她自己的家具組建經驗是組裝從IKEA購買的三把椅子，但這部分沒有包含在對話中。然後他們互相對照了一些他們喜歡的電影，喬瑟夫要了一個紅酒杯。過了一會兒，柔伊發現自己正對他降低戒心，很自然地相談甚歡。她有多久不曾和某個人促膝長談，聊一些無關緊要的話題，享受對方的陪伴？

過了很久，酒保端走她大部分都吃光的空盤，喝完最後一滴酒，喬瑟夫問道：「今晚剩下的時間妳有什麼計畫？」

柔伊緊張起來，快到午夜了，雖然她很享受喬瑟夫的陪伴，但她不想延續這個夜晚，除了他很大方又有魅力之外，她仍然對他一無所知。且話說回來，她已知的其他魅力男性是泰德・邦迪[6]、查爾斯・曼森[7]、理查・拉米雷茲[8]、羅德・格洛弗，這份名單無止無盡。對一個整天

6 Ted Bundy，在七〇年代性侵謀殺了至少三十名女性，外表斯文帥氣，且是就讀法學院的高知識份子。

與精神病態者打交道的人來說，魅力無非是危險的偽裝。

「我想我得睡個覺，」她說。「我明天有重要的事要辦。」

「一整天的諮詢，對吧？」

「沒錯。」她試著微笑，但不確定是否有說錯話。

「妳會開車嗎？」他看著她的酒杯。

他不需要知道她住宿的客房就在附近。「我會叫計程車。」

他從皮夾裡掏出一張名片。「如果妳明天想再吃一頓美味的晚餐，打電話給我。」

她向他道謝，他又向她投以最後一個微笑，表情似乎有些困惑，然後便離開了。

「可以給我帳單嗎？」她問。

「妳上洗手間時，他早就付清了，」酒保說。「是個真正的紳士。」

「是的。」柔伊附和道。「一個真正的紳士。」

---

7 Charles Manson，「曼森家族」邪教領袖，極具領袖魅力，尤其對女性，犯下許多駭人聽聞的案件，最著名為女星莎朗蒂入室滅門案。

8 Richard Ramirez，綽號「夜間狙擊者」，經由媒體報導，相貌堂堂的他讓一批少女愛上他，紛紛寫信到監獄中表達愛意。

# 第三十章

## 德州聖安吉洛，二〇一六年九月八日，星期四

家裡的電話響起，黛莉亞正在摺疊洗乾淨的衣服，把襪子湊成對。法蘭克所有的襪子不是灰色就是黑色，這表示她必須比對襪子的長度和質料才能配成成一雙，有時她不想費心配對，就把長襪配上短襪，羊毛襪配上薄襪，通常這會導致一長串的抱怨。所以她現在試圖把襪子配好，她這一生就是配不好她拿著的那雙襪子。

電話鈴聲使她驚跳起來，她的頭部像被追獵的動物般左顧右盼，這不只是因為她正陷入沉思，也因為電話幾乎從未響過。她和法蘭克都使用手機，所有人都知道手機是聯繫他們的方式，事實上，長久以來他們沒有取消市內電話的主要原因，是法蘭克的母親葛塔總是打這支號碼。葛塔是個老太太，她的記憶力退化了，法蘭克沒有信心要她嘗試用新的電話號碼打電話給他。總統有一支紅色電話可以和俄羅斯通話，而豪伊家的電話是米色的，可以和葛塔通話。

只是葛塔已經過世七個多月。黛莉亞緊握著她那支疼痛的手，她的思緒因身體上的疼痛而變得一團模糊。是打錯電話了，或是電訪，或是推銷員來推銷讓她無法拒絕的優惠，無論如何都很煩人，她決定不管它，等待鈴響結束。

事與願違，電話響個不停且大聲到令人發狂，這些老式電話設計得盡可能鈴聲響亮，讓你無論身在屋內的何處，都能聽見電話鈴響。

最後她耐不住噪音，起身接起電話。

「喂？」她的語氣嚴厲而憤怒，意在闡明她不是一個想要浪費時間的人。

電話另一端保持沉默，傳來一絲柔弱的呼吸聲。

不，不是呼吸聲，是啜泣聲。

「喂？」她問，她的語氣軟化了，帶著恐懼。然後，她以從未有過的虛弱聲音說出，「瑪莉貝兒？」

電話另一端的人一時只是繼續抽泣，但隨後她喊了出來，聲音破碎，感覺嚇壞了。「媽咪……」

「瑪莉貝兒？妳在哪？妳沒事嗎？喂？」在每個問題之後她都等待了一秒鐘，但瑪莉貝兒只是哭得更厲害了，顯然無法回答。「瑪莉貝兒！」

「媽咪！」

「妳在哪？我去接你——先告訴我妳在哪裡。」

「帶我離開這裡！」瑪莉貝兒尖叫。「拜託！」

「離開哪裡？妳人在哪？」

電話斷線了。

黛莉亞不可置信地盯著電話，然後鬆手讓話筒掉落，她趕緊衝去拿她的手機，手機裡留有里昂斯警探的電話號碼。

# 第三十一章

塔圖姆晨會遲到了幾分鐘，詹森譴責性地瞥了他一眼，他早就習慣對他視而不見。

「好了。」詹森拍拍手。「里昂斯在哪？我想開始開會了。」

「她可能一下就到了。」福斯特說。

「好吧，我們來不及等她了，案子偵辦到哪了？福斯特警探？」

福斯特翻翻筆記本。「我們與那天晚上所有跟麥迪納在一起的朋友談過了，從他們的證詞到闖紅燈自動照相之間，我們可以保險說她在一點十五分時就被放在家門口下車，所有鄰居都在睡覺。她母親在六點三十分醒來，看到妮可沒有回家，便打電話給所有她想得到的人，之後在七點三十五分向警方通報失蹤。我們正與派對上的目擊者，還有妮可其他一些朋友談，但到目前為止，沒有發現值得注意的線索。」

「好吧。」詹森再次拍了拍手。「所以也許——」

「里昂斯一直在檢視闖紅燈自動照相畫面，」福斯特繼續說道。「有三輛車跟在妮可搭的車後面，其中兩輛屬於同一場派對回來的青少年，第三輛是由名叫懷亞特·提勒的四十七歲男子所駕駛的卡車。我們正在調查，雖然我懷疑他不是我們要找的人。」

福斯特翻到筆記本上的一頁。「妮可·麥迪納的一些朋友在她住的街道上豎立了一處小型紀念碑，看起來沒有危害——那邊沒有什麼可以讓媒體大做文章的題材。」

「你能監視到訪紀念碑的人嗎？」塔圖姆問。「凶手可能會來。」

福斯特考慮了一下。「我們無法在那裡派駐人力，但我認為安裝小型的監視攝影鏡頭是沒有問題的。」

「犯罪現場呢？」柔伊問福斯特。「你有用紫外線光源掃過了嗎？」

塔圖姆有點怒，意識到她追問的是他不知道的事。

「犯罪現場鑑識技師在紫外線光源下沒有發現外來體液的跡象。」福斯特停下片刻，讓大家充分理解，然後繼續說。「關於箱子，我們諮詢了一位專業木匠，他說他估計箱子是由專業人士製造的，如果我們的凶手不是木匠，他一定是從某處訂購。我們想追蹤這條線索，但老實說我們需要更多人力。」

「嗯，」詹森說。

塔圖姆嘆了口氣，這下要開始跳人力求偶舞了。

他們爭論了一下，最終達成妥協，塔圖姆不確定底線是什麼，但福斯特和詹森看起來都不高興又心懷不滿。

然後輪到謝爾頓探員發言，他概述他們竭力透過凶手發佈的線上影片來追蹤他，聽起來並不樂觀，網頁代管服務是用比特幣支付；該網域免費，且是用一個臨時電子郵件帳戶註冊的。

「不明犯使用另一台一次性手機作為熱點來發佈影片，並且該手機在現場開機又關機，」謝爾頓補充道，他使用不明嫌疑犯的簡稱，「我們正在監視兩支手機號碼，以防其中一個號碼再次開機。」

他看了他的筆電一眼，他面前有一台打開的筆電。「實驗室結果顯示，從箱中擷取到的所有ＤＮＡ樣本均屬於受害者。」

詹森倦怠地轉向塔圖姆。「你呢？凶手的側寫部分有何進展？」

「我們正在尋找類似的犯罪模式，」塔圖姆說。「到目前為止我們一無所獲，班特利博士還指出我們可能該研究薛丁格並理解他的理論——這可能有助於更了解凶手。」

「這是個好主意。」詹森某種程度上眉開眼笑，使塔圖姆立刻感到可疑。

「嗯……好，我今天將對此進行研究。」

「聖安吉洛首屈一指的安吉洛州立大學物理學博士是我朋友，」詹森說。「我們從大學時代就認識了，我可以安排一場會議。」

「我還有一點要補充，」柔伊打斷道。

「哦？」詹森轉向她。「妳發現了什麼，探員，呃，班特利博士？」

「根據我們對凶手的了解，我建構了一份基本側寫，」她回答道。「當然不是什麼確定的推論，但是我認為我設法指出了一些可能的特徵。」

詹森質疑地噘嘴，但兩位警探饒富興味地盯著柔伊。

「凶手異常謹慎，沒有留下任何犯罪跡證，這點使我相信他至少三十歲，年紀甚至可能更大一些，年輕的殺手通常會衝動行事，但他的體態維持得還不錯：影片中的大箱子很重；墓穴很難挖，雖然很費力，但他在影片中看起來並不吃力，所以我認為他不超過四十五歲。」

「我有一個叔叔參加馬拉松比賽，他六十歲。」詹森說。

塔圖姆清清嗓子。「這就是為什麼班特利博士說這些是可能的特徵，我們不是要你忽略二十歲的人，但我們建議你根據我們的建議優先進行調查。」有片刻他緊盯柔伊的雙眼。

她簡短地對他點點頭。「不明嫌疑犯小心翼翼避免在影片暴露他的皮膚，戴著長手套，穿著高筒靴和長袖襯衫，所有舉止可能都是為了避免提供我們任何關於他種族的暗示。但影片是現場直播，他必須假設他在埋頭苦幹時可能會不小心露出一截皮膚，這使我相信他不太擔心這件事，也不認為露出皮膚會大大縮小搜索範圍。由於聖安吉洛的主要人口是白人，因此我假設這表示他是白人。」

福斯特憤怒地在他的筆記本上亂塗亂畫。

「從犯罪現場的清潔度和精心策劃的謀殺當中，我們可以看出他具有執念型性格，一絲不苟，經常表現對細節過分的關注，如果他有工作，那份工作不太講求效率，卻很要求細心程度，那可能表示他並非從事客服工作或雜役工作。他非常聰明，傾向於炫耀他的智力，這點幾乎可確定發自於內在自尊低下，使我認為他要不受到父母輕視，就是小時候被霸凌過，他可能在小時候就遭受過某種虐待。」

門打開了，里昂斯帶著一臉憂慮的表情走進會議室，一語不發坐在桌子盡頭。

柔伊繼續說。「他有一輛廂型車，是這個地區最普通常見的廂型車。」她聳聳肩。「我不懂車。」

詹森眨眨眼。「非常……詳細，探員，呃，博士。」

她似乎沒有聽見他說的話，也不在乎他的反饋。「幾個月前他在生活中經歷過一次壓力很大的事件，使他感到自己不被欣賞且生氣，可能與工作有關；也許他被開除了，或者是某種使他感覺被輕視又侮辱的事件，我們稱之為壓力源。」

「壓力源也可能是終止了一段關係，」塔圖姆指出。「不一定與工作有關。」

「沒錯，」柔伊同意。「但是我覺得這段影片是一種可以彌補他感受的表徵，他將影片發佈到網路上供所有人觀看——他希望得到公眾的肯定。他幫自己取的名字——薛丁格——同時將發佈影片視為一種實驗，感覺像是一種試圖表現自己高明和智慧的嘗試，表示他自己是個值得上司和同事讚賞的人。」

塔圖姆不確定他是否同意她的評估，但決定既往不咎。

「此外，我認為妮可・麥迪納可能不是他的第一名受害者，犯罪現場與首次殺人者的衝動犯案不符，這看來像是殺過人的人冷血計劃出的犯行。六週前有一名二十二歲，名叫瑪莉貝兒・豪伊的女性被通報失蹤，該案尚未結案，里昂斯警探和我昨天與她母親談過，我認為瑪莉貝兒可能是另一名受害者。」

詹森看了一眼里昂斯。「哦？」

里昂斯清清嗓子。「關於此案我有新消息，」她說，聲音憔悴。「我剛才跟她母親談過，她告訴我她接到瑪莉貝兒打來的電話。我無法從她那裡得到確切細節，但她聽起來有些歇斯底里。我要求簽派員派一個巡邏隊去那裡找她談，我自己也會到那裡聽聽她的陳述。」

「好吧。」詹森拍拍手。「同時，班特利和葛雷將與我一起去聽聽我的物理學家朋友怎麼想。」

塔圖姆突然後悔建議他們多了解薛丁格的理論。其中一個原因是他想進一步了解瑪莉貝兒・豪伊的案件，另外，和詹森共事感覺就像起了惱人的疹子。

# 第三十二章

塔圖姆跟在詹森的車後面，皺著眉頭，柔伊說她要坐警督的車，這證明了柔伊和他之間狀況有多糟。塔圖姆不是個會記恨的人，他知道有些人可以輕鬆做到這種事，甚至還變成一種愛好。他姑姑還記得她八年級時一個假掰女跟她說的話，就像回憶前一天晚上發生的事件一樣，但塔圖姆必須不斷努力使自己懷恨在心，這使他心力交瘁。

詹森將車停在大學停車場，塔圖姆在不遠處找到一個停車位。他加入柔伊和詹森，他們全部一起走去物理系。途中詹森查看他的訊息並發出咒罵，「媒體得知瑪莉貝兒．豪伊打的電話了。」

「這麼快？」柔伊問。

「那個女孩的母親可能直接打給他們了。」

「她看起來不像那樣的人。」柔伊說。

詹森似乎沒有在聽。「其中有些媒體暗指豪伊和麥迪納的案件之間有關連，這下毀了，我就知道我們該在記者會上提供更多資訊。」他的語氣變了，變得帶有指責的意味。

柔伊噘起嘴，塔圖姆不打算介入調停，他知道與警督吵架毫無用處，這個人已經在試圖在找人怪罪，以防自己被指責。

柯布博士的辦公室位在三樓，門是開著的，但詹森還是敲敲門說：「有人在家嗎？」他用一種疑似企圖討人喜歡的方式說出這句話。

塔圖姆往內部看了一眼，科布博士與塔圖姆預期中物理學家的模樣相去甚遠，科布是個削瘦的黑髮女子，穿著有釦的白襯衫和牛仔褲。她的眼鏡既不厚也不是圓框，而是細緻的方框。她塗了亮紅色口紅，這立刻讓塔圖姆想起他在高中時的初戀。

「啊，」她說著，聲音冷靜。「你打來電話來時，我以為在你們出現之前我還有一點時間工作。」她的聲音和舉止暗示詹森稱呼她為朋友可能是誇大其詞了。

「妳好嗎，海倫？」詹森堆滿笑容問。他進入辦公室內，似乎要擁抱她。博士顯然預見此舉，她伸出手，詹森猶豫一下才和她握手。柔伊和塔圖姆進入辦公室，塔圖姆關上門，他在裡頭的一把空椅子上坐了下來。

「海倫，這兩位是聯邦調查局的班特利博士和葛雷探員，」詹森說著對她示意，看了塔圖姆一眼。「這位是海倫．科布博士。」

科布博士對他們點點頭。「很高興認識你們，我想你們需要我幫助一起……案件？」

「似乎有一名殺手受到薛丁格的吸引，」塔圖姆說。「我們需要上一堂關於貓實驗的速成班。」

科布嘆了口氣。「嗯，這比較像一項思想實驗，據我所知，薛丁格實際上從未折磨過任何一隻貓，這個實驗旨在論證雙態系統（Two-state quantum system）的一項問題。在量子物理學中，我們說量子可以同時處於兩個互相的獨立狀態，我們稱之為疊加態。」

塔圖姆已經感覺到他的注意力被任意冒出的想法抓住，這就像重返校園一樣，老師單調沉悶的說話聲變成背景噪音，他幻想著坐在他前面的那個女生，幻想他下午的計畫，幻想青蛙和其他任何事物。

「薛丁格想要論證，疊加態存在一個固有的問題，」科布繼續說道。「因此他構成了這項思想實驗。你把一隻貓放在盒中，在那個盒子裡，有一瓶裝了酸類毒物的燒瓶，連接到一個附有蓋革計數器（Geiger counter）和放射性物質的設備上，有足夠的放射性物質能在一小時內使其中一個原子有百分之五十的機率發生衰變，如果衰變發生，酸類毒物會殺死貓，如果沒有，則酸類毒物會留在燒瓶中。到目前為止有跟上嗎？」

塔圖姆不確定自己有跟上，他確實嘗試過，但是科布的嘴唇時時讓他分心，她的學生在上課時如何集中精神？他試圖將他的注意力重新集中。一隻貓和一些酸類毒物，對。

「設備中的物質處於疊加態，既衰變又沒有衰變，同時處於兩種狀態。貓要不暴露在酸類毒物中，要不沒有暴露，這表示貓同時既死又活，處於疊加態。」

「但貓要不活著要不就是死了，不可能兩者兼具。」柔伊聽起來很煩躁，塔圖姆想知道為什麼她會這麼反感，也許她不喜歡殘酷對待想像出來的貓。

「好吧，這個思想實驗表明貓處於疊加態，因為貓處於封閉又觀察不到的疊加態設備中，所以貓和設備處於同一狀態。」

「你說的觀察不到，是什麼意思？」柔伊問。

「只有物質在無法被測量的情況下，疊加態才可能存在，一旦可測量，就不能同時處於多個狀態。」

「如果我們透過影片觀看那隻貓呢？」

「這樣貓就不會觀察不到，這樣貓就不會處於疊加態。」

「如果我們透過影片觀察那隻貓，但影片中斷了呢？」塔圖姆問，突然緊張起來。「然後實驗在沒人觀察的情況下進行呢？」

科布猶豫了。「過了一會兒，那隻貓就會處於疊加態，貓會是既生又死。」

這就是為什麼凶手中斷直播，使其處於不確定狀態嗎？這是實驗的一部分嗎？塔圖姆緊咬下巴。他還會做其他實驗嗎？

「如果盒子裡沒有酸類毒物呢？」柔伊問，一邊在包包裡翻找。

「那麼那隻貓大概還活著。」科布皺起眉頭。

「但是貓可能會因缺乏空氣而死。」柔伊拿出一份複印的案件檔案，手裡拿著一支筆翻頁，她在其中一頁上做了一個小註記。

「是的，但這不是量子裝置導致的結果，因此貓不會處於疊加狀態，要不活著要不就是死了，不會兩者兼具。」

「但是我們不知道是哪一種，這不表示貓處於疊加態嗎？」

「不。」科布聳聳肩。「我老公現在在家裡，他要不是在吃東西，要不在洗澡，要不在看書，或者隨便在做任何事，我不知道是哪個，這並不表示他處於疊加態，因為他的狀態與粒子無關，且顯然他不是一個粒子，他是我老公，這也是實驗問題的一部分，這實驗已經證明貓無法處於疊加態。」

「為什麼不行？」

「因為貓太大了，大體積的生物不能處於疊加態，貓是否爆炸都沒差，因為貓太大了，永遠不會處於疊加態。」

「爆炸？」柔伊問。「妳剛說貓是被酸類毒物殺死的。」

「好吧，在愛因斯坦的版本中，貓會爆炸，愛因斯坦的實驗裡有一桶炸藥，這真的不重要，重點是要有個東西把貓殺死。」

顯然物理學家喜歡從理論上以各種方式虐待貓，一想到馬文與斑斑之間的世仇，他也許會覺得這個想法很有吸引力。「所以人類也不能處於疊加態，對嗎？」他問。

「當然無法，人類比貓還大。」

「柯布博士，」柔伊說。「曾經有人進行過實驗嗎？」

「神啊，我希望沒有。」科布一震。「何必要進行呢？整個過程是為了要論證一個悖論，不必真的把貓困在死亡機器中來證明。」

除非實驗的目的不同，而且完全與科學無關。

# 第三十三章

安德芮亞想念波士頓。

她在健身房跑步機上跑步時想的都是這件事，她想念在波士頓公園慢跑的感覺，現在樹木應該已轉成黃、紅和粉紅，慢跑經過那片五彩繽紛的美景會是——

「啊！」她身後爆發一陣嗯哼聲。

比在這裡運動好太多了。這個男人過去半小時抓握各種舉重器材時，一直斷斷續續發出嗯哼聲，她在波士頓公園慢跑時，不會有人在附近發出嗯哼聲。

剛搬到戴爾市的她迫不及待想離開波士頓，但她不是想逃離波士頓，是因為擔任保險理賠代表是個消磨人的工作、是因為和德瑞克混亂的戀情，也是因為離她車程不到一小時距離的母親，不斷嘮叨她結婚，自從安德芮亞父親去世以來嚴重了十倍之有。

因此當柔伊告訴她要離開波士頓，搬到維吉尼亞州時，安德芮亞滿腦子想的就是她也想離開。她有一個浪漫的想法：讓班特利姐妹一起征服戴爾市。

「啊！」另一聲嗯哼刺穿了空氣，安德芮亞翻了個白眼，加快慢跑的速度，後悔把耳機留在家中。

現實很快打擊了她。柔伊在匡提科的工作很忙碌，安德芮亞所有的工作經歷都是她發誓再也不會做的工作，因此她最終在一家二流餐廳當服務生。

戴爾市的約會市場也不值一提。在一個悲傷的夜晚，她竟走到這個地步，竟然打電話給德瑞克問他過得怎麼樣。這是有史以來最慘的一通電話。德瑞克並沒有心碎或非常想念她，不，德瑞克過得很好，事實上他交了一個女朋友，還減肥成功了。

如今她連工作也丟了，她的存款帳戶正以驚人的速度清空。當然，柔伊很樂意借她一些錢，該死的，柔伊很樂意給她錢——其實是她提議的，但安德芮亞還沒有走到人生低谷的程度。

「啊搭！」這次是一個女人在發出怪聲，這些人是怎麼了？

一個月前當她知道羅德．格洛弗的事時，她被嚇壞了，她不記得他長什麼模樣，且當他在路上接近她時，看起來是個好人，是稍微有點古怪。他拍照時緊緊擁著她的手臂，稍後禮貌地向她道謝。當然，她小時候就知道那件事，她們倆依偎著度過羅德．格洛弗試圖破門而入的恐怖之夜。柔伊不止一次談過這件事，但她沒有記憶。

或許除了一段記憶斷片以外：她坐在床上，對門外的不知名事物感到恐懼，柔伊擁抱著她，在她耳邊輕聲說：「別擔心，芮芮。他不能傷害我們。」

現在她知道了，路上那個人就是在梅納德鎮殺害三個女孩、又在芝加哥殺害至少兩個女孩的同一個怪物，他也在芝加哥襲擊她姐，試圖強姦並殺害她，就是那個在拍照前叫她「笑一個」的男人。

有時她上臂被他手指觸碰到地方會感到刺痛，彷彿數百隻小昆蟲在上頭爬行，她必須洗個澡才能使這股感覺消退。

「嗯啊！」

「啊！」

他們現在已經同步，聽起來像一對情侶，正從事全世界最令人不適，最不悅的性行為。安德芮亞旁邊跑步機上的那個女孩不跑了，她離開現場，臉上掛著想吐的表情。

一開始，安德芮亞夜不成眠，她會做著噩夢醒來，聽著建築物發出的聲音，每一道咯吱聲，每個鄰居的腳步聲，每一次陌生的聲音——這些聲音全變成他，他要來抓她了，像他對其他女孩一樣，強姦並勒斃她。她找到柔伊所寫關於他的筆記，她閱讀了其中一些，還看見犯罪現場的照片。這些影像燒烙在她腦海裡無法磨滅，她很害怕。

但是從那天起，沒有人再見過他，慢慢地，她開始相信他已經走了，他想嚇嚇她和柔伊，而如今他已經離得遠遠的。柔伊的同事考德威爾探員曾解釋羅德．格洛弗是奉行機會主義的性掠食者，當機會出現時他便會出擊，並沒有針對特定的女性，而且他不想被捕，他們沒有理由認為他還在附近。

恐懼已經減輕，但柔伊仍然很焦慮，她的焦慮在安德芮亞身上盤旋不去，使她窒息，因此安德芮亞開始討厭她，現在她極度想念波士頓。

她在這裡一無所有，在這台跑步機上跑步是她在戴爾市生活的完美隱喻。

她身後傳來另一陣嗯哼聲，音量大得荒謬，使安德芮亞向後方怒視了一眼，這一瞥看見的景象吸引了她的注意力。她再次朝前方看，腦袋遲緩地處理剛剛看到的一切。

一個男人在健身房的角落盯著她看，部分身體被其中一台器材擋住了，是個中年人，頭髮長長的，掛著一抹詭異的微笑。

她看那張照片夠多次了，她知道他是誰。

羅德．格洛弗。

他現在就在這裡，看著她。

她的心臟狂跳，但她繼續跑步，目光鎖定前方。她突然對那兩個發出嗯哼聲的男人和女人，以及周圍其他人表示感激，他們都保證了她的安全。

犯罪現場的所有照片突然一躍到她腦海中，恐懼的淚水盈滿雙眼，那些死亡的裸體女性，屍體被丟棄在地上。他就在此處，那個幹出這些事的怪物，就站在她身後，他有意識到她知道他是誰嗎？他現在會正朝她走去，臉上掛著變態的微笑，手裡還揮舞著刀嗎？她不敢看。

她的腳一直在移動奔跑，她如今正在經歷那個尋常的噩夢——試圖逃離怪物的魔掌，但卻一直停留在同一個地方。

柔伊清楚指示過如果看見格洛弗時該怎麼做，她應該尖叫並逃走，如果沒有其他選擇，那就跟他拚了。但如果她現在尖叫，他就會知道她認出他了，然後該怎麼辦呢？無論如何她還是試圖尖叫，但她的喉頭塞住，呼吸不過來。

她必須擺脫他，她的手伸向前停下跑步機，機器減速了，她走下跑步機離開，盡力使自己看起來若無其事。她拚命想從眼角瞄見他，他有尾隨她嗎？這點不得而知。

她趕緊走去更衣室，她的手機在更衣室裡，她可以打電話報警，可以打電話給聯邦調查局或柔伊。她看了一眼牆上的鏡子，沒看見他，她全身發抖，嘴唇顫抖著，告訴自己放心，周圍都是人。格洛弗襲擊落單的女性，他不想被捕。她會報警，讓警察包圍這個地方，他們會逮捕他的——她不會有事的。

她衝進更衣室找她的置物櫃，一時感到困惑，她的櫃子是哪一個？然後她找到了，抓住密碼鎖用力扳動，手指在發抖。

她突然意識到更衣室裡空無一人，她走進只有一個出口的空蕩空間，本質上是被困住了。

她差點立即從那裡狂奔而逃，將包包和手機丟在身後，但她一時不確定他有沒有在門外等她，那不正是他的行為模式嗎？躲起來等待他的受害者，然後伺機而動？

鎖咔嗒一聲，她使勁扭轉門把將櫃門打開，她在包包裡摸索，找到手機撥打九一一。

「九一一，妳有什麼緊急情況？」

「我……羅德．格洛弗，有一個連環殺手，他在跟蹤我，我在健身房裡。」

「小姐，冷靜，妳在健身房嗎？妳周圍有人嗎？」

「現在沒有。」她的聲音高亢又驚慌。「我在更衣室裡，這裡沒有人，還有一個殺人凶手在跟蹤我。」

「妳可以去人多的公共場所嗎？小姐？」

她把手機放在耳邊，說不出話來。更衣室的門上有一扇毛玻璃窗，窗內出現一個陰暗的身影，隱約中愈來愈逼近，她迅速跑到房間另一頭，走進最遠的一間淋浴間。

「小姐？」

「請派警察過來，」她低聲說。

「可以提供我地址嗎？」

她不知道地址是哪裡。「我在一間健身房，呃……靠近柴郡站。」

「好的，小姐，我會派一組巡邏隊過去，在他們到達之前，妳可以嘗試到人多的公共場所去嗎？」

暗影還在門邊嗎？她連看都不敢看。「我很害怕。」她的聲音聽起來不過是耳語。

「我知道。」接線員聽起來鎮定地在控制局面，就像柔伊一直以來一樣。天啊，安德芮亞好希望柔伊現在就在她身邊。「但如果妳人在健身房，健身房人很多，妳很安全，去大廳等候警察，好嗎？不要掛斷，然後走到大廳。」

「好。」

她躡手躡腳地朝更衣室門口走去，呼吸微弱，心像浸在冰裡面一樣涼，她輕輕地踩在濕濕的地板上，擦去眼中恐懼的眼淚。

有腳步聲，毛玻璃有人影在移動，有人正在逼近。

「他來抓我了，救命，救命！」她尖叫著，手機從她動彈不得的手指上摔落。

尖叫並跑走，如果沒有其他選擇，那就跟他拚了，柔伊這麼說過。安德芮亞尖叫著，向後踉蹌拚命尖叫出聲。她跑不了，她也不認為自己能夠跟他一搏，只有尖叫了。她再次尖叫，試圖召喚任何能夠及時到達那裡拯救她的人。

一個汗流浹背的胖女人走進更衣室，困惑又擔憂地看著安德芮亞，安德芮亞跌在地板上抽泣，接線員的聲音從丟在地板上的手機中呼喚著她。

# 第三十四章

柔伊嘆了口氣，向後靠在她的椅子上，午後斜陽照進會議室的窗戶，使她睜不開眼。她繞著會議桌周圍移動到一個太陽不會照到她，也不會造成她筆電螢幕反光的位置。

瑪莉貝兒・豪伊打給她母親的那通電話，細節少到令人沮喪。

打給豪伊家的電話有紀錄，這部分千真萬確，但他們無法得知是誰撥打的。黛莉亞・豪伊多次聲稱是瑪莉貝兒打來的，但她也說這個女孩沒說太多話，無論叫她媽咪的那個人是誰，黛莉亞承認瑪莉貝兒從小就沒有叫過她媽咪，一切都讓人覺得這是一通惡作劇電話。

她使用的手機仍處於開機狀態，但鎖定她確切位置的準確度很差，通話位置在聖安吉洛南部的某處，該區域有超過七百棟房屋。警察正挨家挨戶進行搜查，但他們無法取得七百戶的搜查令，且許多房子都沒人在家，住戶都去上班了。正當他們在進行這項行動的同時，調查的其他方面也陷入僵局。

福斯特還告訴柔伊，毒理學報告已經送回——受害者身體殘留有氟硝西泮的痕跡：是羅眠樂。這解釋了凶手如何能夠制伏她並將她放進箱子裡，而沒有任何掙扎。

她斟酌再三，心不在焉地在眼前的頁面上胡亂塗鴉。塔圖姆進入房間時，她正要打電話給黛莉亞・豪伊，想弄清楚實際狀況。

「嘿，」他說。「我想和妳談談。」

「談什麼？」她問，她對自己語氣中的急切感到驚訝。

「我對這個案子有一個想法，想聽聽妳的想法。」

「說吧。」

「妳認為這個連環殺手對成名有執念對吧？」

「這絕對是他動機的一部分。」

「這有可能是他想跟警方玩的心理遊戲嗎？」塔圖姆問。「一種建立他優勢的方法？」

柔伊思考這一點。「也許他想公開證明自己的優勢，如果他只是想壓過警方，他只將影片寄給警方就好，這樣保險多了。」

「這行為符合那種想要參與辦案的凶手側寫對吧？」

許多連環殺手會受警方調查所吸引，於是讓自己成為調查的一部分。很多時候他們其實是「發現」屍體然後報警的人，或者他們會假裝掌握關於此案的寶貴訊息，這是一種吸取資訊的方式，他們還經常誤以為這麼做能讓他們免除嫌疑。這種行為絕對帶有展現優越感的成分。

「我認為你是對的。」她說。

「我們別守株待兔了，我們得開一個破案熱線，說我們在尋求一切對妮可・麥迪納案可能有用的資訊，然後警方可以查看那些打電話的人和線索。他可能會打電話。」

柔伊思考這一點。「我認為這是個好主意，我們應該提出建言。」

沉默降臨在他們之間，他們一時體驗到過去站在同一陣線的感覺，但現在討論結束了，對峙關係再次出現。

「我得打電話給瑪莉貝兒・豪伊的母親，」柔伊喃喃自語，在她的包包裡翻找手機。「我想確切知道……」話沒說完，她目瞪口呆地看著手機螢幕。

他們拜訪科布博士時，她把手機調整成靜音，然後她忘了這件事，手機有好幾通未接來電，哈利．巴里兩通，安德芮亞三通，曼庫索一通，還有安德芮亞傳來的簡訊要柔伊緊急回電。她打給安德芮亞時頭暈目眩，聽著通話鈴響，祈禱她接聽電話。

終於，安德芮亞說了，「嘿。」

柔伊聽到妹妹的聲音後心跳速度銳減，她顯然哭過，呼吸沉重又恐懼。

「芮芮，發生什麼事了？」

「我看到格洛弗了。」

「妳沒事吧？他有——」

「他沒有碰我，我在健身房的時候看見他在跟蹤我，是他，柔伊——我確定。」

「妳當然確定，我沒想別的，妳現在人在哪？」

「我在公寓裡，我有鎖門。」安德芮亞頓一下。「有一名巡邏員警送我回家，他離開前有確定這裡沒別的人在。」

「妳有告訴考德威爾探員了嗎？」

「有，我有打電話給他。」

「他說什麼？」

「他說警察會去檢查健身房的監視錄影機。」

「現在有人在看守妳嗎？」

「我……我不知道，我不這麼認為。」

柔伊靠在牆上，對自己感到無助又憤怒，她離開安德芮亞身邊，大老遠跨越整個國家來這裡是在做什麼？她妹妹現在需要她。「聽著，我會盡快回家，我會去搭第一班飛機好嗎？我現在就跟曼庫索說，要確保有人全天候看守這個地方，妳也有把門閂好了嗎？」

「有。」

「窗戶也要鎖上，可以嗎？不用擔心，芮芮，他不能接近妳的，妳能確切解釋發生了什麼事嗎？」

柔伊聆聽的時候走來走去，無視塔圖姆正擔心地凝視她，她的腦袋一團亂。格洛弗在監視她妹妹，顯然是在跟蹤她，他一直以來都在跟蹤她嗎？他是打算要傷害她妹妹，還是只是因為監視她會令他感到興奮？愚蠢的問題——格洛弗不只是偷窺狂，如果他跟蹤一個女人，表示他幻想著要攻擊她，而且格洛弗會把他的幻想付諸行動。她需要確保安德芮亞的安全，也許他們可以把她送到安全避難所，或將她送出國幾個月，直到柔伊抓到格洛弗，挖出他的雙眼，閹了他，然後逼他吃自己的——

「哈囉？柔伊？妳還在聽嗎？」

「我有在聽，好吧，芮芮，待在家裡，所有鎖都要鎖上，我會跟曼庫索說，然後搭飛機離開這裡。」

「好，我拿了妳的主廚刀。」

柔伊花了一點時間才弄清楚她妹妹剛才那句話的前後文。「噢，好。」

「我睡覺的時候會帶著刀，以防萬一。」

「妳要小心。」

「我把刀放在枕頭下面。」

「妳睡覺翻來翻去那德性？妳最後自己會被刀刺傷。」

安德芮亞發出顫抖的笑聲。

「忍耐一下，我很快會再打給妳，好嗎？」她掛斷電話。

塔圖姆看著她。「柔伊，發生什麼——」

「等一下。」她撥了曼庫索的電話。

響了兩聲組長接起。「柔伊。」

「格洛弗在監視安德芮亞，他跟她共處一室。」

「我們正在搜查——妳冷靜，考德威爾現在正在查看監視錄影畫面。」

「妳得派人看著安德芮亞，她現在一個人在我公寓裡，一個人！他隨時都可以去找她，曼庫索，而她不會——」

「班特利，妳控制一下自己！」

柔伊驚訝地閉上嘴。

「現在有一輛巡邏車正在監視妳家建築物的入口，一名警官已經仔細搜索過妳的公寓，沒有人會讓安德芮亞出事的，好嗎？」

「她不知道妳有派人看守。」柔伊無可辯解地嘀咕道。

「你妹嚇到魂不附體，我懷疑考德威爾在電話裡跟她說的話她有沒有聽進去一半，她不是專業人士，沒有人期待她在壓力之下大腦有辦法運作，她不像妳。」

柔伊無視這句評論，她輕按著鍵盤，搜尋機票。「我要飛回去，」她告訴曼庫索。「我可以搭明天早上的班機。」

她預期組長會與她爭辯，但曼庫索只是嘆了口氣。「好吧，我想無論如何妳在聖安吉洛也沒什麼事要做，葛雷可以多待一天來幫助當地警方。」

「謝謝。」

「安德芮亞會沒事的，柔伊。」

柔伊沒有回答。曼庫索說再見，並掛斷電話，柔伊放下手機。

「這是怎麼回事？」塔圖姆問。

「安德芮亞看見格洛弗了，他在跟蹤她。」柔伊開始買機票，填寫她的個人資訊。

「她還好嗎？」

「還好，她很害怕。」

「我會派馬文過去，這樣她就不會落單了。」

「謝謝，我早上第一件事就是趕回去，曼庫索說你也許該多待一天，把事情收尾。」

「好。」一秒鐘的沉默。「妳要我載妳回汽車旅館嗎？」

「沒關係，我會搭Uber，你應該告訴福斯特你想到破案專線的事，這是個好主意。」

塔圖姆清清嗓子。「我想安德芮亞一定會沒事的。」

柔伊闔上筆電螢幕，站了起來。「曼庫索也是這麼告訴我，我倒很想知道，你們兩個是怎麼得出這個結論的。」

# 第三十五章

等塔圖姆向福斯特提供完案情的最新動向，並告訴他成立破案專線的事，柔伊已經離開了，塔圖姆差點要打電話問她安德芮亞的情況，但決定還是別打擾她比較好。他沒打給她，反而走出警局，打電話給馬文。

「猜猜我今天做了什麼事，塔圖姆，」他爺爺沒頭沒尾地說道。

塔圖姆想到很多選項，但沒有一個選項比較好。「什麼事？」

「我去跳傘了。」

塔圖姆咕噥一聲。「那保險的事呢？」

「我找到一家同意幫我保險的公司，花了我好大一筆錢，但你沒有我的遺產也可以生活對嗎？」

「我不在乎該死的遺產，我只想讓你活久一點，而且——」

「我用你的信用卡付款了，塔圖姆，我的卡不知什麼理由刷不過。」

塔圖姆閉上雙眼，沉浸在一些平靜的謀殺想像裡。

「我會還你錢的，不必擔心，」馬文說。「而且下次我可以打折。」

「下一次……馬文，沒有下一次——」

「我上癮了，塔圖姆，你不會相信這感覺有多好，比古柯鹼還好，幾乎比做愛的感覺更好。唯一的問題是很短暫，塔圖姆，自由落體不到一分鐘，自由落體，這就是我們跳傘者所謂從跳下去到降落傘打開之間的時間，喬琪特說我是天生好手。」

「誰是喬琪特？」

「教練，我們一起跳。你應該來看看她，塔圖姆，她太棒了，如果我年輕個四十歲——」

「馬文，聽著，安德芮亞剛看見羅德．格洛弗，他在跟蹤她。」

「噢，靠，他有碰她嗎？」

「沒有，但是他非常接近她，你可以過去看看她的情況嗎？」

「當然了，塔圖姆，我現在就去她那裡，可憐的孩子——她一定嚇壞了，柔伊怎麼樣？」

「震驚又擔心，她回汽車旅館了，她明天要飛回去。」

「那你人在哪？」

「我在警察局，有些事需要我收尾。」

「你有什麼毛病啊，塔圖姆？去幫你的搭檔——她需要有人陪伴她，她可能擔心到快死了。」

「感謝你的關心啊，你去看看安德芮亞就對了。」

「塔圖姆，聽我說，去陪柔伊，我不在乎你是否認為她沒事，相信我：她不可能沒事。」

「你不了解她，她是我認識的最堅強的人，而且——」

「我發誓你父親是個好孩子，但他不知道怎麼教養你，該死的，去陪伴你的搭檔吧！」

塔圖姆翻了個白眼，他爺爺把他逼瘋了。「聽著，她沒看到我反而好，幾天前我們吵了一架，現在情況有點複雜，所以我感謝你的建議，但是——」

「怎樣吵架？」

「不重要。」

「怎樣吵架？，塔圖姆？」

「只是因為她說了些蠢話，我跟她說洛杉磯的那個案子，我開槍射殺那個戀童癖的案子。」

「噢對，我記得。」

「要重啟內部調查了，顯然出現一個新的目擊證人。」

「他們搞得好像開槍殺了一個戀童癖是違法的。」

「是違法沒錯，總之柔伊說也許我開槍不是出於自我防衛，她說我開槍殺害他是因為我認為這麼做是對的。」

「是喔，所以你們在吵什麼呢？」

塔圖姆皺了皺眉。「這就是我們在吵的啊。」

「噢，我懂了，」馬文最後說。「你受傷了。」

「好吧，對。」

「你認為她應該更了解你，我懂你的感受，你在意她對你的看法。」

「我當然在意。」塔圖姆踢了一塊小石頭，石頭撞到警局的牆。「反正，我也許該讓她一個人靜一靜，她現在不需要面對我。」

「嗯哼，但是聽著，塔圖姆。」

「蛤？」

「你是男人還是懦夫？」

「什麼？」

「你還有骨氣嗎？你是該死的軟腳蝦嗎？她傷害了你脆弱的玻璃心嗎？就是這麼一回事嗎？你很走運我不在那裡，塔圖姆，不然我就會替你父親教訓你，打爆你的屁股！」

「聽著，馬文——」

「你就這麼沒種嗎，塔圖姆？」馬文怒吼。「你帶斑斑去結紮時，獸醫是不小心也把你給閹了嗎？我應該打電話給獸醫，叫他幫你把蛋蛋裝回去嗎？這樣可以幫助你克服自我，然後像個男人嗎？你這個人是怎麼回事？長點骨氣，有點種，然後去陪伴你的搭檔，她需要你的支持，該死！」

「爺爺，閉嘴！」塔圖姆吼回去。「我在做我認為正確的事，你不像我那麼了解她，而且——」

「你沒做到半件正確的事，塔圖姆！你去開車，開去那裡安慰你的朋友，懂了嗎？然後我要去看她妹妹，因為我們其中一個人還記得怎麼當個真男人！」咔嗒一聲，馬文掛斷電話。

塔圖姆差點把手機摔到地上，他氣到渾身發抖，那個固執的老番顛和他老派愚蠢的建議，他到底懂什麼？他根本不懂。大吼大叫又誇誇其談很容易，但是那個混蛋根本不了解柔伊，也不知道什麼事會讓她生氣，柔伊是那種需要時間的人，塔圖姆知道這一點，馬文應該尊重他了解自己搭檔的能力。

不過，也許她想要吃點東西，他應該買一些外帶食物給她吃，把食物拿給她就好，問她是否還需要其他協助，問問也不會少一塊肉。

他怒不可遏地靜靜開車，腦裡想著下次說話時他可以對馬文大吼大叫的事情來殺時間。他花了一點時間才找到一家有供應外帶的餐廳，菜色看起來還過得去，他幫柔伊買了一個看起來賣相不錯的漢堡和一些薯條，然後去附近的雜貨店買了六罐裝的啤酒，她可能會需要喝酒，如果她真的想要人陪，他們可以一起喝酒。她不會需要人陪，但是最好買一下，以防萬一。

他到達汽車旅館時，地平線上的太陽已低垂，他爬上樓梯，走到她房門口，他敲門，然後又敲了一次門，他瞥了窗戶一眼，房裡一片漆黑。

「她剛走。」

塔圖姆轉身看到一個男人朝他走來，嘴裡抽著煙。

「什麼？」他問。

「你在找柔伊對嗎？我剛剛看到她離開去吃晚餐，有個男人陪著她，像個巨人，真的，我看他有七呎高。」

「你到底是誰？」

「哈利・巴里，很高興認識你，葛雷探員。」

# 第三十六章

柔伊在戴爾市的公寓有兩間臥室，兩間臥室都有對外窗，可以俯瞰社區對面的建築物以及通往大樓入口的小徑。

安德芮亞鎖上窗戶，關上了門，把沙發擺在客廳裡的適當位置，這樣她就可以用眼角看見門口和客廳的窗戶。她現在坐著看電視，試圖專注在螢幕上發生的一切，同時手裡抓著從柔伊廚房拿來的一把大刀，她偶爾會低下頭看著刀，用閃閃發亮的鋒利刀身來安慰自己。

門上突然傳來的敲門聲讓她的心一下跳到喉嚨口，她看一眼時間，十點十五分。

她確定門已經鎖上，儘管她已經檢查了六次，她站起來，手裡握著刀，躡手躡腳地走過去，祈禱著無論門口的人是誰，都已經走了。

又傳來一次敲門聲，這次更用力了。她畏縮了一下，試圖喊出聲來，但是她喉嚨裡能發出的只有嘶啞的聲音。

「抱歉，先生？」她聽到門外傳來堅定的聲音說。「有什麼可以協助你的嗎？」

可能是警方在監視大樓入口，考德威爾探員打來電話告訴她，他們已經檢視過監視錄影畫面，確定有個人在看著她，雖然很難辨認出他的臉孔。探員多次強調警察會整晚監視她家。

「先生？」再次傳來聲音。「可以離開門口嗎？。」

「我來拜訪安德芮亞．班特利，」一個暴躁的聲音回答。「冷靜一點，我天殺的不是個連環殺手。」

「先生，請你離開門口。」

「聽著，年輕人，我知道你對你的工作充滿熱情，但是……你在做什麼？放下——太扯了。」

安德芮亞解開門閂，然後使勁將門拉開，塔圖姆的爺爺站在門旁，背對著她，一邊肩膀揹了一個包包，另一個肩膀揹了一個魚缸。他面對一個穿制服的警察，警察手裡舉著槍，看起來有點迷惘。

「沒關係，」安德芮亞趕忙說。「我認識他。」

「你認為我會做什麼？」馬文大聲問。「用金魚攻擊她？」

「對不起，小姐，」警官道歉。「我看見一個人攜帶可疑包裹進入大樓，而且——」

「可疑？這是一個魚缸。」馬文搖搖頭。「你要逮捕魚嗎？」

「謝謝你，警官。」安德芮亞對他笑了笑，把門敞開。「請進，馬文。」

老人拖著腳步走進公寓，安德芮亞在他身後關上門。

「抱歉。」馬文把看起來頭昏眼花的魚和魚缸放在桌上。「我打過電話，但妳沒有接。」

安德芮亞傻傻地點點頭。他打電話來時，她一直在歇斯底里地啜泣，還不是能夠接電話的狀態。

「我告訴我孫子，我會來看看妳，」馬文說。「而且我聽說妳遭遇了一點麻煩，所以我就來了。」

「謝謝，你不需要特別跑一趟的……你為什麼要帶魚來？」

「如果我要在這裡過夜，我不能把魚留給貓，對其中一個來說結局不會太好，所以要麼帶魚，要麼帶貓，魚不太會反抗。」馬文抬起手臂，給她看手腕上三道紅色爪痕，然後他用可疑的目光檢查房間。「妳這裡有貓嗎？」

「沒有，」安德芮亞虛弱地說。

「好吧。」老人解開外套拉鍊。讓安德芮亞恐懼的是，他拿出一把大槍。

「幸好那個年輕警察沒看到這個。」他喃喃道，把槍放在桌上的魚缸旁邊。「好了，廚房在哪裡？我需要喝杯好茶，我得說我想妳也需要，妳的臉色像床單一樣蒼白。」

「嗯，你真的不需要在這裡過夜。」安德芮亞跟著馬文到廚房。「警察在監視我的公寓，而且──」

「胡說。」馬文揮揮手。「妳現在不能一個人待著，不用擔心──我會睡沙發……妳姐的茶放在哪？」

「我不確定她有茶，柔伊喝咖啡。」

「有時候該喝咖啡，有時候該喝茶。」他在一座較低的櫥櫃裡翻找。「啊，找到了，妳喝哪種茶？」

「我……嗯……」

「這不難，妳可以喝無糖，或者一匙糖兩匙糖，如果妳想知道怎樣對妳有好處，我說可以加三匙糖。」

「半匙。」

「嗯，妳真是個機靈鬼，對吧？」沖茶時他搖搖頭。

安德芮亞向後看了一眼，魚似乎盯著槍，彷彿盤算著要拿槍，一只啤酒瓶杵在牠的魚缸中央，魚在酒瓶周圍游了兩圈，然後再次停在槍前面。

「這不是金魚啊，」安德芮亞說。

「嗄？」馬文端著兩杯熱騰騰的茶，拖著腳步走向她。

「你剛剛說是金魚，這不是，這是絲足魚。」

「是金魚吧，不是嗎？」他拿著兩杯茶坐在廚房桌面旁，將其中一杯推向另一端。「坐下，喝妳的茶，妳被一個齷齪的傢伙嚇到了。」

她坐下啜飲一口茶。他是對的，她需要喝杯茶和有人陪伴，她覺得眼裡濕濕的。

「妳的茶喝起來怎麼樣？」

「很好喝。」她沙啞地說。

「我在裡面放了兩匙糖。」他挑動他濃密的眉毛。

安德芮亞哼著笑了一聲，然後啜泣起來。

老人尷尬地拍拍她的手。「妳不會有事的，不是嗎？我跟妳保證我在身邊的時候，那個混蛋一步都不能靠近妳，好嗎？」

「好。」她用手背擦乾眼淚。

「妳知道我今天做了什麼事嗎？我去跳傘了，這體驗太猛了！妳下次可以跟我一起去，那一刻的自由落體，直到傘蓋打開……我們跳傘者稱降落傘為傘蓋。總之，沒有像妳想像的那麼可怕，真是太令人興奮了，喬琪特說我是天生好手……」

他說話時，她試著微笑點頭。那天是她第一次能夠放鬆下來，這很荒謬，但是一個脾氣暴躁的老人正是她需要的，能讓她感到比較安全，知道他即將睡在客廳，無論如何都使她相信自己也許能在晚上某個時間點順利入睡。

# 第三十七章

「妳不喜歡妳的冰淇淋嗎？」

這個問題穿透柔伊神遊的思緒，她眨眨眼，向下看著面前的塑膠杯，裡頭裝了冰淇淋，或者至少裝了本來是冰淇淋的東西，這東西在杯子裡原封不動，溫度將冰融化成乳狀的黏糊物。一座孤單的粉紅色冰山在橘色的海裡搖晃，她甚至不確定自己點了什麼口味，草莓和……檸檬？她用湯匙撥弄了一下，然後抬眼看著喬瑟夫。

「我不餓。」

「餓不餓跟冰淇淋有什麼關係？」他笑了，他自己那杯塑膠杯肯定更大，已經吃個精光。

她要求跟他碰面來讓自己分心，她一直在旅館房間裡來回走來走去，她滿懷憂慮和罪惡感的思緒無止盡地盤旋上升，最後她傳訊息給喬瑟夫，要他過來接她，他不到十五分鐘就出現了。首先他們先去一間叫香茅的餐廳吃泰式河粉，然後散步過馬路，到對面吃冰淇淋。

所有食物吃起來都食不知味，柔伊不確定她整場約會是否詞不達意，整段時間她腦中都在想著格洛弗在附近徘徊埋伏時，安德芮亞卻孤零零一個人待在公寓裡。

柔伊很習慣恐懼，但不知為何，自己恐懼和為妹妹擔憂卻有所不同。當她自己的生命處於危險之中，恐懼會驅策她前進，戰鬥或逃跑的生存本能會迫使她自救。但為妹妹擔憂卻有所不同，就像全身浸沒在冰冷的糖漿中，不知何以拖慢她的腳步，她的思緒雜亂無章，寒意不斷侵入她的身體，使她欲振乏力。

現在，喬瑟夫正細心地端詳她。「我不太了解妳，但今晚似乎有心事把妳壓得透不過氣來，出了什麼事嗎？」

柔伊垂下視線，用湯匙攪拌冰淇淋，創造出粉色和黃色的漩渦。通常她會想主控自己的人生，討厭其他人替她決定事情，但現在她不相信自己的判斷，這是第一次她想讓別人來主導。

「有一個會殺人的性掠食者在跟蹤我妹妹，」她說，她的話如鯁在喉，彷彿這句話的質地令人不悅。「他對我有執念，現在他鎖定了她。」

喬瑟夫眨眨眼，顯然他期待聽見的是其他事情，像是抱怨一整天糟糕的工作、親戚生病，或在超市遇到不愉快的事。柔伊不知道統計數字，但她很確定浪漫約會中突然出現有人認識連環殺手的機率很低。

他沒有問她妳是認真的嗎，也沒有逃跑或緊張地大笑，這點她必須給予肯定，他似乎經過仔細思考，彷彿是在想人們在這種情況下該如何反應，這部分在尋常閒聊中沒有標準。

他的眉毛皺在一起。「他怎麼認識你的？」

「我小時候跟他是鄰居。」她感覺一種冰冷的平靜接管了她的思緒，她可以談論事實，這些只是過去的故事，而不是可能潛伏在未來的恐怖。「他強暴並殺害我鎮上的三名女孩，我是那個向警方指認他的人。」

「妳那時候幾歲？」

「十四歲。」

他撫過他的鬍鬚，緊盯她的目光。

「現在我做的事是為了謀生，」她繼續說道，她發現將所有心事和盤托出是一種宣洩。「我在聯邦調查局工作，在行為分析小組，我是法醫心理學家，犯罪側寫專家。」

「就像《犯罪心理》[9]裡面演的那樣嗎？」

她嘆了口氣。「對，但這是真實發生的案件，電視劇演得不是很精確。」曾有一段時間她很愛看《犯罪心理》，然後指出所有荒謬之處。

「妳說妳是來這裡出差的，」喬瑟夫過了一會說。

「為當地警方提供諮詢。」

「關於什麼？」

「關於一起謀殺案。」

「他們發現的那個被埋起來的女孩？在傑克遜農場附近？」

「我不知道傑克遜農場在哪裡。」

他難以置信地搖搖頭。「你提到的那個人，他在跟蹤妳妹妹？」

「是。」

「但警察不能阻止他嗎？」

「他們可以監視她，」柔伊說。她的大樓前現在停了一輛巡邏車，但是他們不能永遠在那裡監視，他們遲早會取消看守，一個月或一年，他會等待這一天，他躲警察已經躲了二十多年了。」

「他們打算怎麼辦？」

「無論他們打算做什麼都不夠，必須由我出馬，我必須抓到他。」她嘆一口氣。「可以請你載我回汽車旅館嗎？」

他們默默開車回去。汽車旅館不遠，她本來可以走回來，但這需要專注和方向感，她不確定她今晚具備這種能力。他把車停在停車場，打開他那一側的車門。

「你不必——」

「我陪妳走到房門口。」喬瑟夫堅決地說。

她聳聳肩下了車，她走在前面，專注看著自己的腳，試圖阻止恐懼的想法，不讓自己陷入絕境。她握著房門鑰匙走過停車場，爬上樓梯走到房間。

「謝謝，我很抱歉，我一直表現得像……」她含糊地表示。*抱歉我一直表現得很像自己。*

喬瑟夫把手插在口袋，看起來似乎有點羞怯。「不必道歉。」

她打開門走進房間，她轉過身正要道再見，她的手已經放在門把上了。

但一旦她關上那扇門，這些想法就會蜂擁而至，在她腦袋裡嗡嗡不止，嘎嘎作響，就像她在店裡那杯冰淇淋漩渦一樣，那一碗糖果濃湯，所有無助、焦慮和恐怖的萬一混合在一起，在她腦海裡不斷旋轉，讓睡意遠離。

「你想進來嗎？」她問。她的聲音裡有一絲懇求；她忍不住，她不想一個人待在這裡。

他皺起眉頭，又一次感到驚訝，不知何以這災難的一日以邀請告終。他走進去，她關上他身後的門。

在這糟透的一刻，她以為他會開始說話，但接著他的手攬住她的背，將她拉近，她墊起腳尖，胸口緊貼著他，她將手臂圈住他的脖子。

他還沒有吻她，只是看著她的眼睛。他們沉默地站著，當生命暫停時，柔伊的大腦照常運轉：腦中充滿了思緒，她試圖猜測格洛弗離安德芮亞有多遠，大概不超過三英里，他等待著對

---

9《犯罪心理》（Criminal Minds）是美國犯罪電視劇，主要描述ＦＢＩ行為分析小組的心理側寫團隊所經歷的各式犯罪行為。

的時間點，等他們所有人再次放下戒心。他就像一顆惡性的致命腫瘤，正等待爆發並摧毀她妹妹，找不到也無法切除。

她瑟瑟發抖，喬瑟夫眉頭緊皺，緊緊抱著她。

只要她把心思放在他身上，就可以模糊自己的恐懼程度。這麼接近，她讓視線在他的輪廓上漫遊——修剪整齊的鬍鬚、濃密的眉毛、淡褐色的雙眼，他的睫毛尖端變成金色，只有在近距離才知道他的睫毛有多長。

她把他的臉向下拉，他把嘴壓在她唇上，那吻開始時是試探性的，好像他們彼此都不確定對方的感受。他退縮了一下，想確定她是真的想要他，這使她更強勢，她把他的下唇吸到她唇間，吮吸了片刻，他的手指緊掐在她腰上。

他近距離聞起來很香——木屑和亮光劑的味道。她張開嘴吻得更深，她的舌頭刷過他的，他抱起她，將她抱到床上，她用大腿纏繞他，好像自己完全沒有重量，只有三步之遙，汽車旅館的房間在一夜情這方面很有效率，床永遠不會離門太遠。

他們倒在床上，床在他們的體重下嘎吱作響。他把她拉到膝上，她跨坐在他身上。對她狂暴的思緒來說，他的身體是庇護所，這一刻她可能會迷失自我。

而現在，迷失自我聽起來像是全世界最好的想法。

# 第三十八章

## 德州聖安吉洛，一九九〇年十一月十日，星期六

梅恩坐在他床上沉重地嘆氣，看著地板。男孩看著她，希望她能走開，但她短期內不會離開。

「妳想玩我的樂高嗎？」他問。他根本不想跟她一起玩，但是他從經驗中知道，他的母親等等會問他們玩了什麼，他必須證明自己曾提議過很多遊戲，而梅恩對任何一項都不感興趣。好主人會盡量好好招待客人，他的母親每次都會這麼告訴他。

他從未明講所謂主人是邀請客人來玩的人，不是被迫招待客人的人。

梅恩翻了個白眼，彷彿僅僅提議玩樂高就使她感到無聊。

她真正的名字是夏梅恩，但他只有在她母親對她發脾氣時聽過一次，其餘的時候，她是梅恩。他的母親和梅恩的母親露絲自高中以來就一直是朋友，她們至少每個月見面一次，露絲總是把梅恩帶在身邊。兩位母親會迅速叫他們快去玩，而他們便不得不一起去他房間或到室外玩。他超討厭，他知道梅恩也這麼覺得，因為梅恩告訴他很多次。他不知道露絲為什麼要繼續把她帶來這裡。

他甚至不確定他母親喜歡她們來，她們來之前，他的母親無可避免會向父親抱怨，說露絲會想方設法看扁她。她們離開後，他經常聽到母親說她再也不要邀請露絲來了。

當她這麼說時，他曾看見希望的火花，但想都別想，露絲和梅恩是他人生中的常客，就像在週日去看牙醫，或早起上教堂，或關在地下室壁櫥裡的懲罰。

「我們可以玩地產大亨，」他言不由衷地提議。

梅恩哼了一聲。「那是給小孩子玩的遊戲。」

她比他大一歲，但是高了將近一呎，當他們見面時她經常會指出這一點，示範他的頭頂甚至不到她的下巴。當她花時間證明這項事實時，他會乖乖站著不動，眼睛盯著她的胸部，她襯衫上隆出了一點胸部。

他決定自己已經盡其所能了，他在腦中想像他和他媽媽的談話。

「你和梅恩玩了什麼？」她會這麼問。她的聲音會有些緊繃，就像和她閨密見面之後一樣。

「什麼都沒玩，」他說，巧妙地略過不提梅恩的拒絕，如果他開始解釋她不想玩任何玩具，那聽起來就是心存戒心。

「你要建議一起玩什麼玩具啊，」他的母親會說。「好主人會盡量好好招待客人。」

「我有建議啊，」他會說。

「你建議什麼？」

「地產大亨和樂高。」

妳輸了，他的母親對此無話可說。

梅恩又吐出一口氣，她擦了好聞的香水，和她上次擦的是同一種香味，她離開後香味揮之不去，幾乎讓她的來訪值回票價。他躺在床上，想著她站在他身邊說：「看吧！我的下巴甚至碰不到你的頭，你是我認識最矮的男孩！」

他站著一動也不動，凝視著她襯衫上的隆起。

他轉身開始整理桌上的火柴盒，十五個火柴盒，是他珍貴的收藏。他喜歡玩這些火柴盒，當他想到盒裡的內容物時，總會感到一種迷戀在內心滋長：他自己的小寵物。

甲蟲、蜘蛛、蟑螂，但大多是蒼蠅。他會抓住牠們，將牠們放進火柴盒，聆聽他們在小小監獄裡奔逃所發出的聲音，他會把幾隻放在同一個火柴盒中，訣竅是把盒子打開一點點，然後將新的獵物滑進去，獵物一進去之後就將火柴盒關上。有時他會混搭，一隻蜘蛛配三隻蒼蠅，一隻蟑螂配一隻甲蟲。

他時不時會搖搖每個盒子聆聽，如果沒有聲音，他就把內容物倒在一小段衛生紙上，最終他製造出一小堆死亡的昆蟲，他就這樣看著牠們，想知道牠們困在盒子裡不斷尋找出路的感覺。

「那些是什麼？」那聲音使他一驚。梅恩站在他身後，在他的肩膀上方傾身看，他可以聞到她的香水味。

「只是我的收藏，火柴盒。」他將全部十五個盒子一個接一個上下堆疊在一起，一座囚犯之塔。

「不算很大型的收藏。」她嗤之以鼻地說。「而且都是同一種，收藏不是應該有不同類型的盒子嗎？」

「我不知道。」

「你知道我喜歡做什麼嗎？」她說。「我喜歡點燃火柴，讓火柴燃燒，然後當火焰快燒到我的手指時，我就從另一端抓住火柴棒然後翻過來，讓火柴完全燒完。」

他舔舔嘴唇。「好。」

她仍然在他的肩膀上方傾身，她那如波浪般起伏的襯衫輕觸著他的脖子。

「來吧，我示範給你看。」她抓住最上面的火柴盒。

他什麼話都說不出來，此刻他完全目瞪口呆。她立起火柴盒並打開盒子，兩隻蒼蠅衝出，在天花板上飛來飛去，她的眼睛睜大，蟑螂的黑腳突然扭動爬出盒子。

她尖叫，蟑螂向外一跳，爬上梅恩的手，她甩著手，一個踉蹌摔倒，把火柴盒高塔撞倒在地板上。她仍在尖叫，跌跌撞撞走到門前將門一拉，然後就跑出去了。

他沒有動彈，沒有呼吸。在他周圍，數十名囚犯四處奔逃、嗡嗡作響，四肢和翅膀在牠們牢房的硬紙板牆上刮擦。

# 第三十九章

**德州聖安吉洛，二〇一六年九月九日，星期五**

塔圖姆不知不覺地睡著，至少他感覺自己有睡，沒過多久鬧鐘便把他叫醒。他昏沉地摸索著手機，將手機從床頭櫃上撞落，笨拙地一揮便掉到床底下。

鬧鐘愈響愈大聲，塔圖姆最近下載了一個為熟睡者設計的鬧鐘應用程式，沒辦法按貪睡按鈕，想關掉鬧鐘的話必須輸入六位數密碼，鬧鐘音量每隔幾秒鐘就會增大，他不知道是什麼促使他讓這種惡毒的存在進入他的生活。

他下床，蹲下去撿手機，他不知為何大老遠把手機敲到床底下的中央——距離正好夠遠，以至於聲音像噩夢般傳到四面八方。為了拿到手機，他不得不用力伸長肢體，過程中差點讓肩膀脫臼。鬧鐘現在響得如此刺耳，可能也喚醒了好幾間相鄰的房間。

他的手指快速尋獲手機，他抓出手機，嘴裡咕噥著，他輕按解除鬧鐘所需的六位數，這壞東西終於安靜下來。他坐在地板上拿著手機，從痛苦的起床恢復神智。

他發了一封簡短的訊息給柔伊：**要載妳去機場嗎？**

他把手機放一邊，開始穿衣服，襪子穿到一半，他停下動作，還光著一隻腳，剩下一隻襪子抓在手裡。

柔伊尚未回覆。前晚他清醒地躺在床上，想著馬文的訓斥，由於沒有好好應對，他拼湊出一種模糊的罪惡感，他檢查手機，發現柔伊甚至沒有把訊息打開看。

那有點奇怪，她肯定醒著，而柔伊對查看訊息有執念，因為她隨時都在懷疑安德芮亞有危險。

那個煩人的記者昨晚告訴他，柔伊和一個高大的男人去吃晚餐，當時塔圖姆以為她因為某種理由和福斯特警探一起吃晚餐，但是現在他納悶了起來。

聽見隔壁房間開門的聲音，他匆匆走到門外，打算在柔伊離開之前攔截她，他瞇著眼看著陽光，轉向柔伊門口。

一個男人正要離開她的房間，門在他身後關上。

高大真是貼切的描述，這男人甚至可說是屹立在塔圖姆上方。他搔著鬍子轉身要走，看到塔圖姆時停了腳步，看到塔圖姆還是只穿一隻襪子的腳時，眼神閃爍了一下，然後他擦身而過，禮貌地向塔圖姆點頭致意。

塔圖姆檢查手裡的手機，柔伊仍然沒有看訊息，他突然感到一陣擔憂：這個剛走出她房間的男人是誰？

他接近她房門時，發現門沒有完全關上，門閂稍微卡住了，他敲門。「柔伊？妳在嗎？」

沒人回應，他再次敲門還是沒有回應，他猶豫了一下，然後推開門。

房間是空的，但柔伊的行李箱攤在地板上，床單糾纏在一起的方式讓他聯想到一場激烈的掙扎，他能聽見浴室裡有水在流。

「柔伊？」他大叫，一秒鐘後，他提高音量，「柔伊？妳沒事吧？」

水流停止了。「塔圖姆？」他透過浴室門聽見她含糊不清的聲音。

他馬上鬆了一口氣；然後他在腦裡重新理解這一切：糾結的床單、房裡的麝香味，那個離開的男人……他僵住了，在恍然大悟之前，他應該在幾分鐘內拼湊出這一幅簡單的拼圖。

「塔圖姆，是你嗎？」柔伊再次從浴室喊叫。

「嗯，是，抱歉，我只是想知道妳需不需要我載妳去機場。」他不自在地顧左右而言他，感覺很尷尬。「對不起，妳沒有接電話，我以為……」他沒有說完這句話。他腦子在想什麼？他為什麼沒有想到柔伊一時聯絡不上的簡單解釋？

「可以載我一程那就太感謝了。」她說。「等我一下。」

塔圖姆正要離開她房間，柔伊的包包吸引了他的注意力，包包是打開的，裡頭有一個灰色文件夾，他從她包包裡把文件夾取出然後打開。這是妮可·麥迪納案件檔案的複印本，裡面有柔伊手寫的一些註記。他翻頁，瞥見了熟悉的犯罪現場照片。

浴室的門在他身後打開。「好了，我準備好了，」柔伊說。

他轉身。她的頭髮濕濕的，臉比平常蒼白，一滴水從她脖子一側流下，塔圖姆傻傻盯著那水滴看。

「噢，對了，」她說。「你能幫我把案件檔案帶回警局嗎？我忘記在離開前歸還了。」

「當然，妳今天早上有和安德芮亞說到話了嗎？」

「她好多了。」柔伊蹲下身，拿起她的行李箱。「顯然你爺爺在那裡過夜了。」

「什麼？在妳公寓？」

「她說他讓她覺得很有安全感。」她淺淺對他微笑。「他真是一個體貼的人。」

「馬文是這樣沒錯，」塔圖姆喃喃道。「最貼心不過了。」

她開始走路，在身後拖著行李箱。

「我來，」塔圖姆提出。

「我自己來。」她把手提包揹到肩上，然後瞥了一眼他的腳。「也許你該把鞋子穿好。」

塔圖姆傻傻凝視著他那雙穿襪子穿了一半的腳。「當然，給我一點時間。」

柔伊離開房間時與他擦身而過，她聞起來有旅館洗髮精的味道。他急忙走去自己的房間，穿上另一隻襪子和鞋子，然後離開房間跟著柔伊。他從起床到現在還沒上過廁所或刷過牙，但他不想讓她等，回到自己旅館房間之前，他必須避免對著別人呼吸。

「我討厭這樣匆匆離開，但我們在這裡無能為力。」柔伊走下旅館的樓梯時說。「你可以協助他們處理媒體的事，啟動你的報案專線，切記要密切監視麥迪納的葬禮，應該會在幾天內舉行。」

「好。」連環殺手有時會在受害者的葬禮上露面，拍下葬禮賓客的照片是個很好的做法。

「今晚我會再打電話給你，看看情況如何。」

「好好照顧妳妹就好。」他從她手上拿走行李箱，然後抬起來放進後車廂，他倆都上了車，關上車門。

他啟動引擎。「昨天我遇到妳那個記者朋友。」

「哈利．巴里？」她看起來戒心大起。「你沒有告訴他安德芮亞的事吧？」

「我什麼都沒跟他說，」塔圖姆回答。他們開車穿越聖安吉洛的街道，街道漸漸甦醒。塔圖姆想著要講現在輪到他選音樂了，但感覺詞不達意，彷彿柔伊和他之間的聯繫已經斷裂，變成了兩個陌生人，也許他們畢竟是陌生人，他認識她才多久？一個月？這麼短的時間真的足以了解任何人嗎？

他的手機響了，他用一隻手扶著方向盤，接聽電話。「我是葛雷。」

「葛雷探員。」是福斯特警探。「凶手正在直播新的影片，二號實驗，是瑪莉貝兒．豪伊。」

「該死。」

「我正在把連結傳給你，過來吧。」

他掛上電話，看了柔伊一眼。「我們得幫妳叫Uber了。」

「發生什麼事？」

「二一號實驗。」他的手機響了一下，他把車靠邊停在人行道，看了一眼訊息，是福斯特傳的，內容包含一條連結，塔圖姆點擊連結，瀏覽器視窗緩緩打開。這個網站類似第一個網站——以薛丁格帳號上傳名為「二一號實驗」的影片，緩慢的網速在試圖連接上直播，他們一時只能盯著漆黑的畫面看，然後突然間，一個躺在黑暗中的女孩臉孔出現了，影片一樣是紅外線攝影機拍出來的黑白色調。她在大喊大叫，對著自己上方的東西重擊，手機喇叭扭曲了尖叫聲，聲音聽起來粗啞又野蠻。

「那是瑪莉貝兒．豪伊，」柔伊說。「我看過她的照片。」

「我得去警局一趟，我幫妳拿行李，然後——」

「不必。」柔伊凝視著螢幕。「我和你一起去。」

# 第四十章

瑪莉貝兒在電話裡的聲音讓黛莉亞的生活恢復了活力，她甚至沒注意到自己的生活已經停滯，直到那通電話。黛莉亞在等著女兒回來時，時間已經連續停滯了好幾週，她和法蘭克已經不說話了；她很少出門，不再維持日常生活的規律，只有她強加在自己身上的痛苦才符合時間的規則，隨著時間流逝，強度也在衰退。

但是當聽見女兒大聲呼救，她意識到瑪莉貝兒現在就需要她的幫助。

她和法蘭克昨晚試圖對話，這是六週以來的第一次，那是一段很不順利的談話，充滿停頓和說到一半的句子，好像他們的溝通能力在經過太長時間沒使用之後已經變成一灘死水。這是一次正式談話，充滿技術性討論：有什麼可能性？他們將如何幫助瑪莉貝兒？行動派的法蘭克建議僱用一名私家偵探，發起社交媒體活動，並嘗試安排接受當地電視台採訪。

黛莉亞同意他說的所有話，同時決定她要去警局，要求他們女兒的失蹤案要得到應有的重視，這具有某種諷刺意味——瑪莉貝兒不止一次說過，黛莉亞的嘮叨技巧無人可比，如今她拯救女兒的計畫，本質上就是對警方嘮叨，要他們辦案更加努力。

她開車前往警局，把窗戶旋開讓菸散出，自從那通電話以來，她幾乎連續抽了兩盒菸。她將香菸夾在右手的手指之間，她也習慣用右手換檔，使煙灰散得到處都是。

她的手機在口袋裡響了一聲，可能是另一名記者，他們一直對她糾纏不休，她不知道他們怎麼會知道這支電話，有警察告訴他們的嗎？法蘭克說這樣很好——他們需要贏得公眾的興趣，目前為止他們肯定已經引起公眾的注意。《聖安吉洛標準時報》在第三版發表有關瑪莉貝兒的文章，文章內容只有單純的事實——那通電話、失蹤的女孩，瑪莉貝兒微笑的照片，看上去純潔而美麗。新聞界將矛頭指向警方，沒有在女孩一開始失蹤時就作出反應。

他們多快會開始懷疑為什麼瑪莉貝兒十八歲就離家？矛頭什麼時候會從警方轉移到父母身上？

她吸了一口菸，嚴肅地思考到警局時她要說些什麼，她必須讓他們了解她絕對不會離開，除非他們對她認真看待。是時候讓瑪莉貝兒回家了。

# 第四十一章

警探部門陷入瘋狂狀態，瑪莉貝兒．豪伊的影片在多台電腦和手機上播放，她的尖叫聲從四面八方發送，製造出一片令人憂傷的心寒噪音。塔圖姆站在部門入口一時呆住，柔伊從他身旁擦身而過，走進福斯特的隔間。塔圖姆匆匆追上她，試圖忽略那女孩喉嚨中發出的尖叫聲，她哭喊著媽媽，並乞求釋放她。

福斯特在手機上對著某人大吼，影片在他電腦上播放，他們走到他身邊時他掛斷電話。

「影片什麼時候上線的？」柔伊命令式地問。

他看了她一眼。「二十五分鐘前，很多人馬上就透過電子郵件收到連結了，他把連結寄給比之前更多的人，打進來的電話讓簽派員應接不暇。」

「你跟謝爾頓說了嗎？」塔圖姆問。「他有試圖追蹤影片來源嗎？」

「里昂斯正在和他通電話，」福斯特說。「我們還派出三輛巡邏車在妮可．麥迪納的墓穴附近搜索，以防他決定將瑪莉貝兒埋在附近。我剛設法讓取得直升機升空的許可，也許我們能看見那個混蛋還在她上方鏟土。」

「這次他沒有把自己拍進影片。」柔伊皺眉。「也許埋葬地點很容易辨認出來，他不想讓位置曝光。」

「所以我們要找的是較容易辨認出的區域，」福斯特說。「任何熟悉的地標都會露出馬腳對嗎？我馬上就調人去找。」他拿起手機。

「福斯特！」里昂斯從她的座位上大喊，從她的椅子上衝出。「他正在使用之前的同一支手機！」她的聲音幾乎被瑪莉貝兒的尖叫聲淹沒。

「什麼？」

「他使用的手機——」

塔圖姆舉起手阻止她，然後鼓足中氣大喊，「大家，把你們該死的影片關成靜音，立刻！」

一時半刻似乎沒人注意到他，但隨後尖叫聲一聲接著一聲停止，直到室內變得相當安靜。

塔圖姆鬆了口氣閉上雙眼，鬆開緊握的雙拳。

「我剛剛和謝爾頓談過。」里昂斯的眼睛閃閃發亮。「凶手正使用與上次同一支手機來播放該影片，我們取得一個約略位置，位置靠近雙峰水庫以北的六十七號公路，在拖車公園附近。」她彎身敲打一下他的鍵盤，在他的電腦螢幕上開啟地圖。

「去你的，我們逮到他了。」福斯特吐口水，在他的手機上用力按了幾個數字。「簽派員，我需要派巡邏車到六十七號公路，我們需要設置兩處……不，三處攔檢，一處設置在威樂坑路轉彎處，一處設置在南詹森路轉彎處，第三處設置在通往雙峰水庫的路上，就在六十七號公路旁……對，就是那個。在我給你進一步指示之前，不要讓任何車輛通過，懂了嗎？連警長也不行，整個區域都要封鎖。」

他掛斷電話，前額皺了皺。「他被逼到絕境時會有多危險？」他問塔圖姆。「我們該擔心嗎？」

「他被逼到絕境時可能會嘗試逃跑，」塔圖姆說。「但如果要冒生命危險，他就不會這麼做了，他很有可能會靠瞎扯來脫身，聲稱自己與此無關之類的。」

他看了柔伊一眼，想得到她的確認，她點點頭，她的注意力並不在此。「到目前為止我們看到凶手的行為都符合捕獵弱者的行徑，他持刀脅迫妮可．麥迪納，這讓我覺得他甚至沒有槍。」

里昂斯的桌機響了，她走過去接聽電話。

「我要去監控搜捕行動，」福斯特說。「如果你們當中有人跟我一起去，我會很感激的。」

「我跟你去。」塔圖姆說。「我們可以——」

里昂斯猛一聲掛斷電話，睜大眼睛。「黛莉亞．豪伊在櫃檯。」

「黛莉亞．豪伊？」柔伊問。「她知道影片的事了嗎？」

「聽起來不像，我想她只是想找人談談。」

塔圖姆環顧四周，看著那個女孩在黑暗中掙扎的畫面同時在許多部螢幕上出現，警探們都在瘋狂尋找她。「她不能進來。」

# 第四十二章

柔伊和里昂斯把將黛莉亞．豪伊帶到一間沒人使用的會議室，她沒有注意到警局內陷入瘋狂。

她們討論黛莉亞前一天接到瑪莉貝兒打來的那通電話細節，柔伊很難描繪確切的狀況，她一直希望會有些什麼隨機細節為那通電話提供線索，隨著訪談進行，她內心愈來愈沮喪，感覺什麼都不對。

里昂斯在筆記本上寫下黛莉亞說明的一切，當她們問到相同的細節時，黛莉亞似乎開始激動起來。

「我已經告訴過妳們了，」她突然怒氣沖沖地說道。「我不知道她為什麼掛斷電話，也許她聽見有人來了，也許有人拿走她的電話，妳們現在打算怎麼辦？妳們現在有在找她嗎？」

柔伊和里昂斯的眼神對上片刻，但黛莉亞似乎捕捉到她們眼神的交流，因而緊張起來。

「豪伊太太，我們正在盡力找到妳女兒，」里昂斯說。

「我不相信妳！我想跟別人談，我想和單位負責人談。」她按著手腕，柔伊看了一眼。黛莉亞的皮膚上有新的燒傷痕跡，面積比上一次大，但是手腕周圍沒有瘀傷，所以沒有人把黛莉亞的手強行放到火焰上。里昂斯試著讓這女人平靜下來時，柔伊試圖重新排列事件的發生順序：六週前的七月二十九日，瑪莉貝兒．豪伊失蹤，據推測是被不名嫌疑犯擄走；然後到了九月八日，瑪莉貝兒設法取得電話，並打電話給她母親；一天後，不名嫌疑犯將她活埋並發佈影片。這整段期間，他一直把她囚禁起來嗎？

「我現在就要跟別人談！」黛莉亞．豪伊尖叫著敲桌。

一小片真相浮在水面，她卻搆不著，她必須專心，但在這裡無法專心。「失陪一下。」她站起來離開房間，在身後關上門，她靠在走廊的牆上，陷入沉思。

假設他俘虜那個女孩超過一個月，然後她設法逃脫，打電話給母親，然後他將她活埋以示懲罰，這是一個很好的解釋，但卻不符合。為什麼妮可．麥迪納被擄後立刻遭到活埋，但他卻把瑪莉貝兒囚禁起來？

也許瑪莉貝兒沒有被綁架，也許她真的離家了，然後凶手最近才從她住的地方綁架了她，但這似乎很牽強，她何必要突然消失，把所有家當留下呢？

那通電話也很奇怪。黛莉亞．豪伊堅稱她尚未告知媒體有那通電話存在，也許是她丈夫通知的，或者可能有警察洩密，但關於電話內容新聞中有如此多細節，而這些細節只有黛莉亞知道。

有可能是凶手洩露細節，但似乎也不符合，如果他活埋她是為了懲罰她逃走和打電話給她母親，他不會想讓大眾注意到自己的疏忽。

里昂斯離開房間走向柔伊。「怎麼回事？」

「這裡有些事不太對勁，妳認為瑪莉貝兒整段時間一直被凶手囚禁嗎？」

「我幾乎完全肯定，這是最好的解釋。」

「為什麼？」

「我還不知道，柔伊，也許他利用了她的身體，也許他喜歡和她說話，也許他喜歡她的烹飪技巧，等我們找到她時就可以問她。」

「那他為什麼不留著妮可・麥迪納？為什麼要這麼極端地改變他的犯罪模式？為什麼他要把瑪莉貝兒留在身邊那麼久，只是為了也把她活埋？」

「也許是因為他是一個殘酷的精神變態。」里昂斯提出。

「不是那樣的，」柔伊緩慢地說。「不明嫌疑犯做的事沒有一件是為了要散播痛苦，他不是被魔鬼附身，他犯下的一切犯行都是由需求推動的，其中一項是他的性需求，他腦裡有一個複雜的性幻想，而這些行為，把女性活埋，正是這個幻想的結果。他似乎也想引起注目，引起媒體和警方的注意，他想成名。」影片中的一個細節吸引了她的注意力，但她無法確切地指出哪裡不對勁，就像她從眼角瞥見的陰影一樣，一別過臉，就消失了。

「這個我們之後再解決，」里昂斯說。「現在我們需要完成訪談，還有……」當她轉向會議室門時，這句話戛然而止。

柔伊跟隨她的目光，門稍微打開，房裡空無一人。她們談話時，黛莉亞溜出去，然後離開了。

她們倆都去追趕那個逃跑的女人，黛莉亞與一對警察擦身而過，然後向右狂奔，直奔標有「警探部」的門。

柔伊和里昂斯片刻之後追上她，她站在部門入口，凝視著顯示她女兒哭泣面孔的各式螢幕，儘管現在影片已經靜音，但影像就足夠打擊她了。

黛莉亞的眼睛睜大，嘴唇顫抖。「那是……瑪莉貝兒。」

里昂斯輕輕抓住她的手臂。「豪伊太太，請跟我來。」

女人扯開手臂，盯著螢幕目不轉睛。「這是怎麼回事？」

里昂斯回答了，但柔伊沒有注意她說了什麼，她現在站在女孩的母親身旁一起看著影片，終於意識到影片中一直困擾她的點是什麼。

這個女孩的臉上塗了睫毛膏，但如果凶手真的是在六週前把她擄走，就沒有充分理由讓她化妝，除非凶手要求她這麼做。

柔伊注視著女孩的上衣，是一件綠色的無肩帶背心。她想到一個原因了。

# 第四十三章

自塔圖姆降落在德州以來，這是他第一次感覺到酷熱襲人，一串汗珠從他額頭滑落，流進右眼使眼睛刺痛。福斯特走近，遞給他一大瓶水，塔圖姆感激地接過去，一口氣喝了半罐。

「你認為她被活埋多久了？」福斯特目光呆滯地問。

塔圖姆聳聳肩。在過去一個小時，他們進行了三次類似的對話，就算他們知道她被關進箱裡的確切時間，他們也無法得知答案。據他從影片上得知的訊息，充其量他只能說瑪莉貝兒現在正在做的事實際上能夠提高她的生存機會——她現在躺著靜止不動，從周圍非常有限的氧氣中減少消耗量。

福斯特的手機響了。「噢，該死！」他厲聲說。「媒體有報導了。」

他把螢幕拿給塔圖姆看，有篇標題名為「警方尋找被活埋女孩」的報導，影片截圖直接放在標題下方，瑪莉貝兒．豪伊的臉孔在尖叫中停格。「很快他們就會將這個案子與妮可．麥迪納案聯繫起來，我們即將要對付恐慌的民眾了。」

塔圖姆瞄一眼自己的手機，影片仍在播放。「他還沒有中斷影片訊號，」他說。「差不多有兩小時了。」

「你認為這代表什麼？」

「我知道才有鬼，」塔圖姆疲倦地說。「柔伊會說他的幻想正在進化。」

遠方持續傳來的喇叭聲令他不勝其擾，六十七號公路在幾十碼遠處，有兩處警察攔檢將道路分成三部分，導致任一方向都產生長長一條動彈不得的交通壅塞，雖然他們有讓車輛通過，但速度很慢，警方一邊記錄下每輛車的車牌。

他凝視著一排排車陣，陽光照耀在車輛的擋風玻璃上，然後他轉身勘測整片搜索防線內的地帶。那是一片沙地高原，砂礫上佈滿乾灌木和光禿的樹木，一個拖車公園矗立在道路旁，居民們群聚在一起，興高采烈地觀看警察搜索。更遠處之外，他幾乎看不見加油站，有條長長的鐵路相距幾碼與道路平行。在研究過地圖之後，塔圖姆知道這條鐵路和道路不會分岔。

幾名巡邏警官正在用金屬探測器對地面進行搜索，儘管到目前為止他們發現的只有啤酒罐。一名自稱瓊斯的警犬領犬員，正與他的狗巴斯特在拖車公園附近搜索。在環形防線另一側，一名鑑識技師正在將透地雷達推到礫石上方，看起來不像一項複雜的科技，事實上雷達裝置類似割草機，雷達技師似乎正在與多不勝數的岩石、灌木和仙人掌搏鬥。在塔圖姆的注視下，他停下動作搖搖頭，從機器上走離開一步，他垂著肩膀走過去。

「現在怎麼辦？」福斯特咕噥一聲。

「透地雷達在這個地點沒辦法探測到深處，」男人說。「土壤中的黏土太多了。」

「那算什麼藉口？」福斯特問。

「黏土會干擾雷達的有效性。」

「你說你這台寶貝可以探測到五十英尺深，所以我們現在說的這是什麼？只能探測十五英尺？十英尺？五英尺？」

「十五英寸。」

「十五英寸？」福斯特氣急敗壞地說。

「黏土太多了，」技師重複說了一次。「對不起。」

「我們得帶更多狗過來，」福斯特對塔圖姆說。「還要更多金屬探測器，還有——」

塔圖姆的手機發出奇怪的靜電噪聲，塔圖姆瞥了一眼，用手擋住照在螢幕上的陽光。「搞什麼鬼？」他喃喃自語。影片中有事發生了。

瑪莉貝兒周圍的牆壁在震動，有東西在她周圍發出轟鳴聲，沙子從裂縫中漏進來，瑪莉貝兒失控地尖叫。

此刻塔圖姆心裡一沉，他想到物理學家的話，愛因斯坦的實驗裡有一桶炸藥。技師們紛紛咒罵，越過塔圖姆的肩膀看著螢幕，牆壁一直在振動，這不是爆炸，這完全是另一回事。

「那是什麼？」福斯特問。「看來那裡正發生地震，她在哪？」

塔圖姆抬起眼睛環顧四周，他看不見任何物體會產生那種程度的噪音和振動，但瑪莉貝兒周圍的環境確實在震動，他們會找錯了地點嗎？

然後他看見鐵路。

他心裡一沉看著螢幕，瑪莉貝兒是在好幾週前被擄走，她的襯衫雖然有點皺，但看起來不像穿了好幾天以上，她眼睛上塗了些什麼，現在塔圖姆知道那是什麼了，化妝品。

他們一直以為自己是在看現場直播，就像妮可．麥迪納的影片，但這次並不是。

「是火車。」他麻木地說。「有一列火車在她上方行駛，她被埋在鐵軌附近。」

「但是這裡沒有火車。」

「拍攝影片時有一輛火車經過。」塔圖姆的心臟跳動。「她被綁架的時候有，你找錯警犬領犬員了，警探，我們需要的是尋屍犬。」

# 第四十四章

他向後靠在椅子上微笑著，瀏覽器開啟關於他的第一篇報導，文章裡已經浮現對於他身分的疑問：誰是薛丁格？這是什麼「實驗」？這篇報導維持樂觀的語氣，當中引用警方的消息來源，指出他們相當確定警察知道那個女孩被埋在何處。

報導中提議，也許影片中的女孩可以供出薛丁格的真實身分。

影片中的女孩無法供出任何事，這點有人知道了嗎？

也許柔伊·班特利知道。

他切換分頁，重新閱讀一篇描述她如何抓到勒喉禮儀師的文章，根據這篇文章描述，她經驗豐富、聰明絕頂，又心思縝密。

他們派她來找他，讓他感到激動不已，他們已經知道他是一名傑出的犯罪者。

他開啟更多當地報紙的網頁，並重新整理那些報紙的頁面，等待出現新的文章。很快他的瀏覽器就開啟了二十多個分頁，其中一個分頁開始播放煩人的韻律節奏，他費盡心思還是找不出是哪個分頁，他最後把音量關成靜音。

另一家報紙跳出另一篇文章，文章的其中的一部分顯然是厚顏無恥地複製貼上第一篇文章。濫竽充數，他最鄙視這些外行人了。

妮可·麥迪納呢？媒體上有人發現其中的關聯性了嗎？報導中沒有提及，也許其中一位讀者會發現，這是一個眾包資訊的時代，他瀏覽了這些留言，幾乎立刻感到後悔。一名留言者聲稱整起事件都是媒體捏造的，目的是分散大眾對中東局勢的關注，有更多留言認為這起事件「恐怖」或「可怕」，稱之為「怪物的行為」，沒有人提及妮可．麥迪納，儘管有人確實問過是否有「一號實驗」。

他嘆了口氣，必須耐心等待一個上進的記者來建立關聯性，這很快就會發生——他幾乎可以肯定，也許警方消息來源會洩漏，或者這些記者的其中一位會深入研究。

到了明天，他們都會知道聖安吉洛出了一個連環殺手。

他再次瀏覽那些網站，重新整理，等待，眼睛不耐煩地瀏覽螢幕，沒有更新，很快他就得出門去上班了。

他必須耐心等待。

他切換到Instagram分頁，向下滑動瀏覽他的受害者來源，一長列女孩搔首弄姿想要贏得他的注意力，他時不時停下檢視圖片中的女孩，他猶豫著：她會成為下一個嗎？

然後她抓住他的目光，一個躺在床上對著鏡頭微笑的女孩，毯子覆蓋她的身體，那是茱麗葉．畢曲，他的最愛之一。

她寫著，滿十八歲的昨日早晨。他切換到她臉書的個人檔案並確認她的生日：九月十日，那是明天。

她明天晚上會去參加派對嗎？當然會。三號實驗。

# 第四十五章

維克多．芬克史坦警官將他的休旅車停在路邊，幫他四條腿的搭檔打開後車廂的門，牠從車上跳下來搖著尾巴，下巴咧開，張著大嘴笑，舌頭垂在嘴旁氣喘吁吁。

他從車上拿了牠的水碗，放在牠面前，然後在一個小冰櫃裡翻找他稍早放在裡面的一瓶冰水。

「很高興在這裡見到你，芬克史坦，」有人在他身後說。這個人將他的姓發錯音，聽起來就像創造科學怪人的科學家。芬克史坦現在已經習慣了，這是聖安吉洛警局眾所週知的笑話，他懂他的姓氏發音和十九世紀虛構科學家很相似的幽默之處，尤其考慮到他謀生的專長。事實上，這就是為什麼他把他的狗取名為雪萊[10]，類似一種「噓，你懂我的幽默感，」的宣告，這點沒人能做到。

他越過肩膀看了一眼。福斯特警探向他走去，另一個男人走在他身旁，他們兩人似乎都滿身汗，看起來煩躁又有些疲倦。

「嘿，警探，」維克多說。

「我們需要你到鐵路旁協助我們一下，」福斯特說。

「等我們幾分鐘，警探，雪萊需要喝點東西。」

福斯特煩躁地點點頭，好像答應這個不合理的要求是在施予什麼恩惠，沒跟狗一起工作過的人不了解當中的運作方式，雪萊不是維克多的寵物，也不是他該死的奴隸，牠是他的搭檔。

維克多總是小心翼翼用這種方式對待牠，那就是平等對待。如果維克多說自己需要喝水，福斯特還會面露不耐之色嗎？可能不會吧。

他發現瓶子裡有些冰塊仍然漂浮在水中，他把半瓶水倒進雪萊碗裡，牠津津有味地舔著水。維克多自己拿了水瓶豪飲，蓋上蓋子，然後放回冰櫃。然後他關上廂型車的後車廂，靠在上面雙臂交叉。雪萊仍在舔水。

福斯特瞥了一眼手機，清清嗓子。「如果你不介意——」

「等一下，警探。」維克托不慌不忙地說道。「沒有必要急，如果你找我們來，就沒什麼好急的。」

警探跟他身邊的男人交換了眼神。

「我是芬克史坦警官，」維克多伸出手。

「葛雷探員。」男人向前邁了一步與他握手，他堅定地握手，臉上掛著禮貌的微笑。

「餵飽了吧？」

雪萊從碗裡抬起頭，看了維克多一眼，小小搖了一下尾巴。

「好吧，警探，帶路。」

兩個人帶領他穿過一片沙地。令他驚訝的是，維克多看到瓊斯也在那，這兩種領犬員很少一起出勤，瓊斯和巴斯特是被叫來幫助救援生還者的。

如果要說維克多有個小毛病，那就是他經常感覺自己和雪萊的工作不如該部門其他人的工作受到讚賞。以瓊斯為例，他至少接受過當地報紙六次採訪，人們喜歡這些報導：「人類最好

---

10 創造科學怪人的瘋狂科學家名為維克多．法蘭克斯坦（Victor Frankenstein），該書作者為瑪麗．雪萊。

的朋友拯救了兩名在峽谷迷路的徒步旅行者」或「警察和他的狗找到失蹤的女孩。」倖存者的照片、鮮花、巧克力和每年的聖誕賀卡，然後是偵查犬和他們每年的光輝時刻，他們嗅出古柯鹼走私的照片。

但不會有維克多和雪萊的報導或照片，不會有「人類最好的朋友發現腐爛中的屍體。」不會有與警察局長或市長跟他們握手。

呃，好吧，他知道他工作的價值，多虧了維克多和雪萊，有多少父母終得解脫？多虧了這對加起來六條腿和一條尾巴的拍檔找到的證據，有多少殺人犯被逐出街頭？

他們靠近時，巴斯特吠了一聲，雪萊則搖搖尾巴，牠確實不是一隻愛吠的狗，就像維克多一樣安靜又平和。

「所以我們認為這裡的某處埋著一具屍體？」維克多問。

「葛雷探員當然是這麼認為的，」福斯特謹慎地說道。

「我們認為這個女孩被埋在鐵道附近的某個地方。」探員說。「我們不知道她被埋多久了。」

維克多點點頭。「聽到了嗎，雪萊？我們去找她吧。」

雪萊看了他一眼，耳朵高高揚起，一條腿懸在空中，然後牠嘗試性地嗅聞地面。

「哪個方向？」維克多問福斯特。

「可能是西邊。」葛雷探員指出。

維克多開始引領雪萊，偶爾讓牠聞一聞，牠停下來在仙人掌附近小解，然後繼續走路，突然間牠沒有到處走，而是用力拉扯項圈領著維克多，身體緊繃，鼻子緊貼地面，帶領他到離鐵路五碼處一座小丘的後面，然後停了下來，在那一帶專心地嗅聞。她抓扒地面好幾下，發出一小聲哀鳴。

幾秒鐘後，福斯特和葛雷探員出現了。

「這裡有東西，」維克多說。

「遺體？」福斯特問。

維克多聳聳肩。「屍體，可能是死掉的鬣狗或山羊，也可能是你們要找的女孩。」

福斯特沉重地嘆了口氣。「我們開挖吧。」

維克多意識到他們一直希望他會找不到，直到那一刻，他們一直希望那個女孩可能還活著。

他蹲在雪萊身旁，抓抓牠的脖子和左耳後方。「好女孩，真是個好女孩。」

雪萊報以狗狗的笑容，舌頭垂在嘴旁。如果偶爾有人可以抓抓維克多的耳朵後方，跟他說他是個好警察，那就太好了。

# 第四十六章

黛莉亞坐在警局裡一張桌子旁邊，凝視著螢幕，在她幾乎把其中一名警探的一隻眼睛挖出來之後，他們不再試圖請她離開，反而找了一個地方讓她坐下，並在桌上放了一杯水。影片已被關成靜音，而黛莉亞沒有試圖開啟音量，只是凝視著女兒的臉。

他們告訴她，他們正在找瑪莉貝兒，但沒告訴她其他事，那位姓班特利的女士和里昂斯警探安靜地交頭接耳，但他們沒有一人對黛莉亞透露半句。

她此生從未見過女兒如此恐懼，瑪莉貝兒一直是個性倔強的孩子，從她還是個小寶寶的時候就是如此，黛莉亞跟她之間的問題，一部分的起源在於，瑪莉貝兒從不擔心自己做的任何事所帶來的後果，她從不在乎懲罰或其他任何事情。而黛莉亞整個童年時期都在害怕父親發脾氣，這令她難以理解。

但瑪莉貝兒現在很害怕，看見她這副模樣，撕裂了黛莉亞的心。

她聽見身後有手機響了。

「嘿，塔圖姆，」柔伊．班特利說。「有消息嗎？」

黛莉亞轉身看著她，班特利的身體緊繃，表情專注。黛莉亞試圖讀出這女人的表情，感覺就像在解讀一座大理石雕像。班特利聆聽著，偶爾會發出一個分散在整段對話中的模糊字眼。「好吧，」「是，」「我懂了，」「嗯哼。」最後是，「我會告訴她。」班特利的目光對上黛莉亞，她掛斷電話，清清嗓子。

「豪伊太太，對不起，他們剛剛找到妳女兒的遺體了。」

黛莉亞目瞪口呆地瞪著她，一臉困惑，然後回頭看了一眼螢幕，瑪莉貝兒仍然躺在黑暗中，嘴唇微微動彈，眼睛閃爍。「但是……這個影片……」

「影片不是今天發佈的，」班特利的語氣沒有軟化。「我們不知道是什麼時候拍攝的，但很可能在妳女兒失蹤後不久。」

黛莉亞將目光轉向里昂斯，彷彿希望警探能勸這個女人講點道理，但警探只是看著班特利，嘴巴半開。

「妳確定嗎？」黛莉亞問。「瑪莉貝兒學校裡有一個女孩長得很像她，也許是她……妳不能停止搜索，只是因為——」

「屍體穿著的衣服符合影片中的衣著，上衣是她失蹤那天穿的衣服，」班特利說。「我們可能稍後需要妳來指認，不過是她沒錯。」

她彎腰面對黛莉亞，關掉螢幕，黛莉亞倒抽一口氣，伸出手來重新打開螢幕。令她驚訝的是，班特利抓住她的手臂，緊緊握住，她雖然身型嬌弱，但很有力。

黛莉亞把手腕扯開，發出沮喪的啜泣，班特利後退一步交叉雙臂，凝視著黛莉亞。

「瑪莉貝兒走了，」班特利再次說道。「看這段她受苦受難的影片不能讓她回來，只會讓妳痛苦，就像把妳的手腕放在瓦斯爐上燒一樣。」

「如果她沒有搬出去……如果她聽話留在家裡，這就不會發生了。」黛莉亞含糊地說，別開視線。

「她死不是因為離家或者沒有聽話，她也不是因為妳做的任何事而死。」

黛莉亞退縮了一下，祈禱那個女人可以讓她自己一個人靜一靜，不要管她。

「她會死是因為有人殺了她，一個不在乎妳或她的人，妳懂嗎？」班特利跪在她身邊。「如果妳想看見女兒的臉，建議妳看她的照片，而不是凶手拍的影片。」

黛莉亞無視她，閉上了眼睛，班特利又說了一些話，然後里昂斯也說了些什麼，過了一會兒，她們扶她站了起來，她沒有反抗。有人問她是否有人陪她，是否需要送她回家，她喃喃說著自己沒事，她自己有車，可以自己回家。她們順著她。

她距離廚房裡的瓦斯爐，只有一段短短的車程。

# 第四十七章

**德州聖安吉洛，一九九四年三月二十四日，星期四**

他在學校自助餐廳裡最喜歡的桌位是最遠的角落，在那裡他的視線非常完美。

他像往常一樣獨自坐在那裡，手裡拿著素描本，在上面亂塗亂畫，他的注意力被消耗殆盡。薯塊、牛奶、雞塊和綠色果凍都原封不動地放在他的托盤上被遺忘了。

黛博拉．米勒是他眼前的唯一。

她和她的朋友們坐在她們常坐的座位上，那是五個路人臉女孩，他記不得她們的名字。此刻她正笑著，用手掌摀住嘴，眼睛閃閃發亮，金色的捲髮垂落在她肩膀上，散發催眠般的魅力。她的襯衫很寬大，略微露出一邊肩膀。他對那件襯衫、那肩膀和她美麗的頸項很熟悉，他數學課坐在她後面，整堂課她的每個舉止都令他著迷。

他描繪她的頭髮，鉛筆在紙上刮擦，那綿延不盡的波浪捲，想像髮絲在他手上滑過，他甚至不必看著她就能畫得出來。晚點回家之後，他會翻閱他的素描本修改，著上一些顏色。從醒來那一刻直到他入睡，黛博拉都在他腦海裡。

且她經常出現在他夢裡。

他幾乎沒有注意到噪音，有三個男孩在桌間相互追逐大笑，其中一個男孩名叫艾倫，在他桌子旁突然轉彎撞到他，把他手裡的素描本撞到地上。

「對不起，」艾倫道歉，喘不過氣來。「我沒看到你。」

他沒有回答，眼睛盯著躺在艾倫腳下的素描本。

艾倫蹲下撿起素描本，看了一眼素描。「噢，畫得真好，你畫的？」

他清清嗓子，伸出手要拿本子。「對，」他說，聲音幾乎輕得像是耳語。

「你在畫那些女生嗎？」艾倫不正經地問，用骯髒的手翻閱本子。「你……」

他看見那些圖像時聲音逐漸減弱，他翻了一頁——一頁又一頁，開心的笑容變成一副怪臉；眼中的神采消失，整個表情都變了，充滿了厭惡和恐懼，彷彿翻閱那些素描使他暴露於前所未見的景象之中。

艾倫把素描本丟在地上，向前一靠。

「聽我說，你這個怪胎。」艾倫的聲音顫抖。「如果我在這間學校抓到你靠近任何一個女生……就算你是不小心撞到一個女生，我都會把你踹爆，聽懂了嗎？」

他點點頭，脈搏狂跳，屏住呼吸。

「如果再讓我看到你畫其他東西，我也會把你踹爆，你懂了嗎？」

再次點頭。

艾倫轉身，肩膀隆起，然後他離開了，腳步有些大搖大擺。

他撿起素描本翻閱，他自己的素描片段吸引了他的目光。泥土填滿黛博拉的嘴，她美麗的眼睛驚恐地睜大，赤裸的身體困在一個籠子裡。她試圖從流沙裡逃脫，美麗的裸肩從泥土露出。

# 第四十八章

他們接近犯罪現場，柔伊從里昂斯車上的副駕座車窗向外望，這個地點缺乏第一個埋葬點的寂靜和隱蔽，地點在高速公路附近，有車輛持續駛過。附近有一座拖車公園，一間加油站和一堆倉庫，因此引來許多好奇的圍觀民眾。更糟的是媒體掌握了影片連結，並且有勤奮的記者將影片連結到據稱是瑪莉貝兒打給黛莉亞的那通電話，以及妮可・麥迪納的謀殺案。柔伊數了有五輛不同的新聞車，第六輛在她們停車時停下。

整個早上一直在尋找瑪莉貝兒・豪伊的警官們，現在正試圖用犯罪現場封鎖線將人群擋在外面，墓穴地點周圍已經架起一座防水帳篷，將墓穴遮擋起來不被窺視的眼睛和攝影機鏡頭看見，但柔伊知道當天晚上的現場照片將被張貼在網路上，並且連結到凶手的網站，關於可怕的「實驗一號和二號」影片以及關於實驗三號的揣測將激起無休無止的討論，人們會談論兩位薛丁格，一個是科學家，一個是凶手。

他得償所望了，他想要的名氣。

哈利・巴里在過去一個小時內打了三通電話給她，她忽略這些來電，他可能對失去他的獨家新聞感到憤怒，但柔伊不在乎。她的妹妹正被一個殺手跟蹤，而另一個殺手正在這裡加快殺戮的速度。她現在應該離開這裡回去戴爾市嗎？她該留下嗎？兩種選擇似乎都同樣難以做到。

她下車，走進正午烈日的煉獄之中，她試圖無視陽光，跟隨里昂斯。她大步向人群走去，朝向一個拿著書寫板的警官，她倆都在犯罪現場紀錄簿上簽名，並進入犯罪現場。

頭。

塔圖姆正在和一名警官談話，那警官牽著一條繫上項圈的狗。柔伊走過去，對著陽光低下頭。

她靠近時，塔圖姆轉向她。「她母親還好嗎？」

柔伊搖搖頭。「不好，里昂斯打電話給當地受害者援助單位的人，她仍然聲稱女兒昨天有打電話給她。」

「凶手一定是利用影片音檔的一部分，草草拼湊女兒哭著要母親救她的聲音。」塔圖姆沉重地說。

「警方可以要求搜索瑪莉貝兒可能發話的區域，由於電話是凶手打的，他可能會從離他家很遠的地方打電話以擺脫我們。」

「這一點福斯特已經知道了。」

「到目前為止，我們掌握了什麼？影片仍在播放。」

「我和謝爾頓談過，」塔圖姆說。「他們正在嘗試關閉網站，但很棘手，網路的主機和域名是透過捷克提供商業註冊的。」

「那他用來上傳影片的手機呢？在這裡的某個地方吧？」

「我們有人員用金屬探測器在整個區域進行詳細考察，但運氣不佳，目前他們正試圖搜索附近的拖車公園，可是一些居民在找麻煩，福斯特正在申請搜查令，但這是一場行政體制的噩夢。」

那隻狗試探性地嗅嗅柔伊的手，她把手抽開，覺得很煩。

「這位是找到屍體的警犬警官維克多。」塔圖姆說。

「是雪萊找到了屍體，」維克多說。「我只是不請自來的人。」

柔伊簡短地對他點頭致意，然後轉回塔圖姆。「我們掌握死亡時間了嗎？」

「法醫還在那裡。」塔圖姆指著帳篷。「可以隨時去問他，我看夠屍體了。」

柔伊走向帳篷，撩起門片，氣味襲來，她差點要轉身離開，裡面悶熱又不通風，惡臭又濃又劇烈，讓人作嘔。

一個巨大的長方形洞穴位在地面中央，裡頭有一盞聚光燈在下方照亮。柔伊向前走了三步，看見法醫的禿頭，他蹲在屍體旁邊，屍體嚴重腐爛，膨脹變形，皮膚上呈現黑色和灰色斑塊。一眼對她而言就足夠了，她向後退一步，將屍體屏除在視線之外。

她試圖回想法醫的名字，但她唯一想得起來的是他的白痴綽號。

「呃……醫生？捲毛？」她說。

他抬起頭，口罩遮住他的鼻子和嘴巴。「班特利探員。」

「你估計好死亡時間了嗎？」

「真的很難說，液體已從體內排出，妳可以看到有大量氣體堆積——」

「我相信你的話。」

「屍體被埋在非常乾燥的土壤深處，遠超出昆蟲的所及範圍，因此腐敗程度並不如他處那樣糟糕，檢查內臟器官腐爛的階段之後，我會給妳確切的估計，但這需要完整驗屍，目前我能估計受害者至少在兩週前死亡，且不超過八週。」

「謝謝，醫生。」她衝口說出，然後衝向出口門片。一走到外面，她深吸一口氣，結果發現這是一個錯誤，帳篷給人一種把氣味容納在內部的錯覺，但實際上惡臭的存在仍然非常明顯，而柔伊則深深吸飽了一大口，當下一觸即發，她差點吐了出來，但她知道大家都在看她，因此她踉蹌走了幾步，從鼻子裡淺淺呼吸幾口氣，直到胃裡的翻騰穩定下來。

她拿出手機，快速傳了一段訊息給安德芮亞。**一切都沒事吧？**

安德芮亞在打字回覆時，她看著那三個點在閃爍。**好多了，妳組長今天來拜訪，她人很好，馬文幫我做了他拿手的漢堡。**

柔伊猶豫了一下，然後輕觸，**我錯過了班機，又發生另一起謀殺案。**

**噢天啊，這太可怕了。**

**我會搭下一班飛機，沒有我他們也可以自己處理。**

三個點閃爍了很長一段時間，柔伊認為她會回覆一段宣言，但最後安德芮亞只是簡單打了：**妳可以再待個一兩天。**

柔伊想像她妹妹打了一段回覆，刪除，又打了另一段，再次刪除，努力想決定怎樣才是她真正想說的話。她緊抿嘴唇寫道，**我們待會兒再談。**

她將手機滑入口袋，細看這個區域，試圖釐清凶手選擇這個地點的原因，這裡並不像第一個地點那麼孤立——百碼內有許多潛在證人。話說回來，程度上有一座小山丘和一叢樹木遮蔽了墓穴，儘管地點靠近公路，但距離夠遠，高速公路盡頭還有一條平面道路，他可以開著廂型車走那條路到這附近來。這是合理的推測……但還不夠好，她在這裡錯失了一些要點，這讓她很洩氣。

她看到里昂斯與幾碼遠處的警官交談，一臉興致勃勃，那個警官拿著一只裝有金屬物品的證據袋，里昂斯從他那裡拿走證物。

柔伊快速走過去。「這是怎麼回事？」

「他們找到正在直播影片的手機，沒有連接任何裝置——影片已存在手機裡，該死的東西，他還在直播。」

「在哪裡？」

「在拖車公園裡，在一堆垃圾裡。」

「拖車公園被圍起來了對嗎？」柔伊問，激動了起來。「有人看見一個陌生人開車進——」

「沒有人開車進來，」里昂斯說。「有一個老太太的拖車就在門口，她說她看到每個人進進出出，我相信她，她詳細列出鄰居在過去一週的所有舉動，詳細到讓我認為她有記錄下來。在過去二十四小時，她沒有看見任何陌生人進入拖車公園，妳覺得凶手是不是有可能住在這裡？」

柔伊搖搖頭。「凶手非常小心，他永遠不會把我們引到他家門口，也許他把手機交給了一個人，讓他栽贓到那個地方。」

「或者也許他只是把它丟到籬笆上，那堆垃圾離拖車公園的邊緣只有幾英尺遠。」

「這就是他一直想要的，」柔伊說。

「什麼意思？」

「他本來可以從任何地方直播這支影片，但他不僅把手機放在這裡——還使用上次謀殺案中使用的其中一支手機，儘管他已經詳細確定了在整個過程中手機一直處於關機狀態。因為他知道我們會監控這支手機，而且一旦開機，警方會立刻在這裡出現，他帶領我們來這裡，是因為他希望我們發現屍體。」

「為什麼？」

「因為這就是二號實驗的重點，他實驗的測試對像不是瑪莉貝兒·豪伊，而是我們。他想看如果我們假設這次的影片像第一支一樣是直播，我們會如何反應，他在耍我們。」

# 第四十九章

塔圖姆看著福斯特審問拖車公園的另一名證人，他們之中的一些人針對福斯特的膚色出言冒犯，其中一人喝醉了，東拉西扯到口齒不清的程度，一個女人住在一台搖搖欲墜的拖車上，擦了恐怖的粉紅色口紅，同意只能透過關上的門回答問題，這根本不切實際。

普遍的共識是，過去二十四個小時內，居民們沒有看見任何陌生人進入拖車公園，而且沒有人知道那支犯罪手機來自何處，沒有人看見某人在挖坑或在裡頭放了一具棺材大小的箱子。事實上他們從誕生那天起，就沒有見過任何有趣的事情，更別提非法行為了。運氣可真好。

有兩名居民確實指出拖車公園裡住了一個可疑的人，就在他們之中。這個人很可能是個邪惡的凶手。

居民的名字叫霍華和湯米，而他們分別指出的可疑人物是湯米和霍華，進一步詢問發現兩人之間有舊仇，源於其中一人曾向對方借用鑽頭而未歸還，導致逐步升高的密集攻訐，沒有人有頭緒，連他們自己都不知所以然。

塔圖姆咕噥著，雙手插在口袋，這似乎是漫無目的在浪費時間，他想著去看一下負責約談加油人員的警官情況如何。

「福斯特警探，」一名女警用手示意召他過去。「你會想聽聽這個。」

福斯特走向她。「怎麼了，威爾遜？」

塔圖姆靠近一些好聽見對話。那名警官一直在約談一名年紀尚小的青少年，年約十六歲，他大部分對著警官的胸部說話，但她似乎並不介意。她的眼神中有某種緊張的神色，塔圖姆非常了解，她問到有用的線索了。

「好了，保羅，告訴福斯特警探你剛才告訴我的事吧，」她對那個男孩說。

他轉身，必須面對一名沒乳溝可看的中年男性警探陳述，顯然令他感到惱怒。「好吧，就像我說的那樣，我和傑夫——他不住在這裡了，因為他和他媽因為父母離婚而搬走了，所以他和他媽，還有祖父母一起搬到南方——有陣子之前我們在這裡閒晃，我想是一年半以前，對，確定是一年半以前，因為傑夫去年夏天搬走了，這是在那之前……我記得他在講他父母是怎麼離婚的，因為他們一直在吵架，然後我們見看見這個傢伙。」

「什麼傢伙？」福斯特問。

「有個人在那裡搭帳篷，他挖了一個坑，拿了一把鏟子和一堆其他的工具，還穿著某種維修服，但我們知道他才沒有在維修什麼鬼，那裡沒有水管、電線，任何設施都沒有對吧？傑夫他爸之前曾經是在城裡工作的水管工，因為他一直喝酒才被開除，所以他知道那裡什麼設施都沒有——這傢伙看起來也不像個水管工。」

「他長什麼樣子？」

「我不知道，老兄，他肯定是白人，但跟我們距離太遠，而且我們不想靠近，因為我們不希望他看見我們。」

「為什麼不？」

談話的節奏很催眠，福斯特快速直接地發問，男孩卻用冗長又拐彎抹角的句子回答，句子的結構語無倫次，塔圖姆幾乎可以把這想像成一場伴隨吉他彈奏的舞台表演。

「因為傑夫說他是黑手黨成員，然後他挖坑是要把毒品、錢或屍體藏起來，我們不希望他看見我們——我們又不是白痴——我們離得遠遠的，但我們有仔細看清楚他在做什麼，這傢伙整天都在那裡挖，挖個不停。」

「你有告訴父母嗎？有告訴任何人嗎？」

保羅似乎猶豫了一下，低頭盯著看他的鞋子，咬著嘴唇。

「你不想說對吧，」塔圖姆說。「因為你希望他在那裡藏錢。」

「不講又沒犯法。」保羅咕噥著說。

「所以這個傢伙挖了一個坑。」挫敗感漸漸滲透到福斯特的聲音中。「然後呢？」

「然後他就走了，所以我們一直等到天黑，然後我們跑去那裡，因為我們想也許他在那裡藏了一些錢，我們可以拿走一點——不要拿太多，傑夫真的想要現金，因為他爸失業了，所以他想他也許可以幫點忙，而我想要現金是因為……」他停下，他自身的動機可能不像傑夫那樣單純。

「因為有現金很好，」塔圖姆說。「繼續說吧。」

「所以我們就去那裡，一開始我們找不到那個奇怪的坑洞，這很詭異，老兄，因為你幹嘛要挖一個洞然後填起來，對吧？但是過一下子，我們聽見奇怪的聲音，我們注意到地面在搖晃，原來這傢伙用幾塊木板蓋住他的洞，然後把木板藏在沙子底下，所以如果你不知道去哪找，這個洞是看不見的。我們拿掉木板，但發現裡面什麼都沒有，沒有現金，沒有毒品。所以我說，或者也許是像傑夫說的——不，絕對是我——我說，『也許這個人挖了這個洞，是打算以後再用，你知道的？』就像一個很好的藏身處，所以我們在想我們要密切注意這個坑洞，也許會再看到那個傢伙，一旦他把他要藏的東西放好，我們就去檢查一下，如果是現金，我們可能會拿一些，如果是毒品，我們可以，呃呃呃……報警。」

塔圖姆翻了個白眼。或者偷走賣掉。

「但是這傢伙沒有再回來，我每晚都會去檢查這個該死的洞……檢查了整整一年，他從來沒有來那裡放任何東西，所以我在想，他忘記自己在哪裡挖洞了，傑夫已經搬走，我有點厭倦每天晚上去檢查那個洞，而且還有一次蠍子差點螫傷我——晚上在這裡閒晃不太好玩，你知道的？」

「所以你沒再看見那個傢伙了？」福斯特問。

「沒，沒看見過，我的意思是說，也許是因為我從來沒有仔細看他，所以我可能在街上和公園看過他，或者看電影的時候坐在我後面，我不會知道，但是我從沒看過那個傢伙回來他的坑這邊，沒人來過，直到你們這些人出現。」

「你有剛好看見關於他的任何事嗎？有看到什麼嗎？」

「他開了一輛白色廂型車，也不是沒掛車牌或者有啥不正常，但是白色的，看起來有點破爛。」

塔圖姆和福斯特交換眼神，終於有點線索了。

「你知道我要怎麼連絡上傑夫嗎？」福斯特問。

「不知道，老兄，我想他搬到聖安東尼奧附近的某個地方了。」

「我們會找到他的，你能告訴我們關於廂型車的其他資訊嗎？什麼牌子？有什麼特徵嗎？」

「是白色的車，」保羅帶著歉意地說。「我關心的主要是那個坑洞。」

「謝謝你，保羅，你幫了很大的忙，」福斯特說。

這男孩點點頭，到處轉來轉去，也許是還想和威爾遜警官談話，但是過了一會兒，他肯定是意識到沒希望，便拖著腳步走了。

「凶手有可能已經計劃了一年半嗎？」福斯特低聲問塔圖姆。

塔圖姆側身看了一眼，看見柔伊走向他們。

「怎麼回事？」她問。

「我們找到一個目擊證人，他看到我們的凶手挖了這個洞，」塔圖姆說，「在一年半以前。」

她停頓一下，大吃一驚。「一年半？」

「他計劃犯案的時間可能比妳想的要長許多，」福斯特說。「妳錯了。」

塔圖姆希望柔伊迅速反擊，「妳錯了」不是她喜歡聽到的字眼，而且這些字眼肯定不應該這樣排列。但是她沒有反駁，只是凝視著前方。他認得那種表情，有想法在她腦裡成形了。

# 第五十章

柔伊在警局的會議室裡來回走動，她的大腦在翻騰，塔圖姆坐在桌旁，嚼著一片披薩，他們在路上買了一個披薩，充當午餐和晚餐。

「坐下，」他說。「吃，肚子空空的沒辦法腦力激盪。」

她坐下，忘記為什麼要坐下，然後又站了起來，然後再次坐下，拿了一片披薩，上面的配料是烤火腿和鳳梨。關於披薩要不要放鳳梨的辯論是柔伊和她妹妹之間的痛處，但她很高興地發現塔圖姆不像安德芮亞那樣厭棄這個想法。他們點了半邊鳳梨加火腿，另一半是義式臘腸加辣椒。她咬了一口，確定這一口裡有火腿也有鳳梨，她閉上眼睛。

火腿烤得恰到好處，邊緣酥脆，與鳳梨的甜味，以及厚厚的馬茲瑞拉起司和蒜味披薩醬形成鮮明對比，在這神聖的一刻，腦中所有一切都被驅散，她身在披薩的極樂世界，與披薩融為一體。她小心翼翼地咀嚼然後吞下，當她睜開雙眼，塔圖姆看著她，嘴角揚起一抹小小的微笑。

「幹嘛？」她說著，感覺到防備。

「很高興看到妳樂在其中，這不常發生。」

她清清嗓子。「之前比較常……」在格洛弗重新進入我的生活之前。「在事情變得如此混亂之前。」

「對。」

她嘆了口氣，檢查一下手機，半小時前她和安德芮亞通過電話，她妹妹聽起來沒事，馬文在陪著她；警方在外面監視；她感到安全。儘管如此，柔伊還是想陪在她身邊，想要抱抱安德芮亞，告訴她不會有事，因為她的姐姐會守護她。

「我們來談談薛丁格殺手吧，」塔圖姆說。

柔伊翻了個白眼，媒體幫凶手取了綽號，看起來就會這麼沿用下去，柔伊討厭這個特殊綽號，因為是凶手自己選的，他給自己取了薛丁格這個名字，知道這個名字最終將成為他的稱號。

「我們最初的理論似乎是錯誤的，」塔圖姆說。「我們假設他是在幾個月之前第一次屈服於自己的幻想之後，才開始計畫這些謀殺案，但現在看來他多年來一直在計劃，準備墓穴，計劃他的網站，和跟蹤潛在的受害者——」

「不，」柔伊打斷他。「我堅持我的初步評估，幾個月前，他才開始以薛丁格之名計劃全部的犯行和這怪異的實驗，在他第一次殺人之後。」

「一年多以前有人看到他在挖坑。」

「這傢伙的性幻想圍繞著活埋女人，但是他多年來都沒有這麼做，只存乎於幻想，他幻想的一部分就是挖那些坑，他可能會挖坑，想像自己可以使用這些坑，我敢打賭，他偶爾會去這些坑洞附近手淫。他把把坑蓋住，因為他知道有一天可能會用得上，這種想法一定會使他興奮。」

「所以妳是說，一年半以前他挖那個坑時，從未打算真正拿來使用。」

「我說他是挖著玩的，但這真的是幻想，然後，一年後他崩潰了，決定要活埋他的第一名受害者，他已經到處挖好坑，唯一要做的就是從裡面選一個來用。」

塔圖姆拿了一片義式臘腸披薩。「那對我們有什麼幫助？」

柔伊盯著披薩盒，她還沒吃完自己那片，但塔圖姆似乎只想吃義式臘腸口味，那口味只剩下一片，她知道時間寶貴，所以朝自己那片披薩咬了一大口。「一開始，」她嘴裡塞滿了食物說，「我們以為他挖了一個坑，綁架受害者，然後將她埋在坑裡，對嗎？但是事實並非如此，他早就挖好坑了，可能有幾十個，我們要做的就是找到這些坑。」

塔圖姆停頓一下，披薩正要放進嘴裡放到一半。「然後我們在那裡守株待兔，佈置監視哨。」

「沒錯。」

「這些該死的坑到處都是。」

「沒有到處都是。」她站起來，走向掛在牆上的地圖，她在他們發現瑪莉貝兒．豪伊的地點標記了一個小小的紅色叉號。「這是瑪莉貝兒被埋起來的地點，而這裡——」她指著之前已經存在的另一個叉號——「是妮可被埋起來的位置，兩處都距離聖安吉洛約四到五英里，我們的兇手一有衝動，就開車好幾英里離開市區，挖一個坑，所以這些坑位在離市區幾英里處，靠近道路，但足夠隱蔽，他不會被打斷。」

「那仍然是超大的範圍。」

「也許有辦法可以有效地定位這些坑洞，我們需要和一些專家談談，一些……泥土專家。」

「妳指的是地質學家？」塔圖姆得意地笑。

「隨便啦。」柔伊吃光自己那片，並在塔圖姆拿到之前搶走最後一片義式臘腸口味。得意的笑容從他臉上消失。

「好吧。」塔圖姆抓了一片鳳梨口味。「除了福斯特今天早上啟動的破案熱線，這就是我們採取的兩項積極步驟，我喜歡。」

「我們還了解凶手的其他部分，」柔伊說，她的舌頭開始被辣椒辣得刺痛。「他跟蹤受害者，這點幾乎可以肯定，妮可和瑪莉貝兒都在深夜返家時被擄走，凶手在那裡等待她們，他可能監視了她們家好幾天，等待機會。」

「所以他是一個不容易被注意到的人，裝扮成維修工，就像公園裡那個孩子說的那樣。」

「這聽起來是最合理的結論。」柔伊同意。

「我們可以告訴福斯特，讓警方巡邏隊盤查獨自工作的維修人員，確保他們確實在工作，並記下他們的名字，檢查他們使用的廂型車類型，尋找符合我們側寫內容的人。」

「好主意，第四項。」柔伊舉起四根手指。她用嘴巴吃力地吸氣，試圖吸進更多空氣來舒緩辣勁。「我想與凶手建立對話。」

「就像報紙上的公開信一樣？有人用這招對付過山姆之子了——沒用。」

「山姆之子早就在對他們發聲了，寫一些古怪詩意的信給他們，而且他不會笨到直接回答，他只是享受被關注的感覺，如果我們幫這個殺手發表公開信——」

「妳可以稱他為薛丁格殺手，我不會批評妳的。」

「我們會得到類似的結果，他絕對不會回覆我們，他不太溝通的。」

「他根本完全沒跟我們溝通。」

「他幫自己取名為薛丁格，他告訴我們他的謀殺是實驗，而且他傳影片給我們，這些都是溝通的形式，但是他用心良苦，把溝通維持在最低限度。他很小心，我們得建立一種溝通方式，讓他措手不及，讓他因為一時衝動而回覆。」

塔圖姆皺眉。「妳是怎麼想的？」

「我想發表一篇對他負面評價的文章。」

「線上媒體已經稱呼他是瘋子和怪物了。」

「這是他預料中的事，那不會激怒他，」柔伊搖頭。「我想讓他聽起來像個笨手笨腳的蠢貨，也許我們會釣到他對這篇文章發表留言。」

「這招聽起來……有點冒進，你怎麼知道他的反應不會是殺害另一名受害者？向我們展示他的能耐？」

「他計劃近期就要殺害另一名女性，他算是透過實驗告知我們了，」柔伊肯定地說。「他的謀殺是經過精心計劃和詳細盤算的，我相信當我們最終抓到他時，會看到他列出的潛在受害者清單，甚至還有日期，他不會因為我們而改變計畫，但走運的話，我們可以釣出他的本能反應。」

「妳在考慮利用那個叫哈利．巴里的傢伙對吧？」

柔伊點點頭，拿了可樂罐來痛飲，吃了辛辣食物用可樂來解辣是最無用的。

塔圖姆在座位上向後一靠。「妳聽起來不像明天早上要飛回家。」

柔伊咬咬嘴唇，她還沒決定，但塔圖姆是對的，她在思考和討論案情，說得好像打算留下，至少多待個一兩天。她感到一陣內疚，她現在不是該陪在妹妹身邊嗎？

「一切計畫都沒有改變，直到昨天格洛弗出現，」她說。「在過去一個月，我一直覺得好像引狼入室，我看不見對方，但對方確實存在。」

塔圖姆看著她，一語不發。

「格洛弗就是那隻狼。」她解釋道。

「我知道。」

「現在我知道他在哪裡，其他所有人也知道了，我一直努力希望曼庫索和考德威爾能認真看待這個威脅。現在他們知道我是對的，他們正在看顧安德芮亞，格洛弗現在不會出擊，他知道我們在監視時不會出擊，他會伺機而動，他一直以來都很小心又有耐性。」

塔圖姆點頭同意。

「我會盡快回去，」她繼續說。「但還不會回去，聖安吉洛警方沒有能力應付這個殺手，我會多待一兩天，確保調查朝著正確的方向進行，然後我會飛回去陪我妹妹。」

「那好吧，只有一件事妳沒想到。」

柔伊緊張起來。「什麼事？」

「安德芮亞和馬文在一起，那才是真正的危險，等妳回去的時候，他一定已經把她逼瘋了。」

# 第五十一章

茱麗葉．畢曲一到她父母家，立刻看見他們在上演激烈又不留餘地的爭執，她弟弟湯米躲在房間的毯子下面，她在身後關上他的房門，對她母親歇斯底里唱著的獨角戲充耳不聞。

「噢，」她說。「我以為湯米在這裡耶，但我想他去別的地方了。」

毯子下面有一團東西動了。

「太可惜了。」茱麗葉嘆了口氣。「我真的很想去買些冰淇淋。」

一陣急劇的吸氣從那團物體中呼出。她媽在背地裡稱她爸為無用的混蛋，父母吵架是茱麗葉搬出去住的主要原因，雖然詭異的是，他們沒在吵架時，顯然很愛對方。

「也許我走之前可以稍微休息一下。」茱麗葉說。

那團物體在咯咯發笑。

她躺在床上，用背部擠一下那團物體。「哦，那是什麼？」她咕噥著。「這張床實在太不舒服了！」她移動一下，戳一下那團物體，又傳來一陣咯咯笑聲。

在門外，她爸用低沉的聲音叫她媽水蛭。太好了。她需要離開那裡，但她無法把湯米拋下。

「我覺得這張床可能需要人家搔癢癢喔。」她宣布，然後把手指伸向那團物體的柔軟部位，三秒鐘後，湯米發出一聲尖銳的笑聲，他的頭從床單伸出來，一頭金色捲髮，他的眼睛因為覺得好玩而笑瞇瞇的。

「我一直都在這裡，我躲起來了！」他說，對自己比姐姐聰明而喜形於色。

「你一直在嗎？」茱麗葉震驚地說。「我根本沒看到你耶。」

他衝著她笑，他的小鼻子逗得她親了一下，她抓著他給了他一個大大的擁抱。「想去吃冰淇淋嗎？」她問。

「這次我可以吃三種口味嗎？」

「我得問問看賣冰淇淋的人准不准囉。」

「好吧。」他從床上一躍而起，已經穿好鞋子。「我可以帶泰德去嗎？」

泰德是他的達斯・維達[11]娃娃，茱麗葉曾經叫它是他的「泰迪・維達」，而湯米以為泰迪是洋娃娃的名字，便將它簡稱為泰德。

「當然，但是他不能吃冰淇淋。」

「好。」

在門外，她媽尖叫著一些難以理解的話。湯米停頓一下，動作僵硬。

「等我們回來，他們就會停止吵架了。」茱麗葉說。

「妳怎麼知道？」

她憑十九年的經驗知道，他們吵起架來很激烈，但來得快也去得快，總是以媽媽哭泣和父親道歉作收。「我就是知道。」

「妳保證？」

「我保證，現在去拿泰德——我想吃冰淇淋了。」

他從床上一把抓走泰德，正要開門。

「等等。」茱麗葉拿出手機，跪在他身旁。「說『冰淇淋』。」她舉起手機，讓相機能拍到他們兩人。

「冰——淇淋。」

11 即星際大戰裡的反派人物黑武士。

# 第五十二章

哈利坐在吧台旁，喝光第二瓶米勒啤酒，感覺很像被耍了。

他變得太感情用事了：那就是問題所在。他對柔伊．班特利情有獨鍾，認為她永遠會說到做到，他早就該知道，話可以只是說說而已，語言是很脆弱的，注定會破滅，畢竟他自己也曾違背諾言，次數多到連自己都數不清。

現在全國每個該死的記者都得到獨家報導：聖安吉洛的連環殺手。明天他們都會寫關於聯邦調查局參與該案的報導，而哈利絕對是兩手空空。

柔伊半小時前發訊息給他要求見面，他指名這個地方，希望把她灌得夠醉，讓她洩露有趣的消息，但現在她遲到了，他懷疑自己被放鴿子。

噢，當然了，他已經寫過一篇屬於他的文章，當中同時提到柔伊．班特利和塔圖姆．葛雷探員的名字，同時提及勒喉禮儀師的案件，以及柔伊在年紀還小時遭遇連環殺手的事件。但他知道這並不夠，報導中沒有額外的腥羶猛料讓文章爆紅。

他掃視酒吧，雖然是週五晚上，但酒吧似乎空蕩蕩的，關於連環殺手的消息迅速傳開，人們感到害怕。

一個女人溜到他旁邊空的高腳凳上，柔伊舉起手吸引酒保注意。「給我一品脫健力士啤酒。」

酒保對著她微笑。「對女人來說這酒量很大。」

「是嗎？」柔伊對上酒保目光很長一段時間。

酒保的微笑逐漸消失，取而代之的是困惑又有點畏懼的表情，他清清嗓子。「當然，馬上送到。」

哈利喝光自己那杯。「我再來一杯米勒。」

酒保幫他們倒酒時，他們沉默地坐著，最後哈利說，「你害我搞砸了。」

「不，我沒有，放心。」

「妳告訴我有報導要給我，現在每個人都拿到消息了。」

「他們有的只是一個愚蠢的綽號和一堆揣測。」

「他們明天會掌握更多消息，這個鎮的記者在警方那邊有消息來源，妳知道我有什麼嗎？什麼都沒有。」

酒保把酒放在他們面前，迴避柔伊的目光。哈利差點笑了出來。

柔伊從酒杯痛飲一口，閉上眼睛，從鼻子裡吐了口氣。「神啊，我需要喝一杯。」她喃喃道。「這是很漫長的一天。」

「妳希望我替妳難過嗎？」

「首先，我希望你停止說幹話婊我，」柔伊厲聲道。「你表現得像我是你女朋友，容我提醒你，你是個對我糾纏不休的記者。」

哈利對她笑了，被她語氣中的不耐逗樂了。「我沒在糾纏妳，我是……以尊重妳的距離尾隨妳。」

「你在我住的汽車旅館訂了房間！」

「這是一間不錯的汽車旅館，有個漂亮游池。」

「噢，饒了我吧！」她惱怒地盯著他看。

他帶著嘲弄的表情舉杯。「現在是誰在婊人？」

她眨眨眼，然後又喝了一口啤酒。「聽著，我想讓你採訪一次，但是你必須在明天早上發表。」

「明天的報導我寫好了，我的編輯現在正在處理。」

「叫他丟了那篇報導，我們需要一篇新的。」

「我們？」

「我願意每天接受你的採訪，提供你案件的更新，我不會跟其他記者說。」

哈利懷疑地盯著她看。「為什麼？」

「我想讓這個殺手措手不及，方寸大亂。」

「妳是說薛丁格殺手嗎？」

「這是個蠢綽號。」

「每個人都這樣稱呼他，」哈利指出，開始興奮了起來。「所以……妳到底想做什麼？」

她若有所思地看著他。「你在行為分析小組裡的消息來源是誰？」

哈利向後一靠，一臉困惑。「什麼來源？」

「有人告訴你我飛來這裡辦案，是誰？」

哈利笑了。「算了吧，那是檯面下的事，妳應該知道這一點的，透露自己消息來源的記者是很廢的。」

「我會找到這個人的。」

「我相信妳會，妳這麼聰明，好了……我們來談我的每日採訪吧。」

柔伊痛飲一口啤酒，從上唇舔掉泡沫。「我想讓這個殺手聽起來很弱，刺激他，讓他猛烈抨擊，也許他會對這篇文章發表評論。你有沒有辦法掌握在你文章下面留言的人的資料？ＩＰ位址，諸如此類的數據？」

哈里確實知道他們的資料有多豐富，因為他追蹤得到對他的文章發表過多次留言的人，掌握一份詳盡的混蛋清單是很重要的。「當然，從留言中我們可以得到很多數據。」

「太好了。」現在輪到柔伊興奮了，她的眼裡閃閃發光，哈利覺得很迷人。「如果他留言，我們也許可以追蹤到他。」

「妳何以認為他會針對這篇文章做出反應？」

「他非常自命不凡，所以你來採訪我，我會詳細描述他如何不斷犯錯，說我們馬上就會抓到他，諸如此類的。」

哈利翻了個白眼。「那會激怒他，逼他做出反應嗎？」

「他不喜歡我看扁他。」

「我這麼說妳別誤會，」哈利說。「但是當涉及到傷害他人感情時，妳就像個六歲小女孩對著一個小男孩大吼大叫，像是他扯了妳的馬尾，他好討厭。」

柔伊不悅地皺起眉頭。「我擅長做我會做的事。」

「妳擅長進入連環殺手的腦裡，了解他們腦袋運作的方式，這點無庸置疑，」哈利笑了。「但是如果說到要惹惱別人？我建議這件事你還是盡量交給我辦吧。」

「我想這點我無可爭辯。」

「妳所要做的，是將他與別人進行比較，人會互相競爭，尤其是男人。」

「連環殺手在談論自己的犯行時，經常會自比其他的連環殺手，」柔伊說。「ＢＴＫ殺手就曾經把自己比作山姆之子和綠河殺手[12]。」

「看吧？你告訴所有人他很爛，他連眼睛都不會眨一下，但告訴人們他與曼森相比只是個跳梁小丑，這傢伙會大發雷霆的。」

「那是……那是個好主意，所以當我們談到這部分，我們就將他與其他連環殺手相比較，說他會功虧一簣，那會讓他勃然大怒。」

「但這要在正文說，對吧？我們需要下一個標題，標題會訂下文章的基調，標題不能是『聖安吉洛殺手比不上泰德．邦迪』」。

「好吧……不行，但我不認為我們真的可以單靠標題惹惱他。」

「我們不行嗎？」哈利揚起眉毛。「他幫自己取名字對吧？自稱為薛丁格？」

「是，然後媒體稱他為薛丁格殺手。」

哈利交叉雙臂假笑。「《芝加哥每日公報》可能會幫他取一個不同的名字。」

12 綠河殺手本名Gary Ridgway，因第五名受害者在綠河被發現，記者便幫他取了綠河殺手的綽號。

# 第五十三章

## 德州聖安吉洛，二〇一六年九月十日，星期六

「挖坑殺手在聖安吉洛二度出擊。」

他難以置信地瞪著這篇文章，拳頭抽動，他瀏覽了這篇文章，感覺到心臟怦怦跳動。這是他當天早上發現最詳細的一篇文章，儘管文中將他與兩名受害者聯繫在一起，甚至從影片中擷取了很好的照片，但仍有幾句話讓他看了很傷眼。

「側寫師柔伊．班特利博士表示，挖坑殺手很無能……」

「儘管他自封為薛丁格（Schrodinger），但他似乎拼錯了名字，忽略原來薛丁格（Schrödinger）這個名字在日耳曼語系中加在母音上的變音符號……」

「記者問及這名『挖坑殺手』是否會是下一個泰德．邦迪時，班特利博士回答，『差得遠了。』」

更糟的是，這是柔伊．班特利唯一同意訪談的記者，導致其餘各種文章都引用了這篇文章，且他不斷看見諸如「挖坑殺手，又名薛丁格殺手」之類的說法，新的綽號似乎根深蒂固，令人難以想像。

他的眼睛濕潤了，他咬著嘴邊，舌頭嚐到鮮血的味道。在他知道自己在做什麼之前，他已經在瘋狂打字，文章下面的留言框已經填滿，他不斷打字，留言框出現滑動捲軸，他糾正報導

中的不正確之處，並解釋Schrodinger是一種完全正當的拼寫方式，還警告說，等他犯完所有案件，泰德・邦迪的殺人總數會顯得微不足道……

他停下，將椅子推離電腦前面，仔細檢查留言框和框裡的文字，他搖搖頭。他到底是怎麼了？

深吸一口氣，他回頭瀏覽茱麗葉・畢曲的Instagram頁面，他滑動那些非常熟悉的照片，細看茱麗葉和她弟弟合拍的新照，然後閱讀一些出現在留言處的生日祝福，想像一下他即將到來的夜晚，感覺到他胸腔內重重升高的興奮感，慢慢地，他的挫敗感和怒氣都消散了。

他看一眼時間，決定他有足夠時間寫一封簡短的電子郵件給撰文的記者，這個人的名字叫H.巴里。這篇文章寫得還不錯，這個人有做功課，有弄清所有事實，並設法取得一次優秀的採訪，是一個看重自己工作的人。

這點他能認同。

他找到H.巴里的電子郵件，然後寫下對這篇文章的回覆，他不斷提醒自己要寫得簡潔扼要，做到這點很重要，因為記者有可能、非常可能會公開這封電子郵件，他必須要忠實呈現自我。

泰德・邦迪？

等他執行完所有案子，就不會再有人記得泰德・邦迪是誰了。

# 第五十四章

柔伊鬆了一口氣，發現週六不必開晨會，事實上警督還沒出現，他們都可以高效工作，無需向一個煩人的傢伙解釋他們的一舉一動。

福斯特告訴她，自從民眾得知這個連環殺手以來，警方的破案熱線就開始不斷有情報湧入，里昂斯和他正在過濾通話記錄，判定哪些情報具有相關性。福斯特還有一長串需要訪談的名單——瑪莉貝兒．豪伊的朋友和親戚。他承諾要找到一名地質學家，這名地質學家將盡快與他們會談。

儘管福斯特是柔伊見過最積極的警探之一，但他顯然疲憊不堪，他的眼睛佈滿血絲，襯衫皺巴巴的，她懷疑他是否記得要吃飯和睡覺。

柔伊再次在筆電上開啟哈利的文章，大約有二十條留言，她迅速閱讀這些留言，沒有一條留言符合目標。

該上工了。她關上房間的門，瀏覽她的音樂庫，最後決定選擇凱蒂．佩芮的專輯《花漾派對》作為配樂。她需要的是聽了馬上就會精神一振的歌，沒有任何慢速的樂器段落來帶動。有時你只需要著手行動，這點凱蒂．佩芮最懂。

她列印出整份犯罪現場報告，並把頁面攤在桌子上，她的頭隨著節拍上下擺動，自己小聲哼著副歌。

「嘟——嘟——嘟箱外沒有採到指紋沒有ＤＮＡ。

「嘟──嘟──嘟──嘟──嘟箱內有紅外攝影機，和第一次的設定方式一樣。

「嘟──嘟──嘟箱子材積與第一個箱子完全相同。

「嘟──嘟──嘟──嘟──嘟──嘟手機上沒有指紋，螢幕破裂可能因為手機被丟出去。」

當凱蒂「親了一個拉拉並喜歡這種感覺[13]」時，她對照片進行了分類。

她用拇指和食指拿著犯罪現場全景照，皺了皺眉。「你為什麼要在這裡挖洞？」她喃喃自語。「這個地方有什麼特點會令他興奮？」

她看著第一個犯罪現場的照片，場景看起來很類似，有大量的岩石、乾燥的植物，和不平坦的地面。

會議室的門打開，福斯特站在門口，聽見音樂時皺起眉頭。她瞪著他，想著諒他敢說出什麼評論。

「地質學家叫我到他家去，」他說。「如果妳想跟我們一起去，我們會在約半小時內出發。」

「瞭了，謝謝。」

他動手關門。

「福斯特，」她喊道。「等等。」

「怎麼了？」

「看看這個。」她拿起這些照片。「你看到了什麼？」

他走進房間，看了一眼。「犯罪現場。」

她翻了個白眼。「想像一下在這個區域開車，不知道這是犯罪現場，你會想些什麼？」

他聳聳肩。「沒想法，看起來跟別的地方沒兩樣，又熱又乾燥。」

「但不完全一樣。」她打開谷歌地圖。「看這裡。」

她點擊地圖上的一個點，該區域的影像出現在螢幕上，是一片全然平坦，被沙覆蓋的景觀，幾乎沒有長出任何植物，沒有礫石可言。

「好吧，」他說。「我不懂妳的意思，這不是犯罪現場。」

「當你看到那些地方，當你在聖安吉洛附近開車時，你會想些什麼？」

「我不知道，我沒特別注意，我在這個地方長大。」

「但這個殺手會注意，你知道他環顧周遭時在想什麼嗎？」

「不知道。」

「他會思考，『這裡似乎是活埋我下一個受害者的好地方。』或者他可能會想，『這個地方完全不是我喜歡的地點，這個地方是岔道。』對他而言，選擇挖掘地點非常令人興奮，等同於看色情片。」

福斯特似乎明顯感到不太舒服，柔伊已經習慣這種反應。

「為什麼這裡——」她示意一處長有植物的礫石地——「比這個地點更讓他興奮？」她指著一處沙地。「挖沙地看來沒有比較有趣嗎？」

「我不知道，班特利。」他嘆了口氣。「妳有看到我們已經得到確切的死亡時間了嗎？」

「真的嗎？」這激起了柔伊的興致。

「真的，捲毛估計死亡時間在七月三十至三十一日之間。」

「這也太精準了吧。」

---

13 出自凱蒂・佩芮的歌曲〈親了一個拉拉〉（I Kissed a Girl）的歌詞：I kissed a girl and I liked it。

「顯然我們的兇手將受害者活埋是有好處的，他將屍體深埋，沒有昆蟲活動，沒有暴露在高溫中，因此，捲毛只需檢查內部器官的腐敗程度，即可準確判斷死亡時間，這次他真的超越了自己。」

「所以她失蹤一兩天內就死了，這與麥迪納的犯罪模式一致，他不會浪費任何時間，抓到女孩之後，就立刻將她活埋。」

福斯特點點頭。「還有什麼想法嗎？」

「我們知道他長久以來一直有活埋女性的幻想，他執著於自己的名聲，他至少殺害了三名受害者——」

「三名？」福斯特盯著她。「我們已知有兩名受害者，他甚至幫她們編號為一號和二號實驗。」

「不，我不是告訴過你——用紅外線攝影機和線上發佈影片的整個計畫嗎？這是他殺害第一名受害者之後才計劃出來的，他最初的幻想只是活埋受害者，長久以來這只是一個幻想，他可能從未想過要實踐，他挖的坑是出於某種模擬和假裝，也許他還活埋了一些動物。然後發生壓力源，使他崩潰，他殺害了他的第一名受害者，實現了他的衝動，就是到那時，他才知道他可以在箱子裡拍攝受害者，看著她們如何掙扎著死去。」

「妳怎麼知道的？」

「因為這是我的專業，這就是這種人全都具備的行為模式。最初的幻想絕不會有那麼多細節，絕對不會是為了迎合外部因素，例如成名。還有另一名受害者，福斯特，如果你想，可以稱她為零號受害者，她沒有被拍攝下來，而且如果找到她，我們甚至可能會採集到指紋或DNA，他可能對第一個受害者沒有那麼小心。」

福斯特懷疑地看著她。「妳說得好像妳已經摸透了這傢伙的一切。」

「不，我還不知道他為什麼選擇這些地點。」

# 第五十五章

安德烈．耶米洛夫博士的居家辦公室沉悶又缺乏特色，桌面整潔乾淨，牆壁上裝飾著地圖或土層圖。柔伊坐在從廚房拿來的椅子上，坐在福斯特和塔圖姆的左手邊。在福斯特解釋他們想問什麼的同時，安德烈悲傷地環顧四周，彷彿一直在想自己何以淪落至此。

「所以，」他說道，口音很重，「你們在找隱藏的坑洞。」

「最有可能被木板和沙子覆蓋住，」福斯特重複道。

安德烈嘆了口氣，再次環顧四周，特別沮喪地注視著其中一張海報。

「你為什麼不使用——」他含糊地揮揮手——「雷達？」

「我們有試過，雷達無法正常運作，」福斯特說。「技師說土壤有太多黏土。」

「太多黏土？」安德烈似乎很困惑。「坑洞裡沒有黏土，只有一個洞。」

一秒鐘過去，他們都認為這是一種哲學觀點。

「所以你是說，」塔圖姆說，「如果我們找到真正的坑洞，雷達就可以發揮作用了。」

「當然！」

「上一次我們在找的是一只埋在土壤深處的箱子，」塔圖姆告訴柔伊。「據推測土壤中有很多黏土，但是，如果坑洞只是被幾英寸的沙子覆蓋——」

「我聽得懂，謝謝。」她不悅地說道。「不用男人來跟我說教。」

「不過進展緩慢，」福斯特說。「我的意思是，推雷達的那個人動作有夠慢。」

「用人推嗎？」安德烈的眼睛睜大了。「你們為什麼不開車？」

「呃……什麼意思？」

「你們把雷達鉤在車上，然後開車。」他動了動手，示意開車的動作。「雷達會找到坑洞，很簡單，我們每天都這麼做。」

「你能告訴我們確切的方法嗎？」塔圖姆問。

安德烈再次嘆了口氣，輕敲他的鍵盤，隨口吐出一小段不耐煩的句子。柔伊只用一半的精神在聽，已經在試圖思考完成此任務的最佳方式，他們必須鎖定凶手最有可能挖洞的區域，地點得在城外，且距離不遠。但單單只是在聖安吉洛特定周圍進行搜索可能就需要耗費數週時間，他們必須找到縮小範圍的方式。

她的注意力轉回安德烈，他似乎已經停止談論雷達，如今在進行一般性的解釋。

「非常辛苦，工具每天都會損壞，很令人挫折，研究工作停滯不前，預算幾乎要用完了。」

他瞪著其中一張地形圖，嘴裡咕噥著。「我下週過生日。」

「生日快樂，」塔圖姆這麼說，希望對他的情緒有所幫助。

「快樂不起來。」

「唉。」福斯特將椅子朝門口移近了些，彷彿意圖脫身。「很遺憾你對安吉洛基岩層的研究遇到困難——」

「困難？呿！這是個災難，採樣進行得很不順，上週三用壞了三顆鑽頭。」

「為什麼？」柔伊問。

福斯特試圖對上她的眼神，想強調並示意她閉嘴，但柔伊不理會他。

「你說你正在研究安吉洛的石頭？它叫安吉洛是因為在聖安吉洛嗎？」

「當然，妳在這邊有看到其他的安吉洛嗎？」

「地面很……怎樣？很硬嗎？」

「硬？硬得像鋼鐵！我需要昂貴的鑽探技術——我無法使用廉價的鑽頭，這又不是在玩《當個創世神》[14]。」

「什麼是《當個創世神》？」柔伊問。

每個人都驚訝地盯著她看。

「連我都知道《當個創世神》是什麼，」塔圖姆說。「而且我沒有小孩。」

「什麼是《當個創世神》？」柔伊又問了一次，對自己的無知感到不悅。

「這是個愚蠢的電玩！」安德烈大吼。「很可怕！我兒子整天玩；他認為世界上有十種石頭，十種！我告訴他，並不是，石頭要複雜得多，但是他告訴我有沙子、岩石、礫石和煤塊，要挖洞，他在地板上猛敲！」

「其實要使用尖鋤，」福斯特說。「有各式各樣的尖鋤，而且——」

「用尖鋤不可能挖那麼快！」安德烈勃然大怒。「他挖的洞是直達熔岩層，荒唐！現在他希望我能幫他挖到地獄維度，說我很懂挖洞，他說我不尊重他的興趣，《當個創世神》不算一種興趣！集郵才算一種興趣，彈鋼琴才算一種興趣，我們昨晚整個晚上都在吵這個。」他轉而用俄語說，繼續激烈發言，口沫橫飛。

這都是妳的錯，塔圖姆用嘴型對著柔伊說。

安德烈一停下來喘息，柔伊便迅速插話。「所以這裡周圍的地面很難挖對嗎？」

「安吉洛統[15]是這樣沒錯。」

「但是我們這個凶手挖了很多洞。」柔伊說。

「不是挖在安吉洛的土壤中。」安德烈露出絕望的微笑。「相信我。」

「但是他做到了。」

「在哪裡？在地圖上指給我看。」他指著牆上的地形圖。

柔伊站起來指出犯罪現場的位置。「這裡，和這裡。」

「那裡不是安吉洛的土壤，這是圖利亞的土，好挖很多，你們看。」他轉向電腦並開啟瀏覽器，以不同顏色顯示好幾層土的圖表佔滿螢幕。「這是圖利亞土，有五層對吧？有些比較硬，但並沒太硬，有很多黏土，不好挖，但可以挖，現在。」他開啟另一個視窗。「這是安吉洛統，你挖了十二英寸就會到達這一層。」他猛烈地用手指戳螢幕。「這就是我一生的禍根，Suka blyat[16]！又厚又硬，工具一直壞掉。」

「這就是他之所以這樣選擇挖洞位置的理由，」柔伊興奮地喃喃自語。「他在能挖的地方挖掘！」

安德烈又發出短暫而憤怒的笑聲。「我如果有他那麼幸運的話就好了。」

「這個安吉洛統……在哪裡？」

「到處都是，幾乎佈滿地圖上的這一帶。」他示意聖安吉洛以東的地區。

「剩下的呢？是圖利亞土？」

---

14 Minecraft，一款非線性遊戲，玩家可以在一個隨機形成的3D世界內，以的立方體為基礎進行遊戲，是有史以來最暢銷的電子遊戲。

15 年代地層單位根據地層形成的時代進行劃分，分為宇、界、系、統、階、時帶。

16 俄文的fuck you。

「很多種，有些很硬，有些不硬。」

「但是這兩個地方是圖利亞土，對嗎？」她指著兩個犯罪現場的位置。

「是，絕對是圖利亞土。」

「你也能告訴我們哪些地區是圖利亞土嗎？也許還有其他更容易挖掘的土壤類型？」塔圖姆問。

「這得要耗費好幾個小時，不要。」

「耶米洛夫博士，」福斯特說，「你能幫助我們挽救好幾條無辜的性命。」

安德烈嘆了口氣。「好吧，反正研究都是垃圾，我去喝杯咖啡，這要弄很久……美國話怎麼說？無聊。」

是很無聊。福斯特製作了清單，博士煞費苦心地瀏覽地圖上每塊區域，解釋各種地層和所需的工具，柔伊聽著他說，試圖將所有內容吸收進去，儘管這聽起來讓人暈頭轉向，但她確信凶手沉迷於這些細節，對他而言，研究最佳挖掘區域就像是前戲。

她的手機響了一聲，她看了一眼，是哈利寄來一封電子郵件。她略讀了一下，心跳劇烈。

「妳是對的，挖坑殺手並不喜歡我們的負面文章，但是他沒有在網站上留言，他寄了一封電子郵件給我，轉寄如下。H。」

親愛的H.巴里，

我還記得我父母在談論亨利·李·盧卡斯[17]的供詞，當時人人都有朋友或親戚加入陪審團，我們城裡來了一個不速之客，我們自家的連環殺手，但他只是路過，這次，是來真的。

當時，他聲稱自己殺害了數千人，而記者則自得其樂，放棄他們的專業精神，只為了引起一些轟動。與盧卡斯不同，我不會提出任何虛假聲明，但我也不接受不精確的報導。

一、我採取的方式並非缺乏效率，你被誤導了，我走的每一步都是必要且不可避免的。

二、我並不樂見於目標對象的痛苦經歷，我做的是我必須做的事，所有行為都有其原因所在。

三、將我的所作所為與他人進行比較是很荒謬的事，如果你看過一頁愛因斯坦的《奇蹟年》（*Annus Mirabilis*），你還能將之與另一名科學家的著作相提並論嗎？請靜待事件發展完畢再撰寫報導。

還有一點，「挖坑殺手」？我認為你的表現可以更好。

薛丁格

僅僅幾句話，凶手就闡現出他的精神分裂特質，雖然他企圖表現得親切和善，但憤怒仍在字面下翻騰，他們設法惹火他，現在他們有了溝通管道。

---

17 Henry Lee Lucas，美國歷史上殺人最多的連環殺手，犯案地點遍布美國各州甚至歐洲，他自稱殺害了三百六十至六百人。

# 第五十六章

## 馬里蘭州巴爾的摩，一九九九年九月十五日，星期五

「她放下他的結婚戒指時，我覺得我要尖叫出來了，」伊莉絲走回宿舍寢室時說道。那會是她在這場電影中的第四聲尖叫，他數過。她的尖叫聲會使他想起母親看見大蟑螂的時候，那尖叫聲讓他抓狂。也許《靈異第六感》不是約會電影的最佳選擇。

但話說回來，每次尖叫後她都會將臉埋在他胸膛，拒絕觀看小男孩面對那個試圖與他交談的死人，她在他懷裡發抖，這使他感覺很好，讓他覺得自己像個男人。

這是第二次約會，不像第一次，第一次約會是由閒聊構成連續的尷尬沉默，現在這樣多少好了一些。他聽從室友的建議，帶她去看電影，因為電影會佔據聊天的時間，而且他說得對：似乎電影也會為交談提供話題。電影開始之前是邏輯對話：我們該看哪部電影；妳要吃爆米花嗎；妳想坐前排還是後排？電影結束後，他們可以聊聊這部電影和當中驚人的轉折，這情節他早就被雷過了，在過去一週，所有人談論的都是「那精彩又驚人的轉折」，被雷過幾乎可保證這轉折會變得既不精彩也不驚人。

「你最喜歡哪一段？」伊莉絲問他。

他花了片刻思考，不是因為他不知道哪個部分是他真正喜歡的，而是因為他必須想到一個替代答案。「最後一段。」他盡責地說道。「轉折的地方。」

最棒的一段是當他們把那個小孩鎖在一個黑暗的小房間裡。那段他看得心跳加速，但是她可能不會懂。

他們走到她宿舍，她邀請他進去喝點東西，他跟著她走到她房間時，心裡很緊張。不像他，她自己擁有一間房間，她的宿舍是設有五間臥室的公寓，共用一間浴室和廚房，聞了整整一星期他室友的臭襪子後，這裡宛如天堂。

她端來兩只酒杯、一瓶廉價紅酒，並在兩個酒杯內分別倒了一大杯，酒難喝的味道在他口中徘徊不去，幾分鐘後他就暈了。他幾乎不喝酒，討厭酒後的感覺，但是他室友就像一座不請自來、不斷泉湧的噴泉，告訴他酒會幫助他放鬆。

然而先放鬆的是伊莉絲，她吻了他，以一種黏人又強勢的方式將自己推向他，手指在他的背後刮搔，脫下他的襯衫。他試圖更積極回應她的吻，愛撫她，主導攻勢。但是當他撫摸她的腰時，她抓住他的手移到大腿上；當他吻她的脖子時，她輕聲說他應該咬她；當他努力要脫她的胸罩時，她失去耐性自己脫掉了。

無盡的指導和糾正，她主導了控制權。看電影過程中覺得自己像個男人的愉悅安心感消散了，他又成為一個小孩，被責備如何有禮貌地吃飯、如何穿衣、有客人來時要如何應對說話，如何當個乖孩子。

儘管他通常不會一整個小時都沒出現無用又可能令人尷尬的勃起，但他現在卻沒有生理反應，他口袋裡有一個保險套，伊莉絲從錢包裡掏出另外一個，但兩個都用不上。

她試圖幫助他，但這只讓情況變得更糟，他感覺到怒火上升，這是她的錯，不是他的錯。她親暱撫摸他的方式，表現得好像他怎麼做都不對，如果她可以不要再挑剔，不要打斷他的專注，他可以跟她做一整晚。

他抓住她的手腕一掐，把她的手拉開。

「嘿，你弄痛我了！」她嘶嘶聲。

他沒有放開，咬緊下巴，心臟跳動，他拉著她的手一扭，扭到她從床上摔下來。

「你到底有什麼毛病啊？」她半在對他尖叫。他知道那種語調，當他母親想尖叫但知道可能有人會聽見時，經常會有這種語調。當然了，這裡仍然是一間有四間臥室和薄牆的宿舍房間。

他沒有回答，只是盯著她看。

她眼中充滿了淚水，她用毛巾包住自己。「我要洗澡，你最好離開這裡。」

她跌跌撞撞走了出去，沒把房門關上，不管他還赤身裸體。他聽到浴室的門關上了。

他穿上衣服，耳裡傳來規則性的聲音，他的腦海裡充滿了暴力畫面，他會跟隨她進入浴室，抓住她的頭砸在牆上，然後他會告訴她，他的性功能運作正常，兩個保險套都會用掉。

但是他也知道自己不會這麼做，不，他會離開這裡並回家。當他室友問他約會怎麼樣時，他會只說君子要守口如瓶，哈哈。或許如果他真的很小心，他可以繼續上完他其餘的大學課程，不必遇到伊莉絲或她的任何朋友。

他走出房間，關上了身後的門，他正要離開宿舍，但隨後他瞥見浴室的門，聽見門後水流的聲音。

共用的廚房裡放了好幾把椅子，他拿了其中一張，把椅子塞在浴室的門把下，他輕輕試著轉動門把，確保不會鬆動。

然後他關掉浴室的燈。

「嘿，」伊莉絲從裡面說。「我在裡面，哈囉？」

水聲停止了，他把耳朵放在門上聆聽，她撞到某個物體，聽見砰一聲和痛苦的咕噥聲，然後當她嘗試轉動門把時，發出輕微的咯咯聲。

「哈囉？門卡住了，哈囉？」

她低聲說話，宿舍有四間臥室，她不想把他們都吵醒，讓他們發現她裸體被反鎖在浴室裡，那不是很丟臉嗎。

她再次嘗試轉動門把，這使他的怒氣減緩了：她被反鎖在一個黑暗的地方，一個反省的好地方，一個反省她所作所為的好地方。

「哈囉？讓我出去！」她的聲音現在充滿了驚慌。

她重重敲門，提高音量，再次大喊救命，很快她尖叫起來，她的尖叫聲不再讓他抓狂。

畢竟他還是勃起了。

# 第五十七章

他們一到達警局便直接前往戰情室，福斯特看著牆上的地圖，這是聖安吉洛及周圍地區的大規模地圖，涵蓋了方圓十英里。

「好了。」福斯特將藍色麥克筆交給柔伊和塔圖姆。「我們來標記一下耶米洛夫所說比較容易挖掘的區域。」

「我們應該用不同顏色來標記圖利亞的土壤，」柔伊說。「截至目前凶手一直鎖定圖利亞土。」

「不同顏色，」福斯特喃喃自語。「你們聯邦調查局的人都有很多花樣。」他離開房間，一分鐘後返回，手裡抓了一把麥可筆。「這裡。」他把綠色麥可筆丟給柔伊。

她用左手接住，莫名覺得很驕傲，並試圖表現得好像她總能接住丟向她的東西，沒什麼大不了。

「好了，」福斯特說。「你有帶清單嗎？」

「我有。」塔圖姆攤開一張頁面，這是他們根據耶米洛夫博士指示製作的區域列表。

他拿著這張紙走到附近的影印機，複印兩張，一頁交給柔伊，另一頁交給福斯特。柔伊定位圖利亞土壤群集的眾多區域，每個區域都列出一對坐標和半徑範圍。她用綠色麥可筆在地圖上標記出這些區域，其中一個區域就位在妮可．麥迪納的埋葬處附近，瑪莉貝兒．豪伊則被埋在另一個區域，還有許多區域遍佈在地圖的西半部地區。

福斯特和塔圖姆擠在她身旁，分別畫圈，很快整張地圖上都佈滿綠色和藍色的圈圈。

「至少在目前，我們可以進一步縮小範圍，」柔伊說。「兩名受害者都被埋在距離城鎮不到六英里的地方，我認為我們可以將半徑集中在六英里以內進行初步搜索，之後再擴大。」

福斯特在地圖上畫了一個歪歪扭扭的圓圈，用一小段犯罪現場封鎖膠帶臨時框出一塊邊界，定義出聖安吉洛周圍六英里半徑的範圍。

「凶手挖坑會臨近道路，但都是支線，」塔圖姆說。「同時，他會避開人口稠密的地區，因此我們可以忽略葡萄溪周圍地區，而且我們只需要標記那些容易挖掘的道路。」

他們不辭辛勞，一條條將相關的道路標記出來，還有比柔伊預期更多的道路要標記，但是用透地雷達搜索該區域聽起來是可行的，是幾天內就能完成的工作。

最後所有道路都被標記出來，他們退後一步，盯著地圖。

「我會和詹森談談，」福斯特說。「要跟他吵到至少一台雷達的預算，我們得盡快著手進行此事。」

「也許聯邦調查局的駐地調查處可以幫上忙，」塔圖姆說。「我會確認一下。」

「我得跟哈利談談，」柔伊告訴他們。她在車上跟他們說明過關於凶手發電子郵件的情況。「要準備發另一篇報導了。」

「我也會問問謝爾頓，我們是否能從那個電子郵件地址上取得任何線索。」塔圖姆說。

柔伊不專心地點點頭。「這是一個臨時電子郵件地址，我不認為他會再次使用，但是值得一試。」

福斯特和塔圖姆離開各自去打電話，把柔伊獨自留在室內，她精疲力盡地打開她的筆電，閱讀好幾次凶手發送的電子郵件，然後她站起身，在白板上寫下了三句話。

我走的每一步都是必要且不可避免的。

所有行為都有其原因所在。

請靜待事件發展完畢再撰寫報導。

她咬著嘴唇凝視這些句子，然後她打電話給哈利。

「我正要打電話給妳，」哈利說。「妳看了嗎？」

「看了，」柔伊說。「我有一些想法。」

「我查了他提到的亨利．李．盧卡斯，我想妳早就知道他是誰了。」

「他是連環殺手，沒有人知道他確切殺害多少人，但是他是一個殺人無數的連環殺手，他有一度聲稱自己殺害了三千人，這就是不明嫌疑犯所指的。」

「對，但是你知道他在哪裡受審嗎？」

柔伊皺眉。「德州的某處，如果我沒記錯的話，他被一名德州騎警逮捕了。」

「他本應在奧斯丁接受審判，但由於在偵查階段就公開了犯罪資訊，他們便將審判移至聖安吉洛。」

「妳的連環殺手在聖安吉洛長大。」哈利得意地說。「他是本地出身的小孩。」

柔伊吐出一口氣並再次閱讀電子郵件。「當時人人都有朋友或親戚加入陪審團，」她說。

「他提到他的父母在談論這件事，」柔伊說。「審判是什麼時候？」

「是……一九八四年。」

「所以假設當時他年齡在五到十歲之間，那表示他現在四十歲左右，也許還稍大一些。」

「為什麼假設他年齡五歲到十歲之間？如果他十三歲呢？」

「因為如果是那樣的話，他可能不會說他記得他父母在談論這件事，他會說他記得同學在談論這件事。」她回憶起自己青少年時期的經歷，學校裡的同學除了梅納德連環殺手之外沒什麼好聊的。

「很好的觀點。」

「而且我現在知道如何跟他溝通了，」柔伊說，「這個人建構了一段關於他的使命的完整敘述，他要與愛因斯坦的《奇蹟年》相提並論？這是他告訴我們他有一個偉大的計畫，一項使命，他的電子郵件裡全在表達這件事，這就是他想分享的事。」

「他的使命會告訴妳什麼？」哈利問。「這對側寫有什麼幫助？」

柔伊輕蔑地哼了一聲。「我一點也不在乎他的使命，這只是他自說自話，但是他談論他的使命時可能會在不經意間給我們一些真實的提示，一些我們可以利用的線索。」

「他自言自語的一個敘述，這是什麼意思？」

「人永遠都會自欺欺人，哈利，你應該比大多數人都了解這件事，而且這個傢伙正在對自己編織一個漫天大謊，來避免面對一個非常簡單的事實。」

「什麼事實？」

「他靠活埋女人來獲得性興奮。」

# 第五十八章

柔伊正在閱讀《美國法醫精神病學雜誌》中有關亨利・李・盧卡斯的報告，戰情室的門打開，里昂斯站在門口，臉色通紅。

「找到一個嫌犯了，」她上氣不接下氣地說。

柔伊感到一陣興奮，彷彿她說的話是一種空氣傳播的病毒，具有很高的傳染力。「誰？」她問。

「他的名字叫阿弗雷德・謝潑德，他打了破案熱線。」

「什麼時候？」

「今天早上。」里昂斯在房間裡來回走動，表情眉飛色舞。「這個謝潑德一個半小時前打電話來，說他記得曾見過一個看起來像瑪莉貝兒・豪伊的人，在一間當地酒吧和一個男人在一起。」

柔伊點點頭，全神貫注。

「他們從他那裡問到一些細節，結果他的廂型車是昨天在六十七號公路通過過攔檢的其中一輛車，是一輛白色的福特Transit，我們認為值得進一步檢視，妳猜怎麼樣？」

「我猜不到。」

「他在麥迪納的紀念碑出現兩次，他的臉孔符合我們在那裡拍到的其中一人的長相。」

這就是了，太多不容忽視的巧合，柔伊站了起來，再也按耐不住。「妮可的父母知道他是誰嗎？」

「不認識他的名字，我派了一個人帶照片對他們進行訪談，看看這個人是否看起來很面熟。」

「他的說法得到證實了嗎？」

「瑪莉貝兒．豪伊與朋友在那家酒吧自拍，她有標記地點，並且發佈在她的Instagram頁面上，這張照片是在她失蹤前三天發佈的。這是事實，但任何人都可能想起這張照片。」

柔伊點點頭。「足以申請搜查令嗎？」

「我們正在研究。」

「也許我的專業意見會動搖法官的想法。」

「有益無害。」

「他現在在哪？」

「我們請他過來跟我們多說些瑪莉貝兒．豪伊還有跟她在一起的那男人的事，他在一號偵訊室，據他所知，他是來這裡協助我們的。」

「有人和他在一起嗎？」

「沒有，我快速聽過他的陳述，然後就請他等待，他目前在那裡已經待了大約十五分鐘，福斯特要進去了，但我們認為要先跟妳說會如何進行，妳可以在監控室裡觀看偵訊，來吧。」

柔伊跟隨里昂斯沿著走廊走到警局深處，監控室幾乎位於警局最遠的一側，這並非偶然，被帶到那裡的人都必須行經各部門，與身穿制服的警察、警探和被拘留者擦身而過。一扇扇緊閉的門上掛有「凶殺組」、「證據保管」和「軍械庫」的牌子，那些不習慣警局風景的民眾會立刻因看到這一路景象而侷促不安，緊張的人會手足無措。

監控室狹窄又光線昏暗，左右牆壁上都裝設有大片深色的單向鏡，可以看進相鄰的偵訊室，福斯特警探、詹森警督和塔圖姆已經在那裡，透過左邊的單向鏡看著坐在一號訪談室裡的那個人。

他光頭，穿著一件白色T恤和一條破舊染色的牛仔褲，右腳在地板上快速拍打，雙臂交叉。他看了一眼鏡子，然後迅速移開了視線。

「他怎麼來這裡的？」柔伊沒來由地問。「有人載他來的，還是自己開車過來的？」

「他開車過來的，廂型車停在停車場，」福斯特說。「現在有人正在檢查那台車。」

「我希望只檢查外觀，」詹森說。「我們沒有理由去——」

「只是透過廂型車的窗戶看一下，然後拍一些照片，」福斯特迅速回答，他很不耐煩，似乎沒有心情像平時那樣安撫詹森。

「好吧，」詹森說，聲音短促。「有宣讀權利了嗎？」

「沒有，他沒有被逮捕，」福斯特說。

「我不希望像惠特菲爾德案那個人一樣再發生混亂的狀況，警探，我要你宣讀權利。」

「如果對他宣讀權利，他就一句話也不會說了，」柔伊說。「我們不能讓他知道他涉嫌，一開始不行，而且如果他還沒有被捕，就還不需要對他宣讀權利。」

詹森固執地搖搖頭。「他被帶到警局，帶進偵訊室，門關著被留在裡面很長一段時間，熟練的律師會辯稱說他覺得自己好像被拘留了。」

「他開著自己的廂型車來。」福斯特提高了音量。「他可以隨時離開！如果他說了什麼，都屬於自白。」

「他知道自己可以離開嗎？不，他不知道，不要小題大作，告訴他這是你必須要做的事，然後再開始跟他談，讓里昂斯警探說，讓他聽了覺得這是折騰人的繁文縟節。」

「跟你說吧。」里昂斯把手扶在福斯特的肩膀上，幾乎像是在阻止他揍警督一拳。「在深入訪談之前，我們不會對他宣讀權利，我們會再決定，在宣讀權利之前，我們不會進行任何公然的指控，好嗎？」

詹森似乎猶豫了一下，然後喃喃說，「可以接受。」

柔伊透過單向鏡看著謝潑德。「我們必須謹慎行事，如果他是我們要找的人，他會準備好回答所有明顯的問題，我們要問得他措手不及。」

# 第五十九章

「很抱歉讓你久等了，謝潑德先生，有些事我們需要先查核過。」福斯特的聲音從控制面板中的擴音器中嗡嗡發出，產生輕微的回音，塔圖姆發現這聲音會使人分心。他看著福斯特和里昂斯坐在阿弗雷德・謝潑德面前，里昂斯的肩膀上掛著一個筆電包，兩人手中都拿著一只厚厚的文件夾，福斯特的文件夾中是真的犯罪案件檔案，多放了幾頁增厚，里昂斯的文件夾是假的。

「沒關係，我想你們一定很忙，」謝潑德說。他的聲音有些沙啞，使塔圖姆想到抽菸者。

「我們非常感謝你前來，謝潑德先生，」里昂斯說。「你可能從新聞上聽說了，調查有掌握到一些具體的線索，你的證詞確實可以幫助我們縮小嫌犯的範圍。」

柔伊靠向麥克風。「不要提新聞，我們希望讓他感覺妳告訴他的一切都屬於機密，他不想知道新聞上已知的事。」

里昂斯眨了一下眼，也許是表示肯定，也許只是正常眨眼，然後她開始概述案件的一些細節，她沒有說出任何非公開內容，但是她說得很好，讓內容聽起來像是第一次公開。

「她很會說，」塔圖姆說。

「可以請你告訴我們你看見瑪莉貝兒・豪伊的那晚嗎？」福斯特輕輕把文件夾拋到桌上，並從他的襯衫口袋裡掏出一本小筆記本和一枝筆。

「呃，當然，是……幾個星期以前，七月二十六日那天，我和幾個朋友出門，其中一個人剛好過生日，然後我看到那個女人——」

「瑪莉貝兒．豪伊。」福斯特從文件夾中取出一張大幅彩色照片，然後放在桌子上，這是瑪莉貝兒．豪伊在公園拍的照片，背景是一條河，她對著鏡頭微笑，風吹拂著她的一束髮絲。這是一張美麗的照片，也是她Instagram上最甜美的照片。

「呃，對，是她，我看到她跟一個男人在一起，他大約六呎高，一頭黑髮，留著鬍子，我注意到他們是因為他們因為什麼事在吵架，而且她看起來有點不高興，我想去調停，但我的朋友說服我別去。」

「這真的非常有幫助，謝潑德先生，」里昂斯說。「我們正在嘗試列出可能的嫌犯名單，目前我們鎖定了幾名嫌犯，你的描述絕對符合我們的主要嫌犯之一，對逐步偵辦案件來說可能是非常寶貴的線索。」

這句話完全是捏造的，但從這個男人放鬆下來並對著警探微笑的反應，影響是即刻可見的。「我很高興能提供協助。」

「所以，用你自己的話告訴我們你看見的事吧，」福斯特說。

「嗯，他們坐在面對面的包廂式座位上，但那個男的表現得有點侵略性，我聽不到他說什麼，但是那個女人……瑪莉貝兒似乎很不高興。」

「怎麼樣不高興？」

「我不知道，她似乎很不悅。」

「還有其他跡象表明他們在吵架嗎？除了那個男人說話的方式以外？」

「沒有，就像我說的，我聽不見他們的聲音，而且他們隨後很快就離開了。」

「試著稍微引導他一下，」柔伊對著麥克風說。「看你能不能讓他改變說法。」

「他有任何暴力行為嗎？」福斯特問。

「沒有，我的意思是，如果他打她，我會介入。」

「但是他沒有做出任何肢體上的威嚇動作？」

「呃……沒有，我認為他沒有。」

「也許他逼迫她？侵犯了她的個人空間？」里昂斯提議，聲音聽起來很期待。

謝潑德似乎停頓了一下。「經妳這麼一說，對，他是有點威脅性地向前靠，這就是我想介入的部分原因。」

「她只是不高興嗎？還是她哭了？」里昂斯問。

「我不知道，我想他們離開時她可能在哭。」

「看來他確實在迎合他們想聽的內容。」塔圖姆說。

「是，」柔伊同意。「他不會說出之後讓人反駁的話，但是他願意改變自己的說法來適應現況。」

里昂斯再次告訴謝潑德，他說的證詞有多管用，她說話時偶爾會不經意說出他們事前同意要告訴他的案件小道消息，這個男人聽得全神貫注。

「我必須說在你的幫助下，我們很有機會逮捕挖坑殺手，」里昂斯說。

「很好，我真的很高興，」謝潑德說。

「他聽到這個綽號並沒有畏縮，」塔圖姆說。

「也許他已經聽習慣了，」詹森提議。

「也許吧，」柔伊喃喃道。福斯特把照片散置在桌上，她專注地看著那個男人。「看到犯罪現場的照片，並沒有把這個人嚇倒。」

「那是什麼意思？」詹森問。

「意思是他已經麻木，但這年頭網路上存在很多暴力內容，任何對暴力感興趣的人都可以大量取得，當然隨機看一眼血腥照片是一回事，而看到生前見過的某人屍體腐爛的照片則完全是另一回事。」

「他是凶手嗎？」

「他是對這個案子著迷的人，但這並不表示他是凶手。」

他們談了更多內容，福斯特又多次不經意說出「挖坑殺手」這個綽號。

「現在拿衣服，」柔伊說。

詹森點點頭，從桌子上拿了證物袋，他離開房間，片刻之後偵訊室的門打開，他大步走進室內。

「福斯特警探。」他的聲音機械化到一種荒謬的程度，就像一個練習過好幾小時台詞的人。「衣服。」

「一個五歲小孩都可以看穿那個行為，」塔圖姆沮喪地喃喃道。

「沒關係，」柔伊說。「看看謝潑德——他根本沒有察覺到。」

她是對的。謝潑德專注地盯著半透明的袋子看，裡頭裝了他們發現瑪莉貝兒・豪伊時她身上穿的衣服。

「這些衣服看起來眼熟嗎？」福斯特問，在偵訊室的桌面上攤開那些袋子。「你看到她時，她有穿著其中任何一件衣服嗎？」

「這……雙鞋吧，我想。」

詹森猶豫了，他舉棋不定。福斯特投去示意的眼神，警督眨眨眼，離開了房間。

現在，偵訊室的桌上散置了精心安排的照片和證據，其效果似乎正在影響謝潑德，他比剛剛更緊張地抖動右膝。福斯特和里昂斯再次引領他順過一次證詞，進一步詢問關於瑪莉貝兒·豪伊的問題：她還有其他朋友嗎？她失蹤那晚，她跟一些朋友在一起——他在酒吧裡有見過他們其中的任何一位嗎？

福斯特站起身，在他們問問題時在房間裡走來走去，他坐下時，拖了一把椅子坐在謝潑德右邊，由於桌子靠在遠處的牆壁上，如此做有將謝潑德包圍起來的作用，如果他想現在離開，就必須請福斯特移動座位。

「我不喜歡那樣，」詹森喃喃道。「嫌犯看起來被困住了，一個厲害的律師可以聲稱此時嫌犯覺得自己被拘留了。」

「這完全是一種標準的偵訊技巧，」塔圖姆不經意地說。「我們在調查局一直都用這種技巧，你看，有看到他是怎麼指出圖片的嗎？我們可以說他坐在那裡離證人更近。」

詹森沒有回答，但他似乎至少暫時放心下來。

「我想讓你看挖坑殺手影片中的一些畫面。」里昂斯拉開筆電包的拉鍊。

「好，」謝潑德說。

里昂斯開啟筆電並開始播放第一支影片時，塔圖姆專注地看著那個男人。妮可·麥迪納尖叫救命的樣子顯然讓謝潑德著迷，他凝視著螢幕，嘴巴半敞。

「他肯定對這段剪輯感到興奮。」詹森說。

他們讓影片播放了幾分鐘，謝潑德目不轉睛盯著螢幕。

「你知道那是誰嗎？」里昂斯問。

他看了她一眼，然後又回到螢幕上。「另一名受害者。」

「你之前看過這支影片嗎？」

「沒有，只看過文章中的圖片。」

她一直問他關於妮可．麥迪納的問題，他的回答含糊不清且簡短，他沒有裝傻，沒有表現得一副像是他不知道她是誰，他的眼神一直飄到螢幕上。

「我認為這是我們要找的凶手，」塔圖姆說。

「我不知道，」柔伊喃喃道「我認為他的反應不符合。」

「為什麼不符合？」塔圖姆問。「他看起來幾乎對影片感到興奮，這不是妳所期待看見的嗎？」

「凶手在家裡有兩支影片，可能是完整版的影片，我敢打賭他已經看過數十次了，可能有他愛看的片段，這個人看起來像是看過好幾十遍了嗎？看看他，他完全看到入迷了。」

「也許這真的是好東西，每看一次都會像第一次一樣興奮。」

柔伊抬起半邊眉毛看了他一眼。「如果是這樣，他就不需要殺害更多女孩了，這是我期待從凶手身上看見最不可能的反應，我認為他會表現得好像覺得這個影片很可惡，或許他會冷靜又不為所動地觀看個幾秒鐘，但這種反應？」她搖搖頭。「我不知道。」

幾分鐘過去，里昂斯讓影片繼續播放，影片發出的聲音，加上監控室聲音系統的輕微回聲，把塔圖姆惹毛了。

「好了，我想該輪到我了。」他抓住耳機塞進耳中。

他從監控室走出，在外面突如其來的刺眼燈光下眨眨眼，他花了一點時間適應光線，如果他衝進偵訊室，卻眨眼眨個不停，就沒有氣勢了。片刻之後，他推開偵訊室的門。

房裡聞起來有汗味，這是他們在監控室裡無法得知的，謝潑德滿頭大汗，房裡所有目光都投向塔圖姆。

「謝潑德先生，」他說。「我是聯邦調查局探員葛雷，我將參與本次會議的剩餘部分。」

「呃……好的，當然。」

塔圖姆交叉雙臂靠在牆上，那是他身在此處的部分職責，一名聯邦調查局探員，站在門前擋住出口。

進一步施壓。

福斯特和里昂斯恢復偵訊。謝潑德之前見過妮可．麥迪納嗎？他曾經見過她與那個與瑪莉貝兒．豪伊在一起的男人同行嗎？他確定嗎？桌子上散置了更多照片，如今已經幾乎看不見桌面。福斯特和里昂斯表現得非常出色。

「謝潑德先生。」福斯特突然說。「你能告訴我們八月十二日晚上八點你人在哪嗎？」

這是柔伊想出的另一個問題，這個日期沒有任何意義，那天沒有女孩失蹤，據他們所知，當時什麼事也沒發生。柔伊推論凶手已經為綁架那晚準備好一份不在場證明，但如果詢問其他日期，就可以問得他毫無心理準備，這會讓他懷疑他們是否知道了什麼，這會使他內心失去平衡。

奏效了。

「呃……什麼？什麼時候？我看不出那跟這有什麼關係——」

「這與你的證詞有關，」里昂斯四平八穩地說。「跟你看到的那個人有關，所以，你人在哪裡？」

「我……我得查一下，我……被當成嫌犯了嗎？」他的眼神飄動，看向塔圖姆，然後又回頭看著里昂斯。

「當然不是，」里昂斯說。「你只是來這裡提供協助。」

「沒錯。」

「你還記得那天晚上做了什麼事嗎？」

他瘋狂地環顧四周。

「我不喜歡這樣，」詹森的聲音在塔圖姆的耳裡嗡嗡作響。「你在問他一個不相關的問題，福斯特，我要你宣讀權利，我不想再發生惠特菲爾德事件。」

「不需要，」柔伊的聲音在背景響起。「他們正在詢問不相關的日期，我們事前有過共識了。」

「我……想我在家。」謝潑德說。

「有人能證實這一點嗎？」福斯特問。

「熟練的律師可以說整場偵訊無法成立！」詹森聽起來有些歇斯底里。「福斯特，現在就對他宣讀權利！」

「你這個白痴！」柔伊厲聲打斷。「完全不需要搞得像個——」

由於詹森可能已將手指從麥克風按鈕上移開，因此音源被切斷了。塔圖姆暗自咒罵，意識到自己的錯誤，塔圖姆進入偵訊室後進一步對嫌犯施壓，但是他也留著詹森與柔伊獨處，如果有什麼事是她絕對做不到的，那就是對付像警督這樣的人。

「呃……我想也許我是一個人在家……不，等等。」謝潑德舔舔嘴唇。妮可・麥迪納在背景發出一聲漫長而絕望的呻吟，他的眼睛轉向螢幕，然後看向塔圖姆，他看起來像是一隻被逼到絕境的動物，一隻被逼到絕境，快要犯下錯誤的動物。

偵訊室的門突然打開，詹森大步邁進室內，揮舞著米蘭達宣言[18]的便條。

「謝潑德先生，」他尖聲大叫。「在你進一步回答之前，你介意簽署這協議嗎？只是行政程序，用來聲明你知道自己的權利，你有權請求律師，你現在所說的一切將成為呈堂證供。你知道的，就像電影裡演的那樣。」

他把紙放在桌上，蓋在瑪莉貝兒·豪伊的照片上，然後微笑。

謝潑德的目光轉向權利便條，他皺皺眉。

「我為什麼要簽這個？」他問。「我只是來幫忙的。」

「這實際上只是程序，」詹森喃喃道。

偵訊中的每一片刻都是一條細心佈局的線，織成一張將阿弗雷德·謝潑德包裹得愈來愈緊的網，每一個微妙的舉措都將陷阱收得更緊，使他更難安然脫身，而詹森卻用一個裝模作樣又強硬無理的舉動，就讓這個精心佈置的圈套瓦解了。

「我被逮捕了嗎？」謝潑德問。

福斯特嘆了口氣。「不，謝潑德先生，你只是在這裡提供協助。」

「好吧，那我想我已經盡力配合，時間不早，我現在真的得回家了。」

---

18 指美國警察、檢察官在逮捕或者審訊時告知嫌疑人他們所享有的緘默權：即嫌疑人可以拒絕回答執法人員的提問、拒絕向執法人員提供訊息之權利。

# 第六十章

「我很驚訝會接到妳的電話，」點完晚餐後，喬瑟夫告訴柔伊。「我以為妳現在已經回到家陪妳妹妹了。」

他們坐在第一次見面的餐廳，柔伊點了同樣的牛排，她一想到這道牛排，肚子有些咕嚕作響。「我被耽擱了，我大概會在週二飛回去。」

「她還好嗎？」

「安德芮亞很好。」柔伊微笑著，想著妹妹一小時前傳給她的訊息。自從馬文暫時搬到公寓以來，安德芮亞就開始不停傳《大青蛙布偶秀》裡面兩個脾氣暴躁的老人動圖，儘管她不確定，但她感覺安德芮亞非常喜愛馬文的陪伴。

酒保把酒擺在他們面前，柔伊點了健力士啤酒；喬瑟夫點了一品脫的夏納啤酒。柔伊豪飲一口啤酒，從上唇舔掉泡沫，享受濃郁綿密的風味。她很高興喬瑟夫來了，儘管塔圖姆想叫外送並繼續談論此案，但柔伊需要休息一下。詹森毀掉他們的偵訊之後，有種苦澀的滋味揮之不去，這陣感覺混合了持續企圖揣測凶手動機的疲憊，使她不勝其擾。她想和案件以外的人聊聊天。

「所以你週五怎麼度過的？」她問。

「跟一些朋友去看電影了。」他聳聳肩。「電影滿好笑的。」

他告訴她有個女孩坐在他前面座位上，她顯然一直對電影場景反應過度，以至於他在她身上投入比電影本身更多的注意力。柔伊笑著傾聽，思緒一下集中一下分神，時而想到安德芮亞，想到薛丁格，又想到阿弗雷德・謝潑德。她幾乎可以確定謝潑德不是他們要找的人，如果她非得要猜，依她看謝潑德是個執迷於連環殺手的男人，真正的連環殺手出現在他的城市行凶讓他產生反應。如果里昂斯拿到搜查令，柔伊打賭他們會在他家中搜出數不清的連環殺手相關物品。

但是她不認為他是凶手。

他們暫時監視他，以防萬一，詹森如此有效破壞他們的努力，令她依舊感到怒火翻騰。

「妳在想什麼？」喬瑟夫問她。

她環顧四周，有一半的桌面空著，氣氛似乎很柔和。「今晚這裡空蕩了許多，週六都是這樣嗎？」

喬瑟夫揚起眉毛。「我不知道妳有沒有聽說，但是有一個連環殺手在逃。」

「噢，對。」

「你們有進展嗎？」

「我們掌握了一些很好的線索，看起來很有希望。」

「我讀了妳給媒體的一篇採訪，」喬瑟夫說。「妳聽起來對自己很有把握。」

「我們有很多搜索這類人的經驗，特別是在這種情況下，我們有一些優勢。」

「什麼優勢？」

「我覺得還是不要談——」

她的手機響了，她向喬瑟夫投以抱歉的表情，然後接起電話，是塔圖姆。

「我不想妨礙妳約會，」他說，他用一種柔伊無法理解的怪聲怪氣說出「約會」這個詞。

「但是我有事要跟妳說。」

「什麼？」

「謝爾頓找了一組人來開車載GPR——」

「GPR？」

「透地雷達，他們已經找到這傢伙挖的其中一個坑。」

她手掌啪一聲打在吧台上，引起周圍許多人皺眉。「哪裡？」

「在北部，葡萄溪以北約半英里，在其中一處圖利亞土分佈的區域。」

「葡萄溪以北嗎？」她站起來，用嘴型對喬瑟夫說馬上回來。「離聖安吉洛有多遠？」

「五英里半。」

「幾乎在我們搜索區域的邊緣。」她推開門走到外面，儘管夜幕低垂，但天氣仍然乾燥又炎熱，她正在慢慢適應氣候，並沒有像降落在這裡的第一天那樣感到難以忍受。「你認為我們應該擴大我們的搜索邊界嗎？」

「我們還有很大面積的土地要搜索，」塔圖姆說。「他們在晚上停工，而且現在是週末，我懷疑我們能否在週一之前再取得另一台透地雷達，我認為目前這樣沒問題。」

「坑洞看起來怎麼樣？」

「六英尺深，呈長方形，上面蓋著兩塊大木板，覆蓋約十五英寸的土壤，距離道路只有幾碼遠，視線被遮蔽，跟妳預期差不多。」

「福斯特有派人監視嗎？」

「他現在正在處理，詹森很不爽，因為我們已經在今晚加了一個地方要監視，而且現在是週末，我猜會導致更多加班時數。總之里昂斯告訴我沒關係。就算是他們自己到場，他們也會派駐人監視。」

「這真是好消息，塔圖姆。」

「我知道。」她可以聽出他聲音中的微笑。「妳現在可以回去吃晚餐了，如果有其他事發生，我會通知妳。」

「謝謝。」

她掛斷電話，走過空座位直達吧台。菜以經上了，喬瑟夫在等她。

「好消息？」喬瑟夫問。

「案件取得了一些進展，」她回答：「老天，這聞起來也太香——我餓死了。」

她切了一大口牛排然後放入嘴中，閉上眼享受那純粹的喜悅，她咀嚼然後吞下，對著喬瑟夫微笑。「我絕不會告訴安德芮亞，但是這裡的牛排比她做的還要好吃。」

「歡迎來到德州。」喬瑟夫對著她微笑。「我不得不說，我記不得曾見過哪個女人像妳一樣熱愛食物。」

「也許你找錯女人約會了。」

「如果我跟對的女人約會，現在我的手指上就會戴著戒指了。」

「你想結婚嗎？」

「當然。」他看了她一眼。「但是不必驚慌，我不會突然提出這個問題。」

她哼了一聲。「好吧，我兩天後就要走了，所以無論如何我懷疑你會問我這個問題。」

「不要小看我，容我提醒妳，我過去可是曾經跨越大半個國家追著女人跑。」他大笑起來。「不要一副擔心的樣子，我不會纏著妳回家。」

片刻之後他似乎意識到自己的評論有點不得體，因為他變得非常嚴肅。「對不起，我不是這個意思……」

「沒關係。」柔伊搖搖頭微笑著。

他們沉默了一下。這個地方真的很空蕩，這也會妨礙凶手犯案。她現在試圖想像他，他現在是否正埋伏在他作案目標的住處外面，就像他對瑪莉貝兒和妮可那樣，希望她很快離開家出門？那可能要等上好幾週的時間了，也許在他再次出擊之前，他們可以設法監視他作案目標的住處，或者也許他會去造訪他挖的其中一個坑，無意間被他們設置的跟監點逮到。

突然一陣強光奪走她的注意力，有一群年輕男女把頭靠在一起，正在拍攝晚上出來玩的自拍照。

柔伊凝視著他們，咬著下唇，萬一她錯了呢？萬一凶手沒有躲在受害者的房子旁邊，等待受害者離家呢？

「噢，該死，」她喃喃道。

「怎麼了？」喬瑟夫問。

里昂斯曾說過瑪莉貝兒．豪伊的 Instagram 會不斷更新，妮可．麥迪納的母親曾說過，女兒一直用手機在和朋友聊天，兩名受害者都擁有活躍的社交媒體生活，她怎麼會遺漏這一點？她在包包裡翻找，再次拿出手機。她開啟瑪莉貝兒．豪伊的 Instagram 帳戶，上頭充滿哀戚的朋友留言，這是公開帳戶。然後她搜尋了妮可的帳戶，很容易就搜尋到，也是公開帳戶。

「我的側寫中遺漏了重要的面向。」她說。

妮可．麥迪納出去參加派對那天晚上就在她的 Instagram 上發布貼文，她甚至標記了自己的地點，任何看過貼文的人都能知道她和朋友出去了，他唯一要做的就是開車到她家，等她回家。

「妳遺漏了什麼？」喬瑟夫問。

柔伊無視他的問題，回頭看瑪莉貝兒．豪伊的帳戶，沒錯，她有這麼做，她在電影院外面標記自己。

凶手透過她們的社交媒體帳戶跟蹤受害者，等待她們出門，一旦她們外出，他便會開車到她們的住處，等待她們回家。當夜幕低垂，當附近的每個人都已入睡，當住處只有幾步之遙，當她們放鬆戒備時。

其中的含意使她大受打擊，這表示凶手必然不止有一名目標受害者，他可能瀏覽了數十個、數百個帳戶，他可以在閒暇沒事時檢查她們的住處，在他選定的時間策畫他的藏身之處。就算如今在人人感覺草木皆兵的情況下，他選定的某些受害者肯定還是會出門。

她立刻冒出許多想法：他們可以進行誘餌行動，用他鎖定的那類型女孩創建個人檔案——她以前做過類似的事，他們可以找出有風險的女孩帳戶，警告她們，監視她們，他們也許能取得造訪過瑪莉貝兒和妮可頁面的帳戶列表，並查看其中是否有任何一個帳戶大量造訪過其他個人檔案。

「我得走了，」她說。「對不起。」

「但妳甚至還沒有吃完妳的牛排。」喬瑟夫看起來很沮喪。

「我……對。」她向酒保示意。「我可以外帶這杯嗎？」

「今天晚一點我可以見妳嗎？我打算很晚睡，妳隨時可以打電話給我。」

她看著他很長一段時間，這計畫很誘人。「好，」她最後說。「我會打電話給你。」

# 第六十一章

茱麗葉有史以來最糟糕的生日非今日莫屬，超越了她七歲生日那可怕的派對熊，讓她做了數週噩夢；還有她的十四歲生日，當時羅傑・阿薩特・哈里斯跟她分手。所以她總是叫自己對生日不期不待，不期不待不受傷害，然而，即使是她的最低期望也不至於那麼令人沮喪。

昨天，她期待著一場有趣的派對，她的九位朋友將該活動標記為「參加」，另外五位則標記為「可能參加」。她提前打電話預定了羅尼斯餐廳的長桌，已經想像著自己坐在中央，每個人都在唱著「生日快樂歌」，一個散發小小火光的巧克力蛋糕擺在她面前。

不期不待，茱麗葉，不期不待。

因為顯然聖安吉洛出了一個連環殺手，且他沒有跟茱麗葉預定好他會在她該死的生日前聲名大噪，讓那五個「可能參加」的人很快就變成了「不參加」，而那九個要「參加」的人突然變成了「可能參加」，接著傳來道歉訊息和取消的消息。

最終現身的朋友人數是多少呢？

兩人。

蒂芬妮和路易斯。蒂芬妮的男友路易斯根本不值一提，他甚至根本不是茱麗葉的朋友，她認為他是個混蛋，嘿，但他至少不是個膽小鬼。

至少她倖免於與兩個人坐在那張大桌的屈辱，羅尼斯幾乎空無一人，他們可以選擇自己想坐的桌位，她每隔幾分鐘就會注視著那張大桌子，想著如果那個卑鄙小人可以等一陣子再殺害兩個女人，她就會坐在那裡被一群朋友們簇擁。

她拒絕了那個散發小小火光的巧克力蛋糕。

蒂芬妮竭盡所能裝嗨，但不斷歇斯底里讓她把嗓音叫啞了，她不停地確認時間，並說他們可能得早點離開。好像連環殺手定了某種時間表，噢天哪，看看時間——現在是謀殺時間過後的半小時了。

茱麗葉並不介意，這整個地方都顯得緊張不安，女服務生已經警告他們店裡今天會提早打烊，幾個老顧客一直在他們附近東張西望，彷彿在確認他們不會是最後離開的人。「人多勢眾」似乎已成為每日金句，茱麗葉也一直用這句話勸告她要取消參加的朋友們。

唯一看起來很開心的人是路易斯。「開心」對於路易斯來說，意味著表現得像個徹頭徹尾的變態，他在檯面上親暱地撫摸蒂芬妮，茱麗葉很快發現在檯面下也是，他兩次不小心用腳刷過她的腿，試圖搆著蒂芬妮，也許根本不是不小心的，誰知道。蒂芬妮突然間開始喘氣，對檯面下一些看不見的動作做出反應。茱麗葉要了帳單。

他們全部坐路易斯的車回去，他的右手一遍又一遍滑進蒂芬妮的裙下，那很催眠又令人想吐，茱麗葉只想回家睡覺。

開車回她家開到一半，路易斯開玩笑地建議來個生日三人行，是那種妳知道他是半開玩笑半認真的笑話。

嗯，嗯，嗯，這趟車程怎麼不快點結束。

他在她家附近停車，她打開乘客座的門。

「嘿，要我們陪妳走去門口嗎？」路易斯問，他的語氣突然變得嚴肅起來。

她差點就同意了，因為連環殺手的消息實際上也影響了她，但是當他問她時，他的手仍在蒂芬妮裙下，茱麗葉突然懷疑等他們走到門口時，他是否會再提議一次三人行……

「不用了，真的沒必要。」她對他們微笑，盡量讓態度好一點，因為他們至少現身了。「謝謝你們來參加。」

「生日快樂，親愛的，」蒂芬妮說。「我明天會打電話給妳。」

「我們會在這裡等妳進門。」路易斯說。

也許他畢竟不是個混蛋，他是有點變態沒錯，但又怎麼樣？

她下了車，關上身後的乘客座車門。黑暗令人窒息，她突然想起她母親問過她無數次能否叫房東在門外裝一些燈，她置之不理，把這當成她媽嘮叨的另一件事，但是現在她渴望著沿路能點亮兩到三盞燈。

家門離她不到二十碼，沒什麼大不了的。

她沿著沙路前行，因為她的右腳高跟鞋絆到樹根之類的東西而踉蹌了一下，高跟鞋不適合走這種路，走了幾碼路後，她聽見灌木叢中傳來沙沙作響的聲音，她定住不動。路易斯的車仍在她身後——她可以聽見引擎運轉的聲音——但這麼暗他們還看得見她嗎？如果現在有人突然襲擊她，將她拖進暗影裡怎麼辦？路易斯和蒂芬妮能怎麼辦？

然後她開始奔跑，驚慌制約了她的身體，她的脈搏高漲，呼吸急促，氣喘吁吁，差點又跌倒。她恢復平衡走到門口，在包包裡翻找鑰匙，手指在顫抖，鑰匙在哪？鑰匙在哪？

她摸到海豚鑰匙圈熟悉的形狀，她把鑰匙拉出來，鑰匙發出叮噹響聲。找到鑰匙了，插進門鎖，她聽到咔嗒一聲。

她喘不過氣來，打開門口的電燈開關，客廳的燈和前門上方的燈都亮起，她大口吸了一口氣，試圖平息顫抖的呼吸。她想哭。

她踏進屋內，然後轉身，路易斯和蒂芬妮從車上向她招手，她朝他們揮手，試圖微笑。車開走了。

天哪，真是個爛透了的夜晚，她等不及要去尿尿然後上床睡覺。她轉身，踢了門一腳。

她預期門會轟地關上，但卻沒有，沒有猛然關門的撞擊，甚至沒有砰的一聲。

她正要回頭看時，有東西壓上她的喉嚨，同時有一隻手抓住她的右手臂。

「不准尖叫，否則我就割下去了，懂嗎？」那聲音沙啞又憤怒。

她僵住不動，動彈不得，無法呼吸。

「聽懂就輕輕點一下頭，讓我知道妳聽懂了。」

她輕輕點頭。

「走，直接走去廚房，不要突然有大動作。」

她一步一步走著，身體感覺像是果凍做成的，就算她敢掙扎、敢肘擊他的腹部、敢逃跑，或者抓住拿刀的那隻手咬下去，她也做不到，因為她幾乎腿軟了。

他一定早就在暗影中等待，守株待兔，等到路易斯離開才行動，在門關上之前推住門。

「我男朋友在臥室裡，」她聲音嘶啞地說。「他隨時都會醒來。」

「妳沒有男朋友，妳四個月前分手了，還記得嗎？妳為此寫了一篇非常感人的貼文。」

「你打算對我做什麼？」他們走進廚房時，她的視線蒙上了淚水，廚房的窗戶就在他們前面，她看見自己的反射的倒影，後面是那個男人，她迅速移開視線，恐懼地啜泣起來。

「別哭，今天是妳生日對嗎？」他強迫她走到廚房的桌邊。「坐下。」

廚房椅子潛伏在黑暗中，一旦坐下，她自知就永遠站不起來了，只要她保持站立，她就有機會，她可以衝撞逃跑，她可以掙扎抵抗，她可以抓東西打他，還有——

脖子上突然出現一陣眼花撩亂的刺痛感，令她倒抽一口氣。

「我只是淺淺劃一刀，」他低聲說道。「妳不會希望我割更深吧。」

她坐下，每一個動作都緩慢且精確，她發出抽抽嗒嗒的啜泣聲，然後又發出一聲，她無法自抑，感覺脖子上正流淌著黏稠的鮮血。

「試著冷靜下來，來，喝這個。」他放開她的手臂，在她面前的桌子上放了一瓶礦泉水。

「我……我不渴——」

「喝。」他再次用手緊緊抓住她，緊掐著她的手。

她打開瓶蓋，喝了幾大口，然後又喝了更多，她把瓶子放回桌上。

「感覺好點了嗎？」他問。

「請不要傷害我。」

他沒有回答。她等待他的下一步行動，任何行動，但他沒有動作。刀鋒依舊架在她的喉嚨上，他的手仍然緊緊攫住她的手臂。他睡著了嗎？她考慮推開椅子，踢他下體，跑到屋外。

她的頭微微動了一下。

「不要動。」

她一動也不敢動。

時間片刻過去，她不知道發生了什麼事，鮮血浸透了她的襯衫，順著衣領流下，真的只是淺淺劃一刀嗎？還是她就要死去？

她感到有些噁心頭暈，她的四肢沉重，無法動彈，可能是失血過多，雖然感覺沒有流那麼多血。

不，不是因為失血，他在水裡摻了一些東西。

「是什麼。」她的舌頭沉重。「是什麼。」

他俯身向前，在她的耳邊輕輕地唱歌。「祝妳生日快樂，祝妳生日快樂，祝親愛的茱麗葉生日快樂，祝妳……」

# 第六十二章

## 德州聖安吉洛，二〇一六年九月十一日，星期日

他睡不到三小時，天亮前就醒了，他本來想再多睡幾個小時，但這女孩很快就會醒，在一天開始之前，在這座城市的其他居民醒來之前進行工作會比較安全。

光聆聽這一片靜謐就值回票價了，週日清晨，所有人都還在睡夢中，感覺這個世界上眾人皆睡，唯他獨醒。

裝滿土的大箱和裝了女孩的箱子已經裝載在廂型車上，他昨晚將這些東西安置妥當才去睡覺，他現在要做的只是溜進駕駛座，打開車庫門，然後把車駛出。

在街上開到一半，他突然不確定自己是否記得帶上所有需要的工具，他停在人行道邊，檢查了袋子：筆電、一次性手機、電纜線、手套，挖掘工具在後面的手提包裡。

他忘記帶太陽眼鏡了，這會讓回程開車時痛苦得要命，他考慮要回去拿，但最後還是決定不要。他就是要不戴著太陽眼鏡開車，那種痛苦才會讓他下次記得要帶。

天空染上太陽升起前呈現的深藍色調，一些特別閃亮的星光仍然勉強可見，他邊開車邊哼著歌，感到一陣興奮感疊疊升起。

途中的最後一段路非常難開，他的廂型車在岩石崎嶇的地面上顛簸前進，這個坑比前幾個更難到達，他的車輪撞到一塊岩石，有一刻他擔心自己可能會爆胎，但似乎沒事。

他聽見後方傳來含糊不清的聲音，這女孩醒了。

他停妥廂型車，打開門抓起袋子，然後跳下車。當然這個坑是完全看不見的，但是他心知肚明坑在哪裡。他從袋裡拿出鏟子，把用來掩飾坑洞的木板上的泥土清除，這花了不到五分鐘時間，如果他有什麼長處，那就是挖土。

他把鏟子放在地上，抬起左邊那塊木板……

他心裡一沉。

部分的坑壁已經塌陷，塌陷到坑洞底部，幾乎填滿大半的坑，他大聲咒罵，那是什麼時候發生的事？他在兩週前才檢查過這個地方，坑洞的狀態很好，剷除所有土大約需要兩小時。

這個女孩在身後尖叫。

他猶豫不決了起來，要不開車去另外一個地點呢？他有幾處選擇，但他討厭最後關頭才改變心意，而且警方已經找到最近的地點。

不，他看不出有什麼理由要小題大作，這個坑完全能夠使用，他只需要降低標準得過且過，把她埋在僅僅三英尺深的地方，畢竟活埋就是活埋，除了他之外，沒有人真的在乎把她埋多深。

做出決定後他感覺好多了，興奮感又開始累積，他打開廂型車的後座，將箱子拖出，就像他之前練習過的百萬次一樣。這可能是最棘手的環節，把箱子對齊坑洞放入，而不要把箱裡裝的女孩推擠得太厲害。

他在碰到坑洞之前停手，將線路連接到攝影機。活埋瑪莉貝兒·豪伊的時候他忘記做這件事就把箱子放入坑中，事後接線真是一場噩夢，但他現在經驗老道，簡單就搞定了這項例行工作。

箱子降落進坑中時幾乎沒有發出聲音，但女孩仍然發出朦朦的尖叫聲，他無視那尖叫聲，一次卸下一座大箱。他把線路接上筆電並開機，箱內女孩的影像突然出現在螢幕上，他發出一聲急切的喘息。完美。

他再次拿起鏟子，將第一堆土鏟到箱子上，女孩悶悶的尖叫聲加劇了。

# 第六十三章

柔伊很清楚，他們全都沒睡多少，塔圖姆、里昂斯和福斯特的黑眼圈跟她起床時在鏡中看見的自己一模一樣。儘管事實上今天是週日早晨，但他們四人都在九點之前現身在警局，福斯特幫他們沖了一壺濃咖啡。

她凌晨兩點後就睡了……一個人睡，她和塔圖姆討論完此案後，曾發過訊息給喬瑟夫，但他沒有回覆，想來他可能睡了。

他們坐在薛丁格案的戰情室裡，牆上地圖上葡萄溪西北部出現一個新的X號——即是他們發現的坑洞。

「好了。」福斯特按按額頭。「我從凌晨兩點葛雷探員寄來的電子郵件得知，你們有了一些新的想法。」

「是的，」柔伊說。「一開始，我們假設凶手選擇他的目標，然後在她的住處埋伏，等待她出門，如此他就可以在她回家的時候抓住她，在深夜時分，沒有目擊者的時候。」

「嗯哼。」

「萬一他不只跟蹤一名目標呢？如果他是透過社交媒體找到一系列目標呢？可能主要是透過Instagram，他查看了這些女孩的個人檔案，當她們在網路上發文表示她們要出門，或者標記自己出門時，他就知道自己機會很多，那就是他出發去她們家裡守株待兔的時候了。」

「這是否符合瑪莉貝兒．豪伊和妮可．麥迪納的側寫？」

「符合。」里昂斯搶在柔伊之前立刻回答。「瑪莉貝兒發文表示她要去看電影，妮可在派對上標記了自己。」

「而且兩個人個人檔案都是公開的，」柔伊說。

「嗯，最初的方案是我假設他尾隨這些女孩去了她們家，這就是他為何會知道她們的住處，如果他只是在網路上找到她們，他怎麼知道她們住在哪裡？」

「有很多方法可以找到地址，」塔圖姆回答。「以妮可為例，她在發佈照片時不斷標記自己的位置，所以他所要做的就是追蹤她在家拍攝的照片位置。」

「瑪莉貝兒．豪伊就謹慎多了，」柔伊說。「她從不主動發佈自己的位置，但是她確實使用了Musical.ly。」

「一講到社交媒體網路，我就有點跟不上時代了，」福斯特說。「Musical.ly到底是什麼？」

「這是一個社交媒體應用程式，用的人都是想要發佈自己歌聲的人，」塔圖姆回答。「大多都是青少年，但他們也有一些老用戶，Musical.ly的貼文會預設發表用戶的位置，大多數用戶甚至沒有意識到位置被發佈了。」

「瑪莉貝兒的Musical.ly連結了Instagram的個人檔案。」柔伊說。「任何人都可以在五分鐘內找到她家的地址。」

福斯特沉重地嘆了口氣。「這聽起來似乎很合理，我們該怎麼應對？」

柔伊的手機響了，是哈利，他可能想和她談談報導的事，她拒絕接聽，決定在五分鐘內回電。

「我們可以向本地的社交媒體用戶進行遊說，並警告潛在的用戶。」塔圖姆說。

「我們可以創造一個誘餌，」柔伊說。

「柔伊和我昨晚討論過這個，我不喜歡誘餌這個主意，」塔圖姆說。

「我以前做過。」

「妳說那個女孩差點被殺。」

「因為監視她的那個人很無能，用在這個案子會有效。」

福斯特打斷他們。「告訴我更多關於誘餌的想法。」

柔伊點點頭。「好吧，我們需要創一個──」她的手機又響了，是哈利，她嘆了口氣。

「等我一下──這通來電可能很重要。」

她接聽手機。「哈利？你禮拜天早上起得還真早──」

「我又收到一封電子郵件了。」哈利的聲音聽起來既焦慮又緊繃，與她認識的那個煩人的傢伙完全不同。

她皺了皺眉。「信裡寫了什──」

「信裡只有說，『也許這會促使你好好考慮你對我的評價。』還有一個連結，是第三支影片。」

福斯特的手機響了，讓柔伊嚇了一跳。他接聽電話。「我是福斯特，說慢一點，什麼？」

「什麼影片？」柔伊急切地詢問哈利。

「第三個女孩，我正在把連結寄給你。」他掛斷。

她的手機上跳出影片連結，她點擊連結，螢幕上出現熟悉的網站佈局，薛丁格，「三號實驗。」

然後影片開始播放，一個處於狹窄空間的女孩嘴巴被塞住，正在歇斯底里地喊叫。

「簽派員剛接到一通電話，是一個叫茱麗葉·畢曲的女孩母親打來的。」福斯特說。「她今天早上聯絡不到茱麗葉，所以去了她家，看到裡頭濺了血——」他停下看著柔伊，她手裡拿著手機。

她向他展示手機螢幕。「剛從記者哈利那裡拿到的。」

里昂斯已經在使用自己的手機，片刻後她向他們展示螢幕——是茱麗葉・畢曲的Instagram頁面。「是她，昨天晚上的最新貼文，是她去慶祝她的生日。」

「那是剛發生的事，」福斯特說。「也許根本是實況直播。」

他們都擠在柔伊的手機旁，看了幾秒鐘。

「她的嘴為什麼被塞住了？」里昂斯說。「一開始的幾個女孩的嘴沒有被塞住。」

「由於現在凶手的殺人手法是公開的，所以受害者知道她們正在被拍攝，他不希望受害者說出任何可能對我們有所幫助的線索，」柔伊說。

「角落那邊的那個東西是什麼？」福斯特問。「看起來像一個盒子。」

柔伊看見他所指的物體，一個上面有綠色刻字和一個非常眼熟標示的小金屬盒。骷髏頭和骨頭的圖示代表毒物。

# 第六十四章

戰情室中的地圖顯得巨大，受害者可能的所在位置有無限多個，柔伊無奈地檢視一下地圖。

「我需要透地雷達，送到那裡愈快愈好，」福斯特對著他的手機大吼。「分秒必爭啊！」

反正透地雷達也可能無濟於事；這點他們都心知肚明，如果受害者被埋在圖利亞土中，土中過多的黏土將導致雷達無法運作。

福斯特指示簽派員扣留該地區所有的搜救犬，並向阿比林和米德蘭警方尋求援助。

「大家都是美國警察！」福斯特告訴她，手機還在他耳邊。「我要每隻該死的狗都來這裡尋找那個女孩。」

塔圖姆打電話給謝爾頓，概述了那封寄給哈利的電子郵件、該網站、手機訊號、茱麗葉Instagram的造訪者，過多的數位足跡有可能帶他們找到那個女孩，也或許不會。

三支手機的通話混雜成一場吼叫競賽，柔伊發現自己很難專注，這個女孩會在哪呢？

「女孩旁邊的盒子，」福斯特在她身邊小聲說。「是酸類毒物對嗎？就像那個物理學家說的，這個混蛋的第三個實驗是酸類毒物。」

柔伊咬住她的下唇。「是……有可能，但我認為不太可能。」

「為什麼？」

「因為那不會讓他興奮，他顯然很喜歡把女人活埋，讓她們窒息而死，將她暴露於酸類毒物中與他的喜好相距太遠，這需要具備的工程能力比他目前為止展示的更高。」

「所以……那是什麼？」

「是一個道具，」柔伊試圖讓她的說法聽起來篤定一點。「就這樣。」

「妳是——」

「影片停了，」塔圖姆突然說。「女孩不見了。」

「已經停了？」福斯特衝到螢幕旁。「頂多才十五分鐘。」

但塔圖姆是對的，女孩消失了，取而代之的是一片黑幕。

他坐在地下室，嘴唇揚起微微一笑，看著那個女孩掙扎著淚流滿面，她是迄今為止表現最好的，他選得很好。在挑選受害者時，有件事他事先說不準，那就是她們在箱內的反應，人們不會在自己的個人檔案上發布這種內容，但是她很完美，尖叫、掙扎，無助地睜大眼睛。

結果證明，將嘴堵住和把手綁住也是一項進步，他之前從未想過要這麼做，但這無疑使掙扎看起來更加……絕望。

「妳真的需要時間好好反省，」他對螢幕上的女孩輕聲說道。

影片下方的切換按鈕已標記為離線，他猶豫了一下。影片夠長了嗎？

再給他們看個幾秒鐘吧。

他從水杯喝了口水，哼著幾天前在廣播裡聽到的動聽旋律。

好的，夠長了。

他點擊切換按鈕。上線。

「又出現了！」里昂斯大喊。

女孩回到螢幕上。

「他似乎遇到了技術問題。」福斯特說。他再次與簽派員通話，調度前往去茱麗葉住處和母親家的巡邏車，並與前晚與她見面的朋友訪談。

「我認為這不是技術問題，」柔伊說。「有看見影片的播放時間嗎？影片從未停止過，這是故意的，他關閉又開啟了直播訊號。」

「為什麼？」

「這就是三號實驗的目的。」她說。「不是酸類毒物，他又在耍我們了。還記得那個物理學家告訴我們的嗎？疊加態。每次他停止直播，我們都不知道茱麗葉．畢曲是死是活，她同時處於兩種狀態，那裡放的酸類容器讓我們以為它隨時都可能開啟，增加我們的不確定性，讓我們懷疑她究竟是生是死。」

「或許他是來真的。」

「這不是真的。」

「好吧，」福斯特吐了一口口水。「給我一些我用得上的資訊吧，這張地圖很大，目前我有兩隻狗和一台爛透地雷達，才剛壞了，他們應該先去哪裡搜救？」

柔伊猶豫了。「有一個地理側寫公式，根據統計數據，罪犯每一次離家愈遠犯案，就可以計算出罪犯下一次可能襲擊的距離，這公式……高度不準確，並要求我猜測一些變量來預示他的心理狀態。」

「這聽起來很複雜，我們沒有時間，柔伊。」

「這並不複雜，只是一個估計。」她坐下來在筆記本上快寫，從記憶中回想起這個公式，她從未完全相信這個方法；她發現有太多罪犯在該公式預測的緩衝區外犯罪。她厭惡不精確。

但他們還是得有個起點。

「怎樣？」福斯特不耐地問。

「等等，」她暴躁地說，再一次看著這些變量，試圖檢視它們是否與之前犯罪的地域相吻合，或多或少，她可以在半小時內提出更好的估計，但現在……

「離他家六到八英里，」她說。「我得說，眼下我們可以將他家視為位於聖安吉洛中心，這似乎符合之前的犯罪現場。」

里昂斯已經在地圖上找到並向福斯特喊出地點，福斯特喋喋不休將位置報給簽派員，命令他們派遣搜救犬前往該處。

茱麗葉無法呼吸，那是她的第一個感覺，那感覺一直伴隨著她。如此徹底的黑暗擁有自己的質地，就像一種沒有重量的材質覆蓋在她身上，緊貼在她身上，永不放開。

她尖叫很久，幾乎快要吐了，她設法及時停下。嘴被塞住，她肯定會窒息而死。

無論如何她可能都會死。

如果完全靜止地仰躺，她幾乎可以想像自己身處在一個寬敞黑暗的房間裡，但是每一個動作都消除了這種想法，囚禁她的牆從四面八方逼近她，她上方的木板距離她的鼻子不到兩英寸，腳踢導致膝蓋和腳踝都受傷了。

她的嗓音嘶啞，褲襠又癢又濕，她早先尿濕了，膀胱裡的壓力難以忍受。

前一晚的記憶支離破碎，她跟蒂芬妮和路易斯一起出去了……記得他們開車載她，然後……？

感覺和影像的斷片像螢火蟲一樣閃爍，有一把刀抵住她的喉嚨，有人抓住她的手臂，一個陌生人汗水的酸味。

她再次尖叫，然後哭泣，然後讓沉默再次蔓延。

接著……傳來另一種聲音，那是什麼聲音？砰然作響的聲音？有一個穩定的砰砰聲，聽起來如此熟悉，但被關在這裡很難確認。

是貝斯的低頻聲，這是音樂的節奏，就在不遠的某處，有人在大聲聽音樂。

她再次使盡吃奶的力氣尖叫，感覺到自己的喉嚨失守了。

音樂消失了。

然後，她無法抑止自己嘔吐，嘔吐物充滿她的嘴，湧上她鼻子，阻塞了鼻孔，呼吸不到空氣。

「那是什麼聲音？」塔圖姆問。

「什麼聲音？」柔伊皺著眉問。這裡有不計其數的聲音，福斯特和里昂斯用手機交談的聲音此起彼落，還有一個輕便式的警方無線電，福斯特把它拖進戰情室，無線電在搜尋頻道時發出劈啪聲。影片已經閃爍了四次，每次閃爍都使房內的緊張情緒升高，他們都想知道訊號是否會恢復，或者這一次凶手會把訊號關掉。

「影片裡有聲音。」塔圖姆環顧四周。「福斯特！里昂斯！該死的閉嘴一下。」

他們照辦，福斯特關掉無線電，僅剩影片的聲音。茱麗葉在哭泣，還有穩定的低頻聲。

「是音樂，」塔圖姆說。

「有人在附近聽音樂嗎？」福斯特懷疑地問。「你認為她有可能根本沒有被埋起來嗎？」

「不，聽著——音樂正在消失，」柔伊說。

此刻茱麗葉透過被塞住的嘴開始拚命尖叫，低頻聲變得聽不見了。

「我認為那是一輛正在大聲音播放樂的車輛，就在附近，」柔伊說。「這名受害者被活埋的深度比其他受害者要淺得多。」

「很好，這對搜救犬有利。」里昂斯說。

「不太對勁，」塔圖姆繃緊神經，蹲在螢幕上。「你們看她。」

茱麗葉失控地反抗掙扎，塞住的嘴角口吐白沫，一滴液體從她一邊鼻孔噴出。柔伊瞥了一眼金屬裝置，想知道她是不是判斷錯誤，畢竟那是毒物，但它仍舊關閉，然後她意識到發生了什麼事。

「她吐了。」福斯特的聲音很緊張。「她窒息了，該死！」

無助的感覺是毀滅性的，他們唯一能做的就是看著女孩掙扎，眼睛睜大，喉嚨緊縮，她搖著頭，猛撞箱子的上蓋，擦傷了額頭。柔伊屏住呼吸，幾乎可以看出這女孩的可怕處境。然後茱麗葉的鼻孔噴出另一團液體，她停止了掙扎。女孩眨眨眼，鼻孔縮小又擴大，她在空氣有限的情況下設法找到呼吸的方式，她額頭上的傷口陣陣流淌著鮮血，但傷勢似乎並不嚴重。

塔圖姆緩慢呼了一口氣。「差一點。」

「不只差一點。」里昂斯啞著聲音說道。

「音樂，」塔圖姆說。「也許我們可以某種方式找到播放音樂的車輛，回溯他的路線，找到茱麗葉在哪裡。」

福斯特空洞地凝望。

「福斯特，你有在聽嗎？我們可以叫巡邏車去找一個把音樂播得很大聲的人——」

「去死吧。」福斯特已經在把玩他的手機了。「我們可以有更好的處理方式。」他把手機放在耳邊。「聽著，我要妳叫所有巡邏警官使用警笛喇叭開始大聲播放音樂，盡可能大聲，好嗎？如果他們行經她被活埋的地方，我們就可以聽見。沒錯。還要告訴他們選擇有貝斯低頻的歌，愈多貝斯低頻愈好，妳還要協調他們，不要讓他們播放同一首該死的歌。」

他打開無線電，無線電已經在發出簽派員傳達福斯特指示的劈啪聲，他對其餘的人笑了。

「我們可能真的有辦法找到她。」

# 第六十五章

茱麗葉的喉嚨刺痛，嘔吐物的味道讓她嘴裡持續有種令人反胃的感覺，她不太動了；沒有力氣動。她模糊地想著空氣是否已經耗盡，她是否終究很快就會死去。

她的頭隱隱抽痛，一滴濕潤的液體從額頭右側流下——她很確定是血，她很希望能把血擦掉。

她的肩膀疼痛不堪，因為手被向後綁住躺了好幾個小時，無論綁住她的是什麼，都讓她感到極不舒服的刺痛。起初她持續地動動手指，以確保血液能流到手掌，現在她無法留心在意這件事了，無論如何，她希望這一切結束。

她躺在那裡多久了？一定躺了好幾天，那砰然作響的低頻音樂，記憶似乎已經模糊不清，也許是她想像出來的。

彷彿是她腦裡喚起的錯覺，她又開始聽見音樂了，音樂現在聽起來不一樣了，尖銳又帶著靜電噪聲，很難聽。她閉上眼睛，找不到尖叫救命的力量，而且她擔心自己會再次嘔吐。

音樂消失，茱麗葉也不省人事了。

「每一秒的斷線，都可能會讓我們錯過巡邏車的警笛聲，」福斯特沉思地說。

影片已經離線三分半鐘——這是迄今為止最長的時間。如果凶手決定讓影片離線，茱麗葉可能注定命在旦夕，且誠如福斯特指出，即便他確實讓影片回復在線，他們也有可能錯過剛剛行經的一輛巡邏車。福斯特竭盡全力協調搜索行動，告訴巡邏車訊號一停掉就將巡邏車停在原地，但如今他們有十四輛巡邏車在大街小巷發出尖銳刺耳的聲音，控制起來變得很麻煩。

更糟糕的是，簽派員被電話癱瘓了。聖安吉洛市民對週日早晨的和平與寧靜被打擾感到不悅，因為許多輛巡邏車沿路以最大音量播放著嘈雜的音樂，人們不停撥打九一一，簽派員要接聽這些電話，還有碰巧看見茱麗葉影片、想干涉搜索行動的發狂民眾打來，都使他們的反應時間大大縮短。一小時前出現在警局的詹森警督正在試圖解決這個問題，但柔伊懷疑他是否改善了情況。

「回復了。」茱麗葉的影片再次閃爍在螢幕上，柔伊鬆了一口氣，她的眼睛閉上但胸部在起起伏伏——真是好不容易。

「有音樂，」福斯特說。「有聽到嗎？」

音樂聲漸遠，但他是對的，肯定有微弱的低頻聲，穩定而緩慢。

「那是什麼歌？」塔圖姆問。

柔伊豎起耳朵傾聽，試圖將那聲音與她所知的某首歌曲比對。「這……是饒舌歌嗎？」

「等等，」福斯特說。「我來問簽派員巡邏車播放的歌曲清單。」

「這是〈旋轉門〉！」里昂斯大喊。

他們都盯著她。

「古馳的歌。」她看著他們困惑的目光翻了個白眼。「你們是認真的嗎？你們是石器時代的人嗎？」

福斯特抓住輕便式無線電的麥克風。「簽派員，這裡是五一三，我們有沒有人在播古馳的歌？」

片刻的沉默。「五一三，這裡是簽派員，確認，是九〇二號搜救車。」

「收到，他的位置在哪？」

另一個男性的聲音響起，他的聲音伴隨著些微的靜電噪聲，無線電發出劈啪聲，「五一三，這裡是九〇二，我在緬甸南路，大約一分鐘後到達雅頓路。」

「收到，九〇二，在你的位置停車，你在播，呃……〈旋轉門〉嗎？」

「五一三，確認。」

「九〇二，這裡是五一三——我要你迴轉往回開，我會告訴你何時停下。」

「收到，五一三，我出發了。」

福斯特呼出長長一口氣。「簽派員，這裡是五一三。」

「請說。」

「將透地雷達和搜救犬分隊派到九〇二的位置。」

「五一三，在處理了。」

當簽派員與搜救犬分隊通話時，福斯特降低無線電的音量。

「好了，」他說。「他在哪裡？」

「那條路在這裡，」里昂斯指著地圖。「附近有一區圖利亞地塊，我得說這地區是很好的選擇。」

「很好，」福斯特說。「我們聽到音樂的時候，再來看看到我們的人員在哪——」

「訊號又停了，」柔伊說。

螢幕一片黑。

他的心狂跳，凝視著離線的切換按鈕，他的腦海突然轉過一個可怕的想法。

第一次聽到行經車輛的音樂聲時，他有些惱怒，意識到這是因為墓穴很淺，如果他把那個女孩埋得夠深，那就沒有任何事會干擾實驗，唯一的聲音就是她的哭聲。

第二次，音樂更大聲了，聲音裡的刮擦聲讓他的牙齒打顫，有人在大聲播放音樂，而且他們的播音系統爛透了。

他花了五分鐘才意識到自己想起這是什麼聲音了。

這是巡邏車音響系統的聲音，通常用於引導駕駛人在路邊停車，聽起來好像有人透過這系統在播放音樂，但他們為什麼要——

然後他突然醒悟過來，他們正利用聲音來尋找那個女孩，試圖從他那該死的影片中獲取關於她所在位置的反饋。

他中斷訊號，渾身顫抖，試圖告訴自己他只是在幻想，那只是個裝了爛音響、音樂品味又差的青少年開車經過罷了。

但他無法動搖自己的感覺——或許這不是幻想。

他從他的手機聯絡人搜尋到理查．魯索警官，魯索的綽號叫迪克，是他的朋友；他們有時會一起出去喝啤酒，他撥打那個人的電話。

迪克在響了三聲後接聽電話，背景中充滿刺耳的噪音，是嘈雜的音樂。

「迪克！」他說。「你好嗎？」

「嘿，老兄，」迪克回答。「我等等再打給你——」

「聽著。」他打斷迪克。「我昨天買了兩塊牛排和半打啤酒，我想知道你想不想過來吃個午餐。」

「我無法。」迪克幾乎要大吼大叫才蓋得過那響亮的音樂聲。「我現在在值班，他們把我們所有人叫來，那個連環殺手又活埋了一個人，我們正在找她。」

「噢，什麼鬼，太可怕了，那是什麼音樂？你們是在夜店裡找她嗎？」

「不是，老兄，簽派員叫我們播的，他們不知為何希望播音樂能幫助搜索。」

「噢。」他想搭腔，但是他的喉嚨緊縮，所有回話都從腦海中消失了。

「牛排要下次再吃了好嗎，老兄？」

「當然，祝你好運了，迪克。」他掛斷電話。

他徹底搞砸了，他們已經從影片聽見其中一輛巡邏車的廣播，他們會找到地點。他試圖回想前一天晚上，這個女孩有看見他的臉嗎？或許有，或許沒有，他祈禱她沒有，她當時六神無主，而且——

筆電。

還放在犯罪現場，並連接到攝影機，他們在筆電上找不到任何犯罪跡證——他只是拿來播影片，但是鍵盤上可能有指紋，而且他最清楚的是，鍵盤是皮膚細胞、指甲、麵包屑的大量積存處，這些物質都帶有他的DNA。

他的第一直覺是拿起包包向南行駛，他將在三小時內到達邊境，然後穿越墨西哥。

不，不要驚慌，仔細思考。警察找到那個女孩之前他還有一段時間，影片的訊號有延遲，需要花費一些時間才能找到確切位置，他能在他們之前趕到那裡，拉出筆電帶走。

他衝向大門，分秒必爭，如果他到達那裡，也許還可以挖出一個淺淺的墳墓，勒死那個女孩，等到警察到達她所在的位置時，不會有任何證據牽連上他。

# 第六十六章

每過一秒鐘，柔伊的心就下沉一些，影片是六個小時前開始播放，距離停止播放已經有三十七分鐘。到目前為止，兩支搜救犬分隊已經到達該地區，一無所獲，希望訊號恢復的希望已經完全消失，凶手認為他們已經看夠了，茱麗葉在他們腦中既活著也死了。

「我們來假設，如果影片不是直播，」福斯特說出了柔伊的憂慮。「會有一小段延遲，希望不會超過幾分鐘，我們應該要確定九〇二的行車路線中最有可能的區域。」

他拿了一支麥克筆，在十字路口附近畫了一個圓圈，巡邏車就停在這個十字路口。「這是他抵達的地方，他從八十七號高速公路一直開到緬甸路，在那之前，他是從漁夫湖開上八十七號高速公路的。」福斯特畫出路線，路線穿越了他們標記為易於挖掘地區中的某些區域。

「我認為你可以略過這邊的所有區域。」塔圖姆指出這條路線的北部。「太靠近葡萄溪了，他不會在太靠近人口稠密的地方挖掘。」

「我也正好這麼想，」福斯特說。「那剩下的區域呢？」

柔伊低頭看著她的塗寫頁，在過去一個小時裡，她一直在琢磨羅斯莫公式的變量——用於地理側寫的公式，她設法確定了一組對妮可和瑪莉貝兒都有效的變量，根據她對凶手心理狀態的估計，她可以稍微改變一下數值。

他對他的第三名受害者有多自信？

她想到哈利的電子郵件，短短一句話，缺乏上一封電子郵件的盛怒，語氣幾乎是自鳴得意。他非常自信。她草草記下一些數字。

「我們有符合距離他家八到十英里的區域嗎？」她問。

「妳之前說六到八，」福斯特指出。

「我跟你說過這不準確，」她煩躁地說。

「嗯……這會完全排除湖邊的道路，還有緬甸南路。」

他們都仔細查看了地圖。

「所以要不在這裡……要不這裡。」里昂斯指出緬甸北路上的兩個挖掘區域。

「要猜猜看嗎？」福斯特問。

「南部那區，」柔伊說。「這不是圖利亞土——這是一種不同的土壤，耶米洛夫博士說過這種土壤可以進行挖掘，但並不理想。」

「所以？」

「他把她埋在一個淺淺的墓穴裡，一定有他的理由。」

福斯特一把抓住輕便式無線電的麥克風，柔伊聽著他開始協調調度，心中感覺麻木。她祈禱自己的判斷正確。

他在途中開過三輛巡邏車，到達地點時他的心如蜂鳥般怦怦跳動，下車時他緊張地左顧右盼，現在被發現的話一切就結束了。

他是如此緊張不安又頭暈目眩，以至於花了幾分鐘才找到那女孩被活埋的確切地點，他正沮喪地抽噎起來，才終於看見那個位置。這是最糟的狀況，但諷刺的是，他因警方無法找到受害者而嗤之以鼻，卻因同樣的問題而受挫。那裡便是確切地點了——他看見那難以察覺的記號，小卵石散落在沙子上，土壤坡度略不平整。除了他，沒人可能找到這裡。

筆電和一次性手機放在坑洞旁覆蓋著沙子的袋子中，他從電纜上拔下筆電電源，將手機關機，扔進廂型車的後座。他這麼做的同時，焦慮感減輕了。

現在輪到那個女孩了。

來到這地點的路上，他設法說服自己她肯定有看見他的臉，在警察找到她之前，他必須處理掉她。

他從廂型車後座抓起鏟子，插入土中，他知道墓穴很淺，他可以在幾分鐘內就挖到箱子。

他無意將箱子完全挖出，他只需要一道通向箱子的狹窄孔洞。

一鏟接著一鏟，土裡的坑洞愈來愈深，豔陽高照，烈日炎烈，他渾身被汗濕透，脖子後方因日曬而刺痛。他的動作急促又敏捷，因恐懼和憤怒而燃燒。

鏟子重擊在木箱上，他挖出更多沙來擴大洞口，箱子的棕色表面顯露了出來。

她開始透過塞住的嘴發出尖叫，他腦中任何關於那女孩已死的希望皆已消散。

他跑回廂型車上，將鏟子放回去，然後拿出一把長柄大鐵鎚，慶幸自己有把它放在廂型車上。他把鐵鎚拖回坑洞處，他的肌肉痛苦萬分。

只需要對箱子頂部揮擊兩三次即可，這個女孩的頭就在木板下。

他舉起鐵鎚要揮動，角度很尷尬，他在最後一刻扭到手，肩膀幾乎要脫臼。錘子打到木頭旁邊，力道不大，幾乎連擦過表面都沒有。

他又揮動一次鐵鎚，女孩瘋狂尖叫起來，這次打到沙地。該死的！洞太窄了，很難揮動。

他移開錘子，嘗試另一種策略，拿了鐵鎚用盡全力垂直向下槌砰。

一塊大木頭被敲飛，在空中翻滾。這方法更好，這麼做可以搞定。

砰。

又一個凹痕，很好。

砰。

他滿頭大汗，手臂直發抖，只要再槌個幾下，他就——

然後他聽見了，是警笛聲。

他拿著鐵鎚瘋狂地一次又一次槌下。

砰。砰。砰。

但木頭太硬了，如果多個幾分鐘，他就可以搞定，但是他們愈來愈接近了，他必須逃跑。

他放聲大哭，跑回廂型車上，拉開車門跳上車，鐵鎚的把手塞在他胸口讓他很痛，他啜泣著努力把鐵鎚移開好發動引擎。

他無法照原路回去，他聽見警察從那個方向鳴笛，知道他們正在朝他這方向的泥土路上疾馳。他改而向前行駛，廂型車在碎石上搖搖晃晃，隨著他加速駛離，車體嘈雜地咯吱作響。

「五一三，這裡是九〇二？有收到嗎？」

巡邏員警的聲音在震動，彷彿正在奔跑，他直接跟福斯特通話，無視簽派員的存在，在如此沉重的壓力底下，每個人都心知肚明同袍間的禮儀也是必須臣服妥協。房間裡的每個人都保持沉默，福斯特回答時，柔伊的目光緊盯著他。

「這裡是五一三，繼續向前開。」

「我來到二十二公里處，」巡邏員警說。那裡是他們派遣搜救犬分隊到緬甸路北部的所在地。「這隻狗很用力在拉扯，地上有新的輪胎痕跡。完畢」
「九〇二，這裡是五一三，你要前往哪個方向？」
「五一三，這裡是九〇二，我們要向西前進。我……等等。」他停頓一下。「前方有一個坑洞，有人在這裡挖洞。」
柔伊和塔圖姆交換了一個表情。
「坑洞為什麼沒有蓋起來？」柔伊喃喃自語。「我覺得不妙。」
「九〇二，謹慎行事，」福斯特說。「嫌犯可能正在附近。」
「收到，五一三，我們正在接近坑洞，狗正直奔坑洞。」
他們等待著，時間一分一秒流逝，精神緊繃到難以承受。頻道上的其餘人保持靜默，所有無線電裡的聊天聲都因調度而消失無蹤，其餘的巡邏車都在傾聽。
「五一三，這裡是九〇二，我們抵達坑洞了，這裡肯定埋了什麼木製物體。」
「九〇二，這裡是五一三，你能聽見女孩的聲音嗎？」
「無法，進行開挖。」
「她可能沒氣了。」塔圖姆說。
「或者裡面還是有酸類毒物。」里昂斯說。
「沒有酸類毒物。」柔伊咬緊牙關，希望自己的判斷是正確的，面對一具被酸灼死的屍體將會令人崩潰。她試圖說服自己相信她是對的，但她無法，她無法得知凶手真正的想法。
「九〇二，這裡是五一三。」福斯特說，但沒有繼續說下去。
當然了，他能說什麼？*挖快一點？讓我們知道發生什麼事了？*
他們唯一能做的就是等待。

世界一片模糊，茱麗葉頭暈目眩，疲憊不堪，瀕臨昏迷。她全身痠痛，可以聽見上面傳來隱約的聲音，她知道自己應該在意那些聲響，這可是性命交關之際，但她無法發出聲音，甚至動彈不得。她回想起昨晚的生日派對。

如今她想來，叫服務生不要端上蛋糕和蠟燭似乎是一個可悲的錯誤，她應該接受的，那會很美妙吧，甜甜的巧克力，閃閃發亮的光芒，她的朋友們對著她唱歌。她希望自己能回到當時實現這份心願，她想告訴蒂芬妮她有多麼感謝他們來幫她慶祝生日。

她希望自己能抱抱湯米，親親他的鼻子，聽見他的笑聲。

她上方有什麼在刮擦著木頭，那是什麼？

然後是光線，亮到極致，她閉上眼睛，將臉轉到一側，感到有些驚奇。一陣風，新鮮的空氣，她深吸一口氣，感覺到了些……什麼，一種遼闊無限的感覺，她甚至無法處理那份感受。

「嘿，妳還好嗎？妳可以移動嗎？噢天啊。」

有手在她臉上，取出塞在她嘴裡的可怕的堵塞物，她一個字也說不出來，但她從嘴裡深深吸了一口氣。

身邊傳來一陣聲音。「五一三，這裡是九〇二，我們找到那個女孩了，她還活著。」

# 第六十七章

茱麗葉躺在白色的醫院病床上，意識有點模糊，四肢沉重無法移動，她很難長時間專注於任何事，被困在全然的黑暗中後，房間裡的色彩和光線有些不堪負荷，她一直閉眼休息，然後突然張開眼睛，擔憂眼前的一切可能全部被奪走，她又被丟回那個箱子。

警方告訴她，她在箱子裡待了八到十四個小時，但她知道他們弄錯了，她在裡頭待了好幾天，事實上她好幾次堅持這個說法，緊緊抓住女警探的手腕希望她理解，然後他們給了她一些藥。現在似乎沒有什麼事特別重要或緊迫了，她的意識迷離，時好時壞，彷彿一時將腳趾浸入冷水池中一樣，她只在護士關燈的時候警覺起來，他們會重新將燈打開，因為她無法停止尖叫。

她媽已經守著她好幾個小時，並且答應隔天要帶湯米來。她離開後茱麗葉鬆了一口氣，她母親的個性是在承受壓力時會不停說話，她把茱麗葉弄得筋疲力盡。

現在又有人在她房間裡，是曾經跟她談過話的女警探和兩個陌生人，向她介紹他們是葛雷探員和柔伊．班特利。茱麗葉不確定柔伊是聯邦調查局探員、或是警探、還是什麼其他職位，但詢問她的身分也許有些不禮貌。

「茱麗葉，」柔伊說。「我們希望妳可以試著想起更多有關這次遭遇的過程，這真的很能幫助我們抓到這麼對待妳的人。」

想起。現在她不想思考那些事。「我告訴警探了……記憶全都消失了，我記得我回到家，但是後來……」她輕輕搖搖頭。

「妳被下藥了，」葛雷探員說。「他給妳吃了ＦＭ２，短期記憶缺失是該藥物常見的副作用。」

茱麗葉眨眨眼。「ＦＭ２？那不是迷姦藥嗎？他有——」

「他沒有，」柔伊迅速說道。

她怎麼知道？她睡著時他們是否有對她做過什麼體檢？一想到那個男人碰過她，她的皮膚就一陣雞皮疙瘩，淚水模糊了她的雙眼。

「我什麼都不記得了，我不知道該怎麼跟妳說。」她的口齒不清；談話竟是如此困難，她希望他們能離開。

「即使是最微小的細節也對我們大有幫助，」柔伊說。「妳還記得妳被載回家，對嗎？」

路易斯和蒂芬妮坐在前座，路易斯的手放在蒂芬妮裙下。「對。」

「妳到家了，然後呢？」

「我……走到門口。」

「妳記得自己有打開門鎖嗎？」

她有嗎？她握緊拳頭。「不……我不這麼覺得，但是我記得門是開的，我有向蒂芬妮揮手道別。」

「然後妳做了什麼？」

「我去了廚房。」

「為什麼？」

「我想我渴了。」不，不是這樣，她需要小解，而且她在酒吧裡喝了很多酒。「我不記得了，也許我去了洗手間。」

「妳沒有。」柔伊的聲音很急切。「妳走去廚房，為什麼？」

「我……我不記得了。」淚水從她的臉頰流下，她的嘴唇在顫抖。

「柔伊，」葛雷探員對那個女人輕聲說。「她不記得了，FM2——」

「不要用妳的眼睛思考，」柔伊告訴茱麗葉，俯身靠近她，她如此逼視她，讓茱麗葉想逃。「用妳所有的感官來思考，妳聞到什麼？感覺到什麼？妳聽到什麼？」

「我不知道。」茱麗葉破聲了。「什麼都不知道！」

「警察去妳家的時候門是開著的，妳有關上門嗎？」

「我一定有關上。」

「妳記得妳有關上嗎？」

「我……」

「柔伊，」里昂斯警探堅定地說。「茱麗葉才經歷過很多事，而且——」

「妳的手臂有瘀傷，」柔伊說。「有人抓著妳。」

自茱麗葉獲救以來，她見到的所有人都非常友善，對她充滿同情心，但是這個女人似乎顯然很討厭她。

「汗味，」茱麗葉脫口而出。「我記得有汗味，一個陌生人的汗水味。」

柔伊向後一靠。

「還有我的喉嚨上架了一把刀，我認為那是一把刀，他……他強迫我走去廚房。」

「妳有看到他的臉嗎？」

「沒有，他站在我後面。」

「妳走進廚房的時候，窗戶就在妳面前，在晚上有開燈的情況下，妳會看見他反射的倒影，妳還記得妳有看見嗎？」

茱麗葉想起那晚，但她的回憶像霧一樣成為泡影。「不記得了，我只記得那把刀，還有他的聲音，聽起來好像在嘲笑我，我不知道該怎麼解釋——他有種……」她努力尋找出一個形容詞。

「自以為是？」柔伊問。

「對。」茱麗葉呼出一口氣。「他有種自以為是的感覺。」

柔伊的嘴唇揚起微微一笑。「謝謝。」她捏住茱麗葉的手。

茱麗葉扯開她的手，她討厭這個女人，討厭她強迫她回憶的方式，她一語不發，只是怒視著她，但柔伊似乎並不介意，她可能根本不在乎茱麗葉的感受。

# 第六十八章

晚上九點半，柔伊意識到她自從早餐之後就沒有好好吃過一頓。發現茱麗葉生還的時候，里昂斯幫每個人買了甜甜圈慶祝，柔伊吃了一個，離開醫院的路上，她從自動販賣機買了一條士力架。

她坐在旅館房間裡，犯罪現場的照片散落在床上，她手裡拿著筆記本，數十個想法隨意塗寫在頁面上，需要徹底調查。

她飢腸轆轆。

她嘆了口氣，把筆記本放在床單上。她拿起手機，點開最近的來電，滑動尋找喬瑟夫的電話，正要點下去，手指卻停了下來，不安定地懸在手機上方。

喬瑟夫是個好人，她喜歡和他出去，和他再共度一個晚上很誘人，但是她也知道這無濟於事。

當時她需要分心，她擔心安德芮亞擔心得要命，她需要一些事，任何事都好，來擺脫羅德．格洛弗跟蹤她妹妹的想法。她約不到塔圖姆，他仍然因為……某些原因在生她的氣。但現在，跟喬瑟夫見面只是打發時間的一種方式。

與塔圖姆共進晚餐就不同了。她努力想弄清確切的理由是什麼，也許是因為他們一起共事，儘管她過去也曾與別人搭檔過，但她不確定之前是否有同樣的感覺。他生她的氣時讓她很困擾，她通常不會在乎別人對她有什麼看法。

他們吵架過後從來沒有真正說開，如今薛丁格案和與安德芮亞的緊急事件已將矛盾沖淡，這樣處理是最好不過了。

難道不是嗎？

也許這起事件本來就該宣告結束比較好。她曾經試圖道歉過一次，但塔圖姆當時還很生氣，也許她設法彌補但搞砸了整件事，是時候再道歉一次了，然後他們可以一起吃晚餐，因為她餓了。

她離開房間，走向塔圖姆的房門，她敲敲門，過了一會兒，她聽到他昏昏沉沉地說，「等一下。」

當她等待時，思緒回到最後的犯罪現場，那裡當然與前幾處不同，出於某種原因，裝著女孩的箱子沒有完全蓋住，網路電纜沒有被剪斷，只是斷開連線。為什麼凶手改變了他的犯罪模式？

當然，連環殺手會一直改變犯罪特徵和犯罪手法，這是幻想演進的一部分，每次謀殺，每次迭代，他們都會根據他們的經驗和需求對犯罪手法進行微調，所以他為什麼要讓棺材的部分暴露出來呢？她皺了皺眉。

門開了，塔圖姆站在門口，昏昏欲睡地眨著眼睛，他的襯衫有點皺，頂著一顆爆炸頭。

「我穿著衣服就睡著了，」他說。「我想我太累了。」

「我知道你的感覺，」柔伊喃喃道。「聽著……我想……」

為什麼攝影機會被斷線？凶手當然想得到活埋女孩的整支影片，不僅是其中一小段。

「妳想怎麼樣？」塔圖姆問。

她看著他，思緒在旋轉。

「凶手，」她說。「他發現我們快找到她了，這就是為什麼他斷開攝影機的原因，這就是為什麼……噢！他試圖把她挖起來殺害她，這樣她就無法提供我們任何線索了！」

「我想這是有可能的。」

「我敢肯定！」她與他擦身而過，進入他的房間，興奮地來回走動。

「怎麼不進來坐坐？」塔圖姆揚起眉毛，關上了門。

「就像你說的，他沒有槍，」柔伊說。「否則他就會穿過上蓋射殺茱麗葉了。」她的心臟在胸口跳動。

「所以……他為什麼沒完成該做的事？」

「他一定是聽到警察來了，驚慌失措地逃離，他們一定差了幾分鐘跟他錯過。」

「妳想吃點東西嗎？」塔圖姆提議。「我有點餓了。」

她瞥了他一眼。對，這就是為什麼她會來這裡，就是為了吃飯。「好主意，我們點個披薩之類的，我想要透徹把這個環節徹底想清楚。」

# 第六十九章

他在地下室坐了好幾個小時，靜靜等待，腦中想到無數種行動計畫，還有恐慌的想法，他的身體一動也不動，但這些思緒卻在他腦裡旋轉攪動。警察每秒鐘都可能闖入他房子，也許有人在警察出現前幾分鐘就看見他的廂型車駛離墓穴所在地；也許那個女孩看見了他的臉，然後鉅細彌遺地描述他的長相，詳細到連最爛的素描繪師都能描繪出一個還過得去的形象。

他一直都知道機率不利於他，畢竟他幾乎從未試圖保持低調過，最終他會失誤或遺漏了某事，然後被逮到。

但是會這麼快嗎？

他在地下室桌上放了一張清單，上面列出他計畫中所有實驗的編號清單，且這個清單正在逐步升級，他一完成實驗就會劃掉那一項。共有二十項實驗。

他搞定了兩項實驗，搞砸了第三項。

他怒不可遏地抓住清單，將清單撕碎，把碎紙掐在拳頭裡。

然後他繼續等待。

他凝視著那女孩未拍攝完成的影片，但他心不在焉，他一直在想像聽見樓上傳來腳步聲，特警隊就在地下室門外，他們很快就會破門而入大喊「行動、行動、行動」，也許會在人馬擠滿房間前先投擲一枚閃光彈擊暈他，然後將他猛然摔在地板上，雙手架在身後。

最後他緊張到再也無法忍受，便撥電話給他的警察朋友迪克。

手機開始撥號。迪克人是不是現在正在警局，向周圍的警察用嘴形說話，是這樣嗎？也許他們正瘋狂地奔走找人追蹤這通來電，告訴迪克自然一點說話。他幾乎可以感覺到心臟跳到喉嚨口，差點就要掛斷電話。

「嘿！」迪克接聽電話時聽起來很開朗，太開朗了。這可能是一個陷阱，他們知道了。

「嘿。」他說，試圖保持聲音穩定。「今天怎麼樣？」

「我們找到了那個女孩，還活著！她受到了驚嚇，但安然無恙。」

「太棒了。」

「還用你說！我本來確定最後又要找到另一具屍體了，我難得會覺得當警察真是一件好事。」

「想吃牛排慶祝嗎？」他問，阻止自己問出那快要脫口而出的問題：她有看見他的臉嗎？

「不了，對不起，我累死了，我該死的一整天都在保護現場，下週如何？」

「當然，那女孩還好嗎？」

「還好，不過什麼都不記得了，我猜是因為受到驚嚇，醫生說記憶之後可能會恢復。」

他閉上眼睛。迪克可能是在敷衍他……但他很不擅於說謊，他記得有次他們要為迪克的太太舉辦一場驚喜生日派對，他整天都坐立難安。

「希望如此了。」他說，意識到自己延長了這段靜默。

「我會堅守牛排的承諾，好嗎？」

「如果你有帶啤酒來的話就可以。」

「我不是每次都會帶嗎？」迪克笑了。「掰啦，老兄。」

「再見。」

他將手機放在桌上，掌心出汗。他真的脫身了嗎？

目前顯然如此。

但這是遲早的問題，這個女孩可能會想起，或者他們會比對出墓穴地點的輪胎痕跡符合他的廂型車胎，或者他們會發現搜索行動有人跟他通風報信，因此開始訊問所有人，問他們跟誰交談過，而迪克會說，「我沒跟誰說過，我能跟誰說？噢，對了，我想起來了——可能沒什麼，但是……」

他鬆開左拳，那殘破皺摺的實驗清單還在他掌中。他想繼續進行實驗，在他們逮捕他之前，他還能進行多少次實驗？兩次？三次？五次？

一次？

他要讓這一次值回票價。

清單上的第二十號實驗會是他的傑作，一次能讓他名留青史的傑作，他可以略過當中一些實驗，他必須購買一個訊號放大器才能成事，但他已經研究過了，他知道去哪裡買，隔天就能寄出。

也許這次他能找到一名讓他成為傳奇的受害者。

# 第七十章

## 德州聖安吉洛，二〇一六年九月十二日，星期一

週一早晨，警局裡持續不斷的喧鬧聲使塔圖姆想到一群憤怒的蜜蜂，前提是蜜蜂要能一直喝咖啡，對著電話大吼下達指令，然後沿著走廊迅速步行，一邊喃喃自語。在某種意義上，有些工作就是得做，如果你沒有把工作完成，你最好該死的要確定自己可以有事可做，或者至少找事裝忙。

據塔圖姆所見，警方全體現在的任務是尋找薛丁格殺手，而不重要的竊賊、家暴的丈夫、毒販和酒後駕車的人都多了一天能免於警方盤查，可以隨意違法，除非你剛好活埋了一個女人，否則聖安吉洛警方才懶得管。

官方說法是由詹森負責該項行動，但正在發生組織結構上的變化，德州公共安全部已加入這場混戰，德州騎警在部門裡閒晃，其中一名頭髮斑白的矮胖男子正在慢慢控制調查走向。詹森對突如其來的政變顯得束手無策，塔圖姆猜想，在公安局正式介入之前，他們最多只有一兩天時間。

同時，福斯特才是真正主導調查的人，他派人徹底查看監視錄影畫面，和那晚在派對見過茱麗葉的目擊證人，審閱未來可能受害者的社交媒體個人檔案，想到什麼事就著手處理。

他們取消晨會，沒時間光說不練了，現在是採取行動的時候，要開會可以之後再開。此外

詹森也思緒不專，因為早上九點有一場記者會，而公安局的大頭打算讓他加入。聖安吉洛的市民——其實是整個德州，所有人都想聽見警方高效辦案，即時搶救了美麗又英勇的茱麗葉．畢曲，那正是塔圖姆那天早上在廣播中如實聽見的描述：美麗又英勇。

塔圖姆發現自己很難集中精神，他的辦公桌在福斯特對面，每隔幾分鐘就會有人走近福斯特，經常靠在福斯特的辦公桌上，當他們報告他們的發現或者提出疑問時，屁股就會對著塔圖姆。辦公桌間狹窄的通道確保了他們的臀部通常距塔圖姆頭部只有幾吋距離。那天早上他見過太多臀部了，有各種模樣和形狀，那不算他喜歡的差事。

又一顆屁股對著他，他咬咬牙，這顆屁股的主人是一名穿著制服的警察。他繼續閱讀犯罪現場報告，這次他們有更多環節需要調查。

茱麗葉．畢曲被埋在一個幾乎與之前相同的箱子裡，一只印有骷髏頭和骸骨圖案的金屬裝置被安置在一個角落——假定此為盛裝酸類毒物的容器。容器是空的，沒有連接任何裝置——是一個道具，就像柔伊的直覺一樣。塔圖姆在當中看見了扭曲的意識，所謂的「實驗」涉及不斷開啟和關閉訊號，訊號離線時留予觀看者懸念，但缺乏逼近的威脅就不會有足夠的懸念。

一些凹痕和刮痕損傷了箱子的木蓋，有一道凹痕有零點六吋深，其形狀表明是由一把沉重的工具，一把不鋒利的長方形刀刃所造成，與警察用來挖掘箱子的鏟子形狀不符。工具差點穿過上蓋，上蓋的厚度剛好厚於一吋。

塔圖姆想像著凶手，一個陰沉沒有臉孔的人，用一把沈甸甸的工具猛擊上蓋，企圖在警察趕到之前敲碎上蓋並殺害茱麗葉．畢曲。

與之前的案件相同，他們在箱子外部沒有發現指紋、頭髮、纖維或類似物質，內部則充滿指紋、斷甲、血液和皮膚細胞，這些可能全都屬於受害者。所有發現都已經送交實驗室化驗。

他們在沙地上發現了輪胎痕跡，有些顯然是最近留下的，他們將部分輪胎痕跡與妮可・麥迪納犯罪現場發現的類似痕跡相比對。

箱中紅外攝影機接出的電纜這次沒有被剪斷，電纜從沙裡伸出，他們在塑膠插頭上發現了一枚指紋，已經透過ＡＦＩＳ（自動指紋識別系統）進行比對，但指紋不完整且有汙點，比對不到相符的內容。

與普遍看法相反的是，指紋識別並不是一種神奇的鑑識方法。提供一兩枚狀態良好的指紋，系統可能會在幾小時後吐出一長串可能的符合項目，但指紋有汙漬的話結果就僅止於此，資料庫實在太龐大了。

儘管如此，塔圖姆還是在腦裡記下這一點，他有一個想法留待之後再驗證。

箱子被埋在地表下約三英尺處，箱下是一個凹陷的中空空間，這就是凶手為何無法像過去一樣深埋茱麗葉的原因，如此幸運的巧合是茱麗葉如今還活著的唯一原因。

還有幾張犯罪現場的照片，塔圖姆希望有人在開始挖掘之前就拍下照片，但是當然他們的注意力放在其他地方，連柔伊這次都沒有埋怨這件事。這個位置比過去更加偏僻，位於一大片用圍欄圈住的私人土地中，凶手可能打開籬笆上鎖住的門，然後開車駛過，門上許多指紋已比對與開啟大門的警官和住戶相符。凶手車輛的輪胎痕跡延伸至圍欄的另一段，該段已被人用鋼絲鉗剪斷，到處都採集不到任何指紋。

他們離逮到他還差多遠？

塔圖姆無法擺脫那些「可能可以」、「應該可以」和「如果當初有」的想法，這些想法總在這樣的時刻如影隨形，他讓自己漂流在一場白日夢中，夢中他們在緬甸路設置攔檢，連環殺手被逮捕了，聖安吉洛市民遊行慶祝——

一顆屁股擦過他的肩膀。

「糟糕，抱歉啊。」年輕的警探道歉，向福斯特的辦公桌靠近了一些。

塔圖姆起身大步走到室外，不知何故，烈日竟比警局內開著空調的混亂更加怡人。

他掏出手機，打電話給他獨一無二的私人分析師，莎拉・李。

「塔圖姆，我不是你的私人分析師，」她接起電話時說。「我在這裡有真正重要的工作要做。」

「這就是我欣賞妳的特點——妳多工處理的能力，最厲害的是還要照顧狗，順道問一下，葛蕾絲還好吧？」

「葛蕾絲很好，塔圖姆。」她試圖在回話中掩藏她的笑意，但不太成功。「你要幹嘛？」

「我拿到一組指紋。」

「我想你是說你拿到了十枚指紋，指紋通常就是這樣的。」

「來自犯罪現場。」

「去自動指紋識別系統比對啊，你很快就會得到結果。」

「這是枚爛指紋，自動指紋識別系統無法比對到。」

「你要我怎麼做？」

「妳還記得洛杉磯的克勞斯案嗎？大概……三年前的事吧。」

她花了片刻時間來回憶。「噢，對，銀行搶案，對吧？」

「對，我們當時掌握了兩枚殘缺的指紋，妳施了神奇的魔咒，將指紋比對到一件類似的犯罪案件。」

「這才不是什麼魔咒。」

「妳把它混入了女巫的大鍋裡——」

「塔圖姆。」

「然後加入蠑螈的眼睛和一些小精靈的粉末，然後翻開妳的咒語書——」

「根本不是這樣。」

「然後念了神奇的咒語——」

「我只是在一個小一點的資料庫上進行比對罷了。」

「好吧。」塔圖姆笑了。「這對我來說就像魔法一樣啊，妳可以用我的指紋來比對看看嗎？」

她嘆了口氣。「我當時所做的是將指紋與過去三個月在該地區其他搶劫犯罪現場發現的指紋進行比對，你可能還記得，就算在那時，我還是搜出一堆錯誤的比對項目。」

「還有一組對的，」塔圖姆指出。

「對啦，好吧。」

「妳能用我的指紋來比對過去十年發生在德州的犯罪案件嗎？」

「那是你對小資料庫的定義嗎？」她問。「那樣我永遠比對不到。」

「好吧。」他猶豫了。「比對過去三年，限於聖安吉洛。」

「嗯。」她聽起來沒有太興奮。「這需要花點時間處理，而且你知道，有人真的需要我幫他們處理事情——」

「但他們沒有一個比我帥。」

「那是你有所不知而已，我會看看能幫你什麼。」

「謝了，莎拉，妳真的太強了。」

「對啦，對啦。」她掛斷電話。

塔圖姆微笑著將手機滑入口袋，他按了一下手機，將汙損的指紋圖片寄給莎拉，然後由於他不想忍受進行中的屁屁遊行，因此決定去附近買杯咖啡配三明治。

他返回警局的停車場時，莎拉的電子郵件已進了收件匣，他用手機閱讀郵件，為了吹冷氣沒有將車熄火。有七份犯罪報告可能相符，其中三起是與幫派有關的槍擊事件，兩起非法闖入，一起汽車竊盜和一起強姦案，這些檔案都沒有詳細訊息，只有名稱和本地案件的檔案編號。

他走進警局，彎腰趴在福斯特的辦公桌上，將屁股對著他的空椅子。

「我拿到一些比對指紋的結果，」他說。「有一起是強姦案。」

「真假的？」福斯特緊張起來。「你有拿到名字嗎？」

「德瑞克．伍達德。」

福斯特的肩膀垂落。「那個混蛋，他被關在監獄裡，我們因一連串性侵案件逮捕他，他鎖定的是退休老人。」

「該死。」塔圖姆不顧心中的失望之情。「好吧，我這裡還有其他六件比對結果。」

「我們來看看。」

他們查看清單，檢視了案件檔案編號。另外的三人被監禁，一人死亡，一人背後中槍，現在正在坐輪椅。

剩下僅有的兩起案件是汽車竊盜和其中一起非法闖入案件，儘管沒有人因這起汽車盜竊案被捕，但其中涉及三名犯罪者，他們砸碎其中一輛汽車的窗戶並開車去兜風，最後將車棄置在聖安吉洛市外，輪胎全部洩氣。該案發生在九個月前，而塔圖姆想不出還有什麼案件像這個案子一樣不太可能涉及這名凶手。

另一個案子塔圖姆認為是非法闖入，四個月前有人試圖闖入當地的加油站，窗戶被砸碎，警報聲響起後犯罪者逃逸無蹤。這起案件也不大可能與此案相關，但是案件檔案中指出，此一不明人士在試圖闖入時被監視錄影機拍到，真實的畫面已經遺失，該指紋沒有在自動指紋識別系統上搜尋到相關比對。

「我會去查看看，」塔圖姆說。

「我可以派人去查，」福斯特回答。「你不用麻煩。」

塔圖姆環顧四周，忙碌又憤怒的嗡嗡聲幾乎令他難以忍受。「沒關係，我很需要休息一下。」

# 第七十一章

加油站位於聖安吉洛郊區，塔圖姆停車時，那裡除了他只有另一台車，一個女人站在加油泵旁加油，三個孩子坐在後座，她似乎已經疲憊到精疲力竭的地步，不理會她的孩子們從後檔玻璃對著她扮鬼臉。塔圖姆向她微笑致意，試圖表達他的同情之意，然後他走進加油站的商店。

一個瘦小的男人站在櫃檯後面，塔圖姆走近他時，他打了一個嗝。

塔圖姆抽出他的識別證。「聯邦調查局葛雷探員，我想問你關於——」

「嗝。」

塔圖姆眨眨眼，那嗝不知何以打得劇烈又唐突，打斷了他的思路。「呃……我想問你關於企圖——」

「嗝。」

「抱歉，嗯，你想去喝點水嗎？」

「不用，」那人說。「嗝。」

「可能對你的打嗝有幫助。」

「無法。」

「好吧。」塔圖姆將拇指勾在他的皮帶上。「我想問你四個月前發生的企圖闖入事件，那時你在這裡工作嗎？」

「嗝，是。」

「據我所知，試圖闖入的那個人有被攝影機拍到。」

「對。」該名男子指著一個分割成四個畫面的螢幕，螢幕顯示了加油站的監視錄影畫面，其中兩個畫面顯示商店內部，一個畫面顯示了前門，第四個畫面正對加油泵。塔圖姆在螢幕上看見外面那個女人，她已經加完油了，她的孩子們正輪流把臉擠上窗戶，她看著眼前放空。

「我可以看一下錄影畫面嗎？」

那人揚起眉毛。「嗝，那是很久以前的畫面了，電腦只保留前一個月的畫面，嗝。」

「你沒有保存畫面的副本嗎？」塔圖姆難以置信地問。

「沒有，為什麼我──嗝──要保存呢？那個男人戴著面罩。」

「什麼樣的面罩？」

「滑雪面罩，幾乎完全遮住他的臉，他打破了那邊的窗戶。」那人指著門附近的窗戶。「然後警報響起，他就跑了，畫面不多。」

塔圖姆一直在等待下一個嗝出現，感覺自己的內心盤繞著一股奇異的張力。那人平靜地迎上他的目光，他顯然不再打嗝了。

「你能告訴我──」

「嗝。」

「你確定不想喝點水嗎？真的會對你打嗝有幫助。」

「不會有幫助。」

「為什麼不會？」

「我──打嗝──已經打了好一陣子了。」

「也許喝水可以改善。」

「嗝，過去四年都沒有改善。」

「你打嗝打了……四年？」

「嗝，對，喝水不會有幫助，你知道還有什麼沒用嗎？暫時停止呼吸，還有——嗝——喝倒扣的杯子裡的水，還有受驚或——嗝——被嚇到，還有咬一顆檸檬，還有一個聯邦調查局探員——嗝——的有用建議。」

「對不起。」

「我不喜歡打嗝，這對我的性生活沒有幫助，會使我在——嗝——半夜醒來，所以我很累，這又讓打嗝更嚴重了，也有人覺得我打嗝很有趣，嗝。」那人狐疑地看著塔圖姆。

「我不覺得這很有趣，」塔圖姆感到有些內疚。

「總之，沒有畫面，嗝，但是我看了那畫面好幾次，就只是一個戴著面罩和手套的人用榔頭打破窗戶，然後逃跑了，嗝。」

「手套？」塔圖姆驚訝地問。「我以為有留下指紋。」

「是有。」他指示著窗戶。「他戴著乳膠手套，窗戶破掉的時候手套——嗝——破了，因此他在玻璃上留下了指紋。」

塔圖姆心不在焉地點點頭，聽起來不像他們要找的人。「謝謝，祝你的——」

「嗝。」

「好吧。」

他離開商店，熾列的熱氣迎面而來，一時他的眼睛適應了室外明亮的光線，他幾乎可以想像自己走進沙漠中，馬路對面，他只看見一片平坦寬廣的沙地，上面佈滿仙人掌和無數的岩石。

他皺皺眉，然後向後看，在自動玻璃門上方明顯可看見監視錄影機，從他站的地方看，不可能判斷它的確切角度。他轉身走回大片空曠的野地，然後看一眼攝影機。

他有個瘋狂的想法，他抽出手機，撥打柔伊的電話。

「妳在地圖附近嗎？」

「在。」

「妳能幫我確認一下嗎？我在六十七號公路上的加油站，距離聖安吉洛南部約一英里，妳能否看一下這裡有沒有被我們列為易於挖掘地點之一？」

「等等。」

他等待著，感覺彷彿同時在浪費彼此的時間。

「是，那裡就位在其中一個區域裡。」她說。「怎麼了？」

「嗯……這裡有一間加油站，四個月前有人企圖非法闖入，他們昨天在犯罪現場發現的指紋可能與這裡採到的指紋相符，大門上方的監視錄影鏡頭看起來像是對準道路對面的區域。」

柔伊花了一點時間處理這項訊息。「你認為不明嫌疑犯試圖闖入加油站，是為了摧毀監視錄影畫面？」

「我是這麼想，我的意思是……假設他懷疑攝影機拍到他殺害某人，妳怎麼看？」

「他非常謹慎，但如果這是早期的殺戮行動，他會非常激動，這可能促使他迅速做出反應……就像他昨天的行為一樣，試圖挖出茱麗葉並殺害她，這是同樣的反應，突如其來的內心恐懼促使他陷入危險，這是會發生的。」

「好吧，」塔圖姆信心一振地說。「我希望那個牽尋屍犬的傢伙不忙，我有工作給他做了。」

# 第七十二章

尋屍犬雪萊耗費不到十分鐘時間就跑到了田野深處，幾棵灌木和仙人掌掩蔽了一半的道路，到達該處後，狗停下來耙地並發出哀鳴聲。維克多看著他說，「順利找到了。」

這一次絕對不趕時間，他們能把程序好好完成。犯罪現場鑑識技師現身，然後設置犯罪現場封鎖線，搭起寬闊的三面帳來隱藏挖掘區，不被道路上的車輛看見，再派出數名警察阻止任何好奇的圍觀民眾或記者靠近。墓穴被仔細挖掘，塔圖姆和維克多在場觀看，不久柔伊和福斯特也加入。整個犯罪現場到處都是警察和巡警隊隊員，捲毛也現身了，他站在塔圖姆身邊，等待遺體挖出。

「五天內的第二具屍體了，」維克多悲傷地說道。

「對我來說是第三具，」捲毛說。

「這座城市長久以來從沒有這麼暴力過。」維克多喃喃道。

「是的，這是一份糟糕的差事。」

塔圖姆低下頭看那隻正在嗅他鞋子的狗。「你的狗……雪萊的能力真的太厲害了。」

「確實是。」維克多冷淡地說。「有看到瓊斯和巴斯特還有那個叫茱麗葉的女孩一起出現《聖安吉洛標準時報》的頭版吧。」

「瓊斯和巴斯特嗎？」塔圖姆疑惑地問。「噢，那個找到她的人和那隻狗嗎？有，那張照片拍得不錯。」

「是不錯。」

警官們一個接著一個從墓穴爬出，其中一個傾身爬入洞中，猛拉上蓋。他們所有人都轉身，厭惡地發出咕噥聲。

維克多再次嘆了口氣搖搖頭。「來吧，雪萊，我們去寫報告吧。」

尋屍犬警官離開，塔圖姆走近墓穴，柔伊已經走在他前面兩步。

這次的狀況大相徑庭。

首先，遺體的年代要早得多，屍體遭受昆蟲活動影響，腐爛非常嚴重，蟲類可以輕易接觸到她，因為這個箱子不像之前那些如此製作精良，木板間有一些窄縫。這個箱子呈正方形，而非長方形，更像一只條板箱。骸骨以胎兒姿勢向內蜷曲，如果這個女孩被這樣活埋，她的死亡肯定比其他受害者還要悲慘，她的身體被迫處於這種不自然的姿勢，以便放進箱子裡。

塔圖姆轉身一陣作嘔，在後台，他聽見周圍的背景間有人在低聲嘀咕著。

「沒有攝影機，」柔伊冷淡地說。

塔圖姆感到一陣憤怒，他不確定是因為自己沒注意到這件事，還是因為柔伊面對如此恐怖的場面時還能注意到這樣的細節。他強迫自己再看一眼，發現她是對的，箱子光禿到極點，也許最初的用途是用來盛裝蔬果，內部沒有裝設紅外攝影機，也沒有鑿出電纜可以穿過的孔洞。

「抱歉。」捲毛走過，用肩膀將他頂開。

「我們需要把箱子抬出來，」福斯特告訴他。「坑裡面沒有空間讓你作業。」

「注意你們在挖掘的時候不要把土撒進箱子裡。」

他們最後在重新開挖之前關上箱子，將箱子從土中解放出來。塔圖姆走了幾步，看著他們，他追蹤了一條舊線索，結果導致他們找到另一名死去的女孩，他完全沒有勝利的感覺。

「這是他的第一名受害者，」柔伊加入他，站在他身邊說。

「妳確定？」

她聳聳肩。「沒辦法確定，但是看起來很像，只是他基本的幻想，把一個女孩活埋，他甚至沒準備好一個尺寸合適的箱子，地點也不甚完美，離市區太近，不夠隱蔽，他很幸運沒人撞見他。」

「他可能是在晚上把她活埋，肯定是漆黑一片。」

「沒錯，但還是處處都有經驗不足的跡象，一旦他完成並發洩他的性慾，他就找回神智注意到那家加油站了，然後他就開始疑神疑鬼。」

「懷疑監視錄影機。」

「他擔心攝影機可能有拍到他，他戴著滑雪面罩和某種手套……我猜這兩件東西他都很容易取得，然後他試圖闖入內部以摧毀鏡頭。」

「攝影機根本沒有對準這個區域，」塔圖姆說。「真是個愚蠢的混蛋。」

「對。」柔伊抬起眉毛，顯然對他的憤怒語氣感到很驚訝。「他現在不傻了，他有大把時間思考自己的錯誤，避免再次犯錯。」

塔圖姆點點頭，不想辯論，他厭倦了分析凶手，試圖進入對方的腦中。有一度他只想把他當成一個怪物，一個他解釋不了的卑鄙邪惡生物，應該用乾草叉和火把獵殺並摧毀他。

「他可能與這名受害者有某種關聯，」柔伊補充說。「也許是住在她附近；也許認識她，如果我們找出這條關聯性，我們就可能逮到他。」

「也許吧。」塔圖姆咕噥道。

也許柔伊也感覺到他的心情，她走開了，可能企圖想像那個殺手在那天晚上看見了什麼，明天之前，她將對當晚發生的事件產生一幅完美的圖像。

警官設法將箱子從坑中撬出，捲毛走近坑洞，指示他們要小心。他打開上蓋，雙手戴著手套，俯身探看箱內，檢查屍體，塔圖姆想像他探測骸骨的脈搏來確定她是否真的死亡，他的嘴角揚起一抹正經的微笑。

捲毛抽出一個小錢包，默然地交給福斯特，塔圖姆感到好奇，因而走向前。

福斯特打開錢包，粗略地看了一眼。「這裡有一些錢，有四十美元，還有零錢，一張皺巴巴的巴士車票……啊，有駕照。」他的嘴一時闔不上，眼睛大睜，眼中充滿驚訝和痛苦。

「怎麼了？」塔圖姆問。

「我認識這個女生，」福斯特啞聲說。「她……我們就讀同一所學校，黛博拉．米勒，唉，該死。」

「我很遺憾。」

「她很可愛，」福斯特說。「每個人都愛她，但是她畢業後就離開鎮上，我確定有聽說她搬去加州了。」

塔圖姆一語不發，看著捲毛檢查屍體。儘管她打算搬到加州，但這個女人最終還是被裝進木板箱，埋在她家鄉的土裡。

# 第七十三章

柔伊跟著里昂斯一起去通知黛博拉的父母。

「為什麼要跟來？」里昂斯在路上問她。「實在沒有什麼事比通知家屬更困難了，妳喜歡痛苦嗎？」

柔伊不確定里昂斯意思是要問她是否喜歡受苦，還是要問她是否喜歡看別人受苦，但是無論如何答案都是相同的。「不，我不喜歡，但是人在放鬆戒備的時候很容易吐露真言。」

「這種通知是最慘的，」里昂斯喃喃道。

「我們不需要跟他們說殘忍的細節，」柔伊指出。「尤其當我們也不清楚的時候。」

「我的意思不是那樣，對，當然，向父母通知他們兒女慘遭橫禍的消息非常可怕，但更糟的是我們沒辦法確定她身分的時候。」

「噢，對。」柔伊知道里昂斯的意思，他們會告訴黛博拉的父母，他們發現了她的屍體……但接著他們會問，由於遺體處於腐爛狀態，是否有什麼能幫助他們證實是她。然後，事情會像太陽在東方升起一樣可以預見，父母會燃起不祥的希望，也許不是她，父母會這麼提出，可能是你們弄錯了。突然間，在這場白髮人送黑髮人的悲傷風暴中，他們彷彿看見一根足以攀援的浮木，他們拒絕接受那幾乎足以肯定的結果：並不是有扒手偷了他們女兒的錢包然後被殺，一直以來死者就是他們的女兒。

這僅代表他們最終將收到兩次通知：第一次是發現屍體，第二次是確認身分。

他們把車停在房子旁邊，這是一棟漆成怡人白黃色的房屋，庭院周遭圍著漂亮的綠色柵欄，但是當她們下車走到前門時，柔伊留意到四處都是疏漏的跡象，花園裡的花朵凋零，周圍雜草叢生，窗戶骯髒不堪，牆上的油漆也剝落了，她能聽見周圍蒼蠅微弱的嗡嗡聲。

里昂斯敲門，又敲了一次門。

「等等啊，」一個男人從屋裡說。

他們似乎等了超過一分鐘，就在里昂斯即將再敲一次門的時候，門打開了。開門的是一個禿頭的男人，臉上一副皺紋橫生的老態倦容，穿著一件髒汙的白襯衫。乍看柔伊猜想他大約八十歲，接著她意識到他年紀沒那麼大，大概不超過六十歲，但看起來像是一個了無生趣的人。

「米勒先生？」里昂斯說。

「我是。」

「我是里昂斯警探，我們可以進去嗎？」

他的肩膀垂落。「是關於黛博拉的事嗎？」

「最好是進去裡面談吧。」

他交叉雙臂。「她惹了多大的麻煩？」

里昂斯猶豫了。「先生……最好是坐下來談吧。」

他的眼睛睜大了。「她……有被傷害嗎？」

里昂斯嘆了口氣，他顯然明確決定了不要邀請她們入內。「米勒先生，黛博拉恐怕死了。」

「死了？」這個詞輕悄悄從他口中說出，像是一聲耳語。

「我們認為她死了，是的，先生。」

「妳們……認為？」來了來了，希望燃起了。「妳們不確定嗎？」

「我們有足夠的把握，我們發現一具屍體，身上的錢包裡有你女兒的駕照。」

「她看起來像我女兒嗎？」

里昂斯吞吞口水。「屍體的狀況不佳，我們認為她是在四個月前被謀殺的。」

「四個月前？」希望似乎消散了。「這時間點很準確。」

「你最後一次見到你女兒是什麼時候？」里昂斯問。

米勒先生顫抖地呼吸。「嗯……最後一次是在五月初左右。」

柔伊和里昂斯交換了一個表情，加油站是在五月六日遭到非法闖入。

米勒先生轉身拖著腳步走向屋內，他讓門開著，柔伊和里昂斯跟著他走入室內。

這棟房子感覺起來冷清失修，到處都是灰塵和汙垢，大部分的燈光都關上了，窗簾拉開，只留了足以讓行走不會絆倒的光線。米勒拖著腳步走到廚房，打開一架嗡嗡作響的霓虹燈，電燈發出不祥的白色光線，他跌坐在一張小桌旁的椅子上，桌子很小，木皮也剝落了，還有另外兩把椅子，柔伊坐在一把椅子上，讓里昂斯坐另一把。

「妳說她被謀殺了，誰幹的？怎麼會？」他問，聲音很不悅，眼睛閃著淚光。

「我們還不知道確切的細節。」里昂斯說。

「那妳們到底知道什麼？」

「四個月前你見過女兒，從那之後你就再也沒有和她說過話了，」柔伊輕聲說道，無視他問的問題。「那你為什麼不通報她失蹤？」

「我們以為她只是離家了。」他搖搖頭。「她總是一次失蹤好幾個月，突然就會露面，看起來慘得要命，我們知道她在用藥，有時她的眼睛會烏青，或者嘴唇腫起來，但她總是說她沒事，拒絕跟我們交代任何細節，有時她會從監獄打電話來，我保釋了她三次。」

他發出一陣深長而絕望的呻吟，眼裡生出一滴眼淚流下他的臉頰。

「她在學校的時候是最可愛、最快樂的孩子，她是如此受歡迎，被朋友圍繞，畢業之後她才迷失了……自我。她開始在附近的電影院工作，賺取最低工資，她不想上大學，開始抽菸，我們不知道如何是好。然後她宣稱要去加州，說她在那裡找到一個難得的工作機會，我們才終於放心，但過不久她就不打電話回家了，她下一次露面時，很容易看得出來，一份好工作是她一生最遙不可及的事。」

他看著牆壁，眼神一片空白，眼淚顫動著，撲簌簌地一顆接一顆從眼中沿著臉上的皺紋滑落。「就是她生命裡的那些男人把她給毀了——我敢肯定，人家說女孩子是從父親那裡學到一個男人該有的舉止，但我從來沒有碰過她一根汗毛，我發誓。」

「儘管父母沒問題，有些女人還是找錯了男人。」柔伊說，她並不是想安慰他，只是指出他的理論有缺陷。但他卻傷心地對著她微笑。

「是其中一個男人幹的嗎？」他問。

「我們還不知道，」里昂斯說。「你能提供我名字嗎？」

「沒辦法，她總是說她已經受夠了那些人了。我想問她瘀傷和手指是誰弄斷的，她卻說沒關係，她要永遠跟他一刀兩斷，我不知道她是否總是回到同一個男人身邊，還是真的每次都甩了他們，然後別的男人也一樣糟。」

「那你最後一次見到她時發生了什麼事？」里昂斯問。

「她在前一天出現了，看起來比以往更糟，又瘦又虛弱。在座兩位有小孩嗎？」

她們都搖搖頭。

「妳們不知道當你的孩子這副模樣出現在你面前是什麼樣的感覺，我和瑪莎決定這次她不能只是手裡拿著一些錢就走，不行，我們要救她。」他哼了一聲，顫抖著將臉埋在掌心。

廚房牆上掛著一個滴答作響的鐘，柔伊幾乎可以發誓，時鐘的秒速在變慢，一秒比一秒更長。

最後他移開雙手，臉上老淚縱橫。「我們告訴她她必須留下，我們要帶她去勒戒，去治療，我們會幫她好起來，她說她不需要，對著我們大吼說她不需要我們的幫助，這次她會徹底離開他。我……我說了一些不該說的話，噢天哪，我跟她說的那些話。妳們如果有孩子，千萬不要對他們表現出你對他們的所作所為有多失望。」

柔伊希望塔圖姆在場，他似乎總是知道該說什麼才能讓人好過一點。

「她走了，我們再也沒有收到她的消息，我們以為她會像之前一樣回家，但她沒有。然後一個月前，瑪莎去世了，她就這樣……死了，她的心臟停止跳動，我猜她是傷透了心。」

他交叉雙臂。「就是這樣。」

里昂斯問了他一些問題，試圖找出她去了哪裡的蛛絲馬跡，想知道她是否有任何可以聯繫的朋友，什麼線索都好，但是黛博拉父親的回答愈來愈短，直到變成單音節的單字，然後就什麼也問不出來了。

最後，在里昂斯確定他不需要任何幫助之後，他把黛博拉牙醫的名字提供給她，牙醫也許能協助驗證那一具是否確實是她的屍體，然後他便毫無反應了，就像一台電量耗盡的玩具。

# 第七十四章

**德州聖安吉洛，二〇一六年五月五日，星期四**

他推開門走進酒吧，坐在高凳上，憤怒地緊咬下巴，每天都是這樣收尾的。他全身緊繃彷彿快要爆炸，只有幾杯啤酒下肚才堪忍受。

在過去幾天，他比平常更早開始喝酒，他的工作做得恰如其分，但是到了這天的最後都無關緊要了，對嗎？失敗就是失敗，即便那不是他的錯。

酒保根本不必問他想喝什麼，他只是向他點點頭便幫他倒了啤酒。他成了常客。

「嘿，」有個女人在他第一杯酒見底時說。「我是不是認識你？」

他正要聳肩搖頭告訴她：不，不認識，他看了她一眼，話消失在嘴邊。

「對，我認識你。」她爽朗地說道。「你……我們上過同一間學校，對嗎？」

「黛博拉？」他不敢置信地問。

真的是同一個女孩嗎？這是他好幾個年級以來都在幻想的那個可愛又純潔的女孩嗎？同一對嘴唇，同一副鼻子……但相似性就到此為止了。她幾乎是骨瘦如柴，顴骨明顯突出，曾經一頭瀑布似的捲髮糾結成一團，看上去幾乎是黏答答的。她的皮膚有一種怪異的色調，看起來油膩膩的，還有她的雙眼，看起來好……呆滯。

「沒錯。」她笑了，很高興被他認出來，可能不常發生。「你最近怎麼樣？」

他好一會兒才意識到她不知道他的名字，這沒什麼好驚訝的。他點了一瓶啤酒給她，並在跟她聊到他收到一封學校寄來的信的蠢事時，隨口提到自己的名字。她聽見他的名字時，他從她的死魚眼中看見她鬆了一口氣——終於在談話中不必刻意迴避，一直稱呼他寶貝或老兄了。

他跟她說到他的職業，她看起來印象深刻，這使他自我感覺良好。他問她現在在忙什麼，並提到他聽說她人在加州，她別開視線，含糊地說她在那裡找到一份不錯的工作和一個混蛋男友，但現在顯然，她已經辭職也和男友分手，當然也離開加州了。

「其實我正要去搭巴士，」她說。「可能是今晚。」

「搭巴士去哪？」

她聳聳肩。「誰知道，走得遠遠的，我需要重新開始，改過自新，你懂的？」

「嗯。」

「我真正需要的，」她說，「是一段時間好好沉澱，反省思考。」

他的身體緊繃著，好像被她說的話剛好正中他下懷一樣。

「我完全懂妳。」他的聲音嘶啞，把手伸進了口袋，這個塑膠袋摸起來幾乎燙手，他幾個月前買下並隨身攜帶，認為這只不過又是另一樁幻想，他從不相信自己有膽使用它。他打開塑膠袋，將一粒藥丸滑入他的掌心。

幾分鐘後她不得不去上洗手間，也許是為了逃避談話中明顯的空白。她走後，他從口袋裡拿出握著藥丸的手，環顧四周，冷汗直流。沒人在看，快速一個動作，藥丸就落在她喝到一半的杯裡，等藥丸完全消散彷彿有一萬年之久，酒保或他周圍其中一人隨時都會指著起泡的藥丸質問他。

但是沒有人這麼做。

他跟她說要載她去巴士站的時候，她已經半醉不醒，她承認自己沒有錢搭巴士，他把一百元紙鈔塞進她手心。她沒說什麼就將錢塞進口袋，顯然習於跟她不認識的男人拿錢。

她步上他廂型車的幾秒鐘內，眼簾已經半閉，她甚至沒有注意到身後的條板箱和挖掘工具。

有一度他考慮放棄整個計畫，他的心臟砰砰直跳，聽起來幾乎像連接在廂型車的立體聲音響系統上，但是他的大腦已經高速運轉停不下來，不斷想像著這項行動。而且是她撩他的，是她自找的。

他開車把他們兩人載到最近的地點，眼前漆黑一片，當然了，但是他認得路。他將廂型車停在離坑洞位置幾碼遠的地方，帶著一盞小型LED燈和鏟子下車，走向坑洞，找到他留在那裡的記號。他從坑洞上鏟除沙土，就這樣看著洞內豁開的深處，身體傳來一陣顫抖。這真的要發生了。

他打開廂型車後車廂，將條板箱拉出，他把箱子拖到沙地裡，已經在後悔沒有把廂型車停得近一點，讓後車廂面對坑洞。

*下次要記得*，他這麼想，而這念頭讓他大吃一驚。不會再有下一次了，這是一次性的。

然後他大步走到廂型車前側，打開副駕車門。他解開她的安全帶，在他靠近並跨過她身上時聞到她的氣味，她聞起來有香水和腐敗的氣味，他發起抖來。他扶他下車時，她嘴裡一邊喃喃自語，他半哄騙，半把她拉向箱子。

在他看來這似乎一直是個巨大的箱子，但現在到了需要將她推進箱中時，他才意識到箱子有多小，為什麼他從沒去找體積更大的箱子？

因為你從沒想過真的會用上。

他開始把她推進箱裡，她生氣地咕噥著，他更用力推，她開始抵抗，但他用盡全力逼迫她進去。她虛弱地大喊，但周圍沒有人聽得見。她抽抽噎噎地用手耙抓他，他最後一推，讓她跌進箱子，撞到了頭，她哭出來，伸出手想抓住邊緣時他關上箱子，木蓋壓痛了她的手指，她再次大哭將手指抽走。他將箱子鎖上。

在黑暗中將箱子搬進坑裡是他做過最困難的事，他動作的同時差點連自己也跌進坑裡，當箱子終於滾入坑中時，他聽見她朦朦的尖叫聲。他太賣力又興奮，因此喘不過氣來。

他用鏟子將土剷到箱子上，很快就發現了問題所在，周圍沒有足夠的土來輕易覆蓋箱子。他應該帶土來的，愚蠢，愚蠢，愚蠢！

他只能從四面八方鏟土，試圖使泥土表面保持均勻，這樣到早上時土地表面看起來才不會很怪，他利用周遭的大石塊來填滿空隙，石塊一聲巨響落在條板箱上，引來更多尖叫。

他賣力鏟土，不敢停下，很快地，他再也聽不見她的尖叫聲，他為此深感痛惜，他希望還能聽見她的聲音，她重擊箱蓋時，他希望能看見她驚恐的表情，但那當然是不可能的。

然後箱子表面全被泥土覆蓋了，他體內快要爆炸，需要解放一下。

只耗費片刻，隨之而來的是全然被掏空的美妙感受，他從未有過這麼舒服的感覺。他凝視著前方的黑暗、空曠的道路、打烊加油站的輪廓，和繁星點點的天空，他好奇黛博拉會如何利用她的時間來反省思考。

他的目光聚焦在加油站上，他早先沒擔心過；加油站打烊了，但他幡然醒悟到，如果那裡有監視錄影機該如何是好？

攝影機肯定有夜視功能，且萬一鏡頭剛好對準他的位置……

他吞吞口水，剛剛怎麼沒想到？

他想到同樣的答案，因為他從來沒想過他會來真的。

他考慮把黛博拉挖出來，說他是跟她開玩笑的，他會開車送她去巴士站，讓她搭上開往紐約的巴士。那女人是個毒蟲——沒人會相信她說的半句話。

但他們可能會相信，如果有錄影畫面……

噢天哪。

他可以銷毀監視錄影。

這個加油站不可能這麼高級，會為監視畫面花上一筆雲端儲存空間費用，他們的監視錄影機是連接到室內的電腦上，他所要做的就是打破一扇窗戶、走進去、刪除畫面，然後就完成了。他所有裝備中有一個滑雪面罩，而且他總會帶著手套。

他在自己的工具箱裡翻找。打破窗戶、進入室內、刪除錄影，這過程只需要耗費兩分鐘時間，如此他就安全了。

# 第七十五章

**維吉尼亞州戴爾市，二〇一六年九月十二日，星期一**

安德芮亞驚醒過來，知道自己聽見什麼聲音讓她從睡眠中醒來，但她不確定是什麼，然後又聽見了，有人在敲門。她皺皺眉頭，十一點半，搞什麼鬼？

她起床，赤著腳往客廳走去，有人再次敲門，是有禮貌、不慌不忙的敲門聲。

「誰？」

「小姐，我是樓下的布朗寧警官。」低沉正式的聲音傳來。「我們接到通報，說妳這棟樓裡有陌生人闖入，妳沒事吧？」

「這裡沒人，門鎖上了。」

「妳確定嗎，小姐？有一名鄰居說她看見有人爬上逃生梯，妳需要我幫妳四處查看一下嗎？」

安德芮亞的心停了半拍，逃生梯就在她臥室的窗戶外面，她確定窗戶鎖上了，但……羅德．格洛弗從窗戶滑進室內，躲在床底下等待的可怕畫面浮現，就像兒時的噩夢一樣。媽咪，床底下有怪物。

「呃，等等。」她考慮過要披上睡袍，但是她放在臥室裡，就在窗戶和逃生梯旁邊，布朗寧警官將不得不面對她只穿著背心上衣又沒穿內衣的樣子，她拖著腳步走到門前，透過窺視孔看了一眼，穿制服的警官站在門邊，他不耐煩地環顧周遭，臉別開窺視孔。

她解開門鎖，然後拉開門。

「請進，不過——」

他轉身面對她。她的世界在眼前一換，瞬間粉碎，威脅不再在她身後，不再流於想像。

他的手向前一伸緊緊攫住她的喉嚨，衝向她喉嚨的尖叫聲被勒住，只留下嘶啞虛弱的聲音。格洛弗跨進屋內，用腳一踢將門關在身後，他身著警察制服，但他的冷笑遠遠不似任何執法人員的表情。

「妳好，安德芮亞。」他嘶聲說，將刀抵在距離她眼睛不到幾吋的臉頰上，然後壓下刀，讓尖端輕輕刺穿皮膚。「不要掙扎，否則柔伊就會有一個獨眼的妹妹了，不要尖叫，什麼都不要做，懂了嗎？懂了就眨眨眼。」

安德芮亞眨眨眼，嚇壞了，她試圖呼吸，但肺部抽搐，嘴巴拚命張開又閉上。

「好消息是，」格洛弗說。「我要妳活著，我要柔伊回來時能看見妳眼中的恐懼，我要她覺得自己是個爛姐姐，把妳一個人留在這裡，所以如果妳保持不動，我們很快就可以完事，懂了嗎？」

她含著淚水又眨眨眼，即便她想掙扎也做不到，她的肌肉感覺起來像奶油一樣軟，頭昏眼花，肺部燃燒著想呼吸到空氣。

他的手放鬆了一些，她努力喘了一口氣。

「我們去臥室吧。」他提議。

他慢慢往前走，她不得不向前跌跌撞撞地跟上他的步伐，她心頭一震——他知道怎麼走。他冷靜行走，眼睛已經轉向右邊那扇門，彷彿他心中對公寓內部的格局知之甚詳。她放聲大哭。

「噓。」

一步，又一步，一隻手掐在她的喉嚨上，另一隻手拿著刀，在她的左眼前方晃來晃去，刀尖靠近到幾乎一觸可及，逼使她閉上了眼睛。

「眼睛張開，走。」

然後，就在他們經過客房時，門打開了。格洛弗似乎沒意識到，他的目光聚焦在目的地和安德芮亞恐懼的臉上。馬文走了出來，看起來很困惑，雙眼緊盯著她看，她在他的眼神中看見他理解發生什麼事了。他開始移動，格洛弗像蛇一樣一反身，將安德芮亞推去撞牆，抓著刀的那隻手衝向前，刺傷馬文的胸膛。馬文喘著粗氣，眼神呆滯，格洛弗一拳揍在他臉上，向後踉蹌一下跌倒，頭撞到門把，他那鬆垮的身體旁幾乎立即湧出一攤血。

「不！」安德芮亞發出一聲尖叫，刀又回到她眼前。

「妳在這裡還找了個有趣的保鏢啊，」格洛弗嘶聲說，眼裡充滿憤怒。「因為妳給我這個驚喜，等我們完事，我會送妳一個讓你對我難以忘懷的禮物。」

他用力推她進臥室，動作比之前更加粗暴，他的面色緊繃憤怒，齒間發出不像人的咆哮，他將她反轉過來，這幾乎是個解脫，至少過程不必看著他的臉。他用力將她推到床上。有片刻她沒有任何知覺，然後有一塊布緊緊繞在她喉嚨上。她想起柔伊對她說過的，格洛弗迷戀於勒斃受害者。

她無法活下來。

就算他真的想讓她活著，他也無法控制住自己的衝動，他會強姦她並將她勒死，就像他對其他所有受害者做的事一樣。

但是現在做任何事都為時已晚，那塊布深陷進她的喉嚨，她呼吸不到空氣。她的手指抓扯著那條絞索，而格洛弗則撕裂她的褲子，一邊嘀咕咒罵咆哮，發出的聲音野蠻到不似人類。

她的腦海中浮出一幅她童年時代的圖像，她反鎖在房間裡，格洛弗在捶門，而柔伊抱著她，護著她，但她姐姐現在遠在千里之外。

她漸漸陷入昏迷，迎來失去意識的黑暗，但隨後脖子上的布條動了，抓力放鬆了幾分，她可以迅速呼吸一下。這也是格洛弗慣有的手法，他知道如何使受害者活著並保持意識，直到最後。

她吸進他身上的氣味，一種汙穢難聞的汗臭味，她掙扎著，不希望他再碰到她。他笑了起來，將她的臉推到床墊上，他的手指在她的皮膚上摸索探測。

一陣爆炸傳來。

爆炸聲使她耳鳴，她發出害怕的尖叫聲，喉嚨上的布條不見了，她現在可以恣意一聲又一聲地自由尖叫，所以她尖叫了。她轉過身，看見馬文站在房間裡的模糊輪廓，他靠在牆上，手裡拿著槍。

她搜尋格洛弗的身影，瞥見他在角落，面孔扭曲，抱著他的身側，侵略性的目光緊緊盯住馬文，猶豫不決的神情在他的眼神中閃爍。

又一聲爆炸，馬文再次開槍，窗戶碎裂，她知道他頭暈目眩，因失血而虛弱，因而沒擊中他。格洛弗會意識到這一點，會撲向他，在幾秒鐘內殺死那個老人。

但是他沒有，她現在看見他眼中的恐懼，這個怪物習慣輕易捕食獵物，不習慣承受痛楚，這場戰鬥嚇到他了。他向前衝，不是衝向馬文和槍，而是衝向門口。馬文動了動，試圖開第三槍，但格洛弗已從房裡逃逸無蹤。

有一度他們一動也不動．然後，馬文跌跌撞撞摔在地上，手裡仍然用力握著槍。

# 第七十六章

柔伊坐在她床上，一頁頁紙張散落在她周圍，有些是犯罪現場的照片；其他則是她對黛博拉．米勒案搜集的手寫摘要。她有種感覺，就是黛博拉比其他受害者更關鍵，她的死與眾不同——據柔伊所知，她沒有Instagram或Facebook帳戶，因此凶手沒有像他對其他受害者一樣追蹤她，而且當然她比凶手的其他受害者年紀還大。

她身上的某個條件促使他採取行動，是什麼條件？她是否讓他想起他認識的人？也許是他的母親？也許是她外表的某些特點吸引了他——黛博拉的父親說她從未看起來如此狼狽，可以理解他無法提供彼時的照片，但柔伊可以做出有根據的猜測，她可能瘦骨嶙峋，皮膚很差，牙齒又很爛，指甲斷裂，臉上出現神經性抽搐。也許這就是促使凶手行動的原因。

她竭力避免從黛博拉的角度思考，那是她不想陷入的無底深淵，在所有受害者之中，她估計黛博拉遭受的痛苦是最慘烈的。

她的手機響起，她讓它響了幾秒鐘，她的心思不在這通來電上。然後她摸索著手機，一邊仍在閱讀她的筆記。

「你好？」

有一度她只聽到顫抖的呼吸，柔伊的注意力警覺起來。「安德芮亞？」

「柔伊……我……妳可以回家嗎？」

「怎麼了？」她跌入焦慮的深淵。「發生什麼事了？」

「格洛弗闖進公寓，他……攻擊了我。」

「妳有受傷嗎？」柔伊已經下床，抓著她的包包，把所有東西都扔進裡面。這似乎沒有任何可能性，為什麼他要在現在出擊？她確定他會等他們全都放低戒心才對，他一直很有耐性。

「有……沒有，我不知道，這裡有個醫護人員，馬文對格洛弗開槍了。」

「馬文對格洛弗開槍？警察在哪？格洛弗死了嗎？」她需要更多訊息，她該死的鞋子放在哪？

「拜託妳回家，拜託，我需要妳，柔伊，拜託來這裡，我現在就需要妳，回家，回家！」安德芮亞提高音調，變得歇斯底里。她從背景聽到一個陌生的聲音說他需要鎮靜劑。

「安德芮亞，我會回去，好嗎？我現在就回去。」

她妹妹在電話另一端抽泣，只有一陣上氣不接下氣的抽搭聲，每一聲都像鋸刀一樣撕裂柔伊的心，然後就斷線了。

柔伊的鞋擺在浴室裡，她穿上鞋，腦中一片空白，每個動作都是機械化的，她的動作感覺笨拙又不真實。她出門時抓著包包，隱約意識到自己有東西沒拿，她不在乎。她半走半跑向樓梯，然後才意識自己無法用跑的回家陪安德芮亞。她的頭腦倉促想出方法，想出了她所能想到的最佳解決方案，然後她轉身，匆匆走到塔圖姆房門，砰砰猛敲房門。

「塔圖姆，開門！」

他開門了，睜大眼睛困惑地握著槍，好像預期要對誰開槍一樣，考量到她的喊叫聲，這舉措或許很合理。「發生什麼事了？」

「格洛弗襲擊了安德芮亞，我得飛回去，把車鑰匙給我。」

塔圖姆皺著眉頭，她差點要打他讓他開始動作。「車鑰匙！現在就給我。」

「她還好嗎？」他問，走回自己房間。

「她還活著，我什麼都不知道，馬文對格洛弗開槍了。」

「什麼？馬文還好嗎？」他還問了她一些其他事，他的嘴裡吐出一些字詞，她無法在腦海中將這些字連接成句。

「我不知道！」她朝他尖叫。「給我他媽的鑰匙！」

他把車鑰匙放在夾克口袋裡，他將鑰匙抽出，還說了一些她沒聽進去的話，內容是關於她打算如何回家。

「我會開車去奧斯丁，那裡隨時都有班機出發，」她說著從他手中搶走車鑰匙，轉身狂奔向門，在她身後的塔圖姆還在說話，在叫她，但她無法回頭——沒有時間了，安德芮亞的尖叫仍在她耳中繚繞，將她拉回維吉尼亞州。

# 第七十七章

塔圖姆看著柔伊消失在夜色中，轉身回到自己房間，他驚魂未定，他從來沒有看過她這個樣子，她的目光總是那麼機警敏銳，如今極度恐懼的眼神中帶有一絲呆滯，臉上淚痕斑斑，她自己甚至都沒有注意到。

他擺脫驚恐之情，衝去拿手機撥打電話，他不耐地等電話響了一次，兩次，三次。

馬文接聽了。「塔嘟？」

「馬文，你還好嗎？」

「我開槍射了那個垃圾，我射到那個混蛋了，他惹錯人了！」

「你幹嘛這樣說話？」

「他打斷我的筆子，塔嘟，不過我開槍射到那個垃圾了。」

在背景有人說，「先生，請放下那把槍。」

「該死的我就是要拿著！」馬文大喊。「如果他回來——誰要來開槍射那個垃圾？你嗎？」

「先生，如果你不把槍放下，我不得不——」

「你鼻要碰偶！」

「馬文，」塔圖姆對著電話大喊。「這是怎麼回事？」

「他們想要拿槍，塔嘟，我不會放下槍的。」

「老人家，小心你在揮的那個東西！」有人嚴厲地說。

「馬文，把你的槍交給警察。」塔圖姆咬牙說。

「門都沒有，塔嘟，如果我交給他們，誰來照顧安德芮亞？魚嗎？」

塔圖姆按按前額，心臟狂跳。「讓我跟警官談。」

「來，偶孫子想要跟泥講襪，塌是聯邦調查局的。」

有片刻的沉默，然後電話上傳來另一個聲音。「你好？」

「我是葛雷探員，」塔圖姆說。「怎麼稱呼？」

「我是科利爾警官，你是這個人的孫子嗎？」

「是的，警官，發生什麼事了？」

「聽著，探員，你得跟你瘋狂的爺爺說，把那把該死的東西放下，我們進屋時，他差點對我們開槍，他的精神狀態似乎不太穩定。」

「別擔心——他不會對任何人開槍。」塔圖姆強烈希望自己是對的。「安德芮亞呢？她還好嗎？」

「她受到驚嚇，但幾乎沒有受傷，醫護人員正在照顧她，但是如果你爺爺不放下槍，他會流血而死。」

「流血而死？」

「他被刺傷了，醫護人員無法靠近他；他的舉止像個瘋子，他可能也受到驚嚇了。」

「不，那是他慣常的行為，」塔圖姆說。「讓我來跟他說。」

「呃，好吧，等等。」

片刻之後傳來細碎的爆裂聲，塔圖姆想他應該可以說話了。

「馬文？」他說。

「怎樣，塔嘟，怎麼了？」

「我要你把槍交給警官。」

「我不這麼認為，塔嘟，我需要這把槍，如果那個混蛋回來，我要對他開槍。」

這傢伙怎麼能鼻子被打斷又快流血而死了，還有辦法這樣惹火他人呢？塔圖姆差點要對他大吼大叫，但他知道那會使老人家更固執己見。「好，聽著，你能把槍交給安德芮亞嗎？」

「葛能可以吧，」馬文不情願地說。

「等到他們把你包紮好。」

「我不西要包紮，只是一點擦傷。」

「幫我這個忙就好，好嗎，馬文？把槍交給安德芮亞，讓他們看看你的傷勢。」

「你真低很煩，塔嘟。」

塔圖姆鬆了一口氣，聽著馬文叫喚安德芮亞，然後把槍交給她，交談來來回回了幾句，最後科利爾警官回到電話上。

「你爺爺正在接受醫療照料。」他說。

「謝謝。」

「他真的不太好搞。」

「是的。」

「但據我們所知，他救了這個女孩的性命，他真他媽的猛。」

「這點也是。」塔圖姆坐在床上，筋疲力盡。「羅德．格洛弗呢？他死了嗎？」

「他逃跑了，目前下落不明。」

「下落不明？」塔圖姆咬緊牙關。「你們不是在監視那棟該死的建築物嗎？他怎麼可能會下落不明？」

「我們仍在調查中，不用擔心——我們會在幾個小時內找到他，他走不遠，到處都是他的血跡。」

「好吧。」塔圖姆咕噥了一聲。「我得掛了，警官，謝謝你的協助。」

他掛斷電話，閉上眼睛，擔心著柔伊，她離開時的狀態很糟，他不該讓她在那樣的狀態下開車。

# 第七十八章

**德州聖安吉洛，二〇一六年九月十三日，星期二**

儘管前晚情況混亂，塔圖姆還是出席了妮可．麥迪納的葬禮。牧師低沉單調的聲音在教堂擁擠的內殿中迴盪，背景是人們持續談話的喃喃喧鬧聲。塔圖姆看了他周圍的人，估計只有十分之一的人是真的認識妮可．麥迪納或她父母，大多數都是記者或只是好奇的圍觀民眾。

塔圖姆由於缺乏睡眠而焦躁不安，他昨晚花了好幾小時和曼庫索、和主導羅德．格洛弗搜捕行動的警察，還有照顧馬文和安德芮亞的醫療團隊通話，然後他躺在床上試圖入睡，他不確定自己何時睡著，但直覺自己睡不久就被鬧鐘聲喚醒。

他想起自己沒車，於是打電話給福斯特要他來載他，福斯特告訴他他不會過去——他忙著進行調查——但里昂斯會來載他。她在十五分鐘後出現，他得告知她柔伊不在的原因，這差事無法讓他樂在其中。

現在他們並排坐著，檢視著人群尋找凶手，塔圖姆懷疑他會在那裡現身，但誰知道呢。他掃視周圍的面孔，試圖判斷是否有人符合凶手的側寫，真的有很多人符合。儘管他和柔伊很了解凶手的思維方式，但在他的容貌方面，他們從未有太多涉獵。年紀大約四十歲，身材相當強壯，白人，同時塔圖姆從第一支影片中對他的身型有個模糊的臆測。

一張熟悉的面孔吸引了他的注意力，他皺眉，試圖想起那是誰，直到他想起來，是哈利．

巴里。他坐在後排，在一個小本筆記本上匆匆寫字。他們的目光相遇，哈利向他點點頭。

警方攝影師也在場，為到場的人拍照，稍晚福斯特和里昂斯會有好一天挑選這些照片，塔圖姆已經決定不加入他們，葬禮結束後，他會把這裡的工作收尾然後回家，馬文需要他，柔伊也是。

「其中一個透地雷達小組找到了另一個凶手挖的坑。」里昂斯閱讀手機訊息，然後在他耳邊說，「很好。」塔圖姆喃喃道。他們正在收網了，他如今已十分確定，不出幾日凶手就會被逮捕，聖安吉洛警方不需要他留在此地了。

不過他仍然仔細檢視他周圍的面孔，想知道他們過去一整週苦苦追捕的那個人是否就在眼前。

他將注意力放回牧師身上，他似乎正要完成儀式，站在棺材上方，這是一場封棺葬禮，妮可的屍體已經無法進行防腐處理。

他的電話嗡嗡作響，他檢視一下手機，是他不認識的號碼，他拒接這通來電，將手機放回口袋。

「快要結束了，」他說。「我會站在外面看著所有人離開，也許妳該留在後方。」

「好。」里昂斯心不在焉，沒有專心在聽，她正在手機上閱讀另一封電子郵件。塔圖姆越過她肩膀一瞥，看見是黛博拉．米勒墓穴的犯罪現場報告，似乎很簡短，令人失望。除了屍體和埋起來的條板箱之外，犯罪現場沒有發現任何東西，與其他件謀殺案不同，箱內沒有發現任何物件——沒有攝影機、沒有電纜、沒有道具，屍體上除了她的錢包之外也沒有發現任何東西。里昂斯用手指輕觸螢幕，開始閱讀驗屍報告。

他謹慎地站起身走到室外，這是他們到此地以來最熱的一天，而他穿著西裝更熱了，他已經在流汗。他決定一回到汽車旅館就去游泳，然後找出自己要搭哪一班飛機。

他看著教堂的門開啟，外面有許多人在騷動，十多名新聞攝影師匆匆向前，想拍攝一長列人出來的畫面。塔圖姆搖搖頭專注於人群中其他人，凶手會喬裝成攝影師嗎？不太可能。

他的手機再次響起，是之前的同一個號碼。

他將手機放在耳邊。「你好？」

「嗯……是塔圖姆嗎？」是個纖弱的女性聲音，聽起來不知何以有點熟悉。

「是，妳哪位？」

「我是安德芮亞，柔伊的妹妹。」

「噢，對。」她的聲音聽起來像是昔日的她，但是個幽靈。「妳感覺怎麼樣？」

「好一點了，頭昏眼花的，他們一直讓我吃鎮定劑，聽著，你知道柔伊在哪裡嗎？她的手機打不通。」

他感到一陣憂慮。「嗯，她說她會從奧斯丁飛回去，所以她可能在飛機上，這就是為什麼她手機會不通。」

「噢，好吧，聽起來很合理。」安德芮亞聽起來鬆了一口氣，塔圖姆卻沒有同感。「如果她跟妳聯繫，妳能請她打個電話給我，讓我知道她到了嗎？」

「當然。」

「謝謝，塔圖姆，再見。」

她掛斷電話。當他們將棺木運到墓地時，塔圖姆心不在焉地看著隊伍，看他們把棺材放進墓穴裡，里昂斯在隊伍最後面，他吸引她的注意力，向她示意他很快就會過去加入她，她點點頭。

他撥打柔伊的手機，通話直接轉到語音信箱，他掛斷電話打給福斯特。

「喂？」福斯特回答，聽起來很不耐。

「福斯特，聽著，我是塔圖姆，呃……抱歉打擾你，但柔伊的電話打不通，她現在可能正在搭飛機，但昨晚她開車離開這裡時狀況不太好，我擔心……她出事了。」

「你要我檢查昨晚的交通事故報告嗎？」

「如果不會太麻煩的話，」塔圖姆說，福斯特的提議令他鬆了一口氣。「她開著一台銀色的現代Accent到奧斯丁。」

「當然，我待會再打電話給你。」

「謝謝，福斯特，我真的很感激。」

他掛斷電話，跟上隊伍，看著他們將棺木降下，放進墓穴，妮可的母親失控哭泣。塔圖姆決心不再尋找偽裝的凶手，好好向他們未能救出的那位女性致意。

他的電話響了，他走離人群，是福斯特。

「聽著，塔圖姆，沒有發生符合柔伊描述的女性交通事故，有兩台銀色現代Accent發生事故，但都不是租來的車，涉及人員也不是柔伊。」

「那麼我想她是在飛機上吧。」塔圖姆鬆了一口氣。

「目前奧斯汀和維吉尼亞州任何機場之間都沒有航班。」

塔圖姆皺眉。「也許她下飛機後忘了打開手機？」

「有可能，最後一個航班是在兩小時前降落。」

塔圖姆的心一沉，如果是那樣，幾乎可以肯定柔伊現在已經找到安德芮亞了。「謝謝，福斯特。」

「你聯絡上她的話再跟我說。」

「當然，再見。」

他掛斷電話，撥打柔伊的手機，再次轉接語音信箱，他又打了兩次還是不通。隱隱的恐懼開始在他內心蔓延。

# 第七十九章

塔圖姆內心的時鐘分分秒秒都在記錄著時間，從他意識到柔伊失蹤的那刻起，已經過了五十分鐘。

他在他的汽車旅館房間裡走來走去，打電話給在聖安吉洛、在奧斯丁、在匡提科的不同人，只要是能幫忙、能提供他些許訊息的人他都打。他一直回想她離開的方式，腦袋不清、目光呆滯，他絕不該讓她那個樣子開車，但他在擔心著馬文，暫時失去了判斷力。他一直在想像那輛現代翻覆在深谷底部或溝渠中，柔伊坐在車裡流血、失去意識或死去的畫面在他的腦中閃爍不去。

他的手機響了，是曼庫索。

「柔伊沒有登上任何班機。」曼庫索的聲音高度緊繃。「有關於交通事故的任何消息嗎？」

「警方在聖安吉洛和奧斯汀之間每條主要幹道上都派了巡邏車搜尋她，」塔圖姆說。「但是她一定是走七十一號國道，這條路路況很好，她不太可能迷路，而且如果她在這條路上發生事故，我們早就已經……」他心裡一沉。「知道了。該死，曼庫索，我再回妳電話。」

他掛斷電話，衝出房間。

她沒有搭上任何班機，他們在去奧斯丁的路上都找不到她，但有一個地方他從未檢查過，他想都沒想過。

停車場位於汽車旅館的另一側。

租來的車仍然停在那裡，柔伊連車都沒開走。

她會不會是意識到自己沒辦法開車，所以決定搭Uber呢？塔圖姆對此表示懷疑。他向回奔跑，決定前去檢查她的房間。

他緩步走進大廳，試圖看起來很隨興，他可以出示識別證來拿到柔伊房間的鑰匙，但櫃檯服務人員可能會打電話給旅館經理，然後他們會說他需要搜查令……他沒有時間。櫃檯後面那個女孩多次看過他和柔伊一起經過，他強顏歡笑著。

「嘿，」他說。「我朋友把自己鎖在房間外面了，妳有備用鑰匙嗎？」

她遲疑地看著他。塔圖姆中斷眼神交流，咳嗽了一下故作尷尬。「她……嗯，在我房間裡等，她現在沒有衣服穿。」

那女孩臉紅起來，試圖掩飾她的竊笑，她找到一把備用鑰匙交給塔圖姆，他要耗費強大的自制力才沒有拿著鑰匙飛奔而去。

他打開房門，心臟跳到了喉嚨口。柔伊的房間很亂，紙張散落在床上，有些散落在地上。他很快檢查過一遍——文件都與薛丁格案有關。他在床邊的角落裡發現一雙被扔掉的長襪，她的牙刷和其餘盥洗用品仍放在浴室裡，他猜測她因為匆忙離去而忘記打包這些東西。床頭櫃上放了一些最新的犯罪現場照片，他拿起照片翻閱，注意到底下有張名片。

喬瑟夫．多德森，空調技師兼電工。塔圖姆困惑地皺眉，然後回憶起幾天前他見過在早上離開柔伊房間的那個男人。

一個非常高大的男人。

他將名片掐在拇指和食指間，試圖思考透徹，他的手機響了起來，是不認識的號碼，但是在過去的幾個小時裡，他打過電話給很多人。

「你好？」他接聽。

「葛雷探員？」電話另一頭的男人沉重地呼吸，聲音顫抖。「我是哈利，那個記者。」

「我現在沒有時間跟——」

「我剛收到薛丁格的另一封電子郵件，是一段影片。」這聲音聽起來不像塔圖姆談過話的那個憤世嫉俗又巧言善道的記者，此人正處於歇斯底里的邊緣。「我正把連結寄給你。」

他掛斷電話。

一秒鐘後，手機收到傳入訊息而發出響聲，這不是之前慣用的隨機網址，而是YouTube影片的連結，塔圖姆點擊連結，影片顯示在螢幕上。

看著柔伊的臉，塔圖姆雙腿一軟，重重跌坐在床上。

# 第八十章

一片漆黑。

有一度柔伊以為還是晚上，她把窗簾拉下了。她口乾舌燥，意識模糊，她移動了一下，也許是要去拿手機，看看現在幾點了。

她的手無法動彈，被反綁在身後；她能感覺有東西緊緊把她的手腕卡在一起，她的嘴被塞住。

一團混亂的感覺和記憶片段浮出水面，好痛，她全身都在痛，跟過去一樣，但是更嚴重的疼痛。

她用腳踢了一下，踢到上方的堅硬物體。她在做夢，有時會這樣——她過度專注於自己在辦的案子，所以做了關於案件的噩夢，但她的身體疼痛，有東西卡在手腕上，她嘴裡的感覺：太真實了。

還有那全然的黑暗，這種黑與她閉上眼睛時的黑暗並無二致。

她試圖掙脫雙手，扭動身體，卻撞到兩邊的木牆，她驚慌失措，試圖坐起來，撞到了額頭。

在狹窄的黑暗空間中並非一片寂靜，有陣朦朦持續的尖叫聲填補了她周圍的空白，等到她的喉嚨開始發燙，她才意識到那是她透過嘴裡堵塞物傳出的尖叫聲，被恐懼所吞噬的尖叫聲。

這不是理性的恐懼；而是一種原始、被困在黑暗中動彈不得、箱壁緊貼她的強烈恐懼。無論她怎麼動，都能感覺到牆的結實輪廓，堅不可摧。而她突然意識到箱子之外只有泥土，只有四面八方的岩石和土壤，就算她的手沒有被綁住，她仍然陷在這個小小的深淵中。

她尖叫、扭動又擺頭，她的身體取得控制權，所有理性思維都在席捲她思緒的恐懼颶風中消失了。

# 第八十一章

她再次尖叫，塔圖姆身體一緊；那聲音難以忍受。

「把這該死的東西關成靜音。」福斯特聲音嘶啞地說，他正在講電話。

塔圖姆與福斯特和里昂斯一起待在戰情室。他們將一台筆電放在桌上，影片持續在筆電上播放，他知道整個警局的電腦螢幕上都在播放相同的影片，喇叭發出相同的尖叫聲。他查看手錶，從他進入房間以來，他已經查看超過十二次以上，從影片開始播放已經過了一小時二十分鐘，無法得知柔伊在那個箱子裡待了多久，兩小時？三小時？

八小時？

里昂斯坐在電腦前，眼裡閃著微光。她沒有將影片關成靜音，他們都知道原因，無論機率有多渺小，他們在茱麗葉．畢曲身上使用的技巧都有機會在此刻發揮作用。塔圖姆一告訴福斯特這支影片的消息，福斯特便派出巡邏車以最大音量播放音樂。

但是當柔伊安靜下來，他們什麼聲音也聽不見，塔圖姆知道薛丁格絕不會重蹈覆轍，無論她被埋在哪裡，她都被埋在遠聽不見任何聲音的深處。

「另一則留言，」里昂斯說。「『這影片是假的。』假（fake）這個字故意拼成fack[19]。」

這是首次薛丁格的影片有人留言，有觀看次數，甚至顯示了「我喜歡，我不喜歡」的標示。薛丁格全心擁戴YouTube，並創立了名為薛丁格的頻道，該影片被命名為「四號實驗」，聯邦調查局和網路作戰小組正試圖追蹤影片訊號的來源，但塔圖姆不抱希望。

他在房間裡走來走去，但是現在他停下腳步，再次端看著螢幕，影片訊號比過去更暗；很難看見細節。柔伊仰身躺著，嘴巴被塞住，頭髮蓬亂，臉上滿是淚痕。除了她之外，塔圖姆還可以看見黑暗中有一堵木牆。

沒有道具，沒有標記為毒物或爆裂物的金屬裝置，訊號穩定沒有變化。

有一度他的腦裡一片混沌，盲目的恐慌感充斥他的腦海，擔憂柔伊性命的純粹恐懼有如巨大的浪沫，將他的思緒沖走。他強迫自己呼吸，強迫自己理性思考，他這個樣子對柔伊的性命來說毫無用處。他再次查看時間，從影片開始播放已經過了一小時又二十三分鐘。

他們有兩支透地雷達小組正在盡快搜尋，塔圖姆使用柔伊的公式計算出搜索參數的更寬半徑，他們據此搜尋，但當然，由於柔伊墓穴中可能充滿富含黏土的土壤，因此即便他們就站在她正上方，搜尋到的機會幾乎為零，搜救犬分隊也在搜尋相同的地區。

「排除謝潑德了。」福斯特放下電話。「我剛剛跟監視他的人員交談，他沒有機會帶走柔伊。」

塔圖姆點點頭。「柔伊認為他不太可能是嫌犯。」他仍感到心裡一揪，謝潑德是他們掌握的少數線索之一。

「我們目前唯一掌握的嫌犯是那個叫喬瑟夫．多德森的傢伙。」福斯特說。「他們現在應該隨時都能把他帶來，對他有什麼想法嗎？」

想法。塔圖姆強迫自己專注，冷靜分析。「他的年齡大約符合，他很強壯，既是電工也是空調技師，所以他可能有一輛工作用的廂型車，可能他因此得以獲得拍攝被活埋的女孩並公開

---

19　fake故意拼成fack，意思是暗罵fuck。

播放到網路上所需的相關技術知識。另外，他接近柔伊，因此可以從她那裡獲得有關調查的詳細訊息。」

「可能是他幹的，」福斯特幽幽地說。

他們都變得沉默。柔伊的瘋狂呼吸從電腦傳出，塔圖姆緊握雙拳。

「為什麼要傳到YouTube上？」里昂斯過去一小時內問第三次了。

「可能是因為留言，」福斯特不耐地說道。「他想看見觀看者震驚又恐懼的留言。」

塔圖姆皺眉思索了一下。「這不符合側寫，這個人不想交戰，他想要表現自己有多聰明。如果他想要網友留言，他大可讓網友對他之前的實驗發表留言，我猜他不在乎這些留言，只是隨機擾人視聽。」

「然後？」

塔圖姆看著影片，除了留言之外，YouTube為用戶帶來什麼價值？這一定是凶手無法在他自己網站做到的事，他能想到的只有廣告，他懷疑凶手會在意收入。

「流量。」里昂斯突然指著觀看次數，剛好達到四位數，且正在穩步攀升。

「沒錯。」塔圖姆同意，試圖忽略自己內心的反胃感。「茱麗葉．畢曲的影片，人們已經回應他們連不上影片網址，那個網站無法承載流量，這次我認為他想幹一票大的，他希望每個人都能看到影片，他想得到他求之不得的名氣。」

「一旦影片被檢舉，YouTube就會移除這支影片，」里昂斯說。「到時該怎麼辦？」

「我們不能讓他們移除，」塔圖姆說，他的心掉了一拍。「我會處理。」他會打給曼庫索，要她聯繫YouTube說明情況，並阻止他們移除影片，直到柔伊安全脫身。即便他打算如此做，他也意識到自己正遂了凶手的心願，正在助紂為虐。

福斯特的手機響了，他接聽。「對，把他帶來這裡，帶他去一號偵訊室。」他掛斷電話。

「喬瑟夫・多德森？」里昂斯問。

「對，」福斯特說。「他們剛把他接來，我們正在處理申請搜查令。」

「證據可能不足以申請搜查令。」里昂斯指出。

「無論如何我們都會搜查他家，」福斯特堅毅地說道。「我們會搜遍所有地方找她。」

# 第八十二章

柔伊精疲力盡地躺著，不知道自她醒來已經過去多少時間，她感覺自己偶爾會昏過去，但不確定自己是否真的失去知覺，或者是否只是思緒斷了線，從而任憑自己的身體在恐慌中掙扎。除了膀胱壓力緩慢無情地增加，以及幾乎無法忍受的口渴之外，她無法估量時間的推移。她回想前一天，意識到自己沒有喝太多水，現在為此付出了巨大的代價。

但在她渴死前，早就窒息而死了。

自她醒來，這是她首度覺得氣力放盡。她停止敲打，緩慢思考起自己的處境。

他們開始調查時，分析師曾估計妮可·麥迪納將在十二小時內耗盡空氣；茱麗葉·畢曲被活埋了大約九小時，他們找到她時，她幾乎已經半死不活。柔伊不知道裝著她的箱子大小是否相同，但可以保險假設尺寸相距不遠，她比一般女性的身高矮，這表示著當她被關在箱裡時，內部可能有更多空氣。

她所有敲打和尖叫的行為都大大降低了空氣量。

為了最大程度延長存活時間，她最好的選擇就是睡覺，大大降低呼吸頻率，但這並非當前的選項；她嚴重感到不適，因此她必須躺著不動並保持鎮定。

「保持鎮定」正是她的問題所在，她仍然可以在腦裡一個角落感受到幢幢恐懼，等待她觸摸其中一堵木牆，再次感覺到逼近她的空間，再次想到她狹小封閉的空間上壓著大量沙土。

她嘗試了一些基本的放鬆技巧，專注在自己的身體上，試圖放鬆肌肉，穩定呼吸，但是她無法正確集中注意力，恐懼的思想不斷向她襲來。她失控了一下，踢到圍住她的木牆。她哭了出來。

她得試試別的辦法。

如果她不能透過清空思緒的方式平靜下來，那麼她就必須透過填滿思緒來平靜自己，她發現這容易得多，這實際上就是她平時的狀態。

她試圖想到安德芮亞，但這部分充滿不確定性，是另一種無法承受的恐懼，於是她迅速迴避了這些思緒。她妹妹還活著，就目前看來，她的情況可能比柔伊好上太多。

然後她想到自己可能正被拍攝，如果她能夠一點一點搜集關於自身情況的任何訊息，也許能以某種方式讓她的觀看者知道。她可以自救，她有能力擺脫這種局面的想法立即減輕她被困在箱內的恐懼。

她扭動一下，將臉頰靠在箱子的木牆上，箱子是木製的，但表面有點光滑。她試圖回想其他受害者的箱子有多光滑，這個盒子有什麼不同嗎？她試圖嗅聞內部，也許能聞到一些可以幫助脫困的線索，但是她所能聞到的只有自己的味道，她靜靜躺著，努力傾聽這永無止境的空間。

一片寧靜。

她的五種感官中，味覺和視覺都不堪使用，到目前為止觸覺、嗅覺和聽覺都提供不了任何資訊。

她試圖回想前一天晚上發生什麼事情。記憶很片段，她估計這可能是因為她當時太心煩意亂，她想起她決定去奧斯丁搭飛機，與塔圖姆的簡短互動——她不記得他們說了些什麼，她走到停車場，然後……

好痛，她所有的肌肉都因疼痛而僵硬，她一直無法動彈。

他電擊她，然後以某種方式將她擊倒，這與他之前的策略有所不同，他顯然比過去更加自信，或更鋌而走險，也許以上皆是。

她努力回想自己是否看見過什麼有用的線索，她記得在黑暗中看到租來的車輛……記憶一片空白，只有疼痛。

她沒有讓自己絕望，她知道記憶的運作方式，有些片段經常會離奇地突然清晰重現，她會等待，但是必須保持腦袋忙碌運轉。她閉上眼睛，只要不動，幾乎可以忘記自己身在何處。

她專注於案件，那是她保持大腦忙碌的最好方式，當她工作時，她會思考案件好幾個小時，試圖了解凶手的心態，弄清他的動機和衝動，了解逼使他出擊的理由。她一般會在她周圍擺滿犯罪現場和受害者的照片，但現在她必須將就一下。

昨晚在安德芮亞打電話給她之前——她的思緒在此徘徊了一秒鐘，然後她強迫自己想些別的——她專注於黛博拉．米勒的案子。黛博拉．米勒是第一位受害者，是促使凶手出擊的受害者。

如果凶手知道黛博拉是誰，且她正打算遠走高飛，他就會知道沒有人會通報她失蹤。這可能就是理由嗎？

不，多的是無家可歸、沒人會追究她們下落的女孩，這種女孩更容易上鉤，因為其中許多是妓女。但是這個凶手總是鎖定擁有家庭和個人生活的女孩。黛博拉可能把自己搞得一團糟，但她也來自一個愛她的家庭，且有家可歸。

她試圖從黛博拉和其他女孩之間找到一個共同特徵，但遍尋不著。黛博拉的年紀比其餘受害者大得多，有毒癮又不健康；而其他人都很正常。黛博拉正在尋找擺脫當前生活的方式，這可能與瑪莉貝兒・豪伊一樣，但與茱麗葉和妮可無關。

她決心嘗試用不同的方式著手思考這個問題，看看其他三名受害者的共通點，然後嘗試釐清這些共通點是否適用於黛博拉・米勒。

外觀上，這三名女性截然不同，但三名女性都長得很美，事實上茱麗葉・畢曲的顏值極高，但三者都具備令人難以忘懷的相貌。凶手看得出來黛博拉也很美嗎？她像茱麗葉和妮可一樣瘦，但瑪莉貝兒的身材凹凸有致且雙頰豐滿，柔伊懷疑外表並不是答案。

他利用社交媒體追蹤了這些女孩，她已經全面檢視過這三個帳戶，三個帳戶都經常發佈貼文，似乎生活都很幸福快樂，儘管在社交媒體這種充斥假笑的空間，這並非什麼特別之處。三個帳戶都和形形色色的男性合影留念——也許那正是他的引爆點。也許黛博拉・米勒以某種方式勾引他，讓他覺得她就像其他那幾個女孩一樣放蕩。

但感覺不太對。據柔伊看到的，按照社交媒體的標準，這三個女孩的個人檔案都非常清純，沒有挑逗的照片，沒有比基尼照，沒有裸背照，甚至沒有噘嘴的照片。只是女孩和朋友們出去玩拍的開心照片。

朋友。她們很受歡迎，至少在社交媒體上很受歡迎，她們與許多不同的人合照，且有很多追蹤者，三人的Instagram帳戶都各有五百名追蹤者。

所以，三個女孩都既美麗又受歡迎，而黛博拉卻顯得孤單一人，看起來又病懨懨的。

他是否因為她們與黛博拉相反而鎖定她們，或者——

她的思緒抓緊黛博拉父親說的話：她在學校的時候是最可愛、最快樂的孩子，她是如此受歡迎，被朋友圍繞。被困在這座感官剝奪的墓室裡，他的聲音卻言猶在耳，彷彿他就在她身邊。

她在學校的時候。

對凶手而言，這四名受害者並無二致，她們都美麗又受歡迎。但畢業後，黛博拉變得不快樂又孤獨。

他是當地長大的男孩，他和她就讀同一所學校。

她突然恍然大悟，完全確認推測無誤。他和她就讀同一所學校——她當時是個受歡迎又快樂的女孩；而他，則是沒有朋友的怪胎，在課堂上一小時又一小時地對她幻想。他的側寫中清楚描繪出他性格中的執念，而他還是個男孩時，也有如此傾向，這是一份永不消散的青春期迷戀。而多年過去，他遇見了她，他在精神上已經背負了壓力，可能由於工作上的原因——可能是被開除、沒有得到升遷，或者老闆討厭他，而她就在眼前，經過二十多年回到他的生活之中，這足以觸發反應來實現他的幻想。

這點足以找出他的身分：一所高中能有多少名學生？一千？用她的個人檔案交叉比對，也許採集他們的指紋，來比對他們已經掌握的部分指紋，就大功告成了。

不幸的是她眼前無能為力，但是警方可以，還有塔圖姆也是。她得想個辦法跟他們溝通這一點。

# 第八十三章

一名身穿制服的警官打開戰情室的門。「福斯特，喬瑟夫．多德森到了。」

「很好，」福斯特說。「等等過去。」

那人關上門，福斯特轉身面對塔圖姆和里昂斯。

「好了，我們罩子要放亮點，時間不多了。」

塔圖姆點點頭。在通常的情況下，他們會讓人坐立難安一陣子，然後再進去扮黑臉白臉，但嫌犯每多等一分鐘，柔伊都在逐漸窒息中。塔圖姆看一眼螢幕，在過去二十分鐘裡，她一直閉上眼睛躺著不動，這比她稍早前掙扎尖叫時的情況更糟。

「你認為我們應該怎麼問話？」他問。

「你先進去，」福斯特說。「他已經見過你一次；他知道你知道他是誰。這可能會使他不安，我們可能應該像上次謝潑德一樣準備一些道具：犯罪現場的照片、厚文件夾，把他的名片裝在證件袋裡。我們已經掌握通聯記錄，所以我們可以據此採取一些行動，讓他聽起來好像我們知道的比實際要多，然後我再進去，跟他說如果他告訴我們柔伊現在人在哪裡，我可以讓聯邦調查局不要去煩他……這樣如何？」

塔圖姆猶豫了，對於尋常的犯罪份子來說，這聽起來像是一個合理的策略，但對於這個連環殺手呢？

「搜查他家的搜查令申請得如何？」他問。「如果我們找到具體的證據，我們也許能好好訊問他。」

福斯特嘆了口氣。

「里昂斯正在處理這件事，如果十分鐘之內拿不到，我想我們就直接……」他意味不明地揮揮手，顯然不想把話講明，塔圖姆已經聽懂他的重點，福斯特打算搜查這個男人的房子，無論是否合法。他對此表示讚賞。

還有其他事讓他舉步不前。

柔伊顯然和這個男人睡過，她真的會如此盲目，看不見跡象嗎？她孩童時期和羅德．格洛弗保持友好的關係，但她仍然懷抱情感上的傷痕，塔圖姆想要相信他的搭檔永不會讓自己與可能是凶手的人發生親密關係。

當然了，有些精神病態者的演技非常好。

訊問可能需要好幾個小時，如果他們看錯多德森，那麼柔伊的生存機會將從渺茫降低至零。

「跟你說吧，」他說。「你先進去，帶著道具和所有東西，然後半小時以內我會加入，進行聯邦調查局的訊問套路，同時希望里昂斯能從這傢伙的公寓中搜到我們需要的一切線索。」

「你確定？」福斯特皺皺眉。

「對，我想要徹底想過，把條理好好理個清楚。」

福斯特看著筆電良久，吐了一口氣，然後離開房間，關上身後的門。

塔圖姆轉向筆電，柔伊現在躺著睜開眼睛，仍然一動也不動，唯一表明她還活著的跡象是她偶爾會眨眼。目前影片的觀看次數是六位數，這條消息上遍所有主要新聞頻道，影片連結也跟著爆紅。凶手正在得償所願，全世界的人都在看。

「如果妳在這裡，妳會怎麼說？」他對著螢幕問。他起身在房間裡來回走動，萬一喬瑟夫不是凶手，他還能做些什麼？柔伊會怎麼做？

她會分析他們已知的資訊，判斷其中的含義，然後嘗試得出新的結論。

柔伊再次透過塞住的嘴尖叫，撞擊一側又撞另一側。塔圖姆朝向筆電走了三步，將聲音關成靜音，夠多人在看這支該死的影片了，如果有什麼值得一聽，自會有人告訴他。

他坐在桌旁，掏出他的筆記本，咬著下唇，然後他寫下：不明嫌疑犯在停車場攻擊了她。這點幾乎可以確定。停車場很黑，塔圖姆懷疑柔伊拿到鑰匙後是不是有走去其他地方。他在筆記本上按按筆，然後補充寫下：他跟蹤她，等待可乘之機。

凶手的策略轉變了，他選擇柔伊為目標，並積極跟蹤她，為什麼？為了成名？還是擄走差點要逮到他的人能為他帶來樂趣？柔伊在那篇文章中公開羞辱了他，那或許是促使他行動的原因。

塔圖姆試圖想像這個名叫喬瑟夫的傢伙如此行事，但並不符合。如果喬瑟夫想把她擄走，去敲她的房門會比較合理，她已經認識他，她打開門，他可以讓她在房間裡失去行為能力，也許像他對其他人一樣讓她服藥就好。

他一產生懷疑，其他事情也開始變得古怪。凶手試圖闖入加油站時，戴著乳膠手套，但喬瑟夫是電工。塔圖姆的叔叔曾當過電工，塔圖姆回想他工作時會使用特殊的橡膠手套，比簡易的乳膠手套更厚也更耐用，喬瑟夫應該要使用那種手套。

喬瑟夫很高大，儘管很難在第一支影片中估計出凶手的身高，但塔圖姆懷疑他有這麼高大，他也不認為凶手知道自己這麼高，還會讓自己被拍到。

此外，柔伊也會知道的。

# 第八十四章

柔伊試圖從塞住的嘴咕噥說話，差點吐了出來，她短暫地驚慌失措，強迫自己停下。她可以拿掉嘴裡的堵塞物嗎？她試圖用舌頭把堵塞物推出，然後呆住了。

不只警方在監看，他也在看著她，而且如果她設法將堵塞物取出或者發出任何信號，他就會停止訊號，她幫助警方的機會將會蕩然無存。

這麼做他一定不會注意到，或者他只有在別人收到訊息後才會知道。沒有手勢，沒有言語，沒有聲音。

眨眼：這是唯一安全的行動方針。

她現在多麼想弄懂摩斯密碼，現在還有人知道摩斯密碼嗎？只需短暫和長段的眨眼，就可以將任何訊息傳遞給觀看她影片的人，但是她完全不懂摩斯密碼，唯一的其他可能性是根據數字來眨出字母，A眨眼一次，B眨眼兩次……該死的Z要眨眼二十六次，每個字母間要有明顯的停頓，而他們必須自行在單字之間插入空格。

她在腦裡組成一條短訊：凶手在學校認識黛博拉・米勒。她肯定能夠讓句子更短，盡力避免後段字母：他在學校認識黛博拉。這樣好多了。

好了。H八下，E五下，K十一下……她開始眨眼。

這幾乎是不可能的任務。

她必須自然眨眼，否則凶手會立即發現異狀，這表示她必須短暫輕輕地眨眼，她必須仔細數，在一片漆黑中數著眨眼次數，她無法真正區別出自己的眼睛是睜開還是閉上……

她一路有意識地眨到W，而且她很確定自己在過程中弄錯了H和N。

她發出沮喪的啜泣聲。她必須重新開始眨，直到正確完成為止，但是兇手很聰明，他會發現她的眨眼不規則，這絕對行不通。她必須讓訊息簡短，要短非常多，她必須信任某個人能看出她要說的話。

塔圖姆，她必須相信塔圖姆會看得出來，她曾跟他說過兇手與黛博拉之間的關係，她把關於黛博拉的所有筆記都留在她的房間，塔圖姆會知道她眨的字是她腦中的想法。

她新的訊息單純只是學校一個詞：十九下，三下，八下，十五下，十五下，十二下。

她仍然感覺不可能達成，她決定姑且一試。

但如果她不能提供兇手他想看見的，他可能會因為沮喪或無聊而關閉訊號，她不能讓這種事情發生。

她弓起背並再次尖叫。

他坐在工作地點，鎖上門確保沒有人會進入，然後觀看她。他知道自己有事要做，但他無法將目光從影片上移開。第一個小時最好看；她已經完全失控，她大哭又尖叫，讓他感覺到難以想像的快感。不再那麼冷酷又精明了對嗎？當人被關在黑暗中，有時間真正反省思考時，就會是這個樣子。

但是當她平靜下來，他開始感到沮喪。她在耍他，截至目前為止，這支影片才七十三分鐘。他需要更多快感。

她無止境地靜靜躺著，他希望能刺激她再次騷動起來，也許他在之後的實驗中該這麼做，他得思考一下這點。

她睜開眼睛，有一陣子一直眨眼，她的眼睛怎麼了？是某種神經反應嗎？

然後她弓起背並再次開始尖叫，甚至叫得比之前更加瘋狂，這值得一看，一下子情慾就降臨在他身上，他摸索著桌上的舒潔面紙，喘著氣，面色漲紅。

等他完事，她已經停止尖叫，閉上眼睛躺著了。他發出顫抖的呼吸，這是他到截至目前為止進行過最好的實驗。

塔圖姆的手機響了，是哈利，塔圖姆迅速接聽。

「怎樣？」

「你在看影片嗎？」哈利問，聽起來很緊張。

「沒有，怎麼了？」

「快看那該死的影片，我認為柔伊正在嘗試發信號。」

塔圖姆趕緊走到螢幕觀看，一開始他看不出任何異常，她只是躺在那裡眨眼，但後來他意識到她在快速眨眼，然後暫停，快速眨眼，又暫停。

「她在用……某種模式眨眼。」

「不是摩斯密碼——我已經查過了。」

柔伊突然閉上雙眼，幾秒鐘後她又開始扭動踢腿，塔圖姆同情地心裡一緊，移開目光。

「我認為她這是在演，」哈利說。

塔圖姆轉回螢幕。「你怎麼知道？」

「我撰寫性醜聞和名人報導很多年了，相信我——有人在演的時候我會看得出來。」哈利沾沾自喜的口吻聽起來很煩人。「她會停止一下，她之前已經做過兩次，你等著看吧。」

就像哈利說的，柔伊突然停下，閉上眼睛，看似精疲力盡。

「準備要眨眼了。」

柔伊突然間睜開眼睛然後眨眼，塔圖姆一下子才反應過來。

「計算次數！」他對著手機咆哮。「計算眨眼次數。」

他自己也在計算，在他的筆記本上寫下結果。一分鐘後，她閉上眼睛靜靜躺著。

「好了，」哈利說。「我數到十八、三、十五、十五、二十七。」

「我數到十七、三、十五、十五、十一。」塔圖姆喃喃道。「我很確定第二次十五下之後，她有停頓一下。」

「如果有停頓，那就是十五下加十二下，那就是二十七下。」

「你算錯了，是十五下和十一下，這不是摩爾密碼，所以可能是字母，數字是字母的順序」

「好吧，我們來看看，十七下是……A、B、C——」

「你數字母不要發出聲音，」塔圖姆厲聲說。「這樣我無法思考。」

他草草寫下字母和對應的編號，然後將他計算出的數字比對字母，柔伊再次在筆電螢幕上又敲又打。

「對了，」哈利說。「我拼出……rchook，沒有任何意義。」

「我拼出 qchook。」塔圖姆喃喃道。

「如果我算對了，只是錯過了停頓，那最後一個字母就是十二下，那表示是……rchool。」

「學校！」塔圖姆大喊。「是學校。」

「對。」哈利也聽起來很很興奮。「所以……她是要告訴我們她被埋在學校裡嗎？」
「有道理……」塔圖姆猶豫了。「她怎麼知道自己被埋在哪裡？」
「也許她被活埋之前聽見了一些學校的喧鬧聲。」
「可能是這樣。」塔圖姆表示同意。「我會立即派人調查。」
「太好了，有什麼新消息要告訴我。」
「嗯哼，」塔圖姆掛斷電話，他正要迅速離開房間，然後他停下。
柔伊一直在試圖尋找黛博拉和凶手之間的聯繫，那會是她的意思嗎？
又是那種猶豫不決的感覺，錯誤的決定可能會浪費寶貴的時間，並使柔伊喪命。他決定追蹤兩條線索，他會告訴福斯特和里昂斯關於學校的訊息，讓他們到當地學校中搜尋柔伊，那是更有可能性的方案。
而他自己會去調查黛博拉的學校生活，心懷僥倖試試看這會不會是柔伊的意思。

克麗絲汀．曼庫索組長不停在講電話，影片在她的電腦螢幕上播放，她很早就將影片靜音，但無法關閉影片，感覺關掉影片彷彿以某種方式背叛了柔伊，將她棄於黑暗中不顧。
她方才掛斷與負責聖安東尼奧分部的特別探員一通很長的電話，他已派出六名高層人員到聖安吉洛，他的分析師日以繼夜在尋找柔伊。曼庫索猜測這只是個說法，說這些話主要是為了要使她放心或者是為了自保，或許兩者皆是。但這她傾盡全力也只能做到這樣，與任何幫得上忙的人通話。
她再次撥了塔圖姆的電話以獲得最新消息，但他在通話中。
然後手機在她手裡響了。

「你好？」

「是曼庫索探員嗎？」聲音很熟悉，但她對不上是誰。

「是曼庫索組長。」

「噢，組長，對，我是格倫莫爾公園警署的米契爾．朗尼，記得我嗎？」

她花了一點時間想起他是誰，是個長相不錯的男孩子，長了一雙悲傷的綠眼睛。「是，朗尼，我記得你。」

「聽著，我在看影片——」

「我也是，朗尼，目前沒有任何更新——對不起。」

「不，聽著，我發現柔伊試圖在告訴我們一些訊息，她在眨眼字母，而且——」

「學校，」曼庫索打斷他。「她在眨眼學校這個詞。」

一陣沉默。「對，」米契爾最後說。

「我知道，柔伊的搭檔，還有三位分析師已經告訴我了。」

「我只是想提供幫助。」

曼庫索閉上眼睛，對自己生氣。「我知道，」她說，語氣緩和下來。「謝謝，我們正在竭盡所能找她。」

那才是真正的障礙，朗尼、她或她周圍的任何人都無能為力，柔伊幾乎在所有面向都不可觸及，而他們所能做的就是觀看影片。

在闃寂無光的黑暗中，柔伊繼續執行自己的程序，驚慌敲打三十秒，數到十，眨眼表達訊息，休息一分鐘。然後再一次。驚慌，暫停，眨眼，休息。驚慌，暫停，眨眼，休息。

她不知道是否有人在看她，不知他們是否收到訊息，她知道自己必須盡快停止，她消耗太多空氣了。

但就目前而言，她繼續執行程序，在深淵中眨眼並懷抱著希望。

她第四次按時尖叫時，他開始懷疑了起來，她歇斯底里的時間點太規律了，感覺就像被設定好一樣。像她這樣的女人即使失控仍會遵循某種模式，這點幾乎可以理解。

他看著她扭動弓背又搖頭晃腦，她的眼睛閉上，但是有什麼部分不太對勁，他看過包括她在內的好幾名女性，她在演戲……不知何故。

她停下，然後又開始緊張地眨眼。

不，她不緊張，是別的，是機械式地眨眼。

他仔細地看著，感覺心裡一沉，這是某種信號，他剛剛怎麼會沒注意到？他全神貫注於自己的私人情感和情慾，太迷戀於她的恐懼。

她在耍他。

他迅速暫停影片，中斷訊號，然後過一會兒，他閱讀了影片下方的留言。

學校！她在眨眼學校這個詞！

這影片是假的

我認為她是在眨 schoon。

絕對是學校。

我一直算錯

假的

學校

對，學校

數不清的人在他之前就注意到了，他驚慌起來，但隨後強迫自己冷靜下來。學校？那到底是什麼意思？她認為自己被埋在學校裡？

他搖搖頭，感到困惑，學校裡什麼都沒有，幸好他在她設法發出其他信號之前就發現了。

# 第八十五章

幫塔圖姆開門的那個人看起來很可怕，眼睛充血，皮膚蒼白，他身上的氣味使塔圖姆想起他阿姨在醫院去世前幾天的氣味，不管護士怎麼幫她房間通風、怎麼幫她清潔都沒有用；他們無法消除死亡降臨的惡臭。

「米勒先生？」塔圖姆問。

那人點點頭，那是一種「你到底來幹嘛」的厭世點頭法，塔圖姆從他的氣息裡聞到一股酒精的氣味。

「我是聯邦調查局的葛雷探員。」他甩開識別證，儘管米勒連看也沒看一眼。「我能打擾你幾分鐘嗎？」

「當然。」那人粗聲粗氣地說道。「是關於黛博拉的事嗎？」

「是的，我在想……你有黛博拉的學校年鑑嗎？」

他預期他會問他一些問題，或許發出憤怒的反應，但米勒先生只是點點頭，示意塔圖姆跟他進屋。屋內很黑，每個角落都沾上同樣的氣味，塔圖姆發現自己開始淺淺地呼吸。

米勒先生帶他去一間只屬於黛博拉本人的房間。與屋內其餘區域不同，這間房間沐浴在光線下——有一扇大窗戶位於床上方，儘管蒙上塵埃，但能讓陽光直射入房，床上有一處凹陷，似乎有人最近一直坐在床上。塔圖姆打賭米勒先生過去二十四小時在床上待了很久，為他發現早已死去的女兒感到悲悽。

一個小書架放在角落，上頭擺著一些書、專輯、剪貼簿和四本年鑑。

「我可以拿走嗎？」塔圖姆問。

「我希望你不要拿走，」男人說。「但是請隨意翻閱沒關係。」

塔圖姆沒有爭論，他拿起一九九三年最近期的一本年鑑。

「想喝點什麼，葛雷探員？」

「水就好，謝謝。」塔圖姆已經在一頁一頁翻閱，他沒有具體計畫，沒有目標，但他認為鎖定怪異的孩子很容易：跟別人穿著不同，沒有出現在團體照中，在自己的照片中沒有微笑的人。從這些角度找起是很有機會的。

有件事確鑿無誤：黛博拉非常受歡迎，她顏值極高，無數照片中都有她，最老套的部分是她是啦啦隊成員，與碰上凶手之前的那個女人——遭到家暴的毒蟲——大相徑庭。

有張熟悉的面孔吸引他的目光，塔圖姆停下，是一個咧嘴笑的非裔美國青少年：山繆．福斯特。

廢話，塔圖姆懊惱了一下。福斯特曾說過他在學校認識這個女孩，他浪費了寶貴的時間，他本來從一開始就可以跟福斯特確認，就能得到關於任何一個孩子的第一手知識。他正要把年鑑放回，向米勒先生致謝並返回警局，另一張面孔引起他的注意，是一個戴著一副大眼鏡和長了一頭凌亂捲髮的男孩，照片下的名字是克萊德．普雷斯科特。

塔圖姆對著照片皺眉，無法甩開他見過這個克萊德很多次的感覺，他翻閱了年鑑，但克萊德沒有出現在任何團體照或任何社團中。

克萊德．普雷斯科特，塔圖姆又看了他那正經八百的臉孔一眼，看著他一頭捲捲的頭髮。捲毛。

是法醫。突然間他的綽號變得十分合理，他曾經是捲髮，而且他和福斯特在學校時就認識了。

與前幾次不同，捲毛在挖屍的前一天就出現在現場，他盡快走向屍體，好像要確保自己要第一手接觸到屍體，他是否一直試圖消滅某些跡證？消滅證據？

雖然福斯特在意識到自己跟受害者就讀同一所學校時有做出反應，但塔圖姆卻不記得捲毛有說過什麼，那簡直是異乎尋常，任何人都會表示些什麼的。

除非他想避免與受害者扯上關係。

塔圖姆深吸一口氣，集中注意力，試圖檢視是否有更多符合的部分。彷彿有人跟凶手通風報信，讓他發現他們即將找到茱麗葉·畢曲，捲毛只要在警局附近閒晃，或者打電話給他在警隊許多熟人的其中之一，很容易就能得知搜索情況。

那側寫的部分呢？非常聰明，四十歲左右的白人，工作不太講求效率，卻很要求細心程度。

還有他的舉止——總是試圖炫耀，試圖證明自己有多聰明；對瑪莉貝兒·豪伊的死亡時間估計精確到荒謬的程度，妮可·麥迪納的死亡時間也是如此，這些都是在展示他的能力。

死亡時間。塔圖姆突然想起惠特菲爾德案的細節，惠特菲爾德案是被埋在沙漠中的死亡妓女，在審判期間證明死亡時間與推估結果不符合，嫌犯被釋放，而捲毛是主要被咎責的對象。他真的會冒著事件重演的危險，估計豪伊和麥迪納的死亡時間到如此精確的程度嗎？絕對不會，除非他知道自己是對的，否則不會這樣，而且他很輕易就能得知，如果殺害她們的人就是他自己。

那是他一生中最近期的壓力源，這起事件最終將他逼到臨界點。惠特菲爾德案在八個月前開庭審理，審判可能是在那時間點之後的幾個月進行的……捲毛受到千夫所指大約是在四、五月，正是黛博拉．米勒遭到謀殺的時候。

他們以為凶手想介入調查，這正是為什麼他們開啟破案熱線，要求人們提供情報，但是捲毛本來就是調查中不可或缺的一部分。塔圖姆握起拳頭，捲毛可以輕易進出戰情室，看見他們的地圖，得知他們的側寫要點，還有犯罪現場的照片。

一切證據都非常模糊且間接，但感覺錯不了。

他查看時間，快兩點了，柔伊已經被活埋了大約六小時，無論對錯，他們尋找她的時間不多了，他只能仰賴他的直覺，他必須快速證實自己的判斷是否正確，否則他就得和福斯特坐下，逐一檢查這所學校的其餘學生，該死的，會耗費太多時間。

柔伊的性命仰賴於他，他必須做出正確的判斷。

# 第八十六章

克萊德．普雷斯科特煩躁地為調查局實驗室準備毒物學樣本，他已經處理完血液和眼球玻璃狀液，現在從每個器官中取出一小部分樣本，機械式地貼上標籤。他已經筋疲力盡，前一天晚上睡不到三小時，而工作似乎永無止盡又冗長累贅。

葛雷探員即將到訪的消息讓他提不起勁來，他二十分鐘前打電話給他，問他是否可以順路過來查看一下瑪莉貝兒．豪伊的屍體，探員對需求交代得含糊不清，只說這與柔伊．班特利被活埋的位置有關。

克萊德想像不出探員的意思，其餘警察則專注於對當地學校進行廣泛的搜查。

他聽見有人走近的腳步聲，抬起了眼睛，是山繆．福斯特。

「嘿，捲毛。」福斯特疲倦地對他微笑。

「嘿，山繆，」克萊德說。「有任何進展嗎？」

「沒有，我們仍然沒有足夠的搜救犬分隊來進行搜索，他們正從奧斯丁和休斯頓派來更多分隊，但是到目前為止，一無所獲。」

「柔伊怎麼樣了？」

「訊號大約一個小時前就停止了，」警探嚴肅地說。「我們希望她沒事，但我們估計她在那個箱子裡待了七小時，可能更久，我的看法並不樂觀。」

「這是件苦差事。」克萊德用黑色麥克筆在裝了腎臟的容器上標記好，然後將容器放在櫃檯上。「我要怎麼協助你？」

「我是來見葛雷的，他說他會帶一個目擊者過來。」

克萊德略顯緊繃。「目擊者？」

「對，我不太了解細節，是關於瑪莉貝兒．豪伊屍體的事……」福斯特聳聳肩。「他說這要不了多久時間，他聽起來非常煩惱。」

「這是可理解的。」

「我無法想像他正在經歷什麼。」

克萊德點點頭，他們都陷入一種不舒服的沉默之中。當葛雷探員走進房間時，福斯特似乎要說些什麼。

「噢，好，」福斯特說。「你來了，這是要幹什麼？」

「我只是想讓目擊者看一下瑪莉貝兒．豪伊的屍體，」葛雷探員說，他轉身。「妳可以進來了，小姐。」

傳來高跟鞋猶豫的腳步聲，然後茱麗葉．畢曲走進了房間，她的目光迎上克萊德，她愣住，眼睛睜大，發出急促的呼氣聲，手快速掩住嘴。

克萊德心沉到谷底，他靠在櫃檯上，試圖表現得自然，但他的手指在發抖。

「好了，小姐，如果妳不介意看一眼的話，」塔圖姆看見茱麗葉的表情時停頓一下。「小姐？」

她喘著粗氣衝出房間。

「葛雷探員，」福斯特說。「這是做什麼──」

「你們都不准動！」塔圖姆咆哮。「你們兩個都留在原地。」

他去追那個女孩。

「剛才那是在演哪齣啊？」福斯特問。「他在搞什麼，把那個女孩帶到這裡？她已經受夠了創傷，不必再走進該死的停屍間了。」

克萊德清清嗓子。「也許我該去追她，」他啞著嗓子說。「這個地方不適合一般民眾來。」

「我這麼說沒有冒犯之意，捲毛，但你不算太會交際的人，我想我應該跟上他，看看這是怎麼回事。」

「你可能是該跟去，」捲毛匆匆說。「我們愈快——」

葛雷走回房間，擋住門口。他的表情變了，下巴緊繃，眼裡燃燒著怒火。

在克萊德意識到他要做什麼之前，先向後退了兩步，將驗屍台擋在他們之間。

「好了，普雷斯科特，」葛雷探員咆哮道。「你猜怎麼樣？結束了。」

「你在說什麼？」克萊德脫口而出。「那個女孩說了——」

「我應該怎麼稱呼你？捲毛，還是薛丁格？你喜歡哪一個？」

「什麼？」福斯特氣急敗壞，難以置信地說。「葛雷探員，你這是在——」

「他知道我在說什麼。」探員用顫抖的手指指向克萊德。「不是嗎？」

「我不知道！」他的臉上血色盡失，這個女孩認出他來了，看了他一眼記憶就回復過來了。「我不知道發生了什麼事。」他瘋狂思考，他所要做的就是胡扯一通然後脫身，上車，遠走高飛。

「葛雷探員，你是說普雷斯科特醫生是……他是連環殺手嗎？」

「去跟茱麗葉說啊，」探員說。「她有一個非常有趣的故事要講。」

有一度沒人敢動。

「太荒謬了，」克萊德說。「就算那個女孩認為她認出我來……她畢竟經歷了很多事，她可能到處指控別人，然後說不記得是誰擄走她，對吧？」

福斯特瞇著眼盯著他看。

「去追她，」克萊德慫恿道。「把她帶來這裡，我們再來談。」

「你說得對，」探員突然說道。「我們沒有時間四處胡亂指控。」

「對。」

「我們可以迅速釐清這個問題，讓我們採集你的指紋。」

「什……什麼？」

「將你的指紋與我們掌握的部分指紋進行比對，那個企圖闖入加油站的人留下的指紋，只需要十五分鐘，我有認識一個人可以光速比對指紋。」

福斯特專注地看著克萊德。「你認為呢，普雷斯科特醫生？你介意提供我們你的指紋嗎？」

他一直都知道終究會走到這一步，至少他能表現得體面一點。

「沒有必要，」他狀似平靜地回答。「你抓到我了。」

他想到地下深處的柔伊．班特利，他的最後實驗，讓他成名的實驗。

他絕不會告訴他們她被埋在哪裡。

# 第八十七章

塔圖姆離開停屍間，感到筋疲力盡，他大步走過走廊，走到警局門口，然後走了出去。普雷斯科特已經明確表示他不會鬆口說出柔伊被活埋的位置，他們得破解他的心防，而且要快。茱麗葉在門口等著。

「你……逮捕他了嗎？」她顫抖著問。

「是的，他已經供認了。」幾英尺遠處有一小口嘔吐物，可憐的孩子。

「他會入獄的，對吧？他們不會讓他……交保之類的吧？」

「不會，這太冒險了。」

「而且我不必去作證對嗎？去法庭上？我的意思是，他已經認罪了。」

塔圖姆猶豫了一下。「我希望不必。」

茱麗葉吐出一口氣，一滴眼淚從她臉頰流下。

門打開，福斯特走了出來，看起來很頹喪。

塔圖姆轉向他。「他在哪？」

「偵訊室，但是他的口風很緊。」

塔圖姆點點頭。「我會去普雷斯科特的家，也許他在那裡留下了一些東西，地圖或日記之類的東西。」

「要快，我們的時間不多了。」福斯特轉向茱麗葉。「小姐，妳指認出他來是一件好事，妳可能挽救了柔伊．班特利的性命。」

茱麗葉茫然地看著福斯特，塔圖姆哼了一聲。

「我沒有指認出任何人，」茱麗葉說。「我只是按照探員的指示去做，我不記得那天晚上發生了什麼事——我已經告訴過你了，我甚至不認為我有看到他的臉。」

福斯特眨眨眼，然後轉向塔圖姆。「虛張聲勢？」

「他很想認罪，只是需要有人推他一把。」

「但是你該死的怎麼會——」

「晚點再說吧，警探，我要去查看那個混蛋的家，你有派巡邏車去那裡嗎？」

「他們會在那裡跟你碰頭。」

「好吧，找個人把最佳女主角送回家吧，茱麗葉，妳做得太好了，理應頒發一座該死的奧斯卡獎給妳。」

# 第八十八章

偵訊室悶熱到令人窒息，塔圖姆強迫自己將門關上，把另一個房間內的冷空氣關在他身後，普雷斯科特習慣在停屍間工作，那裡的溫度明顯低於建物的其餘空間，可以合理確定高溫會使他不適。

但話說回來，他也習慣在烈日下挖坑。

塔圖姆搜查該男子的住處時，福斯特釋放了喬瑟夫．多德森，此人現在顯然是清白的了，然後他開始審訊普雷斯科特，拷問了他一個多小時。普雷斯科特不要求律師，很樂於談論他之前犯下的謀殺案，但一說到柔伊，他就避口不談了。

塔圖姆坐下不發一語，看著那個男人，普雷斯科特似乎一派輕鬆，輕鬆到無聊的地步。那是偽裝的面具；塔圖姆非常確定，面對茱麗葉時，他看見這個男人眼中的恐懼，也看見普雷斯科特臉上血色盡失的模樣。他花了一些時間才使自己條理分明起來，但是塔圖姆瞥見假面具背後真實的他。

而塔圖姆需要再次找出真實的他，並破解他的心防。

不幸的是，他失去了偵訊時最有價值的工具：時間。柔伊即將在幾小時內死亡；他一秒鐘都不能浪費，但是他也不能讓普雷斯科特看出這一點。

他讓寂靜延伸，在他腦海裡數著每一秒，每一秒都既沉重又響亮。

「筆電上有一個密碼鎖定的應用程式，」塔圖姆最後說。「從柔伊的位置控制影片訊號。」

「沒錯，」普雷斯科特說。他的聲音冷酷又遙遠，也有種自鳴得意的口吻。

「我跟你談一筆交易，給我密碼我就開啟訊號。」

普雷斯科特揚起眉毛。「那我有什麼好處？」

「我會讓你看。」

普雷斯科特交叉雙臂微微一笑，他一語不發。

「我知道你想看。」

「你對我一無所知，探員。」

「這是最後機會你能看一眼你珍貴的影片，監獄裡可沒有安排電影時間。」

有一刻，這個男人似乎有些猶豫，塔圖姆強迫自己保持面無表情，他最迫切需要知道的是柔伊是否還活著，他估計她在棺材裡待了將近十個小時，也許更久，未知的感覺啃噬著他的心智，在他腦裡不斷發出恐慌的白噪音。

普雷斯科特搖搖頭。「不要。」

塔圖姆沒期待會有別種反應，這是普雷斯科特假面具的一部分，他不太可能輕易拆穿，但塔圖姆還是忍不住想問。他已經在後悔替這個人製造了小小的勝利。

他從公事包中拿出一本筆記本，翻了幾頁。「我想你沒有看過我們對挖坑殺手構建的個人側寫吧？」

普雷斯科特清清嗓子。「不，我沒看過，聽聽你們的想法會很有趣。」

「年齡在三十到四十五歲之間，白人，有一台廂型車，從事要求細心程度的工作。不是很吸引人的觀點，有些部分很符合你的背景，但是真正有趣的部分是——」

門開了，福斯特提著幾個證物袋走進來，他把證物袋放在桌上，里昂斯跟在他後面，拿著一台手提式碎紙機，她把碎紙機放在證物袋旁，沒看普雷斯科特一眼。他們倆都離開，關上身後的門。

普雷斯科特細看著證據袋。塔圖姆站起來，抓著碎紙機的電源線。

「我要從哪開始？噢對了，當我們開始判斷是什麼促使你行動時，事情開始變得非常有趣。」他將碎紙機電源插入牆上，然後坐回位置上。他打開其中一個證物袋，取出裡頭的筆電。「你真的把所有東西都設好密碼了，我們在裡頭發現的東西真是令人驚訝。」

「也許是我想讓你找到的。」

塔圖姆開啟休眠狀態的筆電。「也許是吧，但人們經常忘記自己電腦裡搜集到的個人資訊量有多驚人。」隨著電腦呼呼開機，他看著螢幕，強迫自己忽視古老硬碟遲緩的運轉，竭盡所能避免掃視右下角底部的時鐘：時間——無處不在。

「關於你有一個特點是，你被名氣所驅使。」

普雷斯科特嗤之以鼻。「是喔，好萊塢就在附近對我敞開大門。」

塔圖姆揚起眉毛。「也許不是好萊塢，但是你有自己的名人堂，不是嗎？讓我唸給你聽你瀏覽器中搜尋過的關鍵字吧。」他打開瀏覽器中的「歷史記錄」選項。「最有名的連環殺手、聲名狼藉的連環殺手、著名的連環凶手……很會變通喔，把殺手換成凶手，讓我們看看還有什麼……噢，我喜歡這個，重大連環殺手。你幾乎每天都在搜尋這些內容，你是不是在想像你的名字出現在這些文章和榜單中？這裡有一篇文章你一直回頭看，『美國史上最聲名狼藉的二十名連環殺手。』你覺得你排第幾位？第十三位？九？七？」

「我不在乎。」

「嗯，那很好，因為我有消息要告訴你，只殺了三、四個人的連環殺手，是擠不進這個榜單的。」

普雷斯科特只是假笑，在椅子上調整位置讓自己舒服一點。

「但當然了，你在乎的並不是數字，對嗎？」

「對，我不在乎。」

「你在乎的究竟是什麼，普雷斯科特？」

普雷斯科特交叉雙臂。「人類。」

這個人讓這個詞彙包含大量可悲的意義，塔圖姆好想把手指圍在法醫的脖子上，然後掐下去，但他沒有，他假笑著說，「當然，你是一般的人道主義者。」

「有時你需要殺死少數人來拯救多數人。」

塔圖姆眉毛一挑。「拯救他們什麼？」

「他們自己。」冷酷的武裝卸下了，普雷斯科特的眼裡充滿了熱情。「現在沒有人有時間思考反省了，對嗎？我們過去有時間思考，等公車的時候，在超市排隊的時候，或許只是坐在自家客廳的時候，但現在這些時候我們都在做什麼？」

塔圖姆什麼也沒說，讓那個人長篇大論。

「我們在滑手機，在查看 Twitter 或 Instagram，或者玩 Candy Crush，因為我們死命不肯去真正思考個五分鐘，長遠看來，你認為這對我們有什麼影響？全人類都在避免思考自己的想法？」

「所以這就是你提供給受害者的嗎？給她們時間思考反省。」

「不僅如此，我還給所有人有時間思考，每當我停止訊號，每個人都會開始好奇，她死了嗎？她還活著嗎？」

「疊加態。」

「沒錯，疊加態，一個沒有答案的問題，我強迫他們做他們不願意做的事，他們就不得不思考了。」

塔圖姆嘆了口氣，露出一抹厭世的微笑。「對……這是你的使命吧？我早就知道了，你知道柔伊在你的個人側寫中寫下的內容嗎？她寫了你對自己和你所謂的使命感有強烈執念，以至於她預期你的個人物品中會找到一份詳細的日記。」塔圖姆打開另一個證據袋，拿出一疊文件。「看看我找到了什麼，不是日記，甚至更好，是自傳的部分初稿，有個序言裡面寫了你剛剛說的話：人類、是時候好好思考反省了、手機等等一堆廢話——令人厭煩的文字，但是你耗費大量的時間和精力在這件事上，這些頁面全是你自己寫下的更正和編輯說明，你真的很努力想把自傳寫好，我敢打賭你迫不及待要寫下最後兩、三章，然後找到出版社發行。其實我甚至在你的瀏覽器歷史紀錄中看見你在研究出版代理，正在進行周延的出版計畫。」

塔圖姆拿起第一張頁面。「我希望你記得自己寫下的註記。」他瀏覽了一下，臉上浮現出厭倦的表情，然後轉向碎紙機，將紙頁滑進去，碎紙機嗡嗡作響，發出呼呼響聲，然後頁面被切碎成細長的紙帶。

塔圖姆拿起另一頁並切碎，然後是第三頁。他看著每一頁都被切碎，細紙帶逐漸大量堆積在地板上。

「你正在破壞證據，」普雷斯科特說，他的聲音很冷酷，但塔圖姆在他的表面下還能感覺到別的情緒。

「對你，我們多的是證據。」塔圖姆切碎了第四頁。「你認為你還剩幾章要寫？」他切碎了另一頁。

「還有幾章吧，這次訪談可以為章節內容創造出一個很好的場景。」

「你知道我怎麼想嗎？」塔圖姆切碎了另一頁，碎紙的聲音非常令人心滿意足，他希望詹森不會介入，大聲疾呼他正在破壞證據。「我想你可能……還剩三章要寫吧，一章寫柔伊，一章寫你被逮捕，另一章涵蓋後續的法律程序，或許還有一篇後記寫你等待死刑判決。」

「這算是你專業的編輯意見嗎？」

「算是狂熱的讀者意見吧。」塔圖姆放下那疊紙，拿起最後一個證據袋打開，滑出一本書。「《邦迪謀殺案》，在你書架找到的，還有其他四本類似的書，你喜歡閱讀泰德．邦迪的書，不是嗎？」

「我發現他這個人很有趣。」

「這裡有幾個頁面有一些重複的劃線和標註，你知道我指的是什麼嗎？」

普雷斯科特一語不發，塔圖姆讓沉默延伸，同時又切碎了幾頁。每一秒，柔伊的死期都愈來愈接近，他希望普雷斯科特感覺到時間的流逝也是有代價的。

「我說的是關於邦迪逃獄的那幾頁。」塔圖姆說。「告訴我，普雷斯科特，你真的認為你有辦法逃獄嗎？」

「我從沒想過。」

「泰德．邦迪於一九七七年逃獄，從此之後就改進了最高保全監獄，我個人會確保你被安置在最安全孤立的地牢中，二十四小時全年無休都有人看守，相信我——你的自傳裡不會有關於你計畫如何逃獄的章節。」這下輪到塔圖姆嘻嘻作笑了。

「你對我的判斷錯誤，探員，我受夠了。」

「你當然受夠了。」塔圖姆舉起一頁並略讀了一下。「我喜歡你的這條註記：『本節需要修飾；感覺很平庸。』我必須說我同意你的評估，另外你在這個地方拼錯了節奏這個詞，H應該接在R後面，啊哈。」塔圖姆也切碎了這一張。普雷斯科特的假面具掛得好好的，但是塔圖姆現在確定此人的姿勢帶有緊張感，他正在接近突破點，還有多遠？還要多久？

「據我們所知，沒有其他自傳副本，鑑識小組正在進一步尋找，但我敢肯定，只有一份，我在你桌上發現一份五百頁的書稿，大約一半位置是空白的，這份初稿是——嗯，確切應該說『曾經是』——長達兩百三十頁，雙行間距，以便留出足夠的空間寫下註記，對嗎？」塔圖姆切碎另一頁。「沒錯，這是唯一的副本，除了你筆電上那份。」塔圖姆放下頁面，轉向筆電。「對了，你可能還記得檔案名稱是『該好好思考了』」，他點擊檔案。「如果我要刪除檔案……你有辦法重寫嗎？」他的手指懸停在刪除鍵上方。

幾秒鐘過去，普雷斯科特沒有動搖，他的臉色茫然，不再冷靜。表情不算輕鬆，只能說從容不迫。

「我們只要找到。」塔圖姆用兩根手指敲擊鍵盤。「Shift加刪除鍵，不希望你從資源回收桶撈回檔案，對嗎？」

有了，第一次出現憤怒的火花，普雷斯科特嘴唇上第一次抽動著怒氣，塔圖姆向後一靠，再次切碎了頁面。現在他切碎每一頁時，普雷斯科特的目光都會急切盯著塔圖姆的手，塔圖姆知道他是對的，普雷斯科特這個檔案沒有其他副本。

「你已經打算重寫了嗎？」塔圖姆問。「想試圖記住你最喜歡的段落備用嗎？也許是你特別滿意的一句話？盡力回想吧，普雷斯科特，但你最好記牢了，因為我會確保你不會拿到任何寫作工具，不會有筆，不會有鉛筆，不會有該死的蠟筆。紙？你連一張便利貼都得不到，你上廁所的時候要用手指擦，因為我們怎能忘記廁所衛生紙。除非我得到我想要的東西，否則這本自傳將永遠不見天日，而且你知道我想要的是什麼。」

另一張紙被切碎，另一張，再一張。

「柔伊，在，哪裡？」

普雷斯科特緊咬牙關，好像在強迫自己不要說話。

「我在你的筆電上看到，你週日在網路上買了訊號放大器，為什麼？你把她埋在哪，會需要訊號放大器？」

沒有答案。

快突破了，再撐一下下，柔伊。

「你知道嗎？」塔圖姆爽朗地說。「我甚至沒告訴你我們個人側寫中最厲害的部分，柔伊發現了一件事，然後我在你家看著你的書架時，我意識到她完全正確。你有一些醫學書籍，一系列的連環殺手的傳記。還有一本叫《生人活埋》的書，我不需要打開書就猜得到裡面在寫些什麼。」

「那又怎麼樣？」普雷斯科特冷笑著問。「我在做研究。」

「對，但你知道你缺少什麼嗎？我找不到一本關於薛丁格、物理學或量子力學的書，我甚至找不到半本關於人類、思想過程或任何哲學的書，似乎這些內容並不是你真正感興趣的，那不是很奇怪嗎？」

普雷斯科特沒有回答。

「來，我來唸唸柔伊的筆記給你聽吧。」他放下初稿剩下的頁面，拿起筆記本，翻開另一頁。「不明嫌疑犯沉迷於他的使命和目標，他想相信這就是驅策他的動機，是使他殺人的原因，這就是為什麼他創建了網站，為什麼要播放這些影片，為什麼要一直將自己命名為薛丁格，以及為什麼要稱謀殺案為『實驗』，但他這是在自欺欺人。」

塔圖姆停頓一下，抬起眼對上普雷斯科特的目光，然後繼續唸。「事實上不明嫌疑犯殺害這些女性是有原因的，他從活埋女性的行為中獲得性刺激，他利用自己的執念來掩飾真實的自我，來避免面對自我時的恥辱感。」

塔圖姆將筆記本放回原處，從剩下的自傳拿了一頁來切碎，再切碎另一頁。

「她喜歡咬文嚼字，柔伊就是這樣，」他說。「但是她的意思是這傢伙有一種怪異的性癖好，喜歡活埋女人來獲得性高潮，而且他對自己怪異的癖好感到非常困窘，以至於編了一整個故事，只是不想要覺得自己像個怪胎廢物。」

另一頁被切碎，普雷斯科特的身體在發抖。

「一旦我把這本你稱之為書的爛貨碎光光，」塔圖姆說，「我就要舉行記者會，告訴他們我們抓到挖坑殺手了，這個可悲沒用的廢物會看著他那些影片來打手槍，這就是為什麼他要犯下這些案件。這就是你留在人們心目中的形象。」

頁面切碎。

「除非你告訴我，柔伊在哪裡。」

「你可以繼續說，」普雷斯科特的聲音憤怒到顫抖。「但是你休想從我身上問出任何線索，你寶貝的班特利博士會在地底腐爛，她本來就在你們眼前，你甚至沒有意識到。」

塔圖姆放下初稿，感到一陣興奮。「她本來就在我們眼前。」

「沒錯，」普雷斯科特臉色發紅，氣急敗壞地說。「她就在你他媽的眼前。」

「注意你的措辭，醫師，你不是說她就在我們眼前，你是說她本來就在我們眼前，你移動過她嗎？」塔圖姆專注地看著那個男人，認真思考，他買了一個訊號放大器，有什麼事不一樣了？

基於某種原因，普雷斯科特無法將電纜從箱中拉到地面上，這使他不得不增強傳輸訊號。拼圖移動，真相成形了。「沒有，你當然沒有移動她，移動她的人是我們，她本來就在我們眼前。」

塔圖姆從他的椅子衝出，普雷斯科特身體繃緊一下，彷彿擔心他會揍他，但是塔圖姆已經大步走向房門。他知道柔伊在哪裡了。

# 第八十九章

很難說她在這裡待了多久，柔伊知道她無法相信自己的時間感，睡意試圖擄獲她，她努力保持清醒，這不合理，因為她如果睡著會耗費較少空氣，但她知道自己一旦睡著很可能再也沒有機會醒來，她不能讓自己放棄，還不能。她一直在想自己還能做些什麼，是否還能夠嘗試傳遞任何訊息。

在她初次傳遞學校這個訊息之後，她便轉為傳達黛博拉學校，要眨出正確的字母真是一場噩夢，她試了三遍，覺得自己每次都完全弄亂了，要不就是眨眼太多次，要不就是在錯誤的時間點暫停，或是弄錯字母。她的注意力和專注力全毀了。

最後她放棄了，只是躺在那裡，思緒像一群螢火蟲一樣在腦海裡忽隱忽現，明滅間彼此不同步。

她暈眩眼花，頭痛欲裂，是因為疲憊，因為口渴，還是空氣中的氧氣量太少？

她想了千百萬次，想著是否會因為試圖與外界溝通而斷送自己的性命，畢竟他們一直在尋找她，然後她給了他們一個字，學校，很容易以為她是指自己被埋在學校裡，她是否將他們從有希望找到她的線索支開，使他們陷入鬼打牆？

她想相信，至少塔圖姆會知道，凶手絕不可能冒險將她埋在那種公共場所，還有如此多的目擊證人。

她漸漸失去知覺，再次開始產生幻覺，聽見聲音：安德芮亞、她的父母、老同事和朋友們。令人安慰的是，她的思想終於不再執著於連環殺手和精神變態，她放鬆下來，被關心她的人包圍。

突然一聲重擊使她睜大眼睛，但眼前還是一片黑。

可是她聽見聲音，真實的聲音，人們低沉的聲音，刮擦聲和撞擊聲。在黑暗中沉寂這麼長一段時間之後，除了自己呼吸和製造出來的聲音之外，能夠聽見別的聲音讓她喜不自勝。她試圖大聲呼救，但做不到。

咯吱聲之後是突如其來的陽光，她立刻閉上眼睛，光線甚至透過眼皮投射進來，產生一陣劇烈的疼痛傳進腦袋裡。

有人在她身邊，移除她嘴裡的堵塞物，她動動舌頭，突然的自由感覺起來極端美妙，她想喝水，但無法要水來喝，她說不出話來。

有聲音在她的耳邊喃喃說話，溫柔而緊張，充滿了憂慮，是塔圖姆。他用手臂扶她起來，把她拉近他的身體，她身體一垮，膝蓋一軟，他不得不抓住她讓她身體保持直立，有人割斷綁住她手腕的東西，人們在她周圍大喊大叫，急忙命令醫護人員到場。

有一瓶東西湊到她嘴唇上，她啜了一小口水，然後將水滾滾喝進嘴裡，那種感覺讓她泫然欲泣。

有一隻手臂搭在她肩膀上，一隻強有力的手，還有塔圖姆的聲音。「妳沒事了，我們找到妳了，妳——」

她移動一下，猛然甩開那隻手，她不想讓任何人碰她，那雙手太接近、太侷促了，就像那只箱子一樣，她不要任何東西控制她的身體。

她強迫自己張開眼睛瞇成一條縫，預期會看見之前犯罪現場中熟悉的風景，看見自己被沙漠土壤、鵝卵石、岩石和仙人掌所圍繞。

但這並非眼前所見，不知何以地面是綠色的，她周圍有樹木，還有巨大的白色形體……是岩石嗎？

她睜開另一隻眼睛，用一隻手遮住臉，感到塔圖姆在她身邊沉默著。

這裡是一座……公墓？

「這是哪？」她啞著嗓子問。

「費爾芒特公墓，」塔圖姆說。「我們在聖安吉洛。」

一座公墓，她被活埋在墓地裡，她的大腦已經有各種想法在翻攪，但這些想法支離破碎。她轉身，凝視著她被抬出的大坑，有一具棺材在底部，是一具棺材，不是箱子。

「這是……一座墳墓？」

「這是妮可．麥迪納的墳墓，」塔圖姆告訴她。「在葬禮前，他把她的屍體跟妳調換了。」

她低頭看著那座坑，棺材放置在裡頭，裡面有某種金屬製品在閃動——是紅外線攝影機，她顫抖著呼吸。在葬禮前，是誰幹的？牧師？殯儀館主管？她環抱自己的身體搖晃著，已經想出了答案。「是法醫，他符合側寫，壓力源是？」

「惠特菲爾德案，」塔圖姆說。「柔伊——」

「死亡時間估計錯誤，當然了，我們早該看出來，我們早就該知道了。你有接收到我的訊息嗎？我試圖用眨眼來溝通，但我沒有把字母眨對——一直算錯，但我試圖告訴你。」

「我們有接收到訊息，我們就是這樣找到他的，他跟黛博拉上同一所高中。聽著，我們離開……」

「他是什麼時候把我和屍體調換的？我在那裡待了多久？」

「妳應該要休息了。」塔圖姆示意醫護人員過來。

「告訴我，多久？」

塔圖姆清清嗓子。「據我們所知，他唯一能調換屍體的時間點是昨天晚上，他在殯儀館安排調換，告訴他們他要對屍體做一些最後的緊急檢查，他們在晚上把棺材運到停屍間，早上五點移走棺材。」

柔伊回頭看了一眼棺材，意識到棺材的內壁光禿，內襯不見了，他必須去除內襯，這樣觀看影片的人才不會藉此發現她身在何處。「他得等到最後一刻，確保我被麻醉時間夠長，在葬禮期間不會醒來，還要確保我能活更久，所以大概是四點三十分，現在是幾點？」

醫護人員拿著一只小醫療袋走近她，她退後一步。「現在是幾點？」

醫護人員看了塔圖姆一眼，塔圖姆舉起手阻止他。「才六點三十分。」

柔伊眨眨眼。「十四個小時。」持續的咔嗒聲讓她分心。「十四個小時。」她意識到那聲音來自她的牙齒，她的牙齒在打顫。「我在那裡待了十四個小時，他把我放在那裡，我……這……」奇怪，她覺得好冷，聖安吉洛總是酷熱，但她卻冷得發抖。

「小姐，我要幫妳注射一些讓妳平靜下來的藥物，好嗎？」醫護人員謹慎地問。

她又向後退了一步，像片樹葉般顫抖，她的手掌冰冷濕黏，牙齒止不住打顫。她看了塔圖姆一眼，不知道自己需要什麼，只知道自己需要他做點什麼，需要他幫她。

「我會在這裡陪妳，」他說。

她看著醫護人員，那人拿著一根小針筒。「小姐？」

她的頭動了，給了他一個不情願的點頭，然後他抓過她的手，她不得不強迫自己不動，免得會想出手打他。針端刺穿她的肌肉，她腦中閃過一些記憶：站在停車場裡、身體僵硬疼痛、脖子突然刺痛——那就是他擄走她的方式。

「不要走，」她跟塔圖姆說。

「我哪裡也不去。」

# 第九十章

**維吉尼亞州戴爾市，二〇一六年九月十九日，星期一**

柔伊只了解創傷後壓力症候群的基本知識，但她很確定遭受創傷的人之間無法彼此照顧，儘管如此，她和安德芮亞還是這麼做了，而且以這個情況說來，她們把彼此照料得很好。

她們之間還是有些問題，感覺起來彷彿她們的創傷在相互抗爭，柔伊希望公寓的每扇窗戶都能隨時開啟，她需要光線和空氣，繁忙的街道喧囂聲對她而言是耳中的音樂，而安德芮亞則想關上窗戶，把大門深鎖，她利用公寓來作繭自縛，希望確定入侵者無法潛入。但是她們試圖為對方妥協——客廳的窗戶打開，但逃生梯旁的窗戶仍然鎖上，當然大門會隨時保持上鎖狀態，柔伊會出門長時間散步，感覺風吹拂在她臉上。

她們倆都會做噩夢。

她們睡在同一個房間的同一張床上，儘管這安排很快就不得不改變，昨晚安德芮亞差點把她的眼睛抓出來，她試圖對著一個看不見的人掙扎，柔伊臉上有一道很長的刮傷。

儘管如此，早上感覺起來還是很正常，某種程度上就像週末假期，柔伊醒來聽見油炸的聲音，安德芮亞正在廚房裡舞鍋弄鏟。她起床走到廚房，眨眨眼。

安德芮亞自己哼著歌，從柔伊回家以來，她第一次聽起來這麼開朗，旁邊的餐盤上擺著高高一疊煎餅，她還在煎另一塊，一邊翻面，一邊因為煎得很好而高興地露出微笑。

柔伊伸手要吃煎餅，安德芮亞用鍋鏟拍一下她的手。

「嗷嗚！」

「還沒好，」安德芮亞說。「我已經想好要在上面放奶油和楓糖漿，我買了一些柳橙汁來配。」

「但我餓了。」柔伊抱怨。「吃一塊就好。」她再次伸手要拿煎餅。

鍋鏟拍下，差一吋就敲到她的手指了。

「給我注意一點。」安德芮亞挑動眉毛，威脅性地揮舞著鍋鏟。

「至少讓我喝杯咖啡可以嗎？」柔伊咕噥著抱怨，眼睛渴望地看著煎餅。

「可以喝一杯。」

柔伊幫自己拿了一個杯子，耐心等待深色的生命之液滿注馬克杯，她啜飲一口，呼吸著咖啡香，那是一種昇天的感覺。

然後她迅速偷走最上面那片煎餅，匆匆塞進嘴裡，差點嗆到。

「妳應該看看自己這個樣子。」安德芮亞哼了一聲。「妳臉頰塞滿了煎餅——看起來像隻倉鼠。」

柔伊含著滿嘴煎餅對著她咧嘴笑了，然後一邊吞一邊走向客廳。

「我可以放些音樂嗎？」她大喊，聽音樂是另一件她幾乎隨時非做不可的事。

「可以，但是不要聽碧昂絲或泰勒絲，我聽不下去了。」

「凱蒂．佩芮？」

「好吧。」安德芮亞不情願地說。

柔伊播了《花漾年華》這張專輯，走向客廳的窗戶。安德芮亞關上了窗戶，她再次開窗，看著來來往往的車輛。

她不需要成為創傷專家，就能知道安德芮亞和她的處境顯然完全不同，襲擊柔伊的人在聯邦監獄裡等待審判，而攻擊安德芮亞的怪物如今仍然在逃。儘管警察監視這棟建築物的每一個出口，儘管設置了攔檢，儘管在全市範圍內搜索，羅德·格洛弗還是憑空消失了，就像一個惡靈。

「我希望我上個週末夜也能參加那樣的派對[20]，」安德芮亞在她身後說道。

「什麼？」柔伊問，嚇了一跳。

「這首歌。」

「喔。」她甚至沒有在聽音樂；伴隨她的只是一種輕鬆的聲音。

「早餐已送達，小姐，我們可以關掉那難聽的噪音嗎？」

「呃……再聽幾首歌？接下來是〈煙火〉。」

安德芮亞嘆了口氣，搖搖頭踏步回到廚房，柔伊尷尬地跟著她，不願承認自己有多需要聽音樂。

事情會好轉的，她如此希望。

她們各有一只餐盤，上面擺滿一大疊煎餅，頂部放著一塊漂浮在楓糖漿中的奶油。第三個盤子裡裝著切成薄片的水果——香蕉、草莓、蘋果，還有一些藍莓和胡桃。如果她們是會發食物照的人，這是一頓很值得上傳到Instagram上的早餐，但她們不是那種人，班特利姐妹相信食物是用來吃的，不是上傳到網路上來譁眾取寵的。

20 出自凱蒂·佩芮的歌曲：Last Friday Night（T.G.I.F.）。

柔伊切下煎餅，叉住浸滿楓糖漿的三小塊，在尖端叉了一塊香蕉，然後放進嘴裡，她閉上眼睛從鼻子呼吸，讓甜味充斥她全身。凱蒂正唱著〈煙火〉，這就是了：那完美的一刻，她希望可以一直持續下去的平靜時刻。

「我昨天聽到妳在講電話，」安德芮亞說，「妳跟妳老闆說有人走漏消息的事。」

「沒什麼，不用擔心，有人告訴記者我——」

「我就是洩密的人。」

柔伊目瞪口呆地盯著她。

「他在寫一本關於妳的書，他打電話給我，他一直說如果他能深入妳的工作方式，妳真的會發光發熱，而且妳單位那些混蛋完全不鳥妳成為探員的機會，還有——」

「安德芮亞，妳知道這會造成多少麻煩嗎？」柔伊希望哈利・巴里現在就在這裡，這樣她就可以用叉子戳瞎他的眼睛。「我做這個工作不是為了成名，我不在乎他愚蠢的書，也不在乎別人怎麼說我。」

「妳應該要在乎，別人的意見很重要。」

「千萬，不要，再這麼做了，妳懂嗎？我不能讓妳在背地跟記者說三道四，尤其是現在，尤其當我們住在一起。」

「妳不必擔心。」

「好。」她仍然很生氣，但主要是針對哈利，她知道這個混蛋說話多麼有城府又多麼會說服人，她成功動搖了安德芮亞，這並不令人驚訝。

「我要去看看媽，」安德芮亞在她們靜默用餐了一分鐘後說道。

柔伊今天早上第二次差點嗆到，她邊咳嗽，邊牛飲了一口柳橙汁。「妳說妳要去幹嘛？」

「最近這幾天她一直不停在找我麻煩，柔伊，她很擔心，她至少需要親眼看到我們其中一個人。」

「妳可以跟她視訊。」

「柔伊，不要鬧了。」

「好！去吧——她會三秒鐘就把妳逼瘋，妳什麼時候要飛？」

「明天，機票已經買好了。」

「妳什麼時候要飛回來？如果不是半夜，我可以去接妳。」

「我……不知道。」

柔伊又咬了一口，突然感到緊張。安德芮亞凝視著自己的盤子沒吃一口，她的表情很內疚。

「妳不是要去看媽吧，」柔伊說。

「也是要去看她。」

「妳要離開。」

「我還不知道我在做什麼。」她抬起臉，眼眶濕潤。「我需要一些時間離開這裡，遠離這座城市，遠離那些回憶，遠離——」

「我？」

安德芮亞從杯裡喝柳橙汁，沒有回答。

「我不希望妳離開。」柔伊感覺自己快要滅頂。

「可能只去個幾天，柔伊，只是想要釐清我的思緒，不要小題大作——」

「釐清思緒？跟媽一起？」

「跟我自己，這不只是關於格洛弗，這是關於我需要改變，好嗎？我這樣漫無目的跟著妳在這，對我來說並不是好事。」

柔伊放下叉子，咬著嘴唇。

「我愛妳，柔伊，」安德芮亞說。「但是我需要遠離，算是為了我讓步一下，好嗎？」

「好。」

「妳在生我的氣嗎？」

「不，芮芮，我沒有在生氣。」她叉了一小塊煎餅放入嘴中，然後無精打采地咀嚼。「吃妳的煎餅吧。」

# 第九十一章

塔圖姆在加護病房走向馬文的房間，因擔憂而揪著心，他來探病的前一天，老人家服了鎮靜劑，說話含糊不清，皮膚白到幾乎呈半透明。塔圖姆不了解細節，但他產生某種感染，長久以來他第一次意識到爺爺有多老了。

他正鐵了煎熬的心前來探病，卻聽見病房傳出一陣女人的笑聲，接著是一聲不正經的尖叫，然後一名中年護士走了出來，搖搖頭，臉上露出大大的笑容。

她看見塔圖姆，於是停步。「你是馬文．葛雷的兒子，對吧？」她說。「你跟他長得一模一樣。」

「我其實是他孫子，」塔圖姆困窘地說。

她發出咯咯笑聲。「嗯哼，最好是了。」

塔圖姆嘆了口氣。「他好點了嗎？」

「我想他好點了，你父親會比我們所有人都長壽，我認為他明天就可以出院了。」

「妳確定不需要再觀察他個一、兩天嗎？」

「我懷疑我們就算想，也很難把他留在這裡了。」她對他眨眨眼，大步走開。

塔圖姆走進病房，馬文躺在床上拿著一張紙，皺著眉頭，他的鼻子仍然腫脹發紅，儘管看起來確實比前一天好些了。

「你拿著那什麼？」塔圖姆問，坐在床邊的椅子上。

「你跟我說，塔圖姆，這是七還是一？」馬文問，把紙拿給他看。

「我認為是七……那是護士的電話號碼嗎？」

「少管閒事，塔圖姆。」馬文將紙放在床頭櫃上，拿起手機。「噢，這提醒我一件事，如果有人問起，就跟他們說你是我兒子，這很重要。」

「我會記住，看來你明天就可以出院了。」

「這裡令人度日如年，塔圖姆，我在這裡什麼事也做不了，我不能喝酒，我不能抽菸——」

「你七年前就戒菸了。」

「你這樣認為對吧？一切都很美好，直到他們告訴我不能抽菸，現在我覺得我隨時都得抽根菸。」馬文在手機的螢幕上輕點。「我一直在看你抓到的這個傢伙。」

「哪個傢伙？」

「這個姓普雷斯科特的傢伙。」馬文把手機轉向，讓塔圖姆能看見螢幕，當然上面顯示著《芝加哥每日公報》的文章。

塔圖姆翻了個白眼，哈利．巴里又在白白榨取報導題材了。「不要把你讀到的東西照單全收。」

「抓這傢伙聽起來真是刺激，他是警局的法醫？你和他一起共事？」

「對，真沒想到。」

「從你見到他的那一刻起就應該看出來了，塔圖姆，你沒有深入去看人們的眼神，我早就告訴過你，從眼神可以看穿一個人。」

塔圖姆對上爺爺的目光。「那你現在看穿我什麼了？」

「你看起來很不爽。」馬文對他笑了。

塔圖姆不得不報以微笑，馬文的心情很好，他懷疑老人家太喜歡他的止痛藥了。「安德芮亞要我問候你。」

馬文的臉色一變，滲透著擔憂。「她怎麼樣？」

「在這種情況下，我認為她還好，她是一個堅強的女孩。」

「沒有你想相信的那麼堅強，」馬文咕噥道。「可憐的孩子，你打算什麼時候逮到那個混蛋，塔圖姆？你為什麼不把你的工作做好？」

「我在享受放點假，休假個幾天，整間公寓都屬於我了。」塔圖姆又嘆了口氣，想起他可能只剩一天的獨處時光了。

「噢！魚還好嗎？」馬文問，他的眼睛睜大。「該死，對不起，我被刺傷後就沒有餵牠了，塔圖姆。」

「魚很好——在牠的魚缸裡游泳。」

「噢，很好。」馬文放鬆下來。「那隻貓呢？」

「斑斑也很好，不用擔心。」

「啊。」他臉上出現短暫的失望。「好吧，有得必有失。」

「牠很想你。」

「對啦，對啦，真好笑。那內部調查呢？你脫身了嗎？能繼續剷奸除惡，讓世界變得更美好嗎？」

「看來是，目擊證人是威爾斯母親的朋友，顯然事情發生的時候他根本不在現場。」

「誰是威爾斯？」

「我開槍的那個戀童癖。」

「那你就叫他戀童癖，塔圖姆，我沒辦法隨時記得你開槍打過的所有蠢貨。」

「那只有……算了。」塔圖姆停頓片刻。「你介意談談……那個晚上嗎？」

「我為什麼要介意？」

「警察從安德芮亞的證詞和現場證據中了解事件發生的基本要點，但我想從你的角度來聽聽看。」

「哼，對，嗯，我聽見有敲門的聲音所以醒來，我花了一點時間起床，那時候，安德芮亞已經在門口，她打開了門。」

「你有聽到他進來嗎？」

「我不知道我聽見了什麼，塔圖姆，門關上了，有發出一些聲音，讓我覺得不太對勁，也許她大喊之類的；我不知道。我稍微打開房間的門，看到這傢伙把安德芮亞推進她的臥室，我往前走——」

「你打算做什麼？揍他一頓？」塔圖姆的語氣比他意圖呈現的要嚴厲許多。

「跟你說吧，塔圖姆，你想要聽我的版本，還是對我說教？我比那些該死的警察要盡責太多了。」

「好吧，然後呢？」

「他揍我，不太大力，我跟你說：他的動作雖狠，但揍起人像個娘炮，塔圖姆。」

「他打斷你的鼻子，刺傷你，還送你個腦震盪耶。」

「現在是誰在講話，塔圖姆？我還是你？你當時在場嗎？如果這是你進行偵訊的方式，也難怪這個傢伙會一直逃之夭夭。」

「好吧，他揍人像個娘炮。」

「對，所以我回到房間拿了我的槍，然後跟著他到臥室，我對他開了一槍，擊中他身側，他轉過臉面向我，所以我對窗戶開槍示警。」

「你的意思是你沒打中。」

「你真的很煩，塔圖姆，對，我沒打中，很暗，那是一個小房間，我的鼻子受傷了，而且我不想誤射到安德芮亞，好嗎？」

「好。」

「然後他就跑掉了。」

塔圖姆俯身向前。「怎麼跑掉的？」

「從門啊，塔圖姆，他邊跑邊經過我，然後從門口跑掉了。」

「他看起來怎麼樣？」

馬文想了一下。「你還記得那個時候斑斑抓傷我腳踝，我拿著平底鍋追牠的事嗎？」

「然後敲壞我的電視，我記得，馬文，我對那美好的一天還有模糊的記憶。」

「我把牠困在浴室走頭無路，牠臉上的表情──就是那傢伙的表情。」

「像隻受困的動物，」塔圖姆說。

「是。」馬文似乎很滿意。「也許我該拿平底鍋追殺他，不該拿槍的。」

# 第九十二章

## 維吉尼亞州戴爾市，二〇一六年九月二十日，星期二

柔伊努力維持一副支持愛護妹妹的表情，直到安德芮亞坐上將她載到機場的Uber，然後她自己崩潰了一陣子，恐懼一直在她內心潛伏等待，它的存在幾乎就像在走廊角落陰魂不散，或是一間幽暗房間裡的真實暗影。

她打開公寓裡的所有窗戶，走了很長一段路，在公寓裡播放音樂，把音量調大，讓聲音填滿空蕩蕩的房間。

有一度她試圖逼自己工作，她閱讀了克萊德・普雷斯科特的偵訊記錄，對自己沒有親自訪談他感到沮喪。為什麼不呢？她都能面對面訪談傑佛瑞・奧斯通[21]了，她之前曾經面談過幾個連環殺手，但是她無法讓自己面對普雷斯科特。

她讀了他剩餘的部分自傳，儘管塔圖姆已採取行動，將自傳從他筆電中刪除，但他應該確保有預先留存一份副本，更別提那份實際上已經切碎、上面寫有註記的列印稿了，她希望自己能拿到頁面上有普雷斯科特手寫評論的頁面。

幾乎成功了。她設法花費很長一段時間——十五到二十分鐘——在工作、寫筆記，加強側寫上，知道有朝一日這份側寫可能對另一位側寫專家來說是無價之寶，但是後來她意識到自己正盯著空氣發呆，她的身體緊繃，屏著呼吸，周圍充滿壓抑和破壞性的沉默。

突如其來的敲門聲差點使她心臟病發作，她正要跑去廚房拿一把最大的刀，塔圖姆在門外說話了，「柔伊，妳在嗎？是我。」

她開門讓他進來，半是氣惱自己有多麼鬆一口氣。

「妳在看那個？」他問，注意到桌上的頁面。

「內容很有趣，」她說。「普雷斯科特是個表達能力很好的人，閱讀這些讓我了解他很多。」

「那個怪物我了解得愈少愈好。」

「他不是……」柔伊搖搖頭，吞下剩下的語句。「我希望你沒有切碎他的註記，我很想看到那幾頁。」令她驚訝的是，她的語氣很生氣又充滿指責。

「我太急於挽救妳的性命，沒想那麼多。」

「你可以拿空白頁去碎；你不需要使用真的頁面，你本來可以預先留一份副本，你本來可以——」

「妳在說什麼？」塔圖姆眨眨眼，顯然很困惑。「我擔心得要死……妳知道我經歷了什麼嗎？」

「不知道！」她尖聲大叫——她不知道自己為什麼要這樣，她的大腦短路了。「但不會有我經歷的那麼糟。」

她因自己的淚水和不合理行為而感到沮喪萬分，她不希望他看見那樣的她。

塔圖姆握住她的手，溫柔地將她拉向他，她任憑自己被拉向他，臉頰碰觸到他的胸膛，他

---

21 本系列第一集《人體標本師》的凶手。

小心翼翼地抱著她，像羽毛般輕撫著她，彷彿知道她無法承受任何東西的束縛。她閉上雙眼傾聽他的心跳。

過了一會兒，她發出顫抖的呼吸，然後推開他。「抱歉。」

「沒什麼好道歉的。」

「你想喝點小酒嗎？」

現在是下午三點，她預期他會拒絕。

「那太好了，」他說。

她打開櫥櫃，拿出一瓶泰斯卡斯凱島威士忌和兩個低球杯，她幫塔圖姆倒了少許琥珀色的酒液，幫自己倒了更大一杯。

「這是我的份量嗎？」塔圖姆問，拿著玻璃杯照光。

「現在是下午。」柔伊指出。

「妳杯子的量是我的四倍耶！」

「我受過精神創傷，所以我可以喝。」

「好吧，我一直去醫院看馬文，我也受了精神創傷。」

柔伊在塔圖姆的杯裡倒了更多威士忌，他從她手裡端走酒杯，她用自己的酒杯與他碰杯。

「敬精神創傷，」他說。

她哼了一聲。「敬精神創傷。」

他們從杯裡啜飲一口，她讓煙燻味在舌頭上繚繞，然後吞下，感覺到一股暖意在胸口蔓延，他們在舒適的靜默中飲酒，柔伊發現自己的思緒愉悅地徘徊，四處漫遊，感覺令人耳目一新。

但最後她嘆了口氣。「是說，曼庫索告訴我，你現在負責格洛弗案。」

他看起來很驚訝。「她跟妳說了？她叫我不要告訴妳的。」

柔伊沒有回答，她的嘴唇向上抽搐，片刻後塔圖姆輕聲咒罵。

「妳在虛張聲勢，她什麼都沒告訴妳。」

「她沒有。」柔伊從玻璃杯啜飲一口，覺得很得意。「但是你算是跟我說了，我感覺是你要求參與這個案子的。」

「好的，對，是我要求的沒錯。」

「知道他怎麼逃掉的嗎？」

「警察認為他可能是爬上屋頂逃掉的，他可以在那裡從排水管爬下去，跑到沒有警察監看的巷子裡，然後跑掉。」

「他聽起來像忍者一樣，他大概開了輛逃亡車來逃逸，還設法避開了整座城市的追捕。」

「那是一般的看法。」

「而且還在出血嚴重的情況下。」她喝完一整杯。

「他們認為馬文可能誤判了他的傷勢。」

「你怎麼看？」

塔圖姆迎上她的目光。「感覺不是這樣。」

「我們去看看吧。」她說。

他們走到她的臥室，塔圖姆顯然從未去過她的臥室，她氣自己沒先整理一下就讓他進來，衣服散落在各處，包括一些內衣；桌上有三個喝了一半的空咖啡杯，床和地板上都是文件。

「不要理會這——」她在房間裡隱約地揮揮手——「一團亂。」

「好喔。」他嘻嘻作笑。

「根據血跡和安德芮亞的證詞，馬文開槍擊中他的時候，格洛弗站在這裡。」她站在床邊。「所以馬文在門口。」塔圖姆審視了一下。「他腦震盪，鼻子斷了，可能靠在門口或牆壁上。」

「一槍擊中了格洛弗身側。」

「格洛弗不習慣承受極端痛苦，」塔圖姆說。「據我們所知，他小時候並未受到虐待，他沒有捲入過爭鬥，習慣輕易獲勝，他習於捕食弱者。」

「我在芝加哥用刀割傷過他，」柔伊回憶起那天。「那是一道很淺的傷口，但他嚇到挫屎。」

「所以他很痛。」

「第二槍射裂了窗戶，馬文沒打中，但或許格洛弗顧慮的是別的事。」

「他看見眼前的威脅，馬文用槍瞄準他，而且他知道槍擊可能讓警察注意到。」柔伊咬著嘴唇。「他想逃跑。」

「窗戶破了，尖銳的玻璃碎片到處散落，他不想轉身面對馬文。」塔圖姆的眼神似乎很遙遠，彷彿正在看到事件發生，柔伊知道那種表情，安德芮亞有時會告訴她，她看起來就是那個模樣。

「所以他衝到門口。」

「對。」塔圖姆轉向門口，準備離開。

「塔圖姆。」柔伊脫口而出，她不知道自己為什麼要阻止他。

「怎麼了？」他困惑地看著她。

「沒事，我們去前門。」

她跟著他走出臥室，他們打開前門，注視著梯間，有一道通往樓梯的門，有電梯，還有其他戶的大門。

「他會走哪條路？」

「他很害怕，」塔圖姆說。「而且受傷了。」

「而且他知道警察就守在外面，」柔伊補充說。「我們知道這點是因為他裝扮成警察。」

「他是怎麼裝扮成警察進入大樓的？」塔圖姆問。

「他到底是怎麼進入建築物的？當時很晚了——警察本來就會警覺到有人離開或進入大樓。」

柔伊習慣獨自思考，即使過去曾與塔圖姆一起共事，她還是把他當成可以用來一起檢驗自己理論的人，但現在好像有什麼障礙突破了，且他們兩人是同時意識到，他們的思想同步運作，就像鐘錶機械裝置中的齒輪一樣。她彷彿看見那個坐在克萊德．普雷斯科特面前的男人，有條不紊地像擊碎胡桃一樣攻破凶手的心防。

「我們知道他幾週前就在戴爾市了，」塔圖姆說。

「我一離開，他就現身了。」

「安德芮亞告訴警察，他似乎知道公寓的格局，」塔圖姆說。「他們認為他可能之前就闖入公寓查看過。」

「也許他不需要這麼做。」柔伊感到一陣噁心。「這棟的公寓格局都是相同的。」

「他一直在等待。」塔圖姆環顧四周。「那正是他的犯罪手法對嗎？等待獵物，他會選擇一個好地點來守株待兔。」

柔伊點點頭。「他會選擇一個理想的地點，等待有女孩獨自經過。」

# 第九十三章

柔伊和塔圖姆花了七分鐘時間說服柔伊公寓的管理員，他是個板著臉孔的老人，最初的態度是除非他們有搜查令，否則他無可奉告。但是他們同步說話，讓柔伊感到既振奮又困惑：她扮演受害者，一個公寓被闖入的住戶，而塔圖姆則扮演威嚴十足的聯邦探員。

七分鐘後，如果他們想得知管理員長子的名字，他也會願意告訴他們，但他們不想知道，他們想知道的只有新住戶的名字和描述。

管理員不是很擅長描述人，但無所謂，因為只有一名新住戶是個獨居的中年男子，據稱名字叫丹尼爾．摩爾。

他沒給他們鑰匙，但基於某種柔伊揣測不出的理由，他堅持跟他們一起去，也許是出於她不知道或不在乎的某種古老管理員榮譽守則，但他幫他們打開了門。

從公寓裡的蒼蠅和氣味很容易看出這裡沒人住起碼有好幾天了。

一堆吃了一半的外賣餐盒扔在廚房水槽裡，全部都出自街角同一間泰國餐廳，食物讓整間公寓發出惡臭，管理員碎念著害蟲、清潔費，又說要告他。

柔伊不理會他，她大步走進臥室，塔圖姆跟在她身後。

地板和床單上滿是乾掉的血跡，這就是格洛弗的逃逸之處，像任何一隻受傷的動物一樣，衝往自己的巢穴上舔舐傷口。

他是匆忙間離開的，文件散落在房間各處，還有一些衣服。柔伊皺眉，試圖找出理由，他待在這裡很安全，卻落荒而逃……為什麼？

「有什麼把他嚇跑了，」塔圖姆在她身後說。

「他襲擊安德芮亞後的隔天，有逐戶調查，」柔伊說。「警察來找住戶談話，問他們是否聽見過任何聲音。」

「他們會敲公寓的門。」

「可能還大喊著我們是警察。」她想像著他在房內蜷縮在角落，試圖不發出聲音。知道他受傷又害怕，讓她感到一陣幸災樂禍。

「他等他們走，然後拿了他需要的家當逃跑了。」塔圖姆檢查床頭櫃上的一張紙。「丹尼爾．摩爾的電話費，他偽造了一整個身分。」

「可能是身分盜竊，」柔伊說。「警察持續搜索他好幾年了，他設法躲過了他們的搜索。」

「妳看這個。」塔圖姆遞給她別的東西。「是醫院帳單。」

有一度柔伊還以為格洛弗魯莽到去醫院檢查槍傷，但不是，日期是三週前，這是核磁共振檢查的帳單。

她在地板上找到揉成一球的檢查報告，她反覆看了好幾遍，睜大眼睛。

「上面寫了什麼？」塔圖姆問。

「懷疑患有腦部惡性腫瘤，」她說。「我認為他可能快死了。」最後一塊拼圖到位，這就是為什麼他沒有等待他們降低戒心才出擊，因為他沒有時間了。

「他最活該了。」塔圖姆殘忍地幸災樂禍。

柔伊沒有回答，內心沉澱了一絲恐懼。

一隻受傷的動物回到巢穴舔舐傷口。

一隻垂死的動物已經沒有什麼好失去，這使他變得不可預測——且危險。

# 第九十四章

因為柔伊不想回到自己的公寓，所以他們坐在伍德布里奇的一家酒吧裡，從他們坐下以來，塔圖姆就一直喝著同一品脫的藍月啤酒，柔伊已經喝了兩品脫的健力士啤酒，現在的杯裡已經喝完一半。她很久沒有喝醉了，通常有一點失控就會讓她神經兮兮，但是現在，她喜歡酒精模糊了現實的尖銳邊緣。

「你知道什麼很好嗎？」她說。

「什麼？」塔圖姆問。

「啤酒。」

他揚起眉毛。「啤酒是很好，但是妳可能喝得夠多了。」

「你又不是我媽。」她拖長聲音慢吞吞地說。

「感謝上天，幸好我不是。」

「我媽令人難以忍受，我不明白安德芮亞為什麼要去找她。」

塔圖姆嘆了口氣。「可能她沒那麼糟。」

柔伊跟他辯論這一點。「塔圖姆，你知道那天晚上嗎？」

「哪天晚上？」

「那天晚上，我說也許你開槍殺了那個傢伙，是因為你覺得他該死。」

「對。」他從杯裡喝了長長一口。

柔伊很確定自己應該道歉，儘管她突然不確定一開始是什麼引發了那場爭論，她仍然認為自己可能是對的，儘管眼下這可能不是最好的說法。「我是個白癡。」她終於說道。這不是她經常說出口的話——或者她其實根本從未如此說過，但這似乎是該說的話。

「嗯，謝謝妳這麼說。」他感激地對她微笑。

她不知道自己是如何設法通過這個棘手的問題，這就像矇眼在地雷區上奔跑一樣，完全是靠著僥倖避過了地雷。

「我也想感謝你救了安德芮亞。」

「我沒有救安德芮亞，」他驚訝地說道。

「有，是你，你叫你爺爺來照顧她，然後他對格洛弗開槍並救了安德芮亞，所以安德芮亞的命是我欠你的，或者她欠你一命，或者也許我們各欠一半，一人還你一半。」她發出一聲打嗝的笑聲。「安德芮亞的性命我們兩個各欠了一點點。」

「好了，我確定妳喝夠了，我送妳回家吧。」他走下高腳凳。

「等等。」她抓住他的手腕。「還沒。」

他嘆了口氣，坐回位置上。「明天妳會宿醉到死。」

「我不會宿醉。」

「妳可能會嚇到。」

「我認為我不容易脫水。」

背景音樂變成辛蒂．羅波的〈女孩只是想玩得開心〉。

「噢，我愛這首歌，」柔伊說。

「妳當然愛。」

「那什麼意思？」

「沒事。」塔圖姆嘲笑她。

他們沉默了片刻，聽著這首歌。

「我得找到羅德．格洛弗，」柔伊說，這句話使她微微清醒了些。「我知道這句話聽起來好像我執念很深，但是——」

「妳說得對。」

「什麼？」

「妳說得對，妳得找到他，我會幫妳。」

「喔，好吧。」她有一種奇怪的模糊感覺，與她血液中的酒精無關。「謝謝。」

「不客氣。」塔圖姆將酒杯從她手裡撬走，杯裡的酒仍然半滿。「夥伴。」

她試圖認真看待；他們是在談論重要的事，但是那溫暖的感覺沉澱在她腹部，搭配〈女孩只是想玩得開心〉的背景音樂。微笑在她的臉上蔓延，久久不散，好幾天來，她第一次感到自己幾乎是安全的。

# 致謝

沒有我的妻子里歐拉，這本書永遠沒有見天日的一天，她陪伴著我腦力激盪，閱讀並編輯我的作品，並在我需要時提供無盡的支持。儘管她經常要求我寫一些風花雪月的小說，但她總是陪伴並幫助我撰寫關於殺人凶手和精神變態者的小說，有一天我會為她寫一本風花雪月的驚悚小說的。

克麗絲汀．曼庫索收到本書初稿後，教導我許多關於寫作的知識，她提供了很多註記，幫助我發展茱麗葉．畢曲這個角色，以及柔伊和喬瑟夫之間的互動，除此之外還提供了許多幫助。

我的編輯潔西卡．特里布爾（Jessica Tribble）提供非常有用的編輯筆記，在她的協助下，我削減了亟需裁減的部分，調整了謎底，讓謎底在書中真的耳目一新，並徹底重寫本書的開頭，使開頭更強而有力。

布萊安．闊特茅斯（Bryon Quertermous）對本書進行開發性編輯，他修改明顯的節奏問題，幫助對話更活靈活現，並協助刪除了兩個不必要且較弱的章節。

史蒂芬妮．周（Stephanie Chou）對書進行了最後編輯，潤飾了我笨拙的語法和無止盡的拼字錯誤，並抓出一些不明顯的錯誤，其中包括日落時間過長。

我的經紀人莎拉．赫什曼（Sarah Hershman）對我展現了信心，並幫助這個系列出版且盡可能取得成功。

感謝作者角落（Author's Corner）的朋友們，他們在本系列首度問世時給予我支持和幫助，並為我加油打氣，我找不到更好的朋友了。感謝我的父母在我「成為作家」的雲霄飛車之旅中全力支持我。

臉譜小說選 FR6568

# 殺人現場直播

## In the Darkness


原著作者　麥克．歐默 Mike Omer
譯　　者　李雅玲
書封設計　朱陳毅
責任編輯　廖培穎
行銷企畫　陳彩玉、楊凱雯
業　　務　陳紫晴、林佩瑜、葉晉源

出　　版　臉譜出版
發 行 人　凃玉雲
總 經 理　陳逸瑛
編輯總監　劉麗真
城邦文化事業股份有限公司
台北市民生東路二段141號5樓
電話：886-2-25007696　傳真：886-2-25001952

城邦讀書花園
www.cite.com.tw

發　　行　英屬蓋曼群島商家庭傳媒股份有限公司城邦分公司
台北市中山區民生東路141號11樓
客服專線：02-25007718；25007719
24小時傳真專線：02-25001990；25001991
服務時間：週一至週五上午09:30-12:00；下午13:30-17:00
劃撥帳號：19863813 戶名：書虫股份有限公司
讀者服務信箱：service@readingclub.com.tw
城邦網址：http://www.cite.com.tw

香港發行所　城邦（香港）出版集團有限公司
香港灣仔駱克道193號東超商業中心1樓
電話：852-25086231　傳真：852-25789337

馬新發行所　城邦（馬新）出版集團 Cite（M）Sdn. Bhd.
41, Jalan Radin Anum, Bandar Baru Sri Petaling,
57000 Kuala Lumpur, Malaysia.
電話：603-90563833　傳真：603-90576622
電子信箱：services@cite.my

一版一刷　2021年1月
一版二刷　2022年5月



I S B N　978-986-235-890-0
售價400元
（本書如有缺頁、破損、倒裝，請寄回本社更換）

國家圖書館出版品預行編目資料

殺人現場直播／麥克．歐默（Mike Omer）著；李雅玲譯. -- 一版. -- 臺北市：臉譜出版：英屬蓋曼群島商家庭傳媒股份有限公司城邦分公司發行, 2021.01
面；　公分. --（臉譜小說選；FR6568）
譯自：In the Darkness
ISBN 978-986-235-890-0（平裝）
874.57　　109019372